Baron Heinrich von Vietinghoff

Nikolai Timofejewitsch Woskoboinikow — ∞ — Elsa (Elsa Genrichowna) Woskoboinikowa (geb. Baronesse von Vietinghoff)

Alexander Nikolajewitsch Woskoboinikow (A.N.W.) — ∞ — Maria Vosco

International: **Alexandre Vosco**

2. Ehe

Viviana Vosco

C H V

ALEXEI MAKUSHINSKY

DAMPFSCHIFF NACH ARGENTINIEN

Roman

Aus dem Russischen von
Annelore Nitschke

Carl Hanser Verlag

Die russische Originalausgabe erschien 2014
unter dem Titel Пароход в Аргентину bei Eksmo in Moskau.

Gefördert von der Autonomen NPO
»Institut für Übersetzung«, Russland.

ИНСТИТУТ ПЕРЕВОДА

AD VERBUM

1 2 3 4 5   20 19 18 17 16

ISBN 978-3-446-25278-3

Published by arrangement with ELKOST Int. Literary Agency

Satz: Satz für Satz, Wangen im Allgäu
Druck und Bindung: CPI books GmbH, Leck
Printed in Germany

FSC
www.fsc.org
MIX
Papier aus verantwortungsvollen Quellen
FSC® C083411

DAMPFSCHIFF NACH ARGENTINIEN

1. KAPITEL

O welcome, Messenger! O welcome, Friend!
A captive greets Thee, coming from a house
Of bondage, from yon City walls set free,
A prison where he hath been long immured.

Was auch sein Auftrag – keinem kann die Brise
Willkommner sein als mir, der ich entfloh
Der weiten Stadt, wo lang ich mich gequält
Als unbehaglicher Logiergast.

William Wordsworth

Als die Sowjetmacht zu unserer unaussprechlichen Verwunderung zu wanken begann und ganz plötzlich Löcher im durchgerosteten Eisernen Vorhang erschienen, begab ich mich auf meine erste Auslandsreise, im Herbst des Jahres 1988, zuerst im Zug nach Paris, wo ich einen Monat verbrachte, von dort per Anhalter nach Freiburg, dann nach Konstanz, nach München und zurück nach Konstanz, von Konstanz aus wieder per Anhalter nach Düsseldorf, von Düsseldorf aus schließlich nach Köln, wo ich wieder den Zug bestieg, der mich nach Moskau zurückbrachte. An diesen zweiten Zug erinnere ich mich nur unklar, dafür hat sich mir der erste Zug, der Zug in unbekannte Länder, in die freie Welt, wahrscheinlich für mein ganzes Leben eingeprägt –

obwohl, wer könnte sich dafür verbürgen, mit der Zeit nicht die schönsten und lebhaftesten Erinnerungen zu verlieren? Einmal aufgeschrieben, wachsen dennoch ihre Chancen, nicht unter den Halden des Vergessens zu verschwinden, das wie Sand jedes Leben verweht, auch das meinige. Die Wüste wächst, schrieb Nietzsche … Von den drei Menschen, die mich am Weißrussischen Bahnhof in Moskau verabschiedeten, sind zwei nicht mehr am Leben. Wir standen alle vier auf dem, oder habe ich es nur so in Erinnerung, in goldenes Herbstlicht getauchten, wenn auch mit Spuckflecken, Papierschnipseln und Zigarettenstummeln übersäten Bahnsteig, dabei kehrte ich, der ich abreiste, obwohl noch nicht für immer, aber doch so, als wiese diese zunächst vorläufige und in gewissem Sinn zufällige Reise bereits auf eine andere, endgültige, unwiederbringliche Trennung hin, allen Übrigen das Gesicht zu, schon von ihnen getrennt durch eine unsichtbare, aber deutliche Linie – was vom ironischsten und wohl klarsichtigsten Teilnehmer an der Prozedur sogleich bemerkt wurde – und bestieg dann den Zug, mit jener sorglosen Leichtigkeit, der wir uns in der Jugend so gerne überlassen und damit unsere Bereitschaft für Abenteuer und Wagnisse bekunden, gelockt von der Zukunft, Vergangenes abwerfend, leicht Abschied nehmend und aufbrechend in die blaue Ferne. Das Leben verwandelt sich, schlicht gesagt, nur langsam und allmählich aus Verheißung in Bedauern.

Es gab in diesem Zug natürlich einen Schaffner, damals noch jenen sowjetischen Schaffner im internationalen Waggon, jenen professionell unscheinbar grauen Zugbegleiter, den als Sicherheitsagenten zu sehen, uns die Erfahrung unseres ganzen Sklavenlebens gelehrt hatte. Deshalb galt es, mit einem möglichst großzügigen Obolus für den Tee sein Wohlwollen zu gewinnen – er geizte ja tatsächlich nicht damit, auf Wunsch alle während der gesamten Reise mit Tee, diesem klassischen Eisenbahngetränk, zu versorgen, im Teeglas zusammen mit zwei flachen Zuckerstückchen, die in Papier mit der Ansicht der Kremltürme eingewickelt waren – unveränderliches Attribut des russischen Reisens, eines der behaglichsten Dinge der Welt; unter dem Vorwand nun, jenen noch nicht gebrühten, nicht getrunkenen Tee zu bezahlen, musste man ihm zehn Rubel geben, manchmal ganze fünfundzwanzig (*einen Viertelhunni zustecken*, wie es in der Sprache der Epoche hieß), wobei selbige Form der Schicksalsbestechung auf der Rückfahrt mehr Sinn hatte, sofern sie überhaupt sinnvoll war, wenn der Koffer des gebildeten Reisenden etwa kostbare Ausgaben von IMKA-Press und Ardis enthielt, den dreibändigen Mandelstam, die *Wechi* (Wegzeichen), Berdjajew, Samjatin; der von dir bestochene Schaffner bedeutete dann, so glaubte man, den Grenz- und Zollbeamten in Brest, nicht dein Abteil, sondern zum Beispiel das der Nachbarn zu *filzen*. 1988 interessierten sich die Grenz- und Zollbeamten übrigens nur für materielle Güter, Kassettenrekorder und Synthesizer, die Bücher schauten sie kaum noch an (überflügelten folglich die Epoche, indem sie die Perestroika übersprangen und die neunziger Jahre vorwegnahmen). Doch auch auf der Hinfahrt wollte ich das *Filzen* vermeiden – wovor mich der dem Schaffner *zugesteckte Viertelhunni* in der Tat bewahrte, so dass ich, nachdem ich in Brest den endlosen Räderwechsel abgewartet hatte – der von den russischen Gleisen gehievte Waggon hing meiner Erinnerung nach eine Ewigkeit in der Luft, im Niemandsland und abstrakten Raum, bevor er auf den europäischen aufsetzte –, in Ruhe durch das langweilige, flache Polen reisen konnte, vielmehr hätte reisen können, den ganzen langen Tag, der leider doch nicht ohne einen kleinen Zwischenfall ablief und andere Aufregungen mit sich brachte. Ich weiß nicht, ob diese Waggons und diese Abteile heute noch existieren; in der damaligen, jetzt schon historischen Epoche waren die internationalen Waggons, die der einfache Sowjetbürger kaum kannte, niedriger als die normalen, sie bestanden aus schmalen Abteilen mit zwei Liegen – eine über der anderen – und einem Sitz an der Wand gegenüber; neben dem Sitz führte eine Tür in den nach billiger Seife riechenden Waschraum, den sich die Bewohner des einen Abteils mit den Bewohnern des jeweils hinter dem Waschraum liegenden teilten. Wie sollte man da nicht an Bunins Erzählung denken, in der die Heldin, die irgendwann im Zauberjahr 1911 mit ihrem Geliebten ins Ausland reiste, durch solch einen Waschraum aus einem Abteil ins andere wechselte (in der alten Sowjetunion hatte sich, wie seltsam oder traurig es auch klingen mag, manch kostbarer Nachhall der Vergangenheit erhalten – der dann sofort endgültig verklang, als die Sowjetunion zusammenbrach). Die Heldin wurde, wie wir uns erinnern, später von einem anderen Liebhaber, einem österreichischen Schriftsteller, in Wien erschossen … Es gab Abteile erster und zweiter Klasse, wobei die erste zur zweiten wurde, wenn sich zwei Fahrgästen ein dritter zugesellte, der auf der Klappliege schlief, die tagsüber zwischen der oberen und der unteren Liege an der Wand befestigt war und nachts heruntergeklappt an verdächtig ausgefransten, speckigen Riemen aus festem Stoff hing; drei

Fahrgäste schliefen dann folglich übereinander, wie wahrscheinlich unter Deck eines Dampfschiffs (zum Beispiel unterwegs nach Argentinien ...) die ärmsten, rechtlosesten Passagiere schlafen. Der Preisunterschied zwischen erster und zweiter Klasse war übrigens geringfügig. Es kam jedoch zu unklaren Platzwechseln und Umbelegungen; jemand zog aus irgendeinem Grund von Abteil zu Abteil, aus einem Wagen in den anderen; irgendetwas führten die Schaffner, zum eigenen Vorteil, wie es ihnen generell eigen ist, im Schilde.

Zu Anfang reiste ich mit jemandem, an den ich mich nicht mehr erinnere, dann war ich allein, dann, schon in Polen, tauchte im Abteil ein älterer, bärtiger, großgewachsener und wichtigtuerischer, verschwitzter und unverschämter georgischer Maler auf, den ich zuvor schon dabei beobachtet hatte, wie er seine riesigen, in graugelbes Papier verpackten und mit schmutziger Kordel verschnürten Bilder, Koffer, Reisetaschen und Schachteln aus einem Wagen in den anderen schleppte, mit Hilfe eines anderen ebenfalls bärtigen Mannes, dem Aussehen nach ebenfalls Künstler, jedoch von kleinerem Wuchs und niedrigerem Rang. Sein Bart war schütterer und er war in Begleitung einer hübschen französischen Ehefrau mit einem unruhigen Säugling auf dem Arm. Was, Sie reisen mit uns?, fragte der Maler und starrte mich mit einer Miene an, als sei er in höchstem, allerhöchstem, er könne gar nicht sagen, wie hohem Maße erstaunt über die Anwesenheit eines Brillenträgers mit einem französischen Buch in der Hand. Eher Sie mit mir, sagte ich, von Chateaubriand aufblickend. Es roch brenzlig. Der Maler schleuste seine gesamte Suite mit allen Koffern, Kartons, Schachteln und Bildern ins Abteil – sie reisten offenbar für immer aus –

und forderte, die dritte Liege herunterzuklappen, um alles darauf verstauen zu können; ich bemerkte, wir seien nicht im Viehwagen und überhaupt hätte ich für die erste Klasse bezahlt. Es roch immer stärker nach einem Eklat. Im Bürgerkrieg ist man auch nicht so gereist, *stell dich also nicht an*, antwortete der Maler. Ziemlich unbedacht entgegnete ich, dass der Bürgerkrieg meines Wissens vorbei sei und wir uns nicht duzten. Die Französin mischte sich ein. Der Lack der Zivilisation (de la civilisation) blättert erstaunlich leicht von den Vertretern und Vertreterinnen der aufgeklärtesten Nation ab, wenn ihnen etwas nicht passt. Der dem diensteifrig unscheinbar grauen Schaffner zugesteckte Viertelhunni zeitigte seine Wirkung; nachdem ich mit seiner Hilfe in ein anderes Abteil umgezogen war, wo sich wundersamerweise ein freier Platz fand, verbrachte ich den Rest des Tages im Gespräch mit einer sogar recht hübschen jungen Frau mit Löckchen und Sommersprossen, deren Finger allerdings vom starken Rauchen abstoßend gelb verfärbt waren (ihre Finger waren an die dreißig Jahre älter als sie); sie arbeitete, wie sich herausstellte, als Cutterin im Filmstudio »Mosfilm«, wo ich selbst einmal ein halbes Jahr als Regieassistent (»Knarre«) gearbeitet hatte – eine der verrücktesten und wohl sinnlosesten Episoden meiner Jugend, verrückt und sinnlos wie jede andere –, so dass wir in der Tat jede Menge Stoff zum Reden (Klatschen) hatten, im Abteil sitzend, während draußen vor dem Fenster das flache Polen vorüberzog, oder beim Rauchen auf der Plattform stehend, im dicken Mief nach allen dort gerauchten Zigaretten und allen gelöschten, ausgedrückten und in ein besonderes Eimerchen geworfenen Stummeln, wo vor dem kleinen schmutzvergrauten, verräucherten Fenster auch das flache Polen vorüberzog und wohin sich meine Reisegefährtin edelmütig ohne mich entfernte, spät abends, nachdem wir die ekelhafte Grenze zwischen Polen und der DDR passiert hatten – Passkontrolle! Taschenlampe knallhart ins Gesicht –, durch den diesigen Osten des Landes des real existierenden, bald schon zum Untergang verdammten Sozialismus gefahren waren, durch das fürchterliche, dunkle, anscheinend von allen – Menschen wie Gespenstern – verlassene Ostberlin hindurch.

Nach einer neuerlichen Passkontrolle fuhren wir endlich ins hell in den Lichtern der Freiheit erstrahlende Westberlin ein, und draußen auf dem Bahnsteig entdeckte ich meinen alten Freund Manfred L. mit einer Flasche »Mumm« in der linken und zwei gekreuzten Sektgläsern in der rechten Hand, diesen Sekt tranken wir auf dem kurzen Abschnitt zwischen den Bahnhöfen Berlin-Zoo und Berlin-Wannsee aus, wo er vor dem erneuten Einlaufen des Zuges in die Dunkelheit der DDR ausstieg und ich noch etwa fünf Minuten – der Zug fuhr aus irgendeinem Grund nicht an – durchs Fenster beobachtete, wie er sich mit einem urplötzlich auf dem menschenleeren Bahnsteig aufgetauchten Bahnbeamten auseinandersetzte, der seinen Fahrschein kontrollieren wollte. Manfred, damals noch jung, in einer abgewetzten Lederjacke und sehr komischen gelben Hosen, winkte mir mit der einen Hand zu, die immer noch die gekreuzten Gläser hielt, und zeigte mit der anderen freien Hand dem Beamten, dass er den Fahrschein schon weggeworfen hatte, vielmehr wie er diesen Fahrschein, der natürlich völlig hypothetisch war, weggeworfen hatte: über die Schulter, mit einem forschen raschen Schwung der im Abendwind geröteten Hand, die mit marionettenhafter Geschwindigkeit wieder und wieder aus dem kurzen, heraufgerutschten Ärmel seiner Lederjacke fuhr; als sich der Zug schließlich in Bewegung setzte, stand Manfred immer noch da und winkte mit der einen Hand in meine Richtung, von links nach rechts, und mit der anderen über seine Schulter als Argument für den Beamten, der ihm offenkundig nicht glaubte, jedoch den Bahnsteig beharrlich mit den Augen absuchte, in der Hoffnung, diesen Fahrschein vielleicht doch noch zu entdecken, der schon längst und für immer vom Wind der Einbildungskraft weggeweht worden war.

Am Morgen war schon der Kölner Dom vor dem Fenster zu sehen; dann kam Belgien, das mir im golden und purpurn flammenden Herbst so schön erschien, wie es mir später nie wieder erscheinen sollte, und der Zug, der sich nun endgültig von seiner russischen Art, über die Schienenstöße zu rattern, verabschiedet hatte, glitt leise und ohne Eile und ohne zu schaukeln an irgendwelchen Kanälen entlang, wenn ich mich recht erinnere, oder an der Maas mit den in der Sonne flammenden Backsteinhäuschen am anderen Ufer, und auf Bahnhöfen, wo wir einen Augenblick anhielten, riefen fröhliche Bahnarbeiter, die alle wie ein Mann auf den Bänken saßen, sichtlich faulenzend oder rauchend oder belegte Brote essend, die sie aus Alufolie auspackten, die ihrerseits in der Sonne blinkte, den an den Wagentüren stehenden Schaffnern zu, die nach der Ankunft in der freien Welt anscheinend ebenfalls milder gestimmt waren: *Ça va? Ça va?* Wie geht's? und die Schaffner warfen einander Blicke zu, mit denen sie sich gutmütig-verächtlich über die dummen Ausländer amüsierten, und riefen zurück: *sowa, sowa, filin, filin* (Eule, Eule,

Uhu, Uhu) … sie hatten einen solchen Spaß an ihrem eigenen platten Humor, dass einer von denen, die von der anderen Seite des unsichtbaren, bereits löchrigen, aber immer noch sehr Eisernen Vorhangs herüberschrien, schließlich etwas zurückrief, was sich anhörte wie: *philine, philine* … offenbar in der Annahme, das heiße auf Russisch *Servus* oder *Tschüss* oder vielleicht *Hau ab* … Natürlich dachte der Rufer mit keinem Gedanken an die unvergessliche Philine aus den »Lehrjahren« , an die ich als unfreiwilliger Zeuge der ganzen Szene während der weiteren Reise immerzu denken musste, und zwar nicht nur, weil ich *Wilhelm Meisters Lehrjahre* damals für den wichtigsten europäischen Roman hielt und ständig wieder las, sondern vor allem, weil ich mich selbst mit meinen damals achtundzwanzig Jahren, am Ausgang der Jugend und ohne zu ahnen, dass ich mich schon sehr bald anders fühlen würde, als Held eines »Bildungsromans«, als Wilhelm Meister empfand, der sich auf die Reise begeben hatte, auf die Suche nach Abenteuern und sich selbst, bereit, jeder Philine, Mignon und Natalia zu begegnen, dem Harfner, Laertes und Jarno, als Teilhaber an einer großen sinnvollen Bewegung, in der sich alle Dissonanzen, sagen wir es so, mit Gewissheit einmal auflösen werden – schon bald! – in einer allumfassenden, alles rechtfertigenden Harmonie; und da unser Waggon, der an immer neue und andere Züge angehängt wurde, der letzte war, stand ich lange, wie ich noch weiß, auf der hinteren Plattform und schaute auf die enteilenden, entschwindenden, gleichsam hinter uns irgendwo versinkenden und wie zuvor in Sonnenlicht getauchten Hügel, auf die erhaben leuchtenden Wälder, auf ein Märchenschloss und noch ein weiteres, das nicht minder märchenhaft war, und später, als ich von der Reise zurück war, stellte ich mir oft vor, was gewesen wäre, wenn ich – oder *sonst jemand* – geflohen und hinausgesprungen wäre, aus dem Zug zum Beispiel, oder einfach in einem Bahnhof ausgestiegen wäre, mitten in dieser mythologischen Landschaft, in diesem von irgendjemandem erfundenen Belgien – der Beginn der *Aventiure,* im mittelalterlichen Sinn und im Sinn des Ritterromans; der Held, der sich auf die Suche nach sich selbst und dem Gral macht …, so oft stellte ich mir all das vor, dass ich es schließlich, wahrscheinlich zwei oder drei Jahre danach, im Traum sah, in einem jener überklaren, hochbedeutsamen Träume, von denen uns nur wenige im Leben vergönnt sind und von denen ich in meinem Leben vielleicht nur zwei oder drei hatte; und in diesem Traum tauchte, als ich gerade versuchte, die rückwärtige Tür zu öffnen, vor der die mythologischen Hügel draußen fortwährend ins Nichts davonflogen, hinter meinem Rücken der Schaffner auf, im Traum noch genauso unscheinbar grau, wie er im Wachen gewesen war, und bat mich in höflichem, schmeichelndem Ton, die Tür nicht zu berühren, ich würde sie doch nicht öffnen können, vor allem aber habe er, der Schaffner, sich verpflichtet, mich unbedingt nach Lutetia, statt Paris sagte er aus irgendeinem Grund Lutetia, zu bringen, wohin ich ja selbst gelangen wollte und recht daran täte: Lutetia, sagte der Schaffner meines Traumes und ging dabei endgültig zum Latein über, ist die größte und schönste Stadt der Welt, Lutetia Parisiorum, sagte der Schaffner immer wieder, urbs grandissima atque pulcherrima est.

2. KAPITEL

I have come to the borders of sleep,
The unfathomable deep
Forest where all must lose
Their way, however straight
Or winding, soon or late;
They cannot choose.

Ich kam bis zu den Grenzen des Schlafes,
Des unergründlich tiefen
Waldes, wo alle ihren Weg
Verlieren müssen, ob dieser gerade
Oder gewunden war, früher oder später;
Sie haben keine Wahl.

Edward Thomas

Ich lernte Viviana am dritten oder vierten Tag meines Aufenthalts in Lutetia kennen; auf den ersten Blick gefielen wir einander wohl nicht. M., mein unendlich entfernter Verwandter, der Enkel eines seinerzeit vor den Bolschewiken geflüchteten Cousins meiner Großmutter, brachte mich mit einem gewissen Pierre-Paul zusammen, und Pierre-Paul dann mit Viviana; sie alle hatten komischerweise mit Comics zu tun und betrieben dieses Metier mit komischer Ernsthaftigkeit. Pierre-Paul, mit dem ich am Tag meiner Bekanntschaft mit Viviana in einer nach Pariser Maßstäben relativ billigen, lauten, vielbesuchten Pizzeria Ecke, wenn mich mein Gedächtnis nicht täuscht, Place Saint-Michel und Quai des Grands Augustins saß, war ein kleiner flinker Bretone, stets schlagfertig und zu einer sarkastischen Antwort aufgelegt, sehnig, muskulös, mit schönen Bewegungen seiner hageren Hände; genauso schnell, böse und gelegentlich brillant zeichnete er seine Supermen, kantigen Scheusale und mit den Wimpern klimpernden Schönheiten. Aus dem Gespräch mit ihm und aus Gesprächen mit anderen hatte ich gelernt, dass die Welt der Comics, auf Französisch »gezeichnetes Band«, bande dessinée oder abgekürzt BD – Paris wurde damals von der Vorliebe für snobistische Abbreviaturen beherrscht –, dass diese mir bis dahin vollkommen unbekannte Welt, die näher kennenzulernen ich, wie ich zugeben muss, keinen besonderen Drang verspürte, dass diese Welt ihre Helden, ihre Genies, ihre Heiligen, Heroen und Verräter hat, ihren Shakespeare, ihren Dante, ihren Raffael, ihre unnachahmlichen amerikanischen Vorbilder und armseligen europäischen Nachahmungen, ihre Avantgarde und ihre Konservativen, ihre Rebellen und Anführer. Über einen Luigi mit italienischem Nachnamen sprachen sie, als wäre er nicht Luigi, sondern Leonardo und als zeichnete er keinen Superman und Batman, sondern die Gioconda und das Abendmahl; sie alle, dieser Italiener, den ich später kennenlernte, Pierre-Paul, Viviana und M. lebten nicht nur in ihrer komischen Batman-Superman-Welt, in ihrer Welt der Karikaturgespenster, der geharnischten Schurken, die nach allen Seiten mit hypertrophierten Revolvern feuerten, in der Welt von Jacks Abenteuern auf dem Mars und Bobs Erlebnissen im Land der Träume, der Sprechblasen mit Ausrufen und

Flüchen, der Umarmungen und gezackten Blitze, der Drohgrimassen und schrecklich lächelnden Visagen, der phantastischen Städte und homerischen Wolkenkratzer, die auf quiekende Mäuse oder Kätzchen oder die alten Römer einstürzten, die aus unerfindlichem Grund in die Zukunft aus Glas und Beton herübergeflogen waren, nicht nur in dieser märchenhaften und komischen Welt lebten meine Bekannten, sondern überhaupt in einer Welt, die mir ebenso unecht erschien wie ihre Comics und Vampire, in einer sehr pariserischen Welt natürlich, die dennoch seltsam weit entfernt, oder schien es mir nur so, von dem Paris war, das draußen vor den Fenstern beispielsweise unserer Pizzeria strömte, funkelte und in allen Sprachen unserer postbabylonischen Erde schrie, flüsterte und grölte. Diese Welt, in der sie berauscht lebten, war zum Teil die Welt der Mode, zum Teil die Welt des *Undergrounds*, der auch in gewisser Weise zur Mode geworden war. Im Grunde war es die Zugehörigkeit zu dieser Welt, die, wie ich sehr rasch verstand, als höchster Wert galt. Man musste vor allem dazugehören, zugeschaltet und einbezogen sein, eben *branché*, also im Spiel sein, angeschlossen an die unsichtbaren und belebenden Energiequellen, die einem durch die Teilnahme am Spiel geschenkt werden und zugleich die Kraft spenden, daran teilzunehmen. Das Wörtchen *branché*, damals wie heute in Mode, bedeutet ja im Grunde den Anschluss ans Stromnetz; es war übrigens schon damals Mode, dieses Wörtchen umzudrehen, seine Silben zu vertauschen und *branché* in *chébran* umzuwandeln – nicht nur eine Vorliebe für Abbreviaturen, sondern auch für krasse Silbenvertauschungen beherrschte damals Paris. Aus letzterem entstand eine besondere Sprache, die ich bei meinem ersten Parisaufenthalt mit Vergnügen lernte, eine Sprache, die man, vielmehr die sich selbst *verlan* nannte, eine Silbenverdrehung des französischen Worts *l'envers*, »umgekehrt«. Eigentlich charmant, so schien mir, und Verlaine nicht weit entfernt …

Das andere Wörtchen, das mir meine neuen Bekannten sofort beibrachten und das für sie unglaublich wichtig war, lautete BCBG oder *bécébégé*, die Abkürzung für *bon chic bon genre*, was ungefähr »Schick mit Stil« bedeutet. Alles, was schick war und Stil hatte, mussten die Glückspilze besitzen, die unter diese Definition fielen, Schuhe von Bally die Männer und Handtaschen von Hermès die Frauen. BCBG unterscheidet sich jedoch von branché, obwohl das eine mit dem anderen natürlich zusammenhängt. Branché (oder hol's der Teufel chébran) war man, wenn man sich zwei oder drei Schals gleichzeitig um den Hals schlang (überhaupt: »Paris ist der Schal«, in der unvergesslichen Definition einer geistreichen Dame); BCBG hingegen erfordert schon eine ganz andere materielle Basis, über die keiner und keine meiner Bekannten verfügte. Branché waren sie also; bécébégé wollten sie alle werden; und sind es seitdem wohl doch nicht geworden. All das hätte man akzeptieren, ja, mögen können, wenn die Unaufrichtigkeit nicht allzu offensichtlich gewesen wäre, die sich in Worten und Andeutungen, raschen Blicken und versteckten Lächeln verriet. Es war ihnen bis zur Pein wichtig, wer wie gekleidet war, wer sich wie benahm, wer wie speiste, wer wen kannte, wer welche Namen nannte, aber sie hätten um keinen Preis, unter keiner Folter gestanden, dass ihnen dies wichtig war. Eine majestätische Geringschätzung und Gleichgültigkeit den Belanglosigkeiten des Lebens gegenüber, die jedem Himmelsbewohner, Asketen oder Heiligen gut angestanden hätte, spielten sie mir und sich vor, in Wirklichkeit aber verfolgten sie diese Belanglosigkeiten mit scheelem, aufmerksamem, missgünstigem Blick, so dass ich, als ich mich, bis dahin vorzüglich im Umgang mit den grauen sowjetischen Makkaroni bewandert, aber ohne die geringste Erfahrung im Aufwickeln von Spaghetti, in der besagten Pizzeria Ecke Quai des Grands Augustins und Place Saint-Michel nach der unbedachten Bestellung vor einem riesigen Teller eben dieser Spaghetti sitzend fand, die zudem endlos lang waren und in einer widerlich glucksenden, spritzenden Tomantensauce schwammen, keine Hilfe von Pierre-Paul bekam, der doch dem erstmals in die Freiheit ausgebrochenen ehemaligen Schüler der allgemeinbildenden Oberschule Nummer soundso einen guten Rat in Sachen gastronomischer Europäisierung hätte geben können. Stattdessen hielt er mit typisch französischen, gleichsam etwas abwehrenden Bewegungen seiner schönen sehnigen Hände einen kurzen Monolog über die Nichtigkeit alles Irdischen, während er selbstverständlich mit raschem, scharfem, vergnügt funkelndem Blick meine Fauxpas beobachtete, sie innerlich nickend und bestätigend begleitete – nichts anderes haben wir vom russischen Bären, ours russe, erwartet –, zufrieden damit, wie wir alle zufrieden sind, wenn sich unsere Erwartungen bewahrheiten und unsere Hoffnungen erfüllen; Vivianas Erscheinen setzte meinen Qualen ein Ende.

Sie hatte nicht vor, mit uns zu speisen, sie war gekommen, um einen Kaffee zu trinken, mit Pierre-Paul beruflich zu reden und dann weiter zu rennen, irgendwohin auf den Montparnasse. Sie war damals schon, aber erst knapp, über dreißig; schön fand ich sie nicht; obwohl ich mir unschwer vorstellen konnte, welchen Erfolg bei anderen Männern, aber leider nicht bei mir, ihre ausgeprägten Jochbeine, ihre eingefallenen Wangen und der schwarze Pony haben mochten. Mir und meinen noch nicht restlos aufgegessenen Spaghetti warf sie einen wilden, schiefen Blick zu, wie eine Stute; ihre ganze Erscheinung hatte etwas rassig Wildes. Branchée und chébran war sie bei alledem in einem Maße, von dem ihre Bekannten wahrscheinlich nicht einmal träumen konnten; sie war über und über mit Schals und Ketten behängt; stets in jenem besonderen Erregungszustand, der durch den Anschluss ans Stromnetz der Mode, an die Quellen des Schicks entsteht. Sie beschäftigte sich auch neben den besagten Comics mit Mode; fertigte Zeichnungen für Modezeitschriften an, entwarf eigene Modelle (»les créations de Viviana«). Sie hieß Viviana mit Betonung auf dem letzten »a«, man durfte auch das erste betonen, es war ihr gleich, doch auf keinen Fall Viviane oder Vivienne sagen. Wer sie Viviane oder Vivienne nannte, war offenbar ihr Feind fürs ganze Leben. Und auch nicht Vivonne?, warf ich ein. Den Namen gebe es überhaupt nicht, was meinte ich denn damit? So nannte Proust das Flüsschen, das durch die mythologische Landschaft seiner Kindheit floss … Am eingetretenen Schweigen erkannte ich, dass ich so etwas lieber nicht sagen sollte. Viviana, kurzum, Viviana Vosco, so und nicht anders.

Viviana ist ein spanischer Vorname, mit anderer Betonung als im Französischen. Ob sie Spanierin sei? Nein, sie sei Französin, antwortete sie sehr energisch und funkelte mich mit wildem Blick an. Ihre Mutter sei Spanierin, genauer Südamerikanerin, und noch genauer Argentinierin.

Ihr Vater wiederum Russe, Alexandre Vosco (ein Name, der mir in meiner damaligen Unwissenheit nichts sagte, die Erinnerung daran ist zum Lachen), in Wirklichkeit Alexander Nikolajewitsch Woskoboinikow (Alexandre Nikolaevitch Voskoboinikoff). Da konnte ich mich, wie ich noch weiß, vor Lachen nicht mehr halten. Was denn daran so komisch sei? Ihr Vater, Alexander Nikolajewitsch Woskoboinikow, habe sich in Frankreich in Alexandre Vosco verwandelt, das sei alles, kein Grund zum Lachen. Aber nein, ich freue mich nur, sagte ich. Ich weiß doch, dass kein einziger Franzose den Namen Voskoboinikoff auszusprechen vermag … Das stimmt, bemerkte Pierre-Paul. Sie war in Buenos Aires geboren, ihre Eltern waren nach Paris gezogen, vielmehr zurückgekehrt, als sie drei war. Sie sprach, wie sich herausstellte, weder russisch noch spanisch; mit einer argentinischen Mutter und einem russischen Vater bestand ihre einzige Chance, Französin zu werden, jedenfalls schien es ihr so, als sie aufs Lyzeum ging, darin, so schnell wie möglich die eine wie die andere Sprache zu vergessen, obwohl ihre Eltern mit ihr als Kind in beiden Sprachen gesprochen hatten. Es sei ihr so gut gelungen, dass sie sich an nichts Russisches mehr erinnere, außer an die Wörter couritsa, capousta und avtostrada.

Nachdem wir gezahlt hatten, gingen wir zu dritt durch die schmale, belebte Rue Saint-André des Arts, vorbei an einem Restaurant nach dem anderen mit Tischchen auf dem Trottoir, vorbei an dem Haus, wo Baudelaire als Kind, übrigens nur ganz kurz, gewohnt hatte und in das seine Mutter mit ihm nach dem Tod seines Vaters gezogen war, um alsbald den General Aupick (der damals noch nicht General war) zu heiraten und erneut umzuziehen (in die Rue du Bac). Diese

Umzüge könnte man für Urbilder und Vorboten seiner künftigen Unbehaustheit halten, und die Heirat der Mutter – nach einstimmiger und unabänderlicher Bestätigung seiner Biografen – für die erste große Katastrophe in der Serie von Katastrophen und Schicksalsschlägen, aus der das Leben unseres Lieblingsdichters, an den ich in Paris auf Schritt und Tritt denken musste, im Endeffekt bestehen würde … Später begegnete ich Viviana noch einmal in einer großen Gesellschaft (nicht weit vom damals noch als neu geltenden Centre Pompidou mit seinen berüchtigten Röhren und anderen ausgestülpten Innereien; jedes Mal, wenn ich es sehe, regt sich in meiner Seele der Wunsch nach Dynamit); wir hatten uns im Grunde nichts zu sagen. Umso erstaunter war ich, als sie mich zusammen mit eben jenem Pierre-Paul, meinem unendlich weit entfernten Verwandten M. und noch jemandem zu sich zum Abendessen einlud, wobei sie mir nebenbei, gleichsam im Nebensatz, mitteilte, dass sie auch ihre Eltern auf deren Bitte eingeladen habe, da ihr Vater, Alexandre Vosco beziehungsweise Alexander Nikolajewitsch Woskoboinikow, der schon mehrere Jahrzehnte lang keinen Menschen mehr *von dort* gesehen habe, mich kennenzulernen wünschte.

3. KAPITEL

Ein Zeichen sind wir, deutungslos.
Friedrich Hölderlin

Ich war, wie gesagt, achtundzwanzig und zum ersten Mal in den gelobten Westen aufgebrochen, ins Land der heiligen oder nicht ganz so heiligen Wunder, und warum sollte ich nicht zugeben, dass mich die »McDonald's«-Filialen und »Sexshops«, die Jeans und Sakkos, der Pariser Schick, le chic parisien (le chic parisien, Monsieur, sagte die kleine Verkäuferin verärgert, die ich mit meiner Suche nach der Harmonie des Billigen und des Schönen enerviert hatte, le chic parisien, Monsieur, beginnt erst ab tausend Francs ...), die großen Kaufhäuser neben der Oper, die Galeries Lafayette und das fabelhafte englische Marks & Spencer (die Antwort des Dandys auf Marx und Engels) – dass mich all das zwar nicht mehr, aber ganz sicher auch nicht weniger interessierte als Notre-Dame und Versailles, der Montmartre, das Musée d'Orsay oder – was schmerzlicher als alles andere ist – die Möglichkeit, mit den verschwindenden Menschen zu reden, die bei meinem nächsten Besuch 1994 im Unterschied zu Notre-Dame und Versailles nicht mehr auf Erden weilten oder unterdessen so alt geworden waren, dass ihnen der

Sinn nicht nach unseren Fragen stand. Kurzum, ich begriff mit meinen bornierten achtundzwanzig Jahren nicht, dass dies meine letzte Chance war, dass die letzten Emigranten, die das untergegangene Atlantis noch gekannt und wie einen Schatz in sich gehütet hatten, zwar noch lebten, aber nicht mehr lange leben würden. Alexander Nikolajewitsch Woskoboinikow war bei diesem einzigen – was ich mir nie verzeihen werde – Mal, dass ich ihn traf und mit ihm sprach, wenn ich heute richtig rechne, siebenundachtzig Jahre alt; er sah sehr gut aus (wie achtzig …). Vielmehr sah er so aus, dass ich mir über sein Alter überhaupt keine Gedanken machte. Mein eigener Vater war bei meiner Geburt fast fünfzig gewesen; mein ganzes Leben lang hielt ich mich für ein spät geborenes Kind. Viviana war folglich ein noch später geborenes Kind … Ich kann mich heute einfach nicht erinnern, wo sie damals wohnte; ich weiß nur noch, dass Pierre-Paul und ich furchtbar lange zu ihr unterwegs waren, furchtbar lange beim Umsteigen an der Station Châtelet warteten, vielmehr nicht warteten, sondern in diesem schlimmsten Pariser Untergrund feststeckten, auf dem überfüllten Bahnsteig, in einem noch nicht von Panik erfassten, aber bereits wütend aufgeheizten Gedränge, weil der Zug wohl wegen eines Streiks Verspätung hatte oder die Züge überhaupt nicht mehr fuhren oder sich erbarmten und nur alle halbe Stunde fuhren, in der Station sich zur Stoßzeit aber eine solche Menschenmenge zusammengeballt hatte, dass man weder weg noch hinaus konnte, sondern nur noch stehen, das Gewicht von einem Bein aufs andere verlagernd, in der Hoffnung, dass der Zug endlich doch noch käme, aber ohne große Hoffnung, sich dann hineinzwängen zu können. Man stand also in dieser gleichgültig finsteren, immer finsterer werdenden Menge, die einen von allen Seiten bedrängte und einem Tabaksqualm in die aufgelöste Visage blies – damals durfte man in der Pariser Métro noch rauchen –; und über alledem erzeugten drei wahnsinnig gewordene Rockbands, die sich mit brutaler Gründlichkeit an beiden Enden und in der Mitte des Bahnsteigs aufgebaut hatten, mit allen ihren Lautsprechern, Schlagzeugen, Kabeln und E-Gitarren ein Getöse wie die drei Niagarafälle. Dabei ging es offenkundig nicht darum, eine freiwillige Spende vom entnervten Publikum einzusammeln, das wahrscheinlich allen Musikern liebend gerne Geld gegeben hätte, damit sie endlich mit ihrem Krach aufhörten, sondern nur darum, einander zuzulärmen, sich bemerkbar zu machen und sich der eigenen Existenz in der unterirdischen Welt und der Welt überhaupt zu vergewissern, im metallischen Chaos, in elektronischen Wirbelstürmen; bei Viviana trafen wir mit einer Stunde Verspätung ein, abgehetzt und wütend, zerlegt in sämtliche Einzelteile und Schräubchen.

Die fünfundsechzig- oder sechsundsechzigjährige, damals noch sehr schöne Maria Vosco, Madame Marie Vosco, die, wie ich später herausfand, zweite Ehefrau von A. N. W. und Vivianas Mutter, war eine Frau mit klar ausgeprägten spanisch-südamerikanischen Zügen, eine Frau, in deren Erscheinung sich die nahezu antike Ebenmäßigkeit des Gesichts und der Figur mit einer leicht heiseren Lebhaftigkeit der Rede, einer jähen Heftigkeit der Gesten und einem jugendlichen, ein wenig linkischen Gesamthabitus verbindet, die solch ein Gesicht und solch eine Figur der Gefahr entheben, wie eine Maske oder Statue zu wirken. Wie ich mich erinnere, trug sie einen dunkelblauen Blazer mit goldenen Knöpfen und einer Tennisapplikation auf der Brusttasche über ihrer hohen, vollen Brust; der Blazer harmonierte, wie mir schien, nicht ganz mit dem bunten Tuch im Ausschnitt der weißen Bluse; sie rauchte, die beringte Hand von sich weggestreckt, lange dünne Pajitos, die in einer kurzen Zigarettenspitze steckten. A.N.W. trug ebenfalls einen Blazer, jedoch ohne Applikation, ein Halstuch mit klassischen Schrägstreifen und, wie ich bemerkte, als er mühelos, wenn auch auf den Stock gestützt, vom Tisch aufstand, eine leicht abgewetzte und an den Knien ausgebeulte Cordhose, dazu offensichtlich sehr teure, gediegene rotbraune Schuhe mit klassischem Lochmuster; wenn er nicht so alt gewesen wäre, hätte ich gedacht, dass diese abgewetzte Cordhose zum blauen Blazer eine absichtliche Nachlässigkeit sei, eine Nachlässigkeit als Komponente der Eleganz (wie es natürlich bei seiner noch gar nicht alten Frau der Fall war); vielleicht war es bei ihm einfach Müdigkeit, Gleichgültigkeit dem täglichen Leben mit seiner gewohnten, längst verleideten Belanglosigkeit gegenüber. Gleichgültigkeit und Müdigkeit waren ihm übrigens kaum anzumerken; in seinen jungen, lebhaften Augen blitzte ein geradezu spitzbübischer Schalk auf, allerdings waren sie sehr dunkel; die Pupille verlief beinahe mit der Iris, als hätte ein impressionistischer Maler diese Augen gemalt, nur mit der Farbe arbeitend und die Linien verachtend (tatsächlich handelte es sich, wie ich später erfuhr, um die Nebenwirkung einer Augenoperation, die er kurz zuvor überstanden hatte). Er war dunkelhaarig, kaum ergraut, die Geheimratsecken waren fast nicht zu bemerken; er sprach leicht schleppend, ein wenig stockend, dabei stotterte er nicht, sondern zögerte, als ob er über irgendein Wort, eine Präposition oder eine Konjunktion nachdächte, ohne selbst zu wissen, ob er schon sprechen oder eine andere Konjunktion, eine andere Präposition wählen sollte. Seine Hakennase war in jeder Hinsicht prominent, massiv, selbstsicher, an der Spitze leicht abgeplattet. Er selbst war nicht von hünenhafter, aber dennoch sehr imposanter Statur; er war nicht dick, aber breit, mit breiten Schultern, breitem Gesicht, breiten Handtellern, sogar breiten Fingern; an der Stirnseite des Tisches sitzend, überragte er alle und schaute von oben auf uns herab, offenbar gewohnt, auf alle von oben herabzuschauen wie auf Kinder – wir waren für ihn wahrscheinlich auch Kinder –, mit einem sehr wohlwollenden, aber dennoch spöttischen Lächeln, das sich von den dunklen Augen in Falten, die mich an einen edlen Hund erinnerten, zum Kinn herabzog. Sein Gesicht hätte ich wohl als plebejisch-aristokratisch bezeichnet; ich schließe im übrigen nicht aus, dass die zahlreichen Fotografien von ihm, die ich später zu sehen bekam, diese erste und einzige persönliche Erinnerung heute überlagern.

Er rauchte nicht. Wie sich herausstellte, hatte er nie geraucht – eine Eigenschaft der Seele und des Charakters (wie er leicht stockend sagte), die Viviana von ihm geerbt habe. Alle anderen rauchten, und zwar viel; seither haben wohl alle das Rauchen aufgegeben. Die Packung »Stolichnye«, die ich aus der Tasche geholt hatte, machte gebührenden Eindruck. Mein unendlich weit entfernter Verwandter M. drehte seine Zigarette lange zwischen den Fingern, drückte sie, schnupperte daran und zündete sie schließlich an; bemüht, das Gesicht nicht zu verziehen, sagte er – sehr interessant, très interessant. Für den Nichtraucher A.N.W. war die Packung selbst très interessant. Cigarettes, sagte er, *sigarety*; er kenne dieses russische Wort nicht, er kenne nur *papirossy*, les papirosses. Ich erklärte ihm den Unterschied, wie wir ihn heute verstehen. Meine Worte schienen ihn nicht zu überzeugen. Er kenne trotzdem nur Papirossi, les papirosses, wiederholte er und drehte in seinen breiten Fingern die Packung, die mir damals so vertraut war (mit einem Sternenkreis in der Mitte und Vignetten im stalinistischen Rokokostil auf dem Klappdeckel), dabei betrachtete er sie mit jener Konzentration, jener Ausblendung von allen Lauten und Sinneseindrücken, bei der wir gleichsam für einen Augenblick dem Leben entrückt sind, und die mir in der Jugend nicht als einzige, wohl aber wichtigste Voraussetzung für jegliches Künstlertum erschien, ja, als einzige Möglichkeit überhaupt, dieses Leben bewusst wahrzunehmen und es folglich zu ertragen. Es sei die erste Packung russischer Papirossi, die er seit sehr vielen Jahren sehe. Ich bot an, sie ihm zu schenken. Nur die Packung, sagte er, der Inhalt interessiere ihn nicht. Ich machte trotzdem keine Anstalten, die restlichen Zigaretten herauszunehmen und irgendwohin zu stecken, da ich mich bereits außerstande fühlte, das Produkt der Fabrik »Jawa« im schönen Frankreich, der Heimat der »Gauloises«, zu rauchen.

Der allgemeinen Unterhaltung hatte ich unterdessen entnommen, dass er Architekt war (ich selbst hätte ihn wahrscheinlich nicht gefragt, was er im Leben machte, in meiner damaligen Schüchternheit, meiner damaligen Gleichgültigkeit …), sogar ein berühmter Architekt (bekannt, verbesserte er, wir wollen nicht übertreiben). Ich warf ein, wie ich mich erinnere, dass ich just am Vormittag dieses Tages in der riesigen – und für einen Buchladen zu lauten – Buchhandlung auf den Champs-Élysées einen gewaltigen und sehr teuren Bildband über moderne Architektur betrachtet hätte und darin auf den nicht übermäßig großen, aber doch ziemlich großen Abschnitt über La Grande Motte gestoßen sei, die Ferienstadt mit Hafen, die in den sechziger Jahren an der Grenze zwischen der Camargue und dem Languedoc vom Architekten Jean Balladur aus dem Boden gestampft worden sei – ein seltenes, wie mir schien, Beispiel für moderne Architektur, zum Teil wie von einem anderen Planeten, vor der und in der man sich nicht wie ein kleiner Comic-Kater im Schatten der alles dominierenden Wolkenkratzer fühlen würde. A. N. W. lachte laut auf, ein zufriedenes Lachen, und warf Maria einen flüchtigen Blick zu. Er kenne Balladur gut, der *diese Stadt am Meer* gebaut habe (er schien mit der Stimme etwas zu betonen und hervorzuheben, was ich damals noch nicht richtig verstand); er habe ihn lange nicht mehr gesehen, etwa zwei Jahre; und heute Vormittag habe Balladur angerufen. Das ist immer so, sagte er, das Leben besteht aus solchen Zufällen. In meiner Erinnerung nickte Madame Marie, wie um zu bestätigen, ja, er hat angerufen, ja, heute, ja, das stimmt. Und ja, er finde auch, dass diese Architektur gelungen sei, sagen wir so, dem Menschen angemessen, obwohl die hiesigen Snobs bei der Erwähnung von La Grande Motte gewöhnlich das Gesicht verziehen. Balladur zitiert die Pyramiden, die er in Mexiko gesehen hat; die Idee sei ihm sehr vertraut, sagte A. N. W.; dann konzentrierte er sich mit ungespieltem Genuss, wie ich mich erinnere, auf das von seiner Tochter zubereitete Abendessen, das für meinen Geschmack fast ungenießbar war – irgendwelches gekochtes Gemüse, vorwiegend matschige Karotten, die in einer dünnen Bouillon schwammen – angeblich ein französisches Nationalgericht.

Als das Abendessen zu meiner Erleichterung vorbei war, als auch schon der Käse gegessen war und auch der traditionelle, wirklich sehr köstliche, kopfüber gebackene Apfelkuchen (tarte tatin), und sich die übrigen Teilnehmer an der Szene auf das Sofa und in die Sessel begeben hatten, um dort ihr ewiges Gespräch darüber fortzusetzen, wer branché war und wer nicht, und – mit der wahrhaft französischen Fähigkeit und Gewohnheit, endlos lange und unendlich ernsthaft über das Essen zu reden – darüber, wer diese tarte tatin, die wir soeben gegessen hatten, wie backe, und dass es Ecke, sagen wir, Rue Mouffetard und Rue du Pot de Fer (Eisentopfstraße, das ist mal ein Name) eine Brasserie gebe, wo man vorzüglich Zwiebelsuppe essen könne, während man in das teure, für seine Zwiebelsuppe berühmte Restaurant neben Les Halles (dem ehemaligen »Bauch von Paris«) gar nicht mehr zu gehen brauche, dort würden nur die Touristen übers Ohr gehauen und unsereins sowieso für dumm verkauft – als folglich das Gespräch über all das unter wohlwollender, ein wenig ironischer Beteiligung von Madame Vosco auf dem Sofa und in den Sesseln weiterging, blieben A. N. W. und ich schließlich allein am Tisch sitzen und gingen endlich zum Russischen über – vielmehr begann er, leicht vom Tisch abgerückt und ein Bein über das andere geschlagen (der Fuß im rotbraunen Schuh und einer unter dem hochgerutschten Hosenbein aufgetauchten langen Herrensocke mit Rautenmuster, die ihrerseits herunterrutschte und gleich Falten bilden würde), mit mir plötzlich in jenem reinen Emigrantenrussisch ohne provinzielle sowjetische Beigaben und kleinbürgerliche Gebärden zu sprechen, in dem in Russland schon längst niemand mehr spricht.

Mein Leben lang bin ich dazu verurteilt, diese russische Sprache in mir zu suchen, zumindest hier, auf dem Papier und in den Kladden. A.N.W. wusste von Viviana, dass ich etwas schrieb (einen Roman); es war der Roman, an dem ich von 1985 bis 1994 arbeitete und der 1998 endlich unter dem Titel »Max« (nach dem Namen der Hauptfigur) erschien. Er fragte mich, wo die Handlung spiele; wahrheitsgemäß antwortete ich – in Moskau, das aber keine große Ähnlichkeit mit dem echten Moskau habe, also eher im Moskau meiner eigenen Erfindung und Konstruktion, und auch im Baltikum, sagte ich. Wo im Baltikum?, fragte er prompt nach. Im Roman wird das nicht gesagt, antwortete ich, aber wer sich auskennt, kann erraten, dass er in Lettland spielt, in einem der Fischerdörfer, die sich, von Kiefernwald getrennt, an der Küstenlinie entlangziehen; um beispielsweise aus Riga dorthin zu gelangen, muss man mit der Vorortbahn durch ganz Jurmala fahren, in Sloka in den Bus umsteigen und noch ziemlich lange auf der Landstraße weiterfahren, die sich ihrerseits an der Küstenlinie entlangzieht, übrigens vom Meer durch eben diesen Kiefernwald getrennt, der natürlich in Dünen übergeht. Ich antwortete wahrscheinlich deshalb so ausführlich, weil ich den Blick seiner tiefdunklen Augen auf mir fühlte; wäre dieser Blick nicht gewesen, hätte ich mich auf den einfachen Hinweis beschränkt – in Lettland am Meer. Haben Sie dort gelebt oder leben Sie dort? Ich antwortete wiederum wahrheitsgemäß, ich würde jeden Sommer in diesem Dorf am Meer verbringen und hätte als Kind längere Zeit im sogenannten Schriftstellerhaus in Dubulty gelebt – das ist Dubbeln, sagte er sofort – und dass mein ganzes Leben irgendwie mit diesen Orten, mit diesem Landstrich verbunden sei. Meins auch, sagte er, diesmal ohne zu lächeln. Er kenne Dubbeln, wie sollte er es nicht kennen? Als Kind habe er im Nachbardorf gelebt, in Majorenhof – das ist Majori, warf ich meinerseits ein – ja, in Majorenhof, sagte er, ohne meinen Einwurf zu hören oder hören zu wollen, jeden Sommer. Er war in Riga geboren und aufgewachsen, in einer russisch-deutschen Familie, wie sich herausstellte. Sein Vater war Russe, seine Mutter Baltendeutsche. Er selbst war eine Zeitlang Lette, Bürger der Lettischen Republik. Und er habe übrigens am Rigaer Polytechnikum studiert, ob ich davon gehört hätte? Ich sagte ja, doch wisse ich nicht, wo es sich befinde. Dort, wo heute wohl die Universität ist, antwortete er. Das Polytechnikum war schon ein Teil der Universität, als er dort studierte. Dasselbe Gebäude, sehr imposant. Ursprünglich auf dem Boulevard des Thronfolgers, der später in Rainis-Boulevard umbenannt wurde, wenn Sie wissen, wer das war. Ich bejahte. Meine ganze Kindheit lang hatte ich das Bild »Jan Rainis im Gebirge« betrachtet, das in der Bibliothek des Schriftstellerhauses in Dubulty hing. Dieses Gebäude des Polytechnikums hat Gustav Hilbig gebaut, der erste Dekan der Fakultät für Architektur; meine Eltern haben ihn noch gekannt, sagte A.N.W., dabei nahm er erneut die Packung »Stolychnye« in die Hand und betrachtete die Sterne und Vignetten. Auf der einen Seite der Park, auf der anderen der Boulevard und der Kanal. Die kleinen Sträßchen beidseits hießen Architekten- beziehungsweise Ingenieurstraße; die Symbole seines Lebens. Er könne dieses Gebäude aus dem Gedächtnis zeichnen, jetzt gleich. Dies tat er dann auch, nachdem er die »Stolychnye« weggeschoben, ein schwarzes Notizbuch aus der Jackentasche und einen Stift aus einer anderen Tasche hervorgeholt hatte; mit raschen, leichten Strichen (Pierre-Paul, der sich aus dem Gespräch über tarte tatin und Zwiebelsuppe gelöst hatte, blickte ihm über die Schulter). Der Stift wirkte in seinen breiten, flachen Fingern winzig und zerbrechlich; die Fensterbögen malte er mit einer kindlichen Sorgfalt, ein kleines Fenster, dahinter ein anderes, während er sich gleichsam über seine Sorgfalt, über sich selbst amüsierte. Als Kind habe er all das so oft gezeichnet, dass es sich ihm natürlich für immer eingeprägt habe. Und der entzückende Jugendstil in der Elisabethenstraße, kennen Sie den, waren Sie mal dort? Wir wohnten ganz in der Nähe … Erinnern Sie sich an das blaue Haus mit den großen Masken im Giebeldreieck? Mit den großen Masken, wiederholte er und machte eine weit ausholende Geste, mit den im Grunde unverhältnismäßig großen Basrelief-Masken in den Ecken des Giebeldreiecks. Als Kind waren mir diese Masken gute Freunde, ich ging extra hin, um sie anzuschauen. Sollten Sie mal wieder in Riga sein … Ganz bestimmt, sagte ich … Dann gehen Sie hin und schauen Sie sie an. Übrigens, Michail Eisenstein hat dieses Haus gebaut, der Vater des sowjetischen Regisseurs. Für Sie ist er vielleicht der Vater des Regisseurs, ging A. N. W. mich plötzlich mit leisem Spott an, für mich ist der Regisseur der Sohn des großen Architekten.

Er zeichnete jetzt irgendwelche Wellenlinien, Rankenmuster und abstrakten Schnörkel in sein schwarzes Notizbuch. Und die Freiheitsstatue? Steht sie noch? Er erinnere sich, wie sie aufgestellt wurde, Mitte der dreißiger Jahre. Er lebte damals schon nicht mehr in Riga, war Ende der Zwanziger nach Paris gegangen (warum, sagte er nicht). Zum letzten Mal war er im Jahr 39 in Riga gewesen, unmittelbar vor der Katastrophe (wieder sagte er nicht warum, weshalb). Im Volksmund hieß sie Milda, sagte er nur. Sie heißt bis heute so, erwiderte ich. Ob ich wisse, wie die Deutschen sie genannt hätten, als sie 41 wieder in die Stadt einmarschiert seien. Ja, sagte ich, Cognacdame. Und ob ich auch wisse warum? Wegen der drei Sterne. Diese Spaßvögel ... Er lachte plötzlich so laut und heftig auf, dass sich alle aus den Sesseln und vom Sofa her zu uns umdrehten (Marionetten, deren Fäden er zog ...); sie nahmen übrigens ihr eigenes Gespräch sogleich wieder auf. Ich kenne diesen Witz schon seit meiner Kindheit, sagte ich. Apropos, als sich Stalin den dritten Leninorden selbst verliehen hatte, wurde er »Drei-Sterne-Maniac« genannt, was wahrscheinlich gefährlicher war, als die Rigaer Freiheitsstatue Cognacdame zu nennen. Darüber mochte er nicht sprechen; er wollte, das konnte ich sehen, lieber über Riga sprechen, über die Küste. In seiner Kindheit, sagte er ohne jede Überleitung, gab es am Strand solche Korbkabinen, sehr schmal und hoch – gar nicht mal Kabinen, sondern Bänke, die auf drei Seiten und nach oben hin von Korbgeflecht gegen den Wind und fremde Blicke geschützt waren; später seien sie natürlich verschwunden. Die reichen Damen wurden auf Karren ins Meer gefahren, das Meer war ja flach – das ist es immer noch, sagte ich –, sie fuhren also auf diesen Karren zu einer tiefen Stelle, der Karren wendete, und die Dame ließ sich in seiner Deckung ins

Wasser plumpsen … Seine Augen waren immer noch so tiefdunkel, lachend und lebhaft; die Packung »Stolichnye« gab er nicht aus seinen breiten, blassen Händen. Seine Eltern hatten ein Sommerhaus in Majorenhof, ein großes zweistöckiges wunderschönes Holzhaus mit Aufbauten und Türmchen inmitten von Kiefern; heute ist es wahrscheinlich abgebrannt. Vielleicht auch nicht, erwiderte ich, dort gibt es viele solcher Häuser. Und es gab einen Jungen, sagte er, ohne mich anzublicken, an die Packung »Stolichnye« gewandt, mit dem ich als Kind befreundet war und jeden Sommer am Strand spielte. Wolodja Grawe hieß dieser Junge. Es war eine reine Sommerfreundschaft, dieser Wolodja Grawe wurde aus Petersburg gebracht, seine Eltern waren reiche, vornehme Leute, nicht mit meinen zu vergleichen, sagte A. N. W. Mein Vater war bei der Eisenbahn. Sein Vater, hieß es, war so etwas wie eine Vertrauensperson des Zaren. Deshalb blieben meine Eltern im Sommer lange in Majorenhof, er dagegen wurde nur für zwei, drei Wochen gebracht, dann fuhren sie weiter nach Biarritz oder sonst wohin, in die Schweiz. Aus irgendeinem Grund reisten sie oft in die Schweiz, nach Davos oder so, seine Mutter hatte es wohl an der Lunge. Er hatte keine Lust, irgendwohin zu fahren, fuhr A. N. W. fort, der nun schon nicht mehr mit mir sprach, sondern mit den »Stolichnye« und sich selbst, und zwar wahrscheinlich deshalb, weil ich sein einziger Freund war, jedenfalls in der Kindheit, so glaube ich wenigstens. Später als Erwachsener hatte er viele Freunde und Bekannte und überhaupt Menschen um sich herum, aber als Kind war er einsam. Er hatte nicht mal Brüder oder Schwestern. Es kommt ja vor, dass einsame Kinder im Erwachsenenalter höchst gesellige Menschen werden, höchst, wie sagt man heute (er suchte und fand das Wort nach kurzem Stocken) höchst kontaktfreudig. Vielleicht habe ich mir das alles auch nur ausgedacht, ich weiß nicht. Ich hatte auch damals viele Freunde, aber keinen, der mir näherstand. Wir trennten uns jedes Mal mit großem Pathos. Aber Sie werden nie erraten, sagte er und blickte mir plötzlich in die Augen, Sie werden nie erraten, wann und wo wir uns beide nach vielen Jahren wiederbegegnet sind.

Wie wenig wissbegierig ich damals auch war, so konnte ich doch, zumindest aus Höflichkeit, nicht umhin, ihn zu fragen, wo und wann. Ich weiß noch, dass A. N. W. mit der Antwort zögerte (wie es jeder erfahrene Erzähler getan hätte, um seine Zuhörer auf die Folter zu spannen; aber A. N. W. wollte mich wohl nicht auf die Folter spannen, und wenn doch, dann nur aus Gewohnheit, in Wirklichkeit dachte er einfach nur an etwas Anderes, Eigenes). Er stand flink auf und ging auf die Toilette; nachdem er zurück war und sich wieder hingesetzt hatte, erklärte er Maria, nein, es sei noch nicht spät, er sei nicht müde, er wolle gerne noch weiter russisch sprechen, habe sich noch nicht satt geredet. Viviana (gerade fällt es mir wieder ein!) schaltete das große Deckenlicht aus; die Stehlampe in der Ecke neben dem Sofa brannte weiter; es brannten auch noch andere kleinen Leuchten in den Ecken und an den Wänden; das Licht fiel seitlich auf A. N. W. und umspielte seine Kinnfalten eines Edelhundes …

Ja, er war ein pummeliger kleiner Junge, in unserer Sommerkindheit, bei Konzerten in Edinburgh, am Strand in Majorenhof, Wolodja Grawe, sehr gepflegt und von den Bonnen verwöhnt; abends trug er eine große Samtschleife, bei deren Anblick man sich das Lachen verkneifen musste …

Diese Gegend, wo Sie heute leben, sagte A. N. W., immer noch ohne mich anzublicken, diese Fischerdörfer in Kurland haben wir gemeinsam besucht, ich weiß nicht mehr genau, in welchem Jahr, 13 vielleicht oder schon 14, unmittelbar vor dem Krieg. Ich war übrigens auch später öfter dort, aber zum ersten Mal mit Wolodja. Unsere Väter und Mütter, sagte er mit seinen Falten lächelnd, während er die Packung »Stolichnye« drehte und wendete, hatten sich eine große, wie soll ich es nennen, partie de plaisir ausgedacht, in offenen Kutschen am Meer entlang. Diese partie de plaisir geriet zu einer regelrechten Reise, die sich über mehrere Tage hinzog. Ich erinnere mich noch gut an unsere Route. Am Anfang fuhren wir zu der Stelle, wo die Rigaer Bucht ins offene Meer übergeht und die Wellen – ein tolles Schauspiel! – übereinanderstürzen; dann ging es an der Küste entlang bis Windau, dann fuhren wir zu meinem Großvater, auf sein Gut bei Hasenpoth ... Hasenpoth? fragte ich ... auf Lettisch Aispute, erklärte er – ein Name, der mir damals nichts sagte. Und Ihr Großvater? ... Großvater und Großmutter besaßen dort ein Gut, antwortete er knapp. Und auf dem Rückweg machten wir Halt in Mitau, wo wir fast eine Woche beim Gouverneur von Kurland zu Gast waren, in seinem großartigen Schloss. Heute scheint mir, dass es eine sehr glückliche Woche in meinem Leben war, die ganze Reise war glücklich. In Mitau, einige Jahre später ... ach, das ist unwichtig. Wichtig ist, dass ich das erlebt habe, habe erleben dürfen. Und ich weiß auch noch, sagte A. N. W., mit seinen tiefdunklen Augen ins Jahr 13 oder 14 starrend, dass wir den ersten Stopp mit Picknick in einem Dorf machten, das für seine herrlichen hohen Dünen berühmt ist – und für die Schneise, die laut

Überlieferung für die Zarin Jekaterina Alexejewna, die Frau Alexanders I., hindurchgeschlagen worden war; sie hatte sich nach einer verwickelten Liebesintrige am Hof in die baltische Einsamkeit zurückgezogen. Die Dünen zu beiden Seiten dieser Schneise wirken wie zwei Wanderdünen aus der arabischen Wüste, die jemand aus Versehen in den Norden versetzt hat; ein seltenes stacheliges Gras wächst darauf. Der Sand dort ist ganz weiß und von der Sonne bis zum Glühen aufgeheizt. Oben stehen Kiefern, vom Wind gebogen, und zwischen ihnen befinden sich in den Dünenfalten vereinzelte kleine Sandkuhlen, wo man sich vor dem Wind schützen kann und wo die Sonne so brennt, als wäre man tatsächlich irgendwo in der Wüste, in Arabien oder Mexiko. Ob alle schon gegangen oder wir allein dorthin geklettert waren, weiß ich nicht mehr, das Gedächtnis vermischt alles, jedenfalls lagen wir lange dort, in diesen Dünen, schauten in den Himmel und lauschten dem Wind in den Kiefern. Wir waren zwölf oder dreizehn Jahre alt und malten einander unsere strahlende, berauschende, unvergleichliche Zukunft aus … Das habe ich mir fürs ganze Leben eingeprägt. Und dann, sagte er und blickte mir erneut eindringlich ins Gesicht, dann trafen wir uns auf dem Dampfschiff nach Argentinien wieder, 1950. Hier trat eine Pause im Gespräch ein. So etwas passiert eben im Leben. Erzählen Sie, bat ich (trotz meiner mangelnden Neugier damals). Er wollte erzählen, ich sah es; aber natürlich erzählte er das alles nicht mir, sondern sich selbst.

Ich reiste geschäftlich nach Argentinien, disons, für meine Firma, erzählte er; ich sollte in Buenos Aires einen Wolkenkratzer bauen, einen skyscraper, oder gratte-ciel, wenn Sie so wollen; daraus wurde übrigens nichts, den Wolkenkratzer habe ich nicht gebaut, dafür verschiedene andere Dinge, naja, das tut jetzt nichts zur Sache. Es war ein italienisches Dampfschiff, alt und schmutzig, es war wahrscheinlich in Genua ausgelaufen, steuerte dann Marseille an, wo ich an Bord ging, dann die Kanaren, dann Kap Verde, dann Rio de Janeiro und dann Buenos Aires. Aber auch das ist unwichtig. Wichtig ist, sagte A. N. W., dass ich auf diesem Schiff reiste, und plötzlich teilte mir jemand mit, dass unten, unter Deck, Kompatrioten von mir reisten … Landsleute, russische Auswanderer, DPs … wissen Sie, was DPs sind? Ich wusste es. Wirklich? Er schien mir nicht zu glauben. DP, displaced persons, sagte ich, Deportierte, die zweite Welle der Emigration. Sie wissen alles, sagte er, wer hat Sie das gelehrt? Darauf wusste ich nun keine Antwort. Kennen Sie das Gedicht: »Auf den blauen Meereswellen bringt man Iwan nach Argentinien?« Nein, Sie kennen es nicht? Jetzt kennen Sie es. Wieder lachte er so laut auf, dass sich alle vom Sofa aus nach uns umblickten; seine Frau schien sich bereits heftig zu langweilen, bestand jedoch nicht darauf, aufzubrechen. Sie waren wohl alle in Genua an Bord gegangen, wohin man sie offenbar aus München gebracht hatte … Wir hatten uns dreißig Jahre lang nicht mehr gesehen. Damals waren wir kleine Jungs gewesen, jetzt waren wir erwachsene Männer. Ich hätte ihn wahrscheinlich nicht wiedererkannt, er war es, der mich plötzlich anrief.

Unter Deck war es finster, Hängematten, Kinder, Geschrei, Gebrüll und Geschimpfe. Jemand klimperte auf der Gitarre und stimmte mit durchaus leidlichem Bariton ein Lied an, ich weiß sogar noch, welches: »Auf dem Muromer

Weg standen drei Kiefern …« Kennen Sie diese Romanze? Ich kannte sie. Da rief er mich an, fuhr A.N.W. fort und wippte mit dem Fuß. Er saß in der Hängematte. Aufgeschwemmt, kahlköpfig, runde Brillengläser. Mehr gibt es nicht zu erzählen. Nichts, wundern Sie sich nicht. Nun ja, wir sind uns eben wieder begegnet, nach sechsunddreißig Jahren, was soll man heute darüber erzählen? Er machte eine nun schon etwas schwerfällige Bewegung, um aufzustehen, die sofort von Maria bemerkt und nachgeahmt wurde, doch dann ließ er sich wieder auf seinen Stuhl sinken, fuhr sich mit der breiten Hand über das Gesicht, strich es glatt und schwieg. Ja, er saß in der Hängematte, Wolodja Grawe, vollkommen kahl und mit runder Nickelbrille. Er reiste unter anderem Familiennamen, die DPs nahmen alle andere Namen an, nicht Grawe, sondern Grabbe oder sogar Grablin, das ist heute ohnehin egal. Sie wurden noch bis 47 den Sowjets ausgeliefert … Ich hätte ja auch nicht hinuntergehen können, unter Deck, dann hätte ich ihn nicht getroffen. Offenbar sollte es so sein, sollte ich ihn auf diesem Dampfschiff treffen. Sie sagen, das Leben sei merkwürdig? Das Leben ist sehr merkwürdig, das Leben ist viel seltsamer und merkwürdiger, als Sie und ich vermuten. Ich erzählte ihm meine Geschichte, er erzählte mir seine. Wir waren einen Monat unterwegs, erzählten einen Monat lang. Er war zu Beginn des Krieges in Gefangenschaft geraten. Hatte aber überlebt. Es war ihm gelungen, nachzuweisen, dass er Volksdeutscher war, man behandelte ihn ganz passabel. Er war ja auch wirklich zur Hälfte Deutscher, wie ich selbst, nur war meine Mutter deutsch, und bei ihm war es der Vater. Auch zuvor hatte er überlebt, ich weiß nicht mehr wie, sogar das Ingenieursstudium hatte er geschafft. Wie sich herausstellte, hatten wir im selben Jahr geheiratet und waren im selben Jahr geschieden worden … Und was kam dann? Dann lebte er noch gut zwanzig Jahre. Nein, nicht gut zwanzig Jahre, unterbrach er sich plötzlich (fast irritiert über seine Ungenauigkeit, wie mir schien), zweiundzwanzig Jahre lebte er in Argentinien, arbeitete auf verschiedenen Baustellen, er war ein vorzüglicher Ingenieur, er starb an einem Herzschlag, auf der Straße, mitten in Buenos Aires, neben dem dortigen Freiheitsdenkmal, der sogenannten Pyramide, Piramide de Mayo. Er war ein starker Raucher, steckte eine Papirossa an der anderen an. »Zigarette« klingt auf Russisch einfach komisch. Auf Spanisch, ja, los cigarillos. Es gab in Amerika noch Pajitos, wie Maria sie raucht, und natürlich Zigarren. Versuchen Sie, im Leben glücklich zu sein, wenn es sich für Sie so fügt. Es ist schwer, aber wenn man sich sehr bemüht, dann klappt es vielleicht, wer weiß?

4. KAPITEL

No, Time, thou shalt not boast, that I do change:
Thy pyramids built up with newer might
To me are nothing novel, nothing strange;
They are but dressings of a former sight.

Nein, Zeit! nicht wandelbar sollst du mich schelten:
Mir kann dein junger Pyramidenbau
Nicht staunenswert, nicht für ein Wunder gelten;
Sie sind nur Anputz einer ältern Schau.

William Shakespeare

Ein halbes Jahr später war auch er nicht mehr am Leben. Er starb, wie ich im nachhinein erfuhr, nicht in Paris, sondern in dem Dorf im Languedoc, wo er zu Beginn der sechziger Jahre, kurz nach seiner Rückkehr aus Argentinien, ein uraltes, hallendes Steinhaus mit einem mittelalterlichen Ritterturm gekauft, nach seinem Geschmack umgebaut und es zu einer örtlichen architektonischen Sehenswürdigkeit gemacht hatte; Maria überlebte ihn zehn, vielleicht auch zwölf oder dreizehn Jahre. Ich sah sie, obwohl ich in den neunziger Jahren öfter in Paris war, ebenfalls nicht wieder, was ich mir auch nicht verzeihen kann. Bei jenem ersten, lang zurückliegenden, schon beinahe unwirklichen, wie nicht selbst erlebten Aufenthalt hatte ich Viviana und Pierre-Paul noch mehrmals getroffen; danach waren andere Menschen in mein Leben getreten, hatten andere Begegnungen stattgefunden. Ich fuhr zu Bekannten nach Chambéry, sah den von Lamartine besungenen dunklen See; meine damalige deutsche Freundin – die übrigens seltsamerweise auch Maria hieß – kam aus Freiburg, um mich zu sehen; dann reiste sie ab; dann reiste ich ihr nach – ich hatte eine Mitfahrgelegenheit gefunden – nach Freiburg; von Freiburg ging es nach Konstanz; und schließlich nach München, durch das ich drei oder vier schon fast winterliche, nasskalte, dunkle Novembertage wanderte und dabei das Gefühl hatte, dass ich hier, genau hier und nur hier leben wollte. Ich prägte mir Einzelheiten ein, diesen Zugang zur Isar gegenüber vom Maximilianeum, der durch ein niedriges Geländer von den Straßenbahngleisen getrennt ist, dann diesen schmalen Weg zwischen Rückgebäuden und Gärten mit kahlen Bäumen hindurch vom Englischen Garten über die Kaulbachstraße zur Bibliothek, ohne natürlich im geringsten zu ahnen, dass ich viele Jahre später in der Nähe von München, sozusagen in seiner Nachbarschaft, leben würde, dass ich 2007 endlich in diese Stadt umziehen und 2010 durch ein nicht immer gnädiges Schicksal wieder ausgestoßen werden würde – und dass ich hierher kommen würde, um – eben jetzt – das zu schreiben, was ich schreibe, diese Erzählung oder diesen Roman oder was weiß ich, was es werden wird, dass ich mit meinen Kladden aus einem Café ins andere ziehen würde, gestern, heute – aus dem berühmten Café Annast am Odeonsplatz ins geliebte, vergammelte Drugstore bei der Münchner Freiheit, mit dem Kleinkunsttheaterchen drüber, in die englische Teestube in der Türkenstraße, wo man echte scones mit echter direkt aus England importierter clotted cream bekommt und schnauzbärtige Gentlemen in den Lehnstühlen sitzen –, dass ich, das Heft aufgeschlagen, beim Lärm fremder Stimmen, bei Musik, die mal mehr, mal weniger aufdringlich ist, versuchen würde, meine erste und einzige Begegnung mit Alexandre Vosco und Maria zu beschreiben, diese kurze und im Grunde zufällige, nun schon ein Vierteljahrhundert zurückliegende Begegnung in Paris, die ich wohl schon bald darauf fast vergessen hatte, an die ich mich aber natürlich trotzdem wieder erinnerte, als ich, im Dezember 1988 nach Russland zurückgekehrt, den Moskauer Winter und den Perestroika-Frühling überstanden hatte und im Sommer 1989 wieder in *mein* lettisches Dorf gefahren war, das sich für mich seither seinerseits (oder auch) in etwas Mythisches, mythisch Unerreichbares verwandelt hat. Natürlich nicht, weil ich nicht einfach mal so dorthin reisen könnte – Alexandre Vosco konnte es nach 1940 nicht, ich kann es schon – sondern, weil dieses hinter seiner hohen Düne versteckte Dorf für mich so fest und eng mit einer bestimmten Zeit verbunden ist, eben mit meiner Jugend, dass es ohne diese Zeit, außerhalb dieser Zeit, gleichsam nicht mehr existiert und ich einfach Angst habe, dorthin zu fahren, ich fürchte mich, dort nur die leere Hülle der Vergangenheit vorzufinden, einen toten Ort.

1989 war er noch lebendig, gegenwärtig. Ohne Wissen um die Zukunft und fast ohne Gedanken an die Vergangenheit musste ich mich natürlich doch daran erinnern, als ich in jenem Sommer dort angekommen war, meine Sachen in dem über den Sommer gemieteten Zimmer abgestellt hatte und selbstverständlich sofort, wie es sich Jahr für Jahr als

Ritual wiederholte, zum Meer gelaufen war, auf dem grauen, schiefen Steg über das Strandrinnsal hinüber, welches das Dorf von den Dünen trennt, und als ich in diese Dünen kam, in diese bewusste Schneise zwischen den Dünen, die einst für die Zarin Jekaterina Alexejewna, die Gemahlin Alexander I., oder, wie es die Einheimischen behaupteten, für – na, klar! – Katharina die Große höchstselbst geschlagen worden war, als ich diese auf beiden Seiten in den Himmel strebenden Sandberge betrachtete, musste ich mich einfach – um es ein letztes Mal zu sagen – an die beiden Jungen erinnern (von A. N. W.s Tod wusste ich wahrscheinlich noch nichts …), wie sie in jenem unvordenklichen Jahr 14 genauso, den Kopf in den Nacken gelegt, die vom Wind gebeugten Kiefern dort oben und den klaren Himmel darüber anschauten, wie sie um die Wette hinaufkletterten, wobei sie sich wahrscheinlich feixende Blicke zuwarfen, wie sie dort, geschützt durch eine Dünenfalte, in einer von der restlichen Welt abgetrennten winzigen und geborgenen Welt lagen, wo es nach erhitzten Kiefernnadeln roch – und immer noch riecht –, nach erhitztem Sand, und die Zukunft, über die sie an jenem für immer entschwundenen Tag sprachen, ein Jahr vor dem Weltkrieg oder im ersten Kriegsjahr, die Zukunft, über die sie genauso wenig wussten wie ich über meine, diese noch jungenhaft abenteuerliche, noch nicht ganz von Karl May und Mayne Reid befreite Zukunft, die aber doch schon eigene erwachsene Konturen, Interessen und Leitlinien erkennen ließ, die Zukunft erschien ihnen vermutlich wie eine große sinnvolle musikalische Bewegung, in die einzuschwingen sie sich bereits anschickten, die schon in ihnen sang wie der Wind in den Kiefern; und das Meer senkte sich, wenn sie sich auf dem Ellbogen aufstützten, gleichsam von oben auf sie herab, jenseits der Kiefern glitzernd und blitzend, ihnen freundlich zugetan.

Ich traf Viviana erneut im Jahr 1994; sie erschien mir älter und gelber; vielleicht hatte sie die Hoffnung auf Familie und Glück aufgegeben. Ich wusste seltsamerweise nichts von irgendwelchen Kavalieren, so als hätte sie überhaupt keine. Ich fand es im Grunde gut, dass sie nichts von ihnen erzählte und im Gespräch keine »amis« erwähnte, weder gegenwärtige noch vergangene. Dabei war sie immer noch genauso branché, genauso chébran, immer noch mit Ketten und Schals behängt, immer noch vom Strom der Mode aufgeladen, vom Strom des mondänen Lebens. Und die Männer drehten sich auf der Straße immer noch nach ihr um. Seltsam war auch, wenn ich es recht bedenke, dass ich aus dieser zufälligen Gesellschaft von Comicfans und Modeprofis allein zu ihr den Kontakt aufrecht erhielt, keinen Kontakt, den man jedes Mal bei jeder neuen Ankunft in Paris erneuern musste, sondern einen Kontakt, der einfach alle diese Jahre überdauerte. Wir hatten uns nach wie vor nichts zu sagen (bis ich in allerjüngster Zeit anfing, mit ihr über ihren Vater und ihre Mutter zu reden, nachdem ich endlich auf die Idee gekommen war, das zu schreiben, was ich jetzt schreibe); aus irgendeinem Grund rief ich sie trotzdem an, nicht sehr oft, aber immerhin, aus Russland, dann aus Deutschland; und aus irgendeinem Grund rief auch sie mich an, einfach so, in Moskau, dann in Eichstätt, in Regensburg, in München, an allen Orten meiner Wanderjahre. Wenn die Lehrjahre zu Ende sind, beginnen die Wanderjahre ... Mitte der neunziger Jahre ließ sich mein lieber, alter, heute verstorbener (wie schwer mir dieses Wort über die Lippen geht) Freund Pawel Dwigubski in Paris nieder, über den ich hier nicht viel schreiben werde und dem ich mein voriges Buch (*Die Stadt im Tal*) gewidmet habe; ich weiß noch, wie ich ihn in einem Café bei der Place des Vosges mit Pierre-Paul und Viviana bekannt machte und wie sie vor Lachen fast unter den Tisch kugelten, als ich ihn, da ich mein Versprechen vergessen hatte, ihn in der Gesellschaft von Franzosen keinesfalls P.D. zu nennen, wie ich es von Jugend auf gewohnt war, justament so nannte; PD, nicht zu verwechseln mit BD, ist, wie unschwer zu erraten, eine herrlich rüpelhafte Abkürzung von pédéraste. Ich weiß noch, wie wir beide auf dem Weg zu einer alten Emigrantin waren, der er mich vorstellen wollte, und ich wieder einmal in einen kleinen Buchladen hineinschaute, irgendwo auf dem Montmartre, diesmal eng und stickig, und dort einen dicken, feierlichen Bildband in goldenem Schutzumschlag entdeckte mit dem Titel *Alexandre Vosco, l'architecte et l'homme*, »Der Architekt und der Mensch«, (Paris-Montréal, 1991); leider kaufte ich ihn nicht wegen seines unanständig hohen Preises und meiner damaligen, noch halb studentischen Armut. Dwigubski trieb mich zur Eile an; der Buchhändler hatte einen ätzenden Radionsender eingeschaltet; man konnte sich nirgendwo hinsetzen. Dennoch sah ich an diesem Tag zum ersten Mal Fotos von manchen Gebäuden, die A.N.W. gebaut hatte, natürlich nicht von allen, aber von seinen berühmtesten Bauten, wie ich später erfuhr: von der pyramidenförmigen Bibliothek in Spanien, die aus unterschiedlicher Perspektive und in verschiedenen Seitenansichten fotografiert war; die Schwarzweißfotos einer schwedischen Backsteinstadt unter einem pathetischen Nordhimmel, vielmehr einer Vorstadt, die in einem Kiefernwald verschwand, mit Tiefgaragen und ebenfalls unter der Erde verborgenen Zufahrtsstraßen, die auf einem gesonderten unleserlichen Plan gezeigt wurden; Fotografien, die in verschiedenen Einstellungen die über die dunkle Bucht gespannte, kühn geschwungene und gleichsam schräg geneigte Brücke von Rio-Davia zeigten; und ebenfalls in Rio-Davia die transparente über die Hügel und Felsen talwärts kriechende Universität; orientalisch farbstarke Fotografien vom hinter blühenden Kirschbäumen liegenden Museum für Gegenwartskunst in Osaka, das in Form eines liegenden Eies gebaut ist, die untere Partie aus Beton, die obere aus Glas, hinter dem sich die Struktur der Stockwerke und Treppenhäuser wie ein Traumgebilde abzeichnet – eines seiner gewagtesten und verrücktesten Bauwerke, wie in den Bildkommentaren zu lesen war, ein Meisterwerk der verrückten Architektur (architecture folle). Ich sah auch die ersten Fotos von A. N. W. (seither habe ich viele davon gesehen): der junge A. N. W. mit einem komischen schmalen Schlips, A. N. W. in Argentinien, sehr groß, sehr glücklich, mit orangefarbenem Bauhelm; A. N. W. im Blazer, den ich kannte, oder einem ähnlichen, schon gealtert, mit übergeschlagenem Bein im Sessel vor dem riesigen Fenster seines Ateliers im Languedoc; A. N. W. im selben Atelier vor dem Reißbrett mit verschwommenen Umrissen von irgendwelchen langgestreckten Häusern, die er entworfen hatte, keine Ahnung, ob sie gebaut wurden oder nicht.

Ob ich Dwigubski die Geschichte vom Dampfschiff erzählt habe, die Geschichte von der Begegnung zwischen Alexander Woskoboinikow und Wladimir Grawe, seinem

Kinderfreund, dem Deportierten und Flüchtling, weiß ich heute nicht mehr (also eher nicht). Dwigubski mit seinem Gespür für die Vergangenheit und seinem Interesse an früherem Leben, an Ereignissen und Schicksalen entschwundener Epochen, hätte sie zweifellos zu würdigen gewusst. Wie dem auch war, ich selbst dachte, je weiter die Zeit voranging und je lebhafter mein eigenes Interesse an der Vergangenheit wurde, immer öfter an diese Episode einer fremden, mir nur in sehr vagen Konturen bekannten Biografie, in der ich natürlich den Puls ganz anderer, literarischer Möglichkeiten gewahrte, den Kern eines Sujets, das Aufkeimen einer Prosa. Es vergingen fünf Jahre nach meiner Begegnung mit A. N. W., es vergingen zehn und auch fünfzehn Jahre. Nach und nach wurde diese Geschichte zu einem Teil meiner eigenen Erinnerungen; noch ohne sie als künftiges Buch, als künftigen Text zu reflektieren, versuchte ich doch wieder und wieder – zwischen anderen Gedanken und Ideen – mir vorzustellen, wie es damals war, wie sie sich begegneten, wie sie miteinander sprachen.

In der Tat, wie war es? Und vor allem, was für ein Dampfschiff war es? War es überhaupt ein Dampfschiff, also ein Schiff mit Turbine und nicht zum Beispiel mit einem Dieselmotor? Möglicherweise bezeichnete es A. N. W. so (ich erinnere mich genau, dass er es so bezeichnete) aus altmodischer Gewohnheit, wie er ja auch die Zigaretten als Papirossi bezeichnete. Ich verstehe ihn übrigens sehr gut. Mit dem Wort *Dampfschiff* verbindet sich etwas Gemütliches und zugleich Geheimnisvolles, was dem hoffnungslos prosaischen Wort *Motorschiff* natürlich abgeht. Und Papirossi klingt zugegeben romantischer, schöner und geheimnisvoller als Zigaretten. Es war wahrscheinlich dennoch ein Motorschiff, 1950 fuhr wohl kaum noch jemand unter Dampf nach Amerika, weder nach Nord- noch nach Südamerika, also ein mit Dieselöl betriebenes Schiff, aber was für eines es war, ein Passagier-, Fracht- oder Kriegsschiff, das weiß ich nicht. Ein Kriegsschiff konnte es nach A. N. W.s Erzählung nicht sein, obwohl die russischen displaced persons in der Regel auf Kriegsschiffen in die Neue Welt gebracht wurden; der allererste Transport nach Nordamerika lief, wie ich kürzlich erfuhr, am 21. Oktober 1948 auf dem amerikanischen Kriegsschiff »General Black« von Bremerhaven aus; diesen Black löste später »General Ballou« ab, ein dunkles, nach den Fotos zu urteilen, die ich auftreiben konnte, langgestrecktes militärisches Versorgungsschiff, das mehrere Jahre lang zwischen Bremerhaven und New York verkehrte. Auf diesem Schiff reiste unter anderen Iwan Jelagin aus, der große ungelesene Dichter, der erst im Jahr 50 nach den Berliner Bombenangriffen und Münchner Deportiertenlagern endlich die Erlaubnis erhalten hatte, in Amerika Sicherheit und einen Lehrauftrag an einer Universität zu ergattern. Nach Jahrzehnten, am Ende seines Lebens, erwähnte er diesen Ballou in seinem vielleicht nicht gerade gelungensten Poem: »Das Kriegsschiff ›General Ballou‹ fuhr im Morgendunst auf New York zu ...« Auch in einem anderen, besser geglückten Gedicht erwähnt er dieses Schiff, den Schiffsbauch, die Hängematte, die gegen die Schiffswand schlagenden Wellen ... Ich vermute, auch nach Argentinien wurden die vom Warten zermürbten Flüchtlinge, die Zwangsauslieferungen erlebt hatten, Gerüchte und Ängste, Besuche von sowjetischen Geheimdienstlern, die sich eifrig bemühten, sie heimzuholen in die Obhut des geliebten Schnauzbarts, gefälschte Bescheinigungen, falsche Pässe, endlose Untersuchungen auf Tuberkulose und Loyalität – ich vermute, auch nach Argentinien und in andere Länder Lateinamerikas wurden sie auf Kriegsschiffen gebracht. Aber eben nicht alle, manche auch einfach auf Passagierschiffen; ich habe keinerlei Grund, Alexandre Voscos Bericht nicht zu glauben.

Nehmen wir also an, es war ein Passagierschiff, nicht sehr groß und nicht sehr luxuriös, ganz sicher keine »Queen Mary«, überhaupt keiner jener Ozeanpaläste, die nach Krieg und U-Booten wiederhergestellt, Ende der vierziger, Anfang der fünfziger Jahre nach Nordamerika fuhren, bis sie gegen Ende des Jahrzehnts von den Flugzeugen, durch billige Preise und Schnelligkeit besiegt wurden; aber dennoch ein Passagierschiff, das folglich in Klassen unterteilt war, mit hierarchischer Verteilung von Komfort und Luxusanstrengungen für die Glücklichen und Reichen. Und in welcher Klasse reisten die Flüchtlinge? Wahrscheinlich in keiner, außerhalb jeder Klasse, außerhalb der Gesellschaft. Für sie war es die Hauptsache, dass sie überhaupt reisten, dass sie Europa verließen, dass sie überlebten. Das Schiff schaukelte, wahrscheinlich herrschte Seegang, manche wurden seekrank. Ringsumher nur Ozean, das war wichtig, selbst andere Schiffe waren nicht zu sehen. Folglich waren sie beide im Raum verloren, im metaphysischen Element des Meeres, zwischen Alter und Neuer Welt, altem und neuem Leben, außerhalb der Zeit, in einer vom Schicksal gewährten Pause, vom Schicksal sich selbst und einander gewährt, allein miteinander, mit sich selbst … Und wo saßen sie? Doch nicht unter Deck in einer Hängematte, wo Kinder schrien und ein angenehmer Bariton »Auf dem Muromer Weg ...« sang? Wenn es ihnen der Seegang und der Wind erlaubten, gingen sie natürlich hinauf an Deck, saßen in den Liegestühlen oder standen, sich festhaltend, an der Reling, hielten das Gesicht den Luftmassen entgegen, der Sonne, die monumentale Kraft gewann, je weiter sie nach Süden kamen. Und wenn nicht, dann saßen sie wahrscheinlich irgendwo in der Bar und schauten, nun durchs Bullauge, auf das sich hebende und senkende Element, und wie musste sich wohl Wladimir Grawe (oder Grabbe, Grablin) in dieser Bar fühlen, im abgetragenen Sakko von fremden Schultern, geschenkt von einer Wohltätigkeitsorganisation (IRO oder Irotschka, wie sentimentale DPs sie nannten), nach gut zwanzig Jahren unter den Sowjets, nach Krieg, Gefangenschaft und Lagern? Alle wussten, dass er von dort unten war, aus dem Nirgendwo; der Barmann und die Stewards bedienten ihn widerwillig, schauten schief, mit lakaienhafter Verachtung. Ich hoffe, die Stewards, der Barmann und die anderen Passagiere waren den beiden vollkommen schnuppe.

Aber die Hauptsache – wie sprachen sie über ihr vergangenes Leben, wie erzählten sie einander diese so verschiedenen Leben? Ich wusste bis in die jüngste Zeit fast nichts, weder über das eine Leben noch erst recht über das andere; dennoch verstand ich, dass es diesen fünfzig- oder beinahe fünfzigjährigen Kinderfreunden, die sich so seltsam und unverhofft wiederbegegnet waren, fast unmöglich war, einander von ihrem bisherigen Leben zu erzählen. Natürlich wussten die russischen Emigranten auch in den zwanziger und dreißiger Jahren alles über Sowdepia (der Westen wollte nichts davon wissen, aber die Emigranten wussten alles).

Alexandre Vosco, Alexander Nikolajewitsch Woskoboinikow, kannte selbstverständlich den Unterschied zwischen dem revolutionären Petrograd und dem Leningrad der NÖP-Zeit, wusste Bescheid über Fünfjahrespläne, das Jahr der großen Wende, Lebensmittelkarten, Schauprozesse und andere Annehmlichkeiten des Daseins, kannte die sowjetischen Wörter, Abkürzungen und Begriffe, alle diese Ukoms, Kraikoms – alle diese Kreiskomitees und so weiter... Trotzdem, die Kenntnis der Realität ersetzt nicht das Sich-darinbefinden. Er wusste, wie es war, denke ich, aber er wusste natürlich nicht, wie es roch. Er kannte diesen muffigen Geruch des sowjetischen Lebens nicht, der in alle Falten und Poren eindrang, in deine Gedanken, in deine Verzweiflung. Er ging nicht durch den Hintereingang, quetschte sich nicht in die Straßenbahn, stand nicht nach Hering Schlange. Er kannte nicht diese unablässige Angst und ständige Langeweile, diese Porträts, diese Versammlungen, dieses Gefühl der eigenen Gemeinheit, weil du nicht schreist, nicht aufs Pflaster fällst, nicht mit den Fäusten auf den Milizionär losstürmst, sondern wie alle gehst, den Blick zu Boden gerichtet und den Hut tief in die Stirn gezogen, er kannte dieses Gefühl nicht, dass du hier niemals, niemals mehr herauskommst, dass weder Venedig noch Wien existieren, nicht existieren können und sogar nicht mehr existieren dürfen, er kannte nicht diesen animalischen Glanz in den Augen jedes Beamten, jedes Vorgesetzten, der davon träumte, dich in Stücke zu reißen und sich an seiner nichtigen Macht über dich Menschenwürmchen zu berauschen.

Und was verstand Wladimir Grawe von seinem, Alexander Woskoboinikows, Emigrantenleben? Vielleicht erinnerte er sich ja auch nur schlecht an das alte Leben, versuchte es zu vergessen, wie es wohl auch mein Großvater und meine Großmutter zu vergessen versucht hatten, die in eben jenem Leningrad nachts nicht schliefen, auf Schritte im Treppenhaus horchten, auf das Geräusch von Autos, die vor dem Hauseingang vorfuhren. Um im Jahr 37 irgendwie zu überleben, musste man natürlich das Jahr 13 vollkommen vergessen haben. Meine Großmutter verbrannte in eben diesem Jahr 37 in der Küche das gesamte Familienarchiv, alle Briefe, alle Fotos, alle Ansichtskarten aus Helsingfors und Heidelberg, was ihren jüngeren, so sehr geliebten Bruder trotzdem nicht vor der Ausweisung und anschließenden Verhaftung rettete, dafür meine Mutter und mich für immer von der Vergangenheit abschnitt. Wladimir Grawe aber schien mir, wenn ich an ihn dachte, Ähnlichkeit mit meinem Großvater zu haben, Maxim Wladimirowitsch Dawydow, Bauingenieur wie er, der seine Herkunft und Vergangenheit so forsch und geschickt verheimlichte und verbarg, dass ich heute fast nichts über ihn weiß, ich weiß nicht einmal, wer seine Eltern waren, wie sie hießen, und infolge der pyrotechnischen Versuche seiner Frau, meiner Großmutter, werde ich es wahrscheinlich auch nie mehr erfahren, ich kann all das nur nach den wenigen Fotografien und den indirekten Zeugenberichten, die ich in meiner Kindheit gehört habe, beurteilen, nach seinem freien Umgang mit der deutschen Sprache und seinem offenbar weniger freien Umgang mit der französischen, nach seinen Manieren und seinem Humor, von denen mir so oft erzählt wurde, seinem Charme, der nicht nur auf Frauen unwiderstehlich wirkte, sondern auch – was viel schwieriger war – auf die Parteibonzen und

Parteiparvenüs, seinen vornehmen Gewohnheiten, die er verzweifelt und unerschrocken in den schlimmsten proletarischen Jahren und in größter Geldnot beibehielt, in die er mit seiner Frau und seinen Töchtern immer wieder geriet. Er wusste anscheinend nicht genau, wo im Haus sich die Küche befand. Wenn er nach einem langen Arbeitstag nach Hause kam, setzte er sich einfach an den Tisch und wartete, dass man ihm Tee im Glas mit silbernem Halter servierte oder das Abendessen mit dem obligatorischen Gläschen Wodka. Es gibt ein Kinderfoto von ihm, auf festem Karton wie alle Fotos aus dieser Epoche, wo er mit zwei anderen mir unbekannten Kindern vom pfiffigen Fotografen nach Größe und Alter aufgestellt worden ist, als Größter und Ältester von den dreien, mit einer großen weißen Seidenschleife unter dem sichtlich sehr steifen, breiten Kragen, in weißer Weste unter der Jacke – und mit diesem Ausdruck von Sorglosigkeit in den Augen, im Gesicht und in der ganzen Figur, in der Beinstellung, im Schwung der Lippen und in der Weichheit seiner großen Hand, mit diesem Siegel einer heiteren, liebenden Verhätschelung, die seine Kindheit offensichtlich umgab, dass man kaum glauben mag, er könne in der Finsternis, die bald nach diesem Fototermin eintrat, irgendwelche Überlebenschancen gehabt haben. Doch es gab diese Chancen, wie es sie offenbar auch für Wolodja Grawe gab. Mein Großvater mit seiner Ingenieursausbildung und verheimlichten Vergangenheit schaffte es, obwohl er bis zum Tod des schnauzbärtigen Vampirs einen gepackten Koffer unterm Bett stehen hatte – für den Fall seiner nächtlichen Verhaftung –, sogar so etwas wie ein Vorgesetzter zu werden, der zu seinem Glas Tee oder Abendessen mit einem

Gläschen Wodka aus der kleinen geschliffenen Karaffe im Dienstwagen vom Chauffeur gebracht wurde, der den Verwandten der Kinderfrau meiner Mutter und später von mir, die vor dem Hunger und der Kolchose auf dem Land in die Stadt geflohen waren, Arbeit auf Baustellen besorgte und sogar in irgendwelchen Vollzugs- oder Gewerkschaftskomitees saß … Auf einer anderen Fotografie, die jetzt vor mir liegt, ist er noch jung, aber mit schon ziemlich tiefen Geheimratsecken, so dass seine Stirn wuchtig und hoch aussieht, er trägt eine militärische Uniform mit drei quadratischen Kragenabzeichen und dem Anstecker der Pioniertruppen auf den schwarzen Kragenspiegeln, das Gesicht ist natürlich gar nicht mehr kindlich, aber erkennbar dasselbe, mit großen, wie vor Verwunderung über irgendetwas geweiteten Augen, die nun mich aufmerksam und ernst anschauen, mit einem maschinell ausgeführten sowjetischen Armeehaarschnitt, sauber, aber trotzdem grob konturierten Koteletten und nicht ganz glatt rasierten Wangen. Es ist eine Aufnahme aus dem Finnisch-Sowjetischen Krieg – dem »finnischen Winterfeldzug«, wie er verschämt genannt wurde –, in den er, zur Armee eingezogen, aus Leningrad geschickt worden war, um irgendwelche Straßen durch das Wintermärchen zu schlagen. Es gibt noch ein weiteres Foto, wo er inmitten dieser finnischen, von Schützengräben zerfurchten Winteridylle steht, im Uniformmantel mit denselben drei Rangabzeichen auf den rhombenförmigen Kragenspiegeln, auf der Mütze der rote Stern, mit der Pistole am breiten Gurt und dem vollkommen zivilen, traurig-ironischen Gesicht des Petersburgers, eine Brille mit runden Gläsern auf der Nase, genauso eine, wie ich sie selbst gerade aufgesetzt habe, und genau demselben naiven, unschuldigen Schwung der Lippen wie auf dem ersten Kinderfoto. Er sieht hier noch jünger aus – vielleicht wegen der Mütze, die die Geheimratsecken verdeckt, aber die Augen blicken genauso ernst, aufmerksam, verwundert. Auf weiteren Fotos aus der Kriegs- und Nachkriegszeit zeichnet sich plötzlich eine Härte auf diesem entschlossenen und weichen Gesicht ab, eine traurige Strenge in den Augen und in den Linien um den Mund.

Im Großen Krieg war mein Großvater auch, in Gefangenschaft Gott sei Dank nicht. Diese Gefangenschaft von Wladimir Grawe kann ich mir natürlich kaum vorstellen, bis heute nicht, dafür nahm sein DP-Lager, als ich in den neunziger Jahren häufig nach München fuhr und schließlich dort wohnte, für mich Gestalt an durch die riesigen Kasernenanlagen im Norden der Stadt, die in den dreißiger Jahren ungewöhnlich schnell hochgezogen worden waren von den Architekten des Neuen Reiches, denen sich der Weg zum Ruhm so unverhofft eröffnet hatte, nach dem Krieg wurden sie von den Amerikanern zum Teil für die eigenen Truppen genutzt, zum Teil eben für die DPs, später wurden sie der Bundeswehr, Polizei und Feuerwehr übergeben. Alle diese Jahre fuhr ich von Norden her nach München hinein oder aus München nach Norden hinaus, nach Eichstätt und Regensburg, und passierte folglich dieses nördliche Randgebiet mit dem seltsamen Namen »Freimann«, das neben Fröttmaning liegt, wo vor wenigen Jahren für die Weltmeisterschaft 2006 ein riesiges ovales Fußballstadion gebaut worden ist, das nachts in wechselnden Farben erstrahlt und die ganze Umgebung beleuchtet. Es gab dort etliche Kasernen (»Wie viele Kasernen waren am Stadtrand gebaut!«, schrieb Iwan Jelagin später in seinem »Flüchtlingspoem«, der in München unter anderen »Verschleppten« auf die Entscheidung seines Schicksals wartete und während der Wartezeit seine ersten Gedichtsammlungen schrieb, die er auf dem Hektographen druckte; ganze zwei Bände!, heute eine bibliophile Rarität ...); dennoch ist es ein tröstlicher Gedanke, dass die Amerikaner das Hauptflüchtlingslager nicht zum Beispiel in der gigantischen, gigantomanischen ehemaligen SS-Kaserne einrichteten, obwohl dort ebenfalls Flüchtlinge untergebracht waren, eine Zeitlang eben auch Iwan Jelagin (heute beherbergt sie die Sanitätsdienste und Krankenhäuser der Bundeswehr; ich wurde beinahe verhaftet, als ich dort zu fotografieren begann), sondern in der weitaus bescheideneren ehemaligen Luftnachrichtenkaserne, im Volksmund »Funkkaserne« genannt, von der heute nur noch das Hauptgebäude steht, das der Polizei abgetreten worden ist. Alles übrige, alle von Jelagin erwähnten »Betonbauten« sind schon abgerissen worden. An ihrer Stelle sollen nach dem Plan der Stadtverwaltung Wohnhäuser, Büros, Künstlerateliers, Supermärkte und sonstige Einrichtungen entstehen, die die Schrecken der Vergangenheit vergessen haben; heute, im Zwischenraum zwischen Vergangenheit und Zukunft (gestern war ich dort), ist das ganze Gelände ein unübersehbarer Bauplatz mit wiederum unübersehbaren Pfützen, nicht sehr tiefen Baugruben und einem einsamen orangen Bauwagen, daneben eine Ausstellung von Baggerschaufeln und anderen tiergestaltigen Maschinenteilen, gigantischen Spiralschrauben, gigantischen Zangen, dazwischen unbekümmert Birken und Linden im gelben Herbstlaub, Schotterhaufen und Berge von Bauschutt, wo noch die letzten, die allerletzten Reste – morgen werden sie schon weg sein – der abgerissenen Baracken herumliegen, verrostete Rohre, verrostete Klammern und ein unversehrtes Waschbecken aus einem nicht mehr existierenden Badezimmer, tief und fast weiß, in der Mitte ein dunkles Loch. Ein plötzlicher Weitblick öffnet sich dort auf einmal, eine plötzliche Perspektive mit dem Olympiapark weit hinten und der Nadel des Fernsehturms unter dem niedrigen, fahlen Himmel.

Nachkriegsaufnahmen dieses Kasernenareals aufzustöbern, ist mir nicht gelungen, aber auf den offiziellen, in tragischem Wagner-Ton gehaltenen Schwarzweißfotos der Nazis vom Ende der dreißiger Jahre sieht das noch erhaltene Hauptgebäude, das heute recht bescheiden, ja beinahe gemütlich wirkt, feierlich und furchterregend aus – ein typisches Produkt der pseudoklassizistischen, in Wirklichkeit barbarischen Architektur, die sich in diesem schändlichen Jahrzehnt (»a low dishonest decade«, in der unvergesslichen Formulierung von W. H. Auden) erstaunlicherweise nicht auf die glücklichen Länder beschränkte, die von den Genies mit Schnauzer und Fliege beherrscht wurden, obwohl sie natürlich dort ihre höchste Vollendung erlangte, ihre Akme. Es ist ein langgestrecktes zweigeschossiges Gebäude mit hohem Dach, winzig kleinen quadratischen, unausweichlich an ein Gefängnis erinnernden Fenstern im Erdgeschoß und genauso abstoßend gleichförmigen hohen Fenstern im ersten Stock; unter einem der fünf Rundbögen in der Fassade erkennt man, von irgendjemandem schamhaft hinter einer Holzplatte verborgen, eine Tür – ins Nichts. Fahnenmasten und ein öder Exerzierplatz runden das einladende Bild ab.

Doch am bemerkenswertesten sind die riesigen, einander zugewandten Adler mit den bedrohlichen Schnäbeln vor dem Eingang zu diesem Platz, die auf hohen, dem Anschein nach überlebensgroßen obeliskförmigen Sockeln aus mächtigen Quadern erstarrt sind und sich nicht mit Vogelkrallen, sondern mit Pranken von Raubtieren auf ebendiese obeliskförmigen Sockel stützen ... Diese Adler sind nicht mehr da, aber nach dem Krieg soll es sie noch gegeben haben. Und wenn man heute dieses Foto betrachtet, ist es gar nicht einmal so schwer, sich Wladimir Grawe vorzustellen, im abgetragenen Trenchcoat, wiederum von fremden Schultern und ein Geschenk jener wohltätigen Irotschka oder ihrer Vorgängerin (UNRRA), wie er sich in die Stadt aufmachte, in der Hoffnung, Papirossi aufzutreiben oder Papirossi gegen Speck einzutauschen oder irgendwo etwas schwarz zu verdienen oder das Haus des »Barmherzigen Samariters« in der Mauerkircherstraße aufzusuchen, wo ein russischer Arzt kostenlos Patienten behandelte und sich das russische Gymnasium befand, in dem er – vielleicht, wer weiß das heute noch? – Zeichenunterricht erteilte oder technisches Zeichnen oder vielleicht auch Mathematik unterrichtete. Wie mögen ihn diese Adler angeschaut haben, die ihm den Ausgang in die freie Welt verwehren wollten? Die Welt und München lagen noch in Trümmern, und die Reste der Mauern, Müll, Schutt, Fliesenscherben, zerbrochenes Fensterglas, Ziegelsplitt, zerstörte Möbel, zerschlagenes Geschirr, Tränen und Ängste, zertrampelte Hoffnungen und verlorene Illusionen wurden nach Fröttmaning neben Freimann geschafft oder auf das riesige freie Feld im Westen (Oberwiesenfeld), wo einst ein ziviler und später militärischer Flugplatz gewesen war und wo nun dieser Schuttberg wuchs und wuchs, bis zu einer Höhe von fünfzig Metern, der dann in den siebziger Jahren in den Olympiapark integriert wurde.

Er ging wahrscheinlich zu Fuß nach Schwabing, dort nahm er die Trambahn. Oder er stieg an der Münchner Freiheit aus der Trambahn aus und ging, sofern das Wetter schön und er bei Kräften war, durch den Englischen Garten, durch dessen entlegeneren, für ihn näheren Teil, der wild ist, fast wie ein Wald, zwischen den raschelnden Bäumen hindurch, am See vorbei, wo trotz allem lachende Pärchen in Ruderbooten fuhren, amerikanische GIs mit bayrischen Mädeln, dann weiter und weiter, am abgebrannten Chinesischen Turm vorbei, am von Bomben beschädigten Monopteros vorüber bis zur Isar, dort setzte er sich irgendwo ans Ufer, rauchte eine Papirossa aus seiner Ration, schaute auf das grünliche Wasser, das reißend an ihm vorüberströmte, dachte vielleicht an irgendwelche anderen Flüsse, er musste sich ja an sie erinnern, dachte ich, wenn ich mir überhaupt über all das Gedanken machte, er erinnerte sich vielleicht an den breiten, stillen, aber gefährlichen Fluss voller Strudel mit dem schönen Namen Kurländische Aa, den Fluss seiner baltischen Kindheit, der im freien Lettland in Lielupe umbenannt wurde, an diesen majestätisch-gefährlichen Fluss, der bei Majorenhof und Dubbeln so nah ans Meer herankommt, dass der Küstenstreifen mit den Sommerfrischeorten beim Blick auf die Karte wie ein Zufall erscheint, wie aus Vergesslichkeit nicht vom Salz- und Süßwasser verschlungen, von den Schlünden auf beiden Seiten, an den Fluss, zu dem er mit Sascha Woskoboinikow heimlich weggelaufen war, mit dem besten Freund seiner halbbaltischen Kindheit, der seither längst in der Emigration verschollen war, wo wusste er nicht, oder vielleicht ums Leben gekommen, dachte er, als die Sowjets 1940 Lettland gefressen hatten, oder jetzt auf Kolyma das Eis aufhackte, vielleicht gerade jetzt, aber damals am Ufer der Aa spornten sie einander in ihrem Übermut an und mieteten von einem gutmütigen lettischen Fischer mit Hängeschnauzer ein schrundiges, flaches, nach Fisch und Tang riechendes Boot, was ihnen strengstens untersagt war, ruderten ans andere Ufer hinüber, wo es nichts gab als zunächst Schilf, dann Gras, Wiesen, Wolken und Freiheit, wo eine völlig andere, vom Sommerfrischeleben unberührte große und lockende Welt begann, die sich in Wirklichkeit als ganz schrecklich herausstellte, wo sie einmal, einander in ihrer Abenteuerlust aufstachelnd, zu einem einsamen, fast unter seinem Strohdach verschwundenen Hof gelangten und beinahe von einem riesigen schmutzigen Zottelhund gefressen wurden, der einfach nicht auf den zitternden, barfüßigen Greis hören wollte, den er mit seinem haltlos wütenden Gebell aus dem Haus geholt hatte.

Und hatte er das tatsächlich alles selbst erlebt, dachte er, er, Wladimir Grawe, aufgeschwemmt, kahlköpfig, mit runder Nickelbrille, der alles und alle verloren hatte, immer hungrig war, an nichts mehr glaubte, der solche Ängste durchlebt und solche Greuel gesehen hatte, aber immer noch zappelte wie der Fisch im Netz jenes Letten, dachte er, den es noch nach Amerika zog, nach Argentinien, nach Australien, in der Hoffnung, dass eins dieser drei großen A ihn aufnehmen würde – der erste Buchstabe des Alphabets, ein neuer Anfang, ein neues Leben – oder ein Nachhall des kurländischen Flusses Aa seiner Kindheit, der noch ins Offene hinausfloss, ihn vielleicht noch ins Offene hinaustragen könnte. Für einen Augenblick nickte er ein, von der Sonne gewärmt, auf der Schotterbank der smaragdgrünen schnellen Isar. Dann schreckte er auf, sprang hoch und ging weiter, immer weiter, überquerte die Isar auf einer unzerstörten Brücke, stieg nach Bogenhausen hinauf, ins Viertel der luxuriösen Jugendstilvillen, wo unweit des vom Krieg verschonten goldenen Friedensengels (der wie früher mit ausgebreiteten Flügeln über der Stadt schwebte und sie segnete, auf der hohen weißen Säule), in der stillen, an den Park grenzenden Möhlstraße, wo ich jetzt manchmal das Auto parke (das Parken kostet dort nichts, man findet leicht einen Platz und ins Zentrum ist es nicht weit) der Lärm des in ganz München und fast ganz Deutschland berühmten Schwarzmarkts brandete, der unter der Aufsicht der amerikanischen Kommandantur blühte, die in einer der Villen untergebracht war, wo man alles gegen alles tauschen konnte, Kaffee gegen Zigaretten und Zigaretten gegen ein Abendkleid. Wenn er also etwas eingetauscht hatte, ging er vielleicht, wie ich es heute manchmal mache, wieder über die Isar, durch die Prinzregentenstraße, am »Haus der deutschen Kunst« vorbei, einem weiteren Meisterwerk der Nazi-Architektur, das von den Bomben nicht getroffen worden war, mit der Aufschrift »Officers-Club« hinter den sieghaften Säulen und wahren Siegern, die immer fröhlich im Schatten des wuchtigen Portikus »Camel« rauchten – und weiter durch den Hofgarten, über den Odeonsplatz durch die Theatinerstraße zum Marienplatz, ins Herz der bayrischen Hauptstadt, über aufgerissenes Pflaster, an Ruinen vorbei, die ihm wie die Ruinen seines eigenen Lebens erschienen, vorbei an gähnenden Fensterhöhlen, entblößten Innenräumen, starrenden Rohren und Rostflecken, an einem in der Luft schwebenden Zimmer mit Bett, Stehlampe und Nachtkasten vorbei, der fertigen Szenerie für ein Familiendrama (dachte er, oder dachte ich für ihn), dem Publikum zugekehrt, die Schauspieler von den Bomben vernichtet … All das waren, um es noch einmal zu sagen, meine Vermutungen. Erstaunlich ist nur, dass sie sich in der Folge bestätigten. Das Leben, hatte Alexander Woskoboinikow bei unserer einzigen Begegnung zu mir gesagt, das Leben ist seltsamer und merkwürdiger, als Sie und ich vermuten. Wladimir Grawe verbrachte, wie ich vor kurzem erfahren habe, tatsächlich mehrere Monate in der Funkkaserne in Freimann und hat auf den Fotos, die ich mir schlussendlich ansehen konnte, wirklich eine geradezu komische, ja fürchterliche Ähnlichkeit mit meinem Großvater, bis auf die Tatsache, dass er krankhaft aufgeschwemmt war, was man bei meinem Großvater, der übrigens auch Anfang der sechziger Jahre an einem Herzleiden gestorben ist, auf keinem einzigen Foto erkennen kann, trotzdem sieht er ihm geradezu komisch, ja fürchterlich ähnlich, die gleiche runde Brille, die gleiche haarlose hohe Stirn, sogar der gleiche Schwung der dichten Brauen, den meine Mutter und zum Teil auch ich geerbt haben, und er schaut auf diesen Fotos (die wohl in den ersten argentinischen Jahren entstanden sind) genauso erstaunt und genauso aufmerksam, vielleicht etwas düsterer und trauriger und mit einer deutlich härteren Falte im weichen, gutmütigen Gesicht.

5. KAPITEL

Alle Zufälle unseres Lebens sind Materialien,
aus denen wir machen können, was wir wollen.
Novalis

Im Herbst 2007, als ich ausgerechnet im geliebten und wieder aufgebauten München lebte, rief mich Viviana plötzlich an und teilte mir mit, dass ihr älterer, um viele Jahre älterer Halbbruder Pierre Vosco ein paar Tage in der bayrischen Hauptstadt verbringen werde; sie bitte mich, ihn zu treffen und ihm die Stadt zu zeigen, besonders, weil er noch nie zuvor in Deutschland gewesen sei, alles Deutsche hasse und schaudernd in das Land der Mörder reise. Ich hatte noch nie etwas von einem älteren Bruder gehört. Ja, er sei der Sohn ihres Vaters aus erster Ehe, ebenfalls Architekt, wenngleich nicht so berühmt. Dafür ziemlich reich, er habe seinerzeit eine Großbürgerliche geheiratet, eine grässliche Person aus uralter Familie, eine bourgeoise französische Madame, mit der sie, Viviana, nichts zu tun habe und nichts zu tun haben wolle. Sie seien dort alle aus Gier verfault, »pourris par les frics«. Sie besäßen ein Haus bei Paris und ein Schloss in der Normandie und ein Chalet in den Alpen und eine Sammlung von Oldtimern …

Den Chalet- und Schlossbesitzer traf ich nach Münchner Tradition auf dem Odeonsplatz, neben dem Aufgang der U-Bahn. Er war selbstverständlich noch nicht in dem Alter, in dem sein Vater war, als ich ihn kennenlernte, wirkte jedoch fast älter, so streng und steif war sein Auftreten. Der Schnauzbart, gepflegt, borstig und grau, verlieh ihm etwas Gravitätisches. Ich, ein Mensch mit Vorurteilen, bin Schnauzbärten und Fliegen gegenüber misstrauisch ... Grau war auch sein Haar, das noch ebenso voll war wie das seines Vaters bei jener lang zurückliegenden Begegnung. Und genauso rein war sein Russisch, er sprach vielleicht mit einem leicht singenden Akzent, dehnte auf anheimelnd erstaunte, durchaus pariserische Weise die Vokale (wooollen Sie wiiissen) und fiel bei ähnlich lautenden Wörtern selten ins Französische (nicht Metró, sondern Métro; monument; trottoire). Selbstverständlich, beantwortete er hoheitsvoll mein Kompliment, zu Hause hätten sie immer russisch gesprochen, ausschließlich russisch, unbedingt russisch. Mein Russisch belauerte er (dachte ich) fast so, wie Pierre-Paul damals meinen Kampf mit den Spaghetti belauert hatte (mit jener eifersüchtigen Aufmerksamkeit, mit der alte Emigranten gewöhnlich das Russisch ihrer im Schatten von Hammer und Sichel geborenen Landsleute belauern, multipliziert um die uneigennützige Freude des Franzosen an fremden Fauxpas und Fehlern). Bei Ihnen hört man überhaupt keinen sowjetischen Tonfall, sagte er plötzlich, gleichsam verwundert über diesen für ihn sonderbaren Umstand. Was verstehen Sie denn darunter?, fragte ich ihn. Als Antwort gab er ein paar sentimental volkstümelnde Laute von sich, die er weinerlich hochzog, so dass ich nur mit Mühe ein Lächeln unterdrücken konnte. Ich wollte mich dennoch nicht mit ihm anlegen. Er trug einen blauen Blazer, aber natürlich keine ausgebeulte Cordhose, sondern offenbar genau die Hose, die man zu einem Blazer trägt; dazu einen korrekten, sandfarbenen Regenmantel und einen korrekten Seidenschal; heldenhaft zog er weder das eine noch das andere aus, obwohl ihm sichtlich heiß war. Ich selbst, der ich zu diesem Zeitpunkt sämtliche Ambitionen auf branché, chébran und ähnlichen Unsinn aufgegeben hatte, sofern mir überhaupt jemals welche eigen gewesen sind, trug einfach Jeans und wohl irgendeine Jacke; mein Aufzug schien ihn zu frappieren. Allmählich taute er jedoch auf; als ich ihm die Feldherrnhalle gezeigt hatte und die berühmte Stelle, wo 1923 Hitlers »Marsch auf Berlin« vereitelt worden war, als wir durch den Hofgarten gegangen waren und eine Weile beim mit Muscheln ausgekleideten Pavillon gestanden hatten, wo immer Mozart oder Schubert gespielt wird und an diesem Tag eine maskulin wirkende Cellistin Vivaldi zum Besten gab, als wir dann durch die Unterführung unter der Prinzregentenstraße hindurch in den Englischen Garten gelangt waren, da kletterte Pjotr Alexandrowitsch Woskoboinikow, Pierre Vosco, der bis dahin kein einziges Mal gelächelt hatte, in seinem Blazer, Regenmantel und seinen Millionärsschuhen mit den nicht vollständig ausgestanzten Löchern plötzlich aufächzend über den niedrigen Zaun, der den Weg von der nächsten Wiese abgrenzte, holte eine schmale Brille aus dem Etui, klemmte sie auf die Spitze seiner imposanten Nase, beugte sich hinunter, ging dann in die Hocke und begann einen kleinen ölig glänzenden Pilz, der sich im noch ganz grünen, in der Sonne grell und feucht glänzenden Gras versteckte, mit den

Fingern zu untersuchen, ohne ihn abzubrechen, kehrte anschließend auf den Weg zurück und erklärte mir, wohl eine Spur verlegen, dass er eigentlich Mykologe sei, Experte für Pilze. Er habe zwar sein Leben lang als Architekt gearbeitet, aber wirklich interessiert hätten ihn von klein auf nur Pilze, er sei sogar erster oder zweiter Vorsitzender, ich weiß nicht mehr, der französischen oder nur der Pariser Mykologischen Gesellschaft, und dieses Amt habe ihn eben nach München geführt, da hier der Internationale Mykologenkongress stattgefunden und heute Morgen geendet habe, zu dem Mykologen aus aller Welt gekommen waren, aus Norwegen, aus China … Als er mir all das mitgeteilt hatte und ich mir dachte, wie ich noch weiß, dass nur eine häusliche Verrücktheit, ein gezähmter Wahnsinn den Menschen zum Menschen und das Leben erträglich macht, brachte ich das Gespräch endlich auf seinen Vater und erzählte ihm von unserer neunzehn Jahre zurückliegenden Begegnung (von der er natürlich über Viviana Kenntnis hatte, aber keine Einzelheiten wusste), berichtete ihm diese Einzelheiten, erzählte vom Dampfschiff nach Argentinien und von Wladimir Grawe.

Das Eis war wohl noch nicht gebrochen, aber es knackte schon und bekam Risse. Darüber hat mein Vater also mit Ihnen gesprochen? Ja, sagte ich, und Ihr Vater war meiner Ansicht nach sehr zufrieden, um nicht zu sagen, glücklich, als er erfuhr, dass ich, erstens, lange in Lettland gelebt habe, an den Orten seiner Kindheit, und, zweitens, an dem Tag, als wir uns begegnet sind, einen Bildband über Architektur mit Fotos von La Grande Motte angeschaut hatte, weil ihn nämlich am selben Tag zum ersten Mal seit Jahren Jean Balladur angerufen hatte; seine ein wenig naive Freude über diesen im Grunde sehr einfachen Zufall hat sich mir für immer eingeprägt. Pierre Vosco lachte zum ersten Mal während unseres Treffens in überraschend tiefem Bass auf. Mein Vater hatte im Alter wunderliche Marotten, sagte er, den Anflug eines ganz persönlichen Wahnsinns, so sagte er. Sehen Sie, er führte ganze Listen solcher Zufälle, sie müssen noch irgendwo sein. Jemand schaut zu Hause eine Fernsehsendung über Proust an, dann verlässt er das Haus, geht in die Métro hinunter, und im Wagen sitzt auf der gegenüberliegenden Seite des Gangs ein zierliches blondes Mädchen mit dem zweiten Band von *Auf der Suche nach der verlorenen Zeit* in der Hand. Und es ist kein Zufall, dass es der zweite Band ist, versetzte ich, sie ist ja das Mädchen in der Blüte, »la jeune fille en fleur«. Er schien meine Bemerkung zu goutieren. Diese Geschichten hätten seinen Vater außerordentlich beschäftigt, er habe darin einen hohen und geheimnisvollen Sinn gesehen. Was die Geschichte mit dem Dampfschiff betreffe, so habe sein Vater vor dem Tod sehr oft darüber gesprochen, aber, wie es ihm, Pjotr Alexandrowitsch, bis heute scheine, nur mit ihm, mit ihm allein, und nur auf Russisch, dabei hatte er doch bestimmt auch mit Maria darüber gesprochen. Maria kannte übrigens Wladimir Grawe, Wladimir Sergejewitsch, glaube ich, sehr gut und war ihm öfter in Buenos Aires begegnet. Und er, Pierre Vosco? Nein, er selbst nicht, er sei nie in Argentinien gewesen.

Je aufmerksamer ich ihn betrachtete, umso größere Ähnlichkeit fand ich zwischen ihm und seinem Vater oder den Fotografien von Alexander Woskoboinikow, die ich zu sehen bekommen hatte; jetzt jedenfalls, da ich bereits zahlreiche

Fotos vor mir liegen habe oder im Computer anschauen kann, steht diese Ähnlichkeit für mich außer Frage. Er war natürlich nicht so groß und breit wie sein Vater, dieser Pierre Vosco, der während unseres ganzen Spaziergangs und der folgenden Spaziergänge Ausschau nach Pilzen hielt und sie manchmal fand, aber etwas Breites hatte auch er, breit waren seine Handteller, breit waren auch die Finger, mit denen er seine mykologischen Funde liebevoll betastete. Auch seine Nase war so selbstsicher und grobknochig. Sein Blick verriet durchaus adlerhafte Ambitionen. Immerhin, ich wiederhole es, taute er nach und nach etwas auf. Natürlich spürte er mein ungespieltes Interesse an seiner Familie und Vergangenheit, er musste es spüren, und das ist ja für jeden von uns schmeichelhaft. Wer interessiert sich schließlich ernsthaft für uns? Wen gehen unsere persönlichen und familiären Überlieferungen etwas an, die mit jedem Tag und jeder Stunde immer unbarmherziger und hoffnungsloser von der wachsenden Wüste zugeweht werden? Zudem glaube ich, dass das unerwartete Vertrauen, das mir sein Vater vor langer Zeit entgegengebracht hatte, in P.A.W.s Augen eine Art Adelsbrief war. Vielleicht waren diese drei Tage in München auch Ferien für ihn, eine Pause im mühevollen Dienst an den Konventionen, den er sich einst aus irgendeinem Grund, wer weiß warum, auferlegt hatte, ein Schlitz im Harnisch, den er gewöhnlich trug. Als ich ihn zwei Jahre später wiedersah, in seinem Schloss in der Normandie und in Gesellschaft seiner vollkommen ausdruckslosen, vertrockneten kleinen Gattin mit dem verkniffenen Mund, war der Schlitz verschwunden, die Rüstung glänzte, kein Lächeln zeigte sich …

An jenem ersten Tag gingen wir durch den Englischen

Garten bis zum See – P.A.W. entpuppte sich als Freund langer Spaziergänge, die wahrscheinlich, wie er bekannte, mit seiner Leidenschaft für Pilze zusammenhingen –, saßen eine Weile im Café an diesem See, beobachteten die Schwäne, Ruder- und Tretboote, die über seine vom stetigen Wind gekräuselte Oberfläche glitten, rund um die geheimnisvolle, für Parkbesucher unzugängliche Insel herum, die hohen, ins Himmelsblau aufragenden Pyramidenpappeln und die zum Wasser herabgeneigten Silberweiden auf der Insel, an unserem und am jenseitigen Ufer, dann verließen wir den Park und gingen in die Stadt, in die stillen Altschwabinger Sträßchen – Keferstraße (wo Rilke während des Ersten Weltkriegs wohnte, den dieser Krieg in München ereilt und den Verlust seiner gesamten Habe und sämtlicher Papiere in Paris verursacht hatte), Feilitzschstraße, Mandelstraße, Werneckstraße. Es war ein wunderschöner bayrischer Herbsttag, ein leichter Föhnwind wehte, aber nur ein Hauch. Dieser Föhn löst noch keine Kopfschmerzen aus, die Gedanken und der Himmel aber klaren auf, die Sicht ist weit, die Umrisse der Dinge treten deutlich hervor, die Ecken und Fenster der Häuser, ihre Simse, Säulen und Giebel, wie ein scharf gezeichnetes Spinnengewebe wirkt der Baukran am Ende der Straße, über den Dächern und Schornsteinen. Irgendwo neben der U-Bahn-Station *Münchner Freiheit* gab es tatsächlich eine Baustelle, hinter einem halbhohen Zaun, der mit Monstern, Batmanfiguren und allerlei Comicdrachen vollgemalt war, an denen Pierre-Paul und Viviana ihre Freude gehabt hätten, dachte ich; wir standen ziemlich lange vor dieser Baustelle, weiß ich noch, ohne die gemalten Drachen zu beachten, dafür beobachteten wir aber die anderen aus Eisen, einen faszinierenden, tiergestaltigen Apparat, der aus einem fünf Stockwerke hohen Pfeiler bestand, von dem an einem Stahlseil so etwas wie ein in die Erde gerammter Kolben heruntergelassen war; der äußere Zylinder stand fest auf der Erde, der innere mit Löchern fiel auf Kommando eines lachenden, dicken Arbeiters, der mit nackten Armen und Bauhelm in der offenen Kabine saß, mit apokalyptischem Getöse aus der Höhe von fünf Stockwerken, aus dem klaren Herbsthimmel, herunter und schraubte sich an einem dünnen glänzenden Stab in den äußeren Zylinder, dann schraubte er sich wieder heraus und verstreute Erde und Schotter um sich herum. Das ist ein Rammhammer, erklärte mir Pierre Vosco, damit schlägt man die Pfähle unter dem Fundament ein. Sein Vater habe Baustellen geliebt und sei immer mit mörtelverschmierten Ärmeln herumgelaufen. Im sauberen Büro hätte er sich gelangweilt, er hatte eben das Bedürfnis, in Stiefeln und Helm durch den Matsch zu waten. Das hatte etwas Kindliches an sich. Also in dem Sinn: Ich komme gerade von der Baustelle und werde mich nicht umziehen, denkt, was ihr wollt, »je m'en fiche«, das ist mir ganz egal. Er mochte sogar dieses Getöse, glaube ich, dieses Knirschen von Eisen. Und ich denke auch, sagte Pierre Vosco, den Rammhammer betrachtend, ihn begeisterte das Sinnvolle des Geschehens, die sinnvollen Handlungen sehr vieler Menschen. Jeder macht etwas Eigenes, aber alle Einzelhandlungen fügen sich zu einem Ganzen, das diese Menschen nicht sehen, er jedoch sieht es klar … Was mich betrifft, sagte Pierre Vosco, so muss ich Ihnen sagen, dass ich die Arbeit am Reißbrett immer vorgezogen habe und dann ruhig und gelassen in die Natur hinausgefahren bin, in die Berge oder in den Wald, um Pilze zu suchen. Für meinen Vater war die Baustelle die Natur, wie ich heute verstehe. Die Natur der Dinge, »la nature des choses«, offenbarte sich seinem inneren Blick. Wie schwer es ist, auf Russisch darüber zu sprechen. Er liebte freilich das Meer …

An jenem Tag erfuhr ich von Pierre Vosco, dass sein Vater schon als Kind beschlossen hatte, Architekt zu werden, am Ende seiner Kindheit, als er noch ein Heranwachsender oder, wie sich P. V. plötzlich in seinen gepflegten Schnauzbart grinsend ausdrückte, wie sagt man? ein Teenager war. Nennt man das so in Russland? Natürlich. Nicht lange vor dem Ersten Krieg beschlossen sie als zwölf- oder dreizehnjährige Jungs, Baumeister zu werden, Alexander, damals noch Sascha Woskoboinikow, und sein Kinderfreund Wladimir, damals wahrscheinlich noch Wolodja, Grawe; sie beschlossen es und führten es auch durch. Irgendwo lagen sie am Meer im Sand und fassten plötzlich diesen Entschluss, erzählte mir Pierre Vosco und gab damit seinerseits die Erzählungen seines Vaters am Lebensende wieder. Ich war kürzlich in Riga, erzählte er, das Reisen ist heute so einfach, man fliegt einfach hin, nicht einmal ein Visum braucht man, um mal nachzusehen, ob man dort noch irgendetwas findet … Es gibt dort nichts und niemanden mehr. Vielleicht habe ich nicht richtig und am falschen Ort gesucht. Ich weiß nicht einmal, wo sie in Riga gewohnt haben, sagte Pierre Vosco, ich weiß nur, dass die Wohnung streng im damals modernen Jugendstil eingerichtet war, alle Möbel waren dementsprechend gestaltet, und an den Wänden fanden sich die für die Art Nouveau typischen gewundenen Rankenornamente, die mein Vater später so gerne in seine Hefte und Notizbücher zeichnete. Der Jugendstil hat ihn als Kind wohl überhaupt tief beeindruckt, für uns ist der Jugendstil ja Geschichte, aber er hat ihn als Kind erlebt, als etwas Neues, Ungewöhnliches, Märchenhaftes ... Ich weiß auch, dass sie nach dem Krieg und nach der Revolution und nach dem Bürgerkrieg immer noch in derselben Wohnung gelebt haben, so dass mein Vater einen Ort hatte, an den er nach dem Bürgerkrieg zurückkehren konnte. Das heißt, er kam einfach nach Hause, wie oft hat er mir davon in meiner Kindheit erzählt – und später im Alter, als wir wieder ... oder vielleicht zum ersten Mal richtig miteinander redeten. Er kam einfach heim, erzählte mir Pierre Vosco, als im Mai 1919 die baltische Landeswehr (Wissen Sie, was das ist?, fragte er mich genauso, wie mich sein Vater einst gefragt hatte, ob ich wüsste, was DPs sind), als die baltische Landeswehr also die Bolschewiken aus Riga verdrängt hatte, im übrigen hielt er sich dort nicht weiter auf, dort war ja niemand mehr, und er kam erst wieder 1920 nach Hause, nach der Niederlage von Judenitsch.

Seine Kriegsepopöe kenne ich tatsächlich in allen Einzelheiten, sagte Pjotr Alexandrowitsch, als wir uns endlich von der Betrachtung des Rammhammers lösten, meine ganze Kindheit lang wurde immer nur darüber gesprochen, über den Krieg, über Judenitsch, über Fürst Lieven, über Oberst Dydorow, über die Landeswehr, über Graf von der Goltz, Graf Dohna-Schlobitten, Major Bischoff, Fletscher und wie sie alle hießen. Mein Großvater mütterlicherseits, »du côté maternel«, war auch ein Lieven-Mann, sagte Pierre Vosco, sie lernten sich dort kennen, mein Vater und mein Großvater, in der Abteilung des durchlauchtigsten Fürsten. Mein

Vater flüchtete nach Libau, als er noch keine achtzehn Jahre alt war. Von wo aus flüchtete er? Von Berlin aus. Weil er zunächst mit seiner Schwester und seinen Eltern vor den Bolschewiken geflohen war, in Berlin floh er dann vor seinen Eltern, ließ sich von der Landeswehr anwerben und ging nach Libau. Bemerkenswert ist, dass er ausgerechnet in die russische Abteilung bei der deutschen Landeswehr eintrat, ich weiß nicht warum, vielleicht weil es für einen Mann mit dem Namen Woskoboinikow doch etwas komisch ist, für die Errichtung des Großherzogtums Livland zu kämpfen, vielleicht auch, weil er sich eher als Russe denn als Deutscher fühlte. Den durchlauchtigsten Fürst Lieven kannten sie beide gut, mein Vater und erst recht mein Großvater korrespondierten mit ihm bis zu seinem Tod Ende der dreißiger Jahre. Sein Porträt stand später bei uns im Salon auf dem Sekretär; als Kind, sagte P.A.W. mit plötzlich abwesender Miene, als sei er für einen Augenblick abgestürzt, ich weiß noch, als Kind hatte ich immer das Gefühl, er schaue mich und nur mich mit seinen tiefliegenden Augen an. Seine Augen waren wie zwei Kugeln nach einem wohlgezielten Schuss … Lieven lebte auf seinem Restgut, das ihm von seinem einst riesigen Landbesitz geblieben war, den ihm die lettischen Behörden nicht zurückerstatteten, sie dachten gar nicht daran. Es gab eine Zeitschrift, erzählte Pierre Vosco, eher ein Blättchen mit dem sperrigen Namen *Nachrichtendienst der Lievener und Nordwestler,* man sah gleich, dass es nicht von Literaten, sondern von Militärs gemacht wurde. Wir hatten zu Hause alle Ausgaben dieser Zeitschrift, mein Großvater hatte seine Erinnerungen darin veröffentlicht, diese, wissen Sie, typischen Erinnerungen eines Offiziers, sagte Pierre Vosco, mit Schlachtplänen und Feldzugsdaten. Das ist natürlich alles noch da, beantwortete er meine Frage, es liegt irgendwo auf dem Dachboden, dort, in der Normandie ... In Ihrem Schloss?, fragte ich. In meinem Haus, antwortete er trocken.

Zu Judenitsch, erzählte er, wieder meine Frage beantwortend, war mein Vater sehr einfach gelangt, eben mit der Abteilung des durchlauchtigsten Fürsten Lieven. Als Judenitsch seine Armee in Reval aufstellte, forderte er, die in der Ostseeregion stationierten russischen Truppen zu ihm zu verlegen. Nur Fürst Lieven gehorchte. Nicht so Bermondt-Awaloff, haben Sie diesen Namen gehört? Nein? Meine Unwissenheit schien ihn zu freuen. Er war ein Abenteurer, fügte er beinahe anerkennend hinzu. Wie er beschimpft wurde, in Grund und Boden verurteilt, besonders natürlich von meinem Großvater. Meinen Vater regte das alles nicht sonderlich auf, glaube ich, für ihn war das eine abgeschlossene Episode seiner Jugend, eine umgeschlagene Seite. Aber mein Großvater konnte diesen Namen nicht ruhig hören, sagte Pierre Vosco, bei der Erinnerung lächelnd. Bermondt war ein Verräter, und er hat seine Truppen nicht zu Judenitsch verlegt und die Letten angegriffen, kein Mensch weiß warum, und ein Fürst Awaloff war er auch nicht, sondern ein Hochstapler, der sich diesen Titel angemaßt hatte, und überhaupt hat er sein Leben lang preußische Stiefel geleckt. Sie hatten mit Lievens Abteilung den ganzen Feldzug nach Petrograd mitgemacht, standen schon in Krasnoje Selo. Ist es schade, dass sie Petrograd nicht eingenommen haben? Natürlich ist das schade, antwortete Pierre Vosco, übrigens ohne jedes Bedauern in der Stimme. Traurig? Na, heute gibt es nichts mehr zu betrauern. Schlimm war der Rückzug von Petrograd, das war sehr, sehr schlimm, wenn man den Berichten glaubt … Mein Großvater, der Vater meiner Mutter, hieß Pjotr Sergejewitsch Salamow, erzählte Pierre Vosco, er hatte nicht nur diesen einen Krieg mitgemacht, sondern auch im russisch-japanischen Krieg gekämpft und war den ganzen Großen Krieg über im Einsatz, vom freudigen Anfang bis zum schmählichen Ende, den Bürgerkrieg beendete er in Narva als Oberst. Unmittelbar vor dem Zusammenbruch wollte Judenitsch ihn zum Generalmajor ernennen. Er kam nicht mehr dazu.

Wir betraten hinter der Universität wieder den Englischen Garten (ich hatte schon ganz lahme Beine, erinnere ich mich, aber Pierre Vosco ging immer weiter, als wäre nichts), kehrten zum Odeonsplatz zurück und beendeten zu meiner Erleichterung doch endlich den Spaziergang in einem sehr teuren, eleganten Restaurant (andere suchte er wohl gar nicht auf) in der dort eleganten Brienner Straße. P.A.W. sprach die Bedienung mit dem derben Gesicht und der stämmigen Figur in recht gutem, wenn auch wie bei fast allen Franzosen zischendem Deutsch an und nannte sie jedes Mal *meine Liebe,* was sie zusammenzucken ließ; sie schaute mich dann immer an, als bäte sie um Beistand. Er hatte mit dem Rücken zum Fenster Platz genommen, das mit weißen, in Galafalten gelegten Atlasvorhängen dekoriert war, die im von der Straße einfallenden Licht leuchteten. Das Tageslicht verblasste während unseres Gesprächs; dann wurde es zum gelben Licht der Straßenlaternen und vermischte sich mit dem elektrischen Licht des großen, in der Mitte des Saales aufdringlich und unangenehm glitzernden Kristalllüsters.

Nein, seinen Großvater väterlicherseits, Woskoboinikow, habe er nicht gekannt, erzählte mir Pierre Vosco und ließ sich kurz von der Lektüre der großen, auf schneeweißes festes Papier gedruckten Speisekarte ablenken, dieser Großvater Woskoboinikow, Nikolai Timofejewitsch, sei 1935 oder 1936 in Riga gestorben, er wisse es nicht so genau. Diente er bei der Eisenbahn? Na, er diente nicht einfach nur bei der Eisenbahn, erzählte Pierre Vosco, in seinen gepflegten Schnauzbart lächelnd, er war der Chef dieser Eisenbahn, Inspektor der Bahnlinien der Ostseeregion oder wie das Amt damals hieß, er war Wirklicher Staatsrat oder wie auch immer ... Zuerst war er Chef der Eisenbahn Libau-Romen, die gab es mal, sagte Pierre Vosco, das habe ich mir aus Vaters Erzählungen gemerkt, dann wurde er sehr schnell der Chef von allen Bahnlinien der Region. Auch im unabhängigen Lettland war er ein ganz hohes Tier bei der Eisenbahn, sie litten also keine Not. Die Großmutter, ja, an die Großmutter erinnere ich mich sehr gut, sagte Pierre Vosco, mein Vater holte sie und seine Schwester, meine Tante, nach Paris, in der allerletzten Minute, 1939, als sich die Diktatoren schon abgesprochen hatten und der berüchtigte Pakt unterschrieben war. Meine Großmutter war eine strenge deutsche Frau ohne Emotionen, aber für Hitler hegte sie keinerlei Sympathie, das muss man sagen, und sie hätte sich sowieso geweigert, *heim ins Reich* zu fahren. Sie wäre also 1940 unter den Sowjets umgekommen, wenn mein Vater nicht auf ihrer Ausreise bestanden hätte. Als Kind hatte ich ein bisschen Angst vor ihr, sagte Pierre Vosco und strich das Tischtuch vor sich mit seinen flachen breiten Fingern glatt. Vielmehr, ich kannte sie als Kind kaum, sie zog nach Paris, als ich vier Jahre alt war, sagte er mit einem Lächeln, das zeigte, dass er sich selbst gar nicht mehr als vierjähriges Kind vorstellen konnte und ich es mir natürlich auch nicht und er das wiederum gut verstehen könne. Ja, vier Jahre alt, und schon ein Jahr oder anderthalb Jahre später brachten mich meine Großmutter und mein Großvater, also meine richtigen Großeltern mütterlicherseits, »du côté maternel«, in den Süden, in die freie Zone. Meine Mutter kam nicht mit, wie sehr wir ihr auch zuredeten. So habe ich diese deutsche Großmutter im Grunde erst nach dem Krieg kennengelernt. Ich habe sie übrigens nie Großmutter genannt, ich wusste überhaupt nicht, wie ich sie nennen sollte, im stillen nannte ich sie Frau Elsa, redete sie aber natürlich nie so an. Ich hätte gerne *gnädige Frau* zu ihr gesagt, aber das hätte man mir nicht erlaubt, hätte es für Spott gehalten. Sie wohnte in der Nähe des Parc Monceau, in einem guten Viertel; sie hatte wohl Geld, das rechtzeitig nach Frankreich transferiert worden war. Geld hatte damals niemand, wir waren alle arm, muss ich Ihnen sagen, sagte der Besitzer eines Chalets in den Alpen und eines Schlosses in der Normandie nachdenklich in die Ferne blickend. Sie lebte mit einer Freundin zusammen, mit einer Gesellschafterin, Frau Schenk, einer Baltendeutschen wie sie selbst, einer dürren alten Frau, sehr schweigsam und sehr gütig. Diese Frau Schenk hatte meiner Meinung nach auch Angst vor meiner Großmutter, alle hatten Angst vor ihr, bis auf meinen Vater, glaube ich jedenfalls. Den Vater verwöhnte sie, aber mich mochte sie wohl nicht. Wir wohnten mit Großvater und Großmutter, also meinen richtigen Großeltern, in Billancourt, wo damals viele Emigranten wohnten. Wollen wir nicht beide einfach einen Wodka trinken wie russische Menschen?

Sonntags, erzählte Pjotr Alexandrowitsch, als wir tatsächlich Wodka tranken, den die verschreckte Bedienung mit den ausgeprägten Wangenknochen auf sein Bitten und Drängen fünf Minuten ins Gefrierfach gelegt hatte, sonntags wurde in die russische Kirche in der Rue Daru gegangen, darauf war meine Großmutter, meine richtige Großmutter, Jelena Wassiljewna, streng erpicht. Eigentlich war sie nicht streng, erzählte Pierre Vosco, in sich hinein und in seinen Schnurrbart lächelnd, aber da blieb sie unerbittlich, mit mir wie mit meinem Großvater. Sie war nicht einmal sehr fromm, das ist das Seltsame. Nach dem Gottesdienst holte mich mein Vater ab, der selbst keinen Gottesdienst besuchte, weder den evangelischen noch den russisch-orthodoxen, und nahm mich zu meiner deutschen Großmutter, Frau Elsa, mit, zum Mittagessen oder zu Kaffee und Kuchen, den ihre vertrocknete Gesellschafterin gebacken hatte. Manchmal aßen wir zu Mittag und manchmal tranken wir nur Kaffee, dann gingen wir beide vorher ins Restaurant. Wie mein Vater in jenen Jahren war? Er war traurig und geistesabwesend, so war mein Vater oder so habe ich ihn in Erinnerung, antwortete Pierre Vosco auf meine Frage. Ja, sagte er wieder, als hätte er noch einmal nachgedacht und sich genauer erinnert, in jenen Jahren vor Argentinien war mein Vater traurig, geistesabwesend und über etwas bekümmert, ja, so war er, geistesabwesend und bekümmert. Ständig zeichnete er etwas in sein Notizbuch und strich gleich wieder durch, was er gezeichnet hatte. Skizzen von Häusern, von denen er nicht glaubte, dass er sie je bauen würde. Wodka durfte ich damals natürlich nicht trinken, er selbst trank aus einer kleinen Karaffe, sagte Pierre Vosco und drehte sein bereits geleertes

Gläschen zwischen den breiten Fingern. Russische Restaurants gab es damals noch sehr viele in Paris. Manchmal schien er sich plötzlich darauf zu besinnen, dass ihm sein Sohn gegenübersaß und er versuchen sollte, eine gemeinsame Sprache mit diesem Sohn zu finden, dann begann er mich auszufragen, wie es mir gehe, was ich im Lyzeum mache, wie ich bei den Pilzen vorankomme. Pilze waren schon damals mein Steckenpferd. Während des Krieges sammelte ich mit Vorliebe Pilze, als wir in der freien Zone lebten, in den Pyrenäen, auf dem Hof meines Onkels, eines Cousins meiner Mutter, der versucht hatte, in der Emigration sein Stammgut im Gouvernement Wladimir neu aufzuziehen. Es gab dort Berge, und es gab Pilze, die beiden Leidenschaften meines Lebens, erzählte Pierre Vosco und gab eine Fähigkeit zu scherzen zu erkennen, die ich bei ihm nicht vermutet hatte. Aber mit meinem Vater konnte ich damals nicht warm werden, erzählte er weiter. In tiefster Seele gab ich ihm, wie ich heute verstehe, die Schuld am Tod meiner Mutter. Meine Mutter war eine Heldin, mein Vater ein Übeltäter. Ich habe tatsächlich erst in seinen letzten Lebensjahren gelernt, mit ihm zu sprechen, oder er hatte vielleicht gelernt, mit mir zu sprechen, ich weiß es nicht, wie dem auch sei, in meiner Kindheit und Jugend verstanden wir es noch nicht, erzählte mir Pierre Vosco, deshalb war es besser, schnell zu Großmutter zum Kaffeetrinken zu gehen, seither hasse ich diesen dünnen deutschen Kaffee und den sauren Apfelkuchen mit dem übersüßen Schlagrahm. Ich hasse überhaupt alles Süße, muss ich Ihnen gestehen, sagte er und lächelte nicht ohne Selbstzufriedenheit, sogar als Kind aß ich nichts von diesen Lebkuchen, wissen Sie, nichts von diesen Bonbons. Zum

Mittagessen gab es bei Frau Elsa etwas Grauenhaftes, das sich Linseneintopf nannte, eine Art Linsengericht mit hineingeschnittenen Würstchen, Suppe und Hauptspeise in einem. Frau Elsa, erzählte Pierre Vosco, während er sich das Roastbeef vornahm, das ihm die immer noch verlegene Bedienung gebracht hatte, Frau Elsa behauptete, dass Frankreich dreckig sei, und das französische Stangenbrot, die baguette, röstete sie immer auf dem offenen Feuer, in der Gasflamme, sie nahm also so eine baguette, zerschnitt sie, spießte die Stücke auf eine lange Gabel und hielt sie in die Flamme, bis sie anfingen zu verkohlen. Aber sie gab sie uns nicht heiß zu essen, heißes Brot war angeblich ungesund. Es war dann eben angebrannter Zwieback. Ein Croissant war in ihren Augen unverzeihlicher Luxus und Symbol gallischer Dekadenz, und französischer Käse, Camembert oder Brie, galt ebenfalls als ungesund, Roquefort war schimmelig und eklig. Sie sprach nur deutsch, möchte ich bemerken, laut und energisch, auch auf der Straße und auch im Laden. Auf der Straße sprachen sie wohl absichtlich laut miteinander, sie und Frau Schenk, das heißt, Frau Schenk hätte wahrscheinlich lieber nicht so laut gesprochen, aber Frau Elsa tat stets so, als höre sie nichts und begann selbst zu schreien. Können Sie sich vorstellen, wie sie nach 1940 von den Nachbarn angeschaut wurden, und erst recht nach 1944? Gleich nach der Befreiung versuchten irgendwelche gavroches mit ihnen abzurechnen … Aber sie ließ sich nur schwer einschüchtern. Übrigens, während des Krieges stellte sich heraus, dass Frau Schenk Halbjüdin war, was man ihr überhaupt nicht anmerkte. Trotzdem wurden sie in Ruhe gelassen.

Erst heute, da ich alt geworden bin, ist mir klar geworden,

dass sie gar nicht so eine Schreckschraube war, wie sie mir als Kind erschien, sagte Pierre Vosco, während er sein Roastbeef zerschnitt. Seine Hände bewegte er selbstgewiss, im Bewusstsein, alles richtig zu machen. Sie hatte auch ihre romantische Vergangenheit, sagte er. Sie hatte meinen Großvater Woskoboinikow geheiratet, einen Russen ohne klangvollen Namen, wenn auch in Amt und Würden, aber trotzdem nur Enkel eines Fabrikanten aus der Nähe von Pensa, sie heiratete ihn kurzentschlossen und zum Entsetzen ihrer adeligen Verwandtschaft. Das heißt, sie hatte sich wohl einfach verliebt und geheiratet, ohne jemanden zu fragen. Ihren Sohn schickte sie allerdings auf das deutsche Gymnasium und ihre Tochter auf die deutsche Mädchenschule, darauf bestand sie. Mein Vater hat mir noch erzählt, erzählte mir seinerseits Pierre Vosco, dass sie wohltätig war, schroff und still, ihr ganzes Leben lang, übrigens in Übereinstimmung, wie sich mein Vater ausdrückte, mit ihren eigenen ziemlich originellen Vorstellungen von dem, was sein musste. Der Pastor ihrer Kirchengemeinde wählte für sie anständige arme Mädchen aus, sie unterhielt sich mit ihnen, und wenn ihr das Mädchen gefiel, gewährte sie ihm eine Mitgift. Manchmal suchte sie ihm auch einen Bräutigam. Und war sehr unzufrieden, wenn sich das Mädchen weigerte, den Mann zu heiraten, den sie, Madame Woskoboinikowa, geborene Baronesse von Vietinghoff, für sie ausgesucht hatte. Kurzum, sie war ziemlich selbstherrlich. All das war im Riga der zwanziger und dreißiger Jahre bereits ein völliger Anachronismus, wie Sie verstehen werden. Es hätte ihrer eigenen Großmutter, also meiner Ururgroßmutter, gut angestanden, fügte Pierre Vosco mit einem, wie mir schien, ironischen

Stolz hinzu, die natürlich auch eine Baronesse gewesen war und ihr Schloss bei Hasenpoth niemals verlassen haben soll, weil es sowieso nichts Gutes auf der Welt gab, und wenn jemand etwas von ihr wollte, sollte er eben zu ihr kommen. Und man kam zu ihr. Aus ganz Kurland traf man sich bei ihr zu Jagdpartien, »parties de chasse«. Sie war selbst eine berühmte Jägerin, diese Ururgroßmutter, und Pfeife soll sie auch geraucht haben und Schnaps getrunken, nicht schlechter als ein Mann. All das entstammt dem Bereich der Überlieferungen. Und davon gab es viele. Wenn der Kaffee getrunken war, begann Frau Elsa mich zu unterweisen und erzählte, wie herrlich ihr Leben dort in Kurland gewesen sei. Mich ließ das völlig kalt, und ich verstand auch nur schlecht Deutsch. Es waren geradezu … epische Erzählungen, sagte Pierre Vosco und lächelte bei der Erinnerung wieder (ich dachte, dass seine französische Frau und seine französischen Söhne wahrscheinlich nichts für diese epischen Erzählungen, diese kurländischen Legenden übrig hatten). Alle Vorfahren und Verwandten und sogar Bekannten, ja, sogar die Bekannten von Bekannten – alle waren, wenn man ihr glauben wollte, Recken und Helden, furchtlose Krieger, großartige Reiter, vorzügliche Jäger, gastfreundliche Menschen mit Witz und Schönheit. Und alle Frauen waren natürlich Schönheiten. Überhaupt war sie der Meinung, dass nur die Deutschbalten gut seien, alle übrigen dagegen nicht besonders. Die Letten und Esten verachtete sie als ungehobelte Bauern, die Letten waren ihrer Ansicht nach überhaupt kein Volk, sondern nur so … ein Stamm, der Stamm der Letten, sagte Pierre Vosco nun schon mit tiefer Stimme lachend, aber auch den nichtbaltischen Deutschen, den Reichsdeutschen, brachte sie keine große Liebe entgegen und bezeichnete alle als Pedanten und Spießer, nach dem Krieg auch als Sadisten. Am liebsten mochte sie wahrscheinlich doch die Russen. Und bis zu ihrem Tod betrachtete sie sich selbst wie viele Balten als Untertanin des russischen Kaisers, des Zaren, andere Herrscher und Staaten erkannte sie nicht an. Der französischen Republik brachte sie nur Verachtung entgegen. Aber auch die Russen hielten selbstverständlich keinem Vergleich mit den Baltendeutschen stand, mit den Balten, wie sie sie nannte. Die Balten, das waren Menschen, ja, mehr als Menschen, echte Recken. Bei ihnen hätte es niemals Bolschewiken oder Nazis gegeben, das hätten sie nicht zugelassen. Sie las aus irgendeinem Grund nur Schiller … oder ich habe es so in Erinnerung. Mit viel Gefühl deklamierte sie auswendig »Die Kraniche des Ibykus« und verlangte von mir Begeisterung. Ich war aber nicht begeistert, ich verstand nicht einmal die Hälfte, obwohl ich mir natürlich für mein Leben eingeprägt habe: »Es gestehn die Bösewichter, getroffen von der Rache Strahl.« Mir war das alles vollkommen egal, sagte Pierre Vosco. Zu meiner Schande muss ich gestehen, dass ich mit meinen vierzehn Jahren nicht einmal von ihrem Tod Notiz nahm, so beschäftigt war ich mit eigenen und anderen Dingen. Diese Sonntagsbesuche hörten plötzlich einfach auf, dieser Kaffee mit saurem Apfelkuchen, diese Geschichten über baltische Recken. Dann entschwand auch mein Vater in sein Argentinien. Frau Schenk lebte übrigens noch lange und erreichte ein unglaublich hohes Alter, mein Vater besuchte sie später, als er wieder in Paris war, einmal im Monat, in derselben Wohnung wie damals.

Meine Eltern, erzählte Pierre Vosco, lernten sich Ende der

zwanziger Jahre, vielleicht auch erst im Jahr 30 kennen. Mein Vater kam des öfteren nach Paris, in Angelegenheiten seiner Arbeit oder seiner ehemaligen Lieven-Kameraden, ich weiß es nicht, sagte Pjotr Alexandrowitsch, der sein Roastbeef aufgegessen hatte und sich über den Schnurrbart strich. Ich weiß nur, dass ihm Riga zu eng und langweilig war, er wollte in die Welt hinaus, in die Weite Europas. Er baute insgesamt nicht wenig, die Speicher in Windau, damals schon Ventspils, das Gymnasium in Goldingen, damals schon Kuldiga, und Privathäuser in Riga und Tukkum. Ich habe manches davon gesehen, als ich voriges Jahr in Lettland war, sagte Pjotr Alexandrowitsch, der nach seinem Schnurrbart nun das Tischtuch glattstrich. Gute solide Arbeit, Funktionalismus mit Art-Déco-Elementen, sagen wir mal so. Aber das ist noch nicht er, noch nicht sein Stil, noch nicht sein Rhythmus. Er war sogar am Bau des berühmten Rigaer Zentralmarktes beteiligt, der aus deutschen Luftschiffhallen neu aufgebaut worden ist, aber nur in zweiter Reihe, unter der Leitung von Pavel Dreimanis, seinem Kommilitonen. Insgesamt ließ man ihn links liegen, so sah er das jedenfalls. Dreimanis war damals, obwohl nur wenige Jahre älter, bereits ein berühmter Mann, der Hauptmodernist in Riga. Kein Dessert, nur einen Espresso, erklärte er der Bedienung mit so hochmütig empörter Miene, dass ich in ihren Augen kein Flehen um Beistand, sondern einen regelrechten Hilfeschrei las.

Was das Kennenlernen seiner Eltern angehe, erzählte P. A. W., so habe es in einem »Cinéma« irgendwo auf dem Montparnasse stattgefunden, wohin sein Großvater, Oberst Salamow, mit seiner Tochter Nina, eben seiner, Pjotr Alexandrowitschs, künftigen Mutter, gegangen sei, um die neue Chaplin-Filma anzuschauen. Heute sage man *der Film*, das wisse er, aber seine grands-parents sagten *die Filma* und nannten Chaplin in französischer Manier *Charlot*. Nein, antwortete er auf das Zitat, das ich angeführt hatte, an dieses Gedicht von Chodassewitsch erinnere er sich nicht, er lese überhaupt keine Gedichte und habe wenig Ahnung von Lyrik. Seine Mama habe übrigens Gedichte geschrieben. Aber dass sie sich dort kennengelernt hätten, das wisse er genau, das hätte man ihm zu oft erzählt. Aus irgendeinem Grund waren sie zu zweit ins Kino gegangen, seine Mutter und sein Großvater. Und dort trafen sie seinen künftigen Vater, rein zufällig. Anschließend lud der Großvater seinen Vater als ehemaligen Waffenbruder ein. Welcher Charlot-Film es gewesen sei? Das wisse er nun nicht, danach habe er nie gefragt, schon merkwürdig, antwortete P. A. W., offenbar selbst erstaunt, dass er nie darauf gekommen war, diese einfache Frage zu stellen. Und jetzt ist niemand mehr da, den ich fragen könnte … Seine Mutter, erzählte er mit einer grollenden Wärme, sei damals etwa zwanzig gewesen, eine, wie er heute verstehe, ziemlich exaltierte junge Person, sie habe in der Tat Gedichte geschrieben und davon geträumt, unter die Schauspieler zu gehen, zum Entsetzen ihrer in edler Armut lebenden Eltern. Sie sei ums Leben gekommen, als er sechs Jahre alt war, und natürlich habe er aus ihr eine Heilige gemacht. Heilig war sie nicht, wie unschwer zu erraten, aber sie war eine jener russischen Frauen, die sich nach Opfer und Heldentat sehnen; die bekam sie auch. Sein Vater und sie, sagte Pierre Vosco, passten im Grunde überhaupt nicht zueinander. Sein Vater war kein Phlegmatiker, aber Exaltiertheit lag ihm völlig fern und fremde Überspanntheit ertrug er nur schwer. Er liebte es, im Café zu sitzen und die Passanten zu beobachten. Oder irgendetwas in sein Notizbuch zu zeichnen, das er stets mit sich führte; manchmal waren es gar keine architektonischen Ideen, sondern einfach verstohlene Skizzen von den Leuten am Nachbartisch. Den da mit dem Bart hätte er bestimmt gezeichnet, sagte P. A. W., nun endgültig aufgetaut, und deutete mit einem knappen Nicken auf den strengen Herrn mit dem glatten grauen Bärtchen, der uns schräg gegenüber saß. Der bemerkte oder spürte unsere Blicke und drehte sich pikiert um … Also, er wollte wohl einfach in Ruhe gelassen werden, erzählte P. A. W., aber bei Mama musste jeden Tag irgendetwas passieren, irgendein gewaltiges Ereignis geschehen, etwas Wichtiges und Weltbewegendes. Sie wollte starke Emotionen erleben und daraus Gedichte machen. Über die Gedichte will ich mich gar nicht äußern, wahrscheinlich schrieben damals viele junge Damen solche Verse. Sie veröffentlichte sie sogar, unter ihrem Mädchennamen Nina Salamowa. Die »Sowremennye zapiski« nahmen sie nicht, aber in irgendwelchen bescheideneren und kurzlebigeren Publikationen sind ihre Gedichte erschienen. Anfang der dreißiger Jahre gingen sie wohl zu allen literarischen Versammlungen und kannten alle, die Mereschkowskis und Chodassewitsch und Aldanow und sogar Bunin, von den jungen Pariser Dichtern ganz zu schweigen, mit denen Mama befreundet war. Ich habe Briefe von Poplawski, von Juri Felsen an sie. Mein Vater fühlte sich in diesem Milieu nie heimisch. Ihre Ehe ging wohl auseinander, nachdem ich auf die Welt gekommen war, erzählte Pierre Vosco, wieder mit einem Lächeln andeutend, dass er verstehe, wenn man sich ihn nicht als Säugling in Windeln vorstellen könne (als *Wickelkind,* hätte Leskow geschrieben; das Wort wurde von A.N.W. übrigens in einer späten Aufzeichnung zitiert). Vielleicht nicht gleich, sagte das ehemalige *Wickelkind,* heute Pjotr Alexandrowitsch Woskoboinikow, Herr eines Schlosses in der Normandie, vielleicht erst ein oder zwei Jahre danach. Sie ließen sich nicht scheiden, aber wir wohnten fast immer, zumindest habe ich das so in Erinnerung, bei Großvater und Großmutter in Billancourt. Zuerst hatten sie eine eigene Wohnung in Paris gemietet, in der Nähe der Gare de l'Est, mein Vater wohnte dann bis zu seiner Abreise nach Argentinien dort, allein. Mama muss ihn also einfach verlassen und mich mitgenommen haben, niemand konnte mir jemals sagen, warum. Als ich meinen Vater später danach fragte, viele Jahre später, nach einer Ewigkeit, wie Sie sich auszudrücken belieben, erinnerte er sich nicht mehr oder wollte sich nicht mehr erinnern, an jene Streitereien und Leiden. Streit gab es jedenfalls, daran erinnere er sich genau, fuhr Pierre Vosco fort, obwohl er sich kaum an sie erinnere, an seine Mama, man habe ihn in den Süden gebracht, sie sei in Paris geblieben, er war fünf, als er sie zum letzten Mal gesehen habe.

Ja, sagte er und blickte weg, auf den Herrn mit dem Bärtchen oder durch ihn hindurch, die Augen zusammenkneifend, die Brauen runzelnd, die Stimme weich geworden, irgendwelche ganz vagen Erinnerungen bahnten sich bei ihm durch Dunkelheit und Stummheit ihren Weg. Er erinnere sich an ihre Tränen, ja, daran erinnere er sich. Er erinnere sich, wie sie am Tisch sitzen und nähen, Mama und Großmutter, Großmutter machte ständig Näharbeiten gegen Geld, sie sitzen und nähen, und er sitzt auf der Truhe in der Ecke, baumelt mit den Füßen und betrachtet Großmutter und Mama, die ihn ab und zu bitten, nicht mit den Füßen gegen die Truhe zu hämmern, dann vergessen sie ihn wieder und reden über eigene Dinge. An diese Szene erinnere er sich wahrscheinlich deshalb, weil draußen ein ungewöhnlich schöner Tag war. Oder vielleicht erscheine ihm der Tag so schön, eben weil er ihn in Erinnerung habe. Der Tag strahlt draußen vor dem Fenster mit aller Kraft, die Sonne liegt auf dem Tischtuch. Das Tischtuch hat ein rötliches Rautenmuster, so habe es sich ihm eingeprägt, sagte Pierre Vosco, die Augen zusammenkneifend und die Brauen runzelnd wie zuvor, auf dem Tisch sind Stoffreste, Schere und Garnrollen verstreut. Mama weint und piekst die Nadel in so ein Kisschen, wissen Sie, in das man Stecknadeln sticht. Ihre Tränen schimmern in der Sonne, rollen über ihre Wangen und schimmern hell. Das findet sie selbst komisch, sie wischt sich diese schimmernden Tränen ab und lacht und weint weiter. Großmutter nimmt ihr das Nadelkissen mit ihrer noch gar nicht alten Hand ab – die russischen Silberringe an den Fingern, die sie nie abzieht, blitzen ihrerseits auf, deshalb sieht er sie jetzt so klar, in der Sonne – und reicht ihr den ebenfalls silbernen, ebenfalls in der Sonne schimmernden Fingerhut … In der Résistance machten viele Russen mit, wie Sie vielleicht wissen, sagte Pjotr Alexandrowitsch übergangslos, das Wort *Résistance* stammt von Boris Vildé, so nannte er sein Untergrundflugblatt. Vildés Gruppe gehörte sie nicht an, obwohl sie sich auf dem Montparnasse trafen. Sie war mit den Anarchisten verbandelt, wie sich später herausstellte; schon in den dreißiger Jahren hatte sie

Kontakt zu ihnen; als der Krieg in Spanien ausbrach, redete sie Vater zu, sie sollten beide dorthin fahren und kämpfen. Vater antwortete ihr dann, wie er mir später erzählte, er hätte bereits genug in Bürgerkriegen gekämpft. Trotzdem wäre sie beinahe mit einer »anarchistischen Gruppe des 15. Arrondissements«, fragen Sie mich nicht, was das war, nach Spanien gegangen. Sie wohnten nicht im 15. Arrondissement, das damals übrigens noch keineswegs so schick war, wie es nach dem Krieg wurde, aber sie hatte sich dieser Gruppe irgendwie angeschlossen und wäre tatsächlich fast mit ihr gefahren. Vater konnte sie in letzter Minute überreden, in Paris zu bleiben. Schließlich hatte sie ja ein kleines Kind, sagte Pierre Vosco und lächelte unfroh in seinen Schnauzer. Ihren Eltern gegenüber musste sie diese linken Sympathien verheimlichen, wie das größte, das furchtbarste Geheimnis. Nein, ich glaube nicht, dass Vater und sie sich der Politik wegen getrennt haben, jedenfalls nicht nur der Politik wegen, allein deshalb trennt man sich nicht. Wie dem auch gewesen sein mag, nach Spanien reiste sie nicht, aber den Mann verließ sie, lebte bei ihren Eltern, half Großmutter beim Nähen, erzog mich oder auch nicht, das ist jetzt egal, schrieb Gedichte und ging 41 oder 42 in die Résistance, wie andere in die Einsiedelei gehen. Die anarchistische Gruppe war winzig klein, sie machten auch nichts Besonderes, verteilten Flugblätter. Die Anarchisten spielten im Widerstand überhaupt keine große Rolle. Wieso sie die fixe Idee entwickelte, genau diesen Offizier zu töten, konnte niemand begreifen. Er gehörte nicht mal zur SS, war einfach ein Offizier der Wehrmacht, stand, es hört sich geradezu lachhaft an, auf dem Quai bei den berühmten Bouquinisten, vor den schwarzen

Buden und stöberte friedlich in den Büchern. Wie Sie es zweifellos auch heute jedes Mal tun, wenn Sie nach Paris kommen. Ich weiß genau, sagte P. A. W., wo er stand (am linken Ufer, auf dem Quai des Grands-Augustins) und welches Buch er in der Hand hielt (die erste Ausgabe von *Les nourritures terrestres* von André Gide) und wie dieser Offizier hieß (Hauptmann Walter Schlickewitz). Sie trat ganz dicht an ihn heran und stieß ihm wortlos blitzschnell einen Dolch in die Brust. Von einem Dolch (poignard) schrieb die Presse, poignard ist Mythologie, eine Reminiszenz an Brutus und Cassius. Es war ein normales Küchenmesser, lang und mit Holzgriff. Das war alles furchtbar dumm, wie ich heute weiß, sagte Pierre Vosco, der mit zusammengekniffenen Augen und gerunzelten Brauen mit dem Löffelchen in seinem Espresso rührte, den ihm die Bedienung – sie hatte ihre Angst überwunden – gebracht hatte, obwohl es darin gar nichts zu verrühren gab, den Zucker hatte er stolz abgelehnt; die Deutschen, sagte er, haben später übrigens mehrere Geiseln erschossen, die vollkommen unschuldig waren, so dass diese Tat aus moralischer Sicht überhaupt ziemlich fragwürdig war. Nach dem Krieg erklärten sie alle zur Heldin, er selbst habe sie als Kind für eine Heldin gehalten, für eine Jeanne d'Arc oder Charlotte Cordé …

Viele Jahre später, schon in den sechziger Jahren, erzählte Pierre Vosco, habe ihn die Tochter dieses Offiziers, Bettina Schlickewitz, ausfindig gemacht, sie trafen sich im Café und saßen da zwei Stunden, schauten einander an. Sie war Studentin und sehr links, wie alle Studenten damals. Er besitze noch ein Foto, wie sie am Tisch sitzen, ihre Bekannte habe sie geknipst, sie hatte eine Bekannte mitgebracht, offenbar aus Furcht, allein zu diesem Stelldichein zu gehen. Die Bekannte brach bald auf, und sie beide seien noch geblieben. Über ihren Vater erzählte sie vom Hörensagen, dass er ein überzeugter Nazi gewesen sei, ein wütender Antisemit, aber offenbar doch nicht an ganz schlimmen Dingen beteiligt. Dabei war er ein gebildeter Mann, kannte die alten Sprachen und hinterließ ihr eine große Bibliothek, mit der sie nichts anfangen konnte. Das Foto könne er mir schicken, wenn es mich so sehr interessiere, sagte Pierre Vosco und trank seinen bitteren Espresso aus; das Tässchen wirkte ganz winzig in seinen breiten, flachen Fingern. Wenn ich es wolle, könne er mir etliche Fotos per E-Mail schicken, sagte Pierre Vosco, er befasse sich gerade mit der ... wie nennen Sie das? ... Digitalisierung seines Archivs. Komisches Wort, aber sei's drum. Dieser Hauptmann Schlickewitz starb am Tag darauf im Krankenhaus. Seine, Pjotr Alexandrowitschs, unfassbare Mutter, Nina Petrowna Salamowa, aber versuchte nicht einmal zu fliehen oder in der Menge unterzutauchen, so dass sie sofort verhaftet wurde; ein halbes Jahr befand sie sich im Gewahrsam der Gestapo, wurde von einem Kriegsgericht verurteilt und schließlich in jener Festung Mont Valérien erschossen, wo später Boris Vildé und seine Gruppe und überhaupt die Teilnehmer der Résistance erschossen wurden. Vor ihrem Tod wurde sie natürlich gefoltert. Sie hielt sich heldenhaft, gab niemanden preis, nannte keinen einzigen Namen. Er habe sein Leben lang versucht und versuche es auch jetzt, nicht darüber nachzudenken. Wenn man darüber nachdenkt, wie soll man dann leben? Wenn man ernsthaft und richtig darüber nachdenkt, wie soll man dann ... egal. In Deutschland sei er bisher nicht gewesen und werde wohl kaum noch einmal wiederkommen. Obwohl München eine schöne Stadt ist, sagte Pierre Vosco – ich weiß nur nicht mehr, ob am Ende dieses oder zu Beginn des nächsten Gesprächs und Tages, im Olympiapark, wohin er als Architekt und Sohn eines Architekten unbedingt fahren wollte, und wohin ich ihn im Auto brachte, München ist eine schöne Stadt, das kann man nicht leugnen, sagte Pierre Vosco, als wir zusammen den sattgrünen, noch nicht vom Herbst berührten Hügel im Olympiapark hinaufstiegen, jenen Berg, in den der berühmte, vom Krieg gebliebene Schuttberg für die Olympiade 1972 umgewandelt worden war und von dem aus man ganz München überblicken kann, genauso klar und mit allen Kuppeln sowie – besonders wenn der Föhn den Raum öffnet und die Sicht reinigt – die fernen, schneebedeckten, jedes Mal aufs neue verblüffenden Alpen.

6. KAPITEL

I was the world in which I walked, and what I saw
Or heard or felt came not but from myself;
And there I found myself more truly and more strange.

Ich war die Welt, durch die ich ging, und das, was ich
Sah, hörte, fühlte – das alles kam von mir allein;
Und dort fand ich mich wahrer, seltsamer.

Wallace Stevens

Die Pilze im Olympiapark wuchsen vor allem auf Holz, besonders in seinem entlegenen Teil, durch den wir von der Seitenstraße, wo ich das Auto geparkt hatte, zum Berg und zum Stadion gingen; von allen lateinischen und nichtlateinischen Namen, die Pierre Vosco aussprach, habe ich mir nur *Judasohr* gemerkt, das in seiner lateinischen Variante *Auricula auricula-judae* eine seltsame Verdoppelung erhalten hat, gewissermaßen einen zusätzlichen Schnörkel, eine zweite Ohrmuschel; dieser Name bezeichnet die Gebilde einer Familie mit in der Tat abstehenden und hängenden Ohren, durchsichtig schleimig und von der Sonne durchleuchtet, auf die Pierre Vosco mit einem verhaltenen Jauchzer über das feuchte Gras neben dem Kanal zustürzte. Es gab natürlich noch mehr verrunzelte Geschöpfe jener Sorte, erklärte mir Pierre Vosco, die auf Russisch in Bausch und Bogen *Hallimasche*, auf Französisch *armillaires* genannt würden, obwohl sie alle tatsächlich sehr verschiedenen Gattungen und Familien angehörten; an den hohen, zwei- oder dreimannsgroßen Baumleichen, die man aus irgendeinem Grund ziemlich häufig an Münchner Flüssen und Kanälen findet, ragen sie aus der fühlbar faserigen, von frischem Moos bedeckten und lebendigem Efeu umrankten Rinde in gelben, braunen oder rosafarbenen Büscheln; ihr Fleisch ist trocken, fest, kalkweiß und erinnerte mich an den Fensterkitt, den wir als Kinder in der Datscha mit den Fingern herauspuhlten, wenn er ausgetrocknet war, und dann lange zerkrümelten, was zu weißen Spuren auf dem Boden und dem Sofa führte.

Was die Olympiade von 1972 angehe, dachte ich und sagte es Pjotr Alexandrowitsch, so sei sie wohl – von der Moskauer Olympiade abgesehen – die einzige, die ich überhaupt zur Kenntnis genommen und in Erinnerung behalten hätte. Für die vorigen war ich zu klein, und die späteren interessierten mich nicht mehr. 1972 war ich zwölf Jahre alt und ging, komische Erinnerung, in irgendeine Sportsektion, wie das damals hieß, vielmehr, in die man mich zu gehen zwang, in der fruchtlosen, absurden Hoffnung, dass ich mich aus einem Tolpatsch und Faulpelz auf wundersame Weise in einen forschen, leichtfüßigen Hochspringer und Läufer verwandeln würde, der, mit zusammengebissenen Zähnen und ganzer Willenskraft, die Rekorde der verdutzten Kameraden schlug, aus Oblomow in Stolz, aus Pierre Besuchow in Fürst Andrej. Wunder geschehen natürlich, aber sie geschehen von allein, nach ihrem eigenen Gutdünken, dann und dort, wo sie wollen, und nicht dort und nicht dann, wenn wir es wollen. Ein Wunder, wenngleich ein winziges, erzählte ich Pierre Vosco, war eher der Anstecker von dieser Münchner Olympiade, den mir irgendjemand aus dem mythischen Ausland mitgebracht hatte. Das Wort *München* selbst hatte dort, jenseits des Eisernen Vorhangs, einen wunderbaren, in unerreichbaren Lüften schwebenden Beiklang. Diesen Anstecker habe ich als hellblaues, hochformatiges Rechteck mit einem Emblem in Form einer Spiralschnecke in Erinnerung. Ich schenkte ihn einem anderen Jungen, der drei oder gar vier Jahre älter war als ich, also in meinen Augen fast erwachsen und alles verkörperte, was ich nicht war, der Rekorde schlug und seinen ganzen Willen anspannte und der mich, als er meine Begeisterung für sich bemerkte, wohl ein wenig unter seine Fittiche nahm und sich mit mir abgab. Er befestigte den Anstecker an seinem Trikot und rannte damit stolz auf der Aschenbahn, trug ihn stolz beim Stabhochsprung. Sein Haar fiel ihm schräg in die Stirn, eine schweißnasse Strähne wippte beim Laufen und Springen. Ich erinnere mich heute nur nicht mehr an seinen Namen. Am nächsten Tag würgte er mich im Umkleideraum mit meinem Schal, im Beisein aller. Und von diesen allen mischte sich niemand ein. Ich hatte den Schal um den Hals geschlungen und wollte mir gerade den Mantel anziehen, als er diesen Schal plötzlich an beiden Enden packte, mich zu Boden warf und sich anschickte, mit seinen kräftigen Händen, an denen die Fingerknöchel deutlich hervortraten, die Schlinge um meinen Hals festzuziehen, so dass ich, bereits röchelnd und fast schon bewusstlos, sein über mich gebeugtes Gesicht sehr klar sah und es mir für allemal mit der wippenden

Haarsträhne und den in wildem Ingrimm lachenden Augen einprägte, bald darauf ging ich nicht mehr in die Sportsektion, das Wunder geschah nicht, Oblomow blieb Oblomow, aber am verblüffendsten erscheint mir heute, dass ich mit meinen damaligen zwölf Jahren offenbar nichts von dem Terroranschlag während dieser Olympiade hörte, jedenfalls kann ich mich nicht erinnern, dass ich damals davon gehört hätte, erzählte ich Pierre Vosco, entweder weil die sowjetische Presse insgesamt nur sehr verhalten davon sprach, ihn nicht offen billigen, aber auch nicht verurteilen mochte – immerhin waren die Palästinenser die Busenfreunde aller Sowjetmenschen, Arbeiter, Kolchosbauern und der werktätigen Intelligenzija obendrein, die Israelis aber per definitionem schlecht und Juden, sogar Jidden, wenn man's genau nimmt –, oder weil er mich einfach nicht interessierte, mich interessierten nur Lauf, Weit- und Hochsprung, was im übrigen wenig wahrscheinlich ist, da ich mit meinen zwölf Jahren damals wohl weit stärker politisiert war, als mit zwanzig oder zum Beispiel fünfundvierzig, und damals war es auch so, dass der gerade oder kurz zuvor erfolgte Abzug der amerikanischen Truppen aus Vietnam mich in eben diesem pathetischen Umkleideraum zu antisowjetischen Aussprüchen provoziert hatte, erfüllt von heißer Liebe zum Imperialismus und den amerikanischen Kriegstreibern, woraufhin mein künftiger Würger, seine schräge Strähne schüttelnd, an alle anderen halbbekleideten Beteiligten der Szene gewandt knurrte, in meinem Alter sei seine einzige Sorge gewesen, irgendwoher neun Kopeken für ein Eis aufzutreiben, aber nicht das Schicksal von Vietnam, Laos oder Kambodscha.

Das erscheint mir heute alles wie ein Traum, aber ich

habe es wirklich so erlebt. Pierre Vosco erwiderte mir darauf, er habe seinen Vater wohl nie weinen gesehen, aber dennoch in dessen Augen einen verräterischen feuchten Schimmer bemerkt, zumindest glaube er das jetzt, als klar wurde, dass die erste Nachricht von der Befreiung der Geiseln falsch war und alle bei dem gedankenlosen, stümperhaften Befreiungsversuch umgekommen waren, den die kopfscheu gewordenen bayrischen Polizisten unternommen hatten. Sein Vater liebte München, sei in den sechziger und siebziger Jahren mehrmals hier gewesen und eigens vor der Olympiade angereist, um das Stadion zu besichtigen und dessen Schöpfern, Frei Otto, der das geniale Dach ersonnen, und Günter Behnisch, der alles andere entworfen hatte, seine Begeisterung auszusprechen. Sein Vater habe beide gut gekannt, er selbst, Pierre Vosco, sei mehrmals mit Behnisch zusammengetroffen, habe mit ihm und seinen Kollegen sogar an einem gemeinsamen Projekt teilgenommen.

Wir überblickten das ganze Stadion von jenem auf Trümmern und Schutt, gescheiterten Hoffnungen und verlorenen Illusionen errichteten Berg herab, von dem, schaute man in die andere Richtung, an diesem Tag die schneebedeckten Alpen und davor die Stadt so klar zu sehen waren. Von oben wirkte das Stadion, obwohl wir uns ganz in seiner Nähe befanden, jenseits des Sees und der Wiese mit seinen weit schwingenden Zeltdächern gar nicht einmal sehr groß, eher klein, eher wie ein Spielzeug im umfassenden Sinn des Wortes, nicht für die olympischen und sportlichen Spiele allgemein bestimmt, sondern für die kindlichen und echten Spiele, jene frühen und schönsten Spiele, zu denen uns die Fähigkeit für immer verloren geht, wenn wir den Weg des

Wettstreits, der Eitelkeit und des Kampfes beschreiten …; weiter in der Ferne sah man die Gebäude des Olympiadorfes, die Stätte der Tragödie. Zelte der Märchenkönigin, sagte Pierre Vosco. Dies sei nicht sein Ausdruck, er habe ihn in den Notizen seines Vaters gefunden … oder vielleicht auf der Rückseite eines der Fotos, die A. N. W. gemacht habe, er erinnere sich nicht mehr genau. A. N. W. fotografierte sehr viel, besonders am Ende seines Lebens; er betätigte sich durchaus ernsthaft als Fotograf; unter seinen Aufnahmen finden sich wahre Meisterwerke. Zelte und Berge, sagte Pierre Vosco und drehte sich zu den Bergen um. Nicht ganz derselbe Umriss, aber eine Ähnlichkeit muss man doch feststellen, nicht wahr? Das war meinem Vater sehr vertraut, also insgeheim sein Grundgedanke überhaupt. Die Architektur reproduziert die natürlichen Formen und fügt sich in die Landschaft ein. Schon vor dem Krieg, als niemand in Europa auf ihn hören wollte, propagierte er dies. In Amerika gab es natürlich Frank Lloyd Wright mit seiner organischen Bauweise, und auch in Europa konnte man in den Zwanzigern etwas Ähnliches feststellen, dann trat Stillstand ein, irgendwann gab es einen Neuanfang, Mitte der fünfziger Jahre, würde ich sagen. Da kam seine Sternstunde, die sechziger und siebziger Jahre waren die besten im Leben meines Vaters, wie ich heute weiß. Wundert Sie das? Nein, sagte ich, warum sollte mich das wundern? Weil er im Jahr 60 neunundfünfzig und im Jahr 70 neunundsechzig war. Er baute übrigens bis zum Schluss, und seine letzten Arbeiten sind vielleicht die besten, die harmonischsten … Die sechziger Jahre waren irgendwie wie er. Er war mit seinen sechzig und siebzig Jahren sonderbarerweise wieder jung und glücklich, und die Zeit war ja auch jung und lebendig. Er baute damals auf der ganzen Welt, in Japan, in Amerika (Nord). Nein, natürlich nahm er nicht an den Studentenprotesten teil, antwortete P.A.W., nachsichtig in seinen Schnauzbart lächelnd, aber er hegte wohl Sympathie für die Studenten. Er war ja selbst ein halber Hippie. Er war immer ein halber Hippie gewesen, und in dieser Zeit kleidete er sich auch wie ein Hippie, nicht ganz, natürlich, aber er trug keine Krawatte mehr und zum Haareschneiden ging er auch nur sehr selten. Ich weiß noch gut, wie er aus Argentinien zurückkam, erzählte Pierre Vosco, als wir beide zum Stadion hinuntergingen. Ich hatte aus irgendeinem Grund beschlossen, ihn in Marseille abzuholen. Ich war fünfzehn, als er wegging, und als er zurückkehrte, schon fünfundzwanzig. Es war März ... oder April?... 1960, das heißt, sie waren zu Beginn des Herbstes aufgebrochen und kamen zu Beginn des Frühlings an. Ich erkannte ihn sofort, bin aber heute nicht sicher, ob aus eigener Erinnerung oder doch von Fotografien. Ende der fünfziger Jahre brachten alle Architekturzeitschriften Aufnahmen von seiner Brücke in Rio-Davia, seinem Museum, seinem Bahnhof, seinen Häusern und Parks, von ihm selbst vor diesem Museum oder der Brücke. Viviana war drei Jahre alt und sträubte sich, die Gangway hinunterzugehen. Maria erschien mir, als ich sie zum ersten Mal sah, wie eine strahlend schöne Orientalin. Das Komischste passierte später, als sich die Zollbeamten ihr Gepäck vornahmen, das zur Hälfte aus Steinen, Muscheln und Treibholz aus dem Meer bestand. A.N.W. sammelte sein Leben lang diese Dinge. Die Gesichter der Zollbeamten werde ich nie vergessen, sagte Pierre Vosco und lachte in seinen Schnauzbart. Einer von ihnen war eine ganz komische

Gestalt und erinnerte mich an die Fettsäcke, die Charly Chaplin (Charlot) in Nebenrollen besetzte, damit sie seine eigenen Gags und Albernheiten noch hervorhoben. Dieser Beamte wackelte, von Lachen geschüttelt, wohl eine halbe Stunde mit Bauch und Backen, während er die in Stroh verpackten Muscheln durchforstete, die A. N. W. am Atlantik gesammelt hatte. Dann haute er noch eine weitere halbe Stunde, meiner Meinung nach absichtlich so lang, Stempel auf irgendwelche Papiere, schnalzte mit der Zunge und zwinkerte den Kollegen zu, dass sie sich auch an diesem verschrobenen Kerl mit dem französischen Pass und der argentinischen Ehefrau ergötzen sollten, der aus der Neuen Welt einen prall mit Steinen und Stöcken gefüllten Koffer mitgebracht hatte.

Von innen und unten erinnert das Zeltdach des Stadions eher an ein Spinnennetz, an Spinnweben aus Plexiglas, die an Pfosten aufgehängt und mit Stahlseilen festgezurrt sind. Gegen eine geringe Gebühr kann man ins Stadion hineingehen, selbst wenn niemand rennt, springt oder singt. Wir setzten uns in einer der obersten Reihen auf die schmalen unbequemen Sitze. Die Sonne lag auf der nicht vom Plexiglasspinngewebe überdeckten Gegenseite des Stadions, auf den blassgrünen Sitzen, und durchschnitt schräg vor uns das grellgrüne, von der breiten roten Aschenbahn umsäumte Fußballfeld. Irgendetwas war auf diesem Feld im Gang, ein Teil befand sich unter einer grauen Plane, in deren Mitte eine Bühne zu sehen war, irgendwelche glänzenden Rohre lagen gestapelt in einer Ecke, ein paar Arbeiter in knallgelben Helmen gingen von den Rohren zur Bühne und von der Bühne zu den Rohren, ein kleiner, ebenfalls knallgelber Gabelstapler mit vorgestreckten Zinken fuhr langsam in eine nur ihm bekannte Richtung. Überhaupt wirkte alles klein dort unten auf dem Feld, und weil es so klein wirkte, schien es sich auch langsam zu bewegen. Lange saßen wir da und schwiegen. Eine unerwartete Ruhe lag in alledem, in dieser langsamen und lautlosen Bewegung der kleinen Fahrzeuge und Menschen, in dieser Kreuzung zweier Linien, der Planen- und der Sonnenlinie, die das Feld in vier unterschiedlich beleuchtete Bereiche unterteilten, unter diesem immer noch tiefblauen Himmel über dem Stadion. Neben mir sitzt ein Mann, dachte ich, den ich erst am Vortag kennengelernt habe und der bereit ist, obwohl er fast nichts von mir weiß und mich fast nichts fragt, mit mir über seine Familie und die Vergangenheit so zu sprechen, wie er vielleicht noch nie und mit niemandem darüber gesprochen hat. Er trug wieder den gleichen Regenmantel und den gleichen Blazer, ein grauhaariger, sehr distinguierter Herr aus einer anderen, sehr prosperierenden Welt. In die Ferne schauend kniff er die Augen zusammen, fast so, wie es sein Vater getan hatte. Dann dachte ich, wie ich noch weiß, dass sein Vater, dieser Alexandre Vosco, mit dem er, seinen Erzählungen nach zu schließen, nie zusammengelebt hatte, den er auch nicht gerade oft getroffen hatte, wahrscheinlich dennoch die wichtigste Person in seinem ganzen Leben gewesen war. Erst jetzt, sagte P. A. W., meine Gedanken erwidernd, habe ich angefangen, so viel über ihn nachzudenken. Erst jetzt, da ich selbst alt geworden bin, verstehe ich ihn so, wie ich ihn weder als Kind noch als Jugendlicher noch als Erwachsener verstanden habe. In meiner Kindheit war er für mich der ferne, sonderbare Vater, der aus irgendeinem Grund unter den Deutschen in Paris zurückgeblieben war. Das konnte ich nicht begreifen. Meine Mutter war geblieben und umgekommen, deshalb war sie eine Heldin. Er aber war geblieben und nicht umgekommen. Er war übrigens mitnichten ein Feigling, sagte Pierre Vosco, ein Mann, der mit siebzehn in den Bürgerkrieg zieht, ist natürlich kein Feigling. Aber mir schien er einer zu sein. Nach dem Krieg trafen wir uns sonntags, wie ich Ihnen bereits erzählt habe, er holte mich vor der Kirche in der Rue Daru ab und ging mit mir zu Frau Elsa, um ihren scheußlichen Kaffee zu trinken. Selten besuchte er uns in Billancourt und brachte mir etwas mit, gebrannte Mandeln in einem Papiertütchen zum Beispiel. Seine Mandeln waren mir völlig egal. Dann reiste er ganz ab, nach Argentinien, und schickte alle zwei Wochen einen Brief. Diese Briefe zu beantworten, war eine Qual. Danke, in der Schule geht es gut, in Geometrie habe ich das Jahr als Bester, in Literatur auf Platz dreizehn abgeschlossen. Ich zeichnete als Kind in der Tat für mein Leben gern … Er knapste nicht an Geld für mich, das muss ich ihm lassen; als es bei ihm beruflich bergauf ging, schickte er immer genug, so dass ich ein gutes Lyzeum besuchen konnte und danach die École d'architecture. Das war schon nach dem Wehrdienst, unmittelbar vor seiner Rückkehr. Es gefiel mir in der Armee, sagte Pierre Vosco, bei irgendwelchen fernen Erinnerungen lächelnd, vielleicht gefiel mir auch das Exotische dieser Zeit, Afrika, die Wüsten, Palmen, die arabischen Städte. Trotzdem blieb ich nicht bei der Armee, obwohl man mir anbot zu bleiben, und Gott sei Dank, dass ich nicht geblieben bin, ich war vor dem Algerienkrieg entlassen worden – j'étais demobilisé. Warum ich dann in die École d'architecture eintrat, weiß ich heute selbst nicht mehr. Ich hatte kein besonderes Interesse an Architektur. Dennoch begann ich Architektur zu studieren, wahrscheinlich wollte ich insgeheim, im tiefsten Herzen, meinem Vater ähnlich werden, zumal er als Star aus Argentinien zurückkehrte. Überhaupt kehrte er als ein anderer zurück, war nicht mehr derselbe, als der er abgereist war, zumindest erscheint es mir heute so in der Retrospektion, oder heißt es: in der Retrospektive? Jedenfalls, sagte Pierre Vosco und beobachtete den Gabelstapler, der langsam seine Runden machte, an die Rohre heranfuhr und sich wieder von ihnen entfernte, dann bei einem Arbeiter anlangte, der langsam eine Karre mit einem in der Sonne blinkenden Metallkasten vor sich herschob, ihn umrundete und hinter die Bühne fuhr, jedenfalls wenn ich heute an all das denke, sagte Pierre Vosco, sehe ich zwei verschiedene Menschen, vor Argentinien und danach. Offensichtlich waren die dreißiger und vierziger Jahre die schwersten und unfruchtbarsten Jahre seines Lebens, das sagte er mir auch im Alter immer wieder, als wir gelernt hatten, miteinander zu reden. Dabei sind das doch die besten Jahre im Leben eines Mannes.

Wahrscheinlich war sein Leben am Anfang, als er gerade nach Frankreich gegangen war, nicht ganz so traurig, wie es dann wurde, wahrscheinlich waren er und meine Mutter glücklich, wenigstens die ersten zwei, drei Jahre, bevor ich auf die Welt kam. Er hatte nach seiner Ankunft sofort Arbeit gefunden – im Architekturbüro *Lavalle et compagnons,* damals sehr bekannt –, er selbst war gerade erst dreißig Jahre alt, oder noch nicht mal dreißig, sagte Pierre Vosco mit Blick auf das Fußballfeld und versuchte offenbar, sich seinen Vater als dreißigjährigen, jungen, in die Zukunft schauenden

Mann vorzustellen. In der Jugend war er natürlich im Krieg gewesen und hatte viel Schlimmes erlebt, aber trotzdem steht man mit dreißig noch am Anfang des Lebens, wie Sie sich wohl selbst erinnern. Natürlich, antwortete ich Pierre Vosco und beobachtete mit ihm zusammen die Manöver des Gabelstaplers und den Arbeiter mit Helm, die auf der sonnenbeschienenen Plane erneut glücklich aneinander vorbeilavierten, natürlich steht man noch am Anfang des Lebens, antwortete ich, aber es ist schon das *Ende des Anfangs,* es ist das Lebensalter, wo alles ernst und schon ins Reine geschrieben wird. Ich, zum Beispiel, war in diesem Alter zum ersten Mal in Paris ... Und auf einmal, um die Mitte der dreißiger Jahre, erzählte Pierre Vosco, etwa als ich geboren wurde, begann alles fahl und düster zu werden. Die Jugend war vorbei, Erfolg hatte sich nicht eingestellt und die Liebe getrogen. Da entstand bei ihm vielleicht das Gefühl, dass er immer nur die zweite Rolle spielen und sein ganzes Leben nur an fremden Projekten mitarbeiten würde. Ich weiß nicht, ob Sie sich darüber im klaren sind, was es heißt, ein Projekt für einen Wettbewerb vorzubereiten, wieviel Kraft und Einsatz das verlangt. Er konnte das ja nur mit Unterbrechungen machen, sonntags und nachts. Jeden Morgen ging er ins Büro von Lavalle, es befand sich damals beim Panthéon, nach dem Krieg wurde es nicht weit von der Bastille wiedereröffnet und besteht dort im Grunde bis heute, obwohl Frédéric Lavalle natürlich schon längst gestorben ist, also ging er jeden Morgen dorthin, etwa um neun Uhr, fuhr mit der überfüllten Métro, denke ich mir, bis zur Gare d'Austerlitz, stieg dort in die Linie 10 um und ging von der Station Cardinal Lemoine zu Fuß zum Panthéon; abends legte er den gleichen Weg wieder in die Gegenrichtung zurück, und wenn er ein eigenes Projekt für einen Wettbewerb einreichen wollte, der in einer Architekturzeitschrift ausgeschrieben war, musste er die Berechnungen und Zeichnungen nachts machen, oder zum Beispiel heimlich, in den Pausen zwischen anderen Arbeiten, und zwar so, dass weder der Patron noch die Kollegen etwas mitbekamen, obwohl sie es selbstverständlich sahen, solche Dinge lassen sich in einem Architekturbüro nur schwer verheimlichen. In den dreißiger Jahren gewann er keinen einzigen Wettbewerb, soviel ich weiß, später, schon nach dem Krieg, immer mal wieder. Niemand wollte, was er machte. Aber er war ein hartnäckiger Mensch und verfolgte seine eigene Linie immer weiter. Niemand hatte Interesse an seiner »ganzheitlichen Architektur«, wie er sie nannte, »l'architecture integrale« … Ich glaube, als er die vierzig erreichte, begann er sich als gescheitert zu fühlen, und das ist ein bleiernes Gefühl, wie wir alle wissen. Er fühlte sich wahrscheinlich nicht dauernd so, aber er hatte offenbar besonders hoffnungslose Abende. Ich kann mir gut vorstellen, wie er in der kalten Wohnung bei der Gare de l'Est saß und an einem Projekt arbeitete, das keiner haben wollte, oder, um nicht daheim zu hocken, im Café, wie er die Autos und die Schirme draußen beobachtete, die sich im Regen vorüberbewegten …

Ich kenne diese einsamen Pariser Abende, sagte ich, diese Schwärze und Scheinwerferreflexe auf dem Asphalt, und dieses Sitzen im Café, wenn einem der Regen draußen wie eine Verurteilung zu lebenslänglicher Trostlosigkeit erscheint und die aufgespannten Schirme wie dem Menschen vollkommen fremde Unterwassergeschöpfe wirken, wie Quallen des Unglücks und Tintenfische der Verzweiflung, wohin bloß mit sich? Man hat keine Kraft, in die Métro hinunterzugehen, deshalb bleibt man ewig an seinem Tisch sitzen, betäubt von fremden, gleichgültigen, nahen Stimmen, die aber dennoch wie unter Wasser durch den Taucheranzug auf dich einbranden, betäubt – bumm bumm auf den Schädel – vom Scheppern des Geschirrs, der Messer und Gabeln, die der alte Garçon wie von Sinnen und vor Wut schäumend in die Schublade der schmalen Anrichte schleudert, die aus irgendeinem Grund immer nur zwei Schritte von dir entfernt steht, als versuche er, deine letzten Hoffnungen zu zerstören und dir deine letzten Freuden zu nehmen ... Außerdem war auch Lettland verloren, sagte P.A.W., nachdem er meinen Monolog angehört hatte, also sein Elternhaus, die Stätten seiner Kindheit, die baltischen Dünen. Bis zum Jahr 40 oder, sagen wir, 39 hätte er ja noch *zurückkehren* können, jetzt konnte er nirgendwohin zurück, jetzt war er zum Emigranten geworden. Er hätte allerdings unter den Deutschen nach Lettland zurückkehren können, 41 oder 42, aber daran dachte er wohl nicht einmal, und er glaubte auch nicht, dass sich die Deutschen dort lange halten würden. Mit mir ging's bergab, sagte er mir im Alter. Auf Russisch kann man das wohl nicht so sagen, aber genau so sagte er es zu mir. Er hatte nie über irgendwelche Schmerzen geklagt, aber plötzlich sagte er – ich hatte ihn im Languedoc besucht –, dass seine Knie stark schmerzten und es ihm schwerfalle, aus dem Sessel aufzustehen und die Treppe hochzusteigen. Er musste die Treppe aber hinaufsteigen, um in sein Atelier zu gelangen. Offenbar geht es mit mir bergab, sagte er, wiederholte Pierre Vosco, immer noch auf das Fußballfeld blickend. Es ging schon einmal mit mir bergab, nicht körperlich, sondern seelisch, und ich weiß nicht, was schlimmer ist. Vielleicht war er auch deshalb nicht aus Paris geflüchtet, weil es mit ihm bergab ging, weil ihm alles egal war, pfeif drauf, »il s'en fichait, voilà«. Etwas war in ihm zerbrochen, nicht der Lebenswille, glaube ich, der Lebenswille zerbricht nicht einfach so, aber der Wille zu einem sinnerfüllten Leben. Vielleicht war er auch wegen seiner Mutter geblieben, wegen Frau Elsa, die nicht noch einmal flüchten wollte, nicht noch einmal umziehen. Schließlich war sie doch bei allem Hass auf Führer und Reich eine Deutsche, eine Baltendeutsche, unmittelbare Gefahr drohte weder ihr noch ihm. Nein, Frau Schenk gab es damals wohl noch nicht, Frau Schenk tauchte erst während des Krieges auf, das heißt, Frau Elsa nahm sie bei sich auf und versteckte sie, aber Genaueres weiß ich nicht, sagte Pierre Vosco. Vielleicht blieb er auch noch wegen meiner Mutter, in der aussichtslosen und unerfüllten Hoffnung, sie vor Unheil zu bewahren, das deutete er mir einmal an, nicht lange vor seinem Tod, aber seltsamerweise brachte ich das Gespräch damals sofort auf etwas Anderes. War ich befangen oder fürchtete ich mich, ihn auszufragen? Schon merkwürdig, und jetzt kann man ihn nicht mehr fragen.

Während des Krieges wurde natürlich kaum etwas gebaut, Frédéric Lavalle hatte sich in die freie Zone abgesetzt, dann nach England, das Büro wurde geschlossen, mein Vater arbeitete bei einer Firma, die Wohnhäuser renovierte und instand hielt, nicht dass er selbst die Wände gestrichen oder »le chauffage«, die Heizung, repariert hätte, aber es war alles Ingenieursarbeit, die nichts oder fast nichts mit Architektur zu tun hatte. Als die Bomben fielen, stellten sie wieder her, was man wieder herstellen konnte. Paris wurde ja ziemlich heftig bombardiert, heute spricht man nicht mehr darüber … Unser Billancourt wurde völlig zerbombt … Und was er sonst noch machte, weiß ich nicht. Er schrieb nicht einmal etwas, glaube ich, seine wichtigsten Aufsätze entstanden entweder in den dreißiger oder schon in den fünfziger und sechziger Jahren. In Argentinien begann er zu schreiben, noch bevor er anfing zu bauen, er schrieb eine ganze Reihe von Aufsätzen, heute wird oft daraus zitiert. Dann kam heraus, dass er doch eine Rolle, eine ganz kleine, im Widerstand gespielt hatte, erzählte Pierre Vosco, er hatte jemandem irgendwelche Dokumente übergeben oder ein paarmal Flüchtlinge bei sich beherbergt. Deshalb erhielt er übrigens nach dem Krieg die französische Staatsbürgerschaft. Auch als Ehemann einer hingerichteten Heldin wahrscheinlich, er war ja nicht von meiner Mutter geschieden. Nach dem Krieg baute er wieder, baute sogar selbst, von diesen ersten Nachkriegsbauten sind ein Bahnhof in der Normandie erhalten, nicht weit von Caen, eine Schule in Cherbourg und mehrere Privathäuser, auch in der Normandie, wo bei der Offensive der Alliierten große Schäden entstanden waren. Überhaupt wurde damals in Frankreich viel gebaut, obwohl hastig und auf die Schnelle, Millionen hatten schließlich kein Dach mehr über dem Kopf. Hier beginnt der echte Vosco, sagen wir mal so; ich verstehe heute nur nicht, wenn ich mir diese erstaunlicherweise immer noch frühen Arbeiten meines Vaters anschaue, sagte P.A.W., warum sie 48 und 49 entstanden sind und nicht zum Beispiel schon 32 oder 33. Zwischen seinen Arbeiten in Lettland und diesen Nachkriegsarbeiten klafft eine Lücke von sechzehn, siebzehn Jahren, als wäre er aus seinem Leben herausgefallen … Er arbeitete wieder mit Lavalle zusammen, der nach dem Krieg nach Paris zurückgekehrt war, jetzt wohl schon als Kompagnon, es war ja eigentlich ihr gemeinsames Projekt, dessentwegen er nach Argentinien ging. Sie sollten irgendwo am Rand von Buenos Aires einen Wolkenkratzer bauen. Daraus wurde dann übrigens nichts; Argentinien ist ein unvorhersagbares Land, daher musste er sich noch weiter in den Süden begeben, um wirklich etwas zu bauen. Trotzdem, sagte Pierre Vosco, geschah es aus Verzweiflung, dass er nach Argentinien ausreiste, oder es scheint mir heute so, vielleicht schien es ihm auch selbst so, als er mir im Alter davon erzählte. Wegen der Verzweiflung und weg von der Verzweiflung. Das heißt, er lief vor der Verzweiflung davon, sagte Pierre Vosco und schob mit seinen breiten Handflächen gleichsam etwas von sich weg, irgendwohin, nur weit weg, egal wohin. Und er ging weg aus Verzweiflung, also wegen seiner Verzweiflung. Ich glaube auch, dass der Tod seiner Mutter, also von Frau Elsa, im Jahr 49 ihm den letzten Schlag versetzt hatte. Er hing meiner Ansicht nach sehr an ihr, liebte sie sehr, obwohl ich als Kind nicht verstand, wie man sie lieben konnte. Sie war ja noch nicht richtig alt, jedenfalls war sie bis zuletzt munter und rüstig, bei Sinnen und eigensinnig, sagte Pierre Vosco, der offenbar über seine gelungene Formulierung staunte und sich freute, er hatte wohl einfach nicht erwartet oder nicht vermutet, dass sie so schnell sterben würde, war nicht auf ihren Tod vorbereitet, hatte vielleicht einfach nicht darüber nachgedacht. Plötzlich stellte sich heraus, dass er ganz allein auf der Welt war und reisen konnte, wohin er wollte. Und so reiste er ans Ende der Welt.

Wie er aufbrach, weiß ich nicht mehr, sagte Pierre Vosco,

ich erinnere mich nur daran, wie er zehn Jahre später zurückkehrte, seine Abreise bemerkte ich wohl gar nicht, wie ich den Tod von Frau Elsa auch nicht bemerkt hatte, so fern stand ich mit fünfzehn Jahren meinem Vater und allem, was mit ihm zusammenhing. Es kamen eben plötzlich Briefe aus Argentinien, exotische Ansichtskarten. Anfangs bestand wohl die Vorstellung, dass er bald zurückkommen würde, niemand dachte, dass er dort zehn Jahre leben würde. Meine Großeltern starben, während er weg war, kurze Zeit vor seiner Rückkehr, zuerst mein Großvater Pjotr Sergejewitsch, dann meine Großmutter Jelena Wassiljewna, so dass ich im Grunde nun auch ganz allein war. Im übrigen heiratete ich bald. Mein Vater kehrte aus Argentinien zurück, und meine Frau und ich gingen nach Amerika, wo ich bei Louis Kahn arbeitete, bei Louis Kahn *persönlich*, betonte Pierre Vosco überraschend stolz und warf mir einen kurzen Seitenblick zu, wie um abzuschätzen, ob ich die Schönheit und Kraft dieser Mitteilung zu würdigen wusste. Ob er mit seinem Vater etwas gemeinsam gebaut habe? Erst ganz am Ende seines Lebens, antwortete Pierre Vosco, in den achtziger Jahren bauten sie zwei Villen bei Paris und gewannen den Wettbewerb für den Bau des Stadions in Neu-Delhi. Das Stadion wurde nicht gebaut, aber den Wettbewerb hatten sie gewonnen. Er habe übrigens das Büro seines Vaters auf dem Boulevard de Grenelle geerbt, genauer gesagt, neben dem Boulevard, mitsamt den Mitarbeitern und Projekten. Existiert das Büro noch? Nein, sagte Pierre Vosco, während er aufstand und seinen Mantel zurechtzupfte, das Büro habe er vor zehn Jahren aufgegeben, nachdem er beschlossen hatte, sich auf seine alten Tage seiner Leidenschaft für Pilze, seinen Kindern und einem ruhigen Leben fernab von Paris zu widmen. *Ein* großer Architekt in der Familie ist genug, fügte er mit schiefem Lächeln hinzu. Er habe das Büro nicht schließen können, solange Maria noch am Leben war, setzte er noch hinzu. Als Maria noch lebte, kam sie fast täglich ins Büro, überwachte alle Projekte, besorgte die Dokumentation, schrieb die Steuerberichte oder wie das auf Russisch heißt, machte also alles, was sie zu Lebzeiten ihres Mannes gemacht hatte. Das war ihr Leben … Ich dagegen dachte einmal wieder, wie einfach ich Madame Vosco in den neunziger Jahren hätte treffen und folglich auch dieses Architekturbüro auf beziehungsweise neben dem Boulevard de Grenelle hätte aufsuchen können, wo ich mit den Mitarbeitern hätte sprechen und das Reißbrett hätte sehen können, an dem der Meister gearbeitet hatte, und einmal wieder konnte ich mir nicht verzeihen, dass ich all dies nicht getan hatte.

Auf dem Rückweg zum Auto schauten wir auf Pierre Voscos Bitte hin in das Häuschen von Väterchen Timofej hinein, des damals schon verstorbenen russischen Einsiedlers, in das von ihm gebaute Kapellchen und in das zweite Kapellchen, das er wie das erste aus Müll errichtet und mit Silberpapier ausgekleidet hatte: eine geheime Münchner Sehenswürdigkeit, ein komischer, rührender, skurriler Ort. An die Zweige der Apfelbäume rund um das Häuschen hatte man Spielsachen, Ketten und Puppen gehängt, das Häuschen selbst glich einer in die Erde eingesunkenen Lehmhütte, in dem Kapellchen war wohl der gesamte fromme Kitsch versammelt, den man in der Umgebung hatte aufstöbern können, alle pummeligen Englein und liebreizenden, gelackten Gipsmadonnen mit Täubchen und Lämmlein. Dennoch waren es zwei kleine Kirchen, und echte Ikonen gab es darin auch. Pierre Vosco bekreuzigte sich mit ausholender Geste, wie es ihm wahrscheinlich seine Großmutter Jelena Wassiljewna, die Frau von Oberst Salamow, in der Kindheit beigebracht hatte; dann kramte er auf der Suche nach Münzen lange in seinen Taschen und holte zwei im Wert von einem Euro und fünfzig Cent heraus; er überlegte, jedenfalls schien es mir so, welche er in die Büchse stecken sollte; er steckte den Euro hinein; nahm eine Kerze; nachdem er sie vor der Ikone aufgestellt hatte, bekreuzigte er sich wieder.

Diese phantastische Figur, Väterchen Timofej, wie er in München heißt, war zu Beginn der fünfziger Jahre in der bayrischen Landeshauptstadt aufgetaucht, angeblich auf den Befehl einer Stimme von oben, er solle Wien verlassen, wo es ihm entweder nicht gefallen oder wo man ihn vertrieben hatte, und hierher gehen, um aus den Trümmern und auf den Trümmern der zerbombten Stadt eine Kirche zu errichten. Er gab sich als Mönch aus, war aber mit einer Natascha verheiratet, überhaupt war unklar, was er war, ein Sonderling und Gottesnarr, ein einfacher Bauer, den der Krieg aus Russland herausgerissen hatte, folglich auch er ein Verschleppter, eine displaced person, der auf diese ungewöhnliche Weise seine Verschleppung und Obdachlosigkeit bewältigt hatte. Auf den Fotos und Zeitungsausschnitten, die nun in seiner zum Museum umgewandelten Hütte aufgehängt waren, sah man einen klassischen Starez mit eher strengem, mürrischem Gesicht wie so oft bei orthodoxen Christen, sogar bei Heiligen, mit verschlagenen Augen, ohne den Anflug eines Lächelns. Selbstverständlich hätte man ihn ausquartieren müssen, als die Schutthalde in den Park der Olympiade von 72 umgewandelt wurde; dennoch tat man es nicht; die Presse unterstützte ihn, die Anwohner unterzeichneten Briefe zu seinem Schutz; Günter Behnisch stimmte, will man der lokalen Legende glauben, nach einer mit dem Anachoreten geleerten Flasche Wodka zu, die Pferderennbahn, die hier gebaut werden sollte, an einer anderen Stelle anzulegen; ich vermute aber, dass die Flasche Wodka in den Bereich der frommen Überlieferungen gehört. Mein Vater besuchte diesen Mann in den siebziger Jahren und sprach mit ihm, erzählte Pierre Vosco, und als er wieder in Paris war, lachte er immer sehr, wenn er allen, die sie sehen wollten, die Fotos von dieser Idylle auf Trümmern zeigte, von diesem Fleckchen Bilderbogen-Zwiebelturm-Russland in der entzückenden Stadt der Wittelsbacher; besonders das Silberpapier an der Kapellendecke rührte ihn; darauf konnte ich nur antworten, dass auch meine Mutter den heiligen Mann in den achtziger Jahren aufgesucht hatte, als sie in München war, und dass er eher wie ein Schlitzohr denn wie ein Einsiedler auf sie gewirkt hatte; wahrscheinlich war er das eine wie das andere, wie es ja häufig vorkommt …

Über Wladimir Grawe, die andere displaced person, konnte mir Pierre Vosco nur wenig erzählen, nur das, was er sich aus den Erzählungen seines Vaters gemerkt hatte. Wladimir Grawe studierte am Petrograder, später Leningrader »Ingenieurinstitut für Zivilbau«, wie es damals noch hieß, ganz zu Anfang der zwanziger Jahre; warum er nicht Architekt wurde, wie er und sein Vater als Kinder geplant hatten, wusste Pierre Vosco nicht, wer weiß das jetzt noch? Er wisse allerdings, erzählte Pierre Vosco, dass Wladimir Grawe in den zwanziger Jahren mit dem Bau von Kraftwerken zu tun hatte, insbesondere und unter anderem mit dem Bau des Wasserkraftwerks am Swir, nördlich von Petersburg, wenn er sich recht erinnere, und obwohl ihm der Bau Freude machte, wenngleich dort Gefangene arbeiteten, *Seki* in der sowjetischen Lagersprache, sagte Pierre Vosco, verstand Wladimir Grawe doch, nach seinen eigenen Worten, die A. N. W. dem Sohn wiedergegeben hatte und der Sohn nun mir wiedergab, nicht recht, warum er sich eigentlich diesseits und nicht jenseits des Stacheldrahts befand. In den dreißiger Jahren heiratete er – wiederum nach seinen eigenen Berichten, die der Vater Pierre Vosco weitererzählt hatte und die nun mir mitgeteilt wurden – ein sehr junges, sehr schönes Mädchen, das aus einer klassischen Ortschaft des früheren jüdischen Ansiedlungsgebietes gekommen war, Berditschew oder Pinsk, um eine der beiden Metropolen zu erobern; nach Moskau hatte sie es nicht geschafft, aber immerhin nach Leningrad, wo sie Verwandte besaß, die sogar hohe sowjetische Funktionäre waren. Ihren Namen kenne er nicht, sagte Pierre Vosco. Er hatte ihn wohl vergessen oder sein Vater hatte ihn vergessen und ihm diesen Namen deshalb nicht genannt – er wusste also keinen Namen, der Name war verlorengegangen. Er wisse nur, dass sie Musikerin war und das Konservatorium abgeschlossen hatte, aber nicht, in welcher Klasse, und dass sie, er sage es noch einmal, schön war, eine echte jüdische Schönheit, eine echte Sulamith. Aus einer Konzertkarriere sei nichts geworden, trotz Schönheit und Talent, sie habe an einer Musikschule unterrichtet, wo sie nach der Verhaftung ihrer revolutionären Verwandten 1937 gefeuert worden sei. Beide, sie und ihr Mann, rechneten ebenfalls mit der Verhaftung, wurden aber aus irgendeinem

Grund doch nicht festgenommen. Ihre Tochter wurde 35 geboren, ihr Name sei verlorengegangen, erzählte mir Pierre Vosco, später erfuhr ich beide Namen, den von Wladimir Grawes Tochter und den seiner Frau, ich erfuhr sie jedoch so unvermittelt und überraschend, dass ich sie wohl erst nennen werde, wenn ich an späterer Stelle davon berichten werde. Dann erzählte er meinem Vater noch, erzählte mir Pierre Vosco, dass damals gerade seine Ehe in die Brüche zu gehen begann, also genau zur selben Zeit, als sich auch meine Eltern voneinander entfernten, und das hing, sagte Pierre Vosco, eben mit dieser Erwartung der Festnahme zusammen, mit dieser allgemeinen Angst und dem massenhaften Verschwinden von Bekannten, mit den Schritten im Treppenhaus, den quietschenden Bremsen vor dem Hauseingang. Seltsam, man sollte meinen, dass sie einander in diesen Nächten und an diesen Tagen besonders gebraucht hätten. Aber weit gefehlt, sie stritten nur miteinander bis aufs Messer, und dann hörten sie vielleicht sogar auf zu streiten, aber, wenn man dem glaubt, was Wladimir Grawe Alexandre Vosco auf dem Schiff nach Argentinien erzählte, während er den sich hebenden und senkenden Horizont durchs Bullauge betrachtete, und was mir Pierre Vosco aus seines Vaters Mund im Olympiapark wiedergab, auf dem Weg zum Auto, geschah es in eben diesem Jahr 37 oder meinetwegen 38 oder vielleicht auch früher, wer weiß das heute noch, dass sie sich fast gleichzeitig und trotz ihrer kärglichen Lebensbedingungen in ausschweifende Restaurantbesuche stürzten, die ihnen selbst zuwider waren, nicht gemeinsam natürlich, sondern jeder für sich, mit Zechbrüdern, Kavalieren in ihrem und leichten Mädchen in seinem Fall, Liebhabern und Geliebten, die einander in einem karnevalesken Karussell ablösten. Es war das reinste Gelage in den Zeiten der Pest, ein Taumel am Rande des Abgrunds. Woher sie das Geld dafür hatten, habe ihm sein Vater nicht erzählt, sagte Pierre Vosco. Für sie zahlten natürlich die Kavaliere. Beiden war klar, dass sie etwas Furchtbares taten, aber sie konnten nicht innehalten. Sie schauten sich nicht mehr in die Augen, versöhnten sich manchmal plötzlich, schluchzten, schworen einander, ein neues Leben zu beginnen und machten sofort weiter wie zuvor. Es endete damit, dass sie Wladimir Grawe verließ, diese Ehefrau ohne Namen, wegen eines hohen Tiers, wie er A.N.W. erzählt hatte und Pierre Vosco mir erzählte, er war wohl kein Tschekist, aber doch ein hoher Parteibonze, bei dem sie sich wahrscheinlich in Sicherheit fühlte, und der natürlich ins Gefängnis gesteckt wurde, entweder als der Terror gerade losging oder als er schon abgeflaut war und die gefasst wurden, die ihn verübt hatten, man weiß es nicht, jedenfalls kam er im GULag um, dieser namenlose zweite Mann von Wladimir Grawes namenloser Frau, erzählte mir Pierre Vosco, als wir am Kanal entlang zu meinem Auto gingen.

Das Wasser im Kanal schien gelb in der Sonne und grün im Schatten; die umgekippten, faserigen Stämme der alten Silberweiden, die schlappohrigen, in der Sonne knallgelben Pilze an den Stämmen, die Blätter und Zweige, der Himmel und die Wolken – all das stand so reglos im Wasser, als gäbe es dort keine Zeit oder als wäre sie schon aufgehoben, schon umgewandelt dort im Wasser, und als kündete sie von sich nur hier, auf dem festen Boden, wo wir gingen, im Bellen eines Hundes, im Schrei eines Raben. Dieser Kanal verbindet den Olympiapark mit dem Nymphenburger Schlosspark, diesem wunderschönen, sehr alten Park, der ehemaligen Sommerresidenz der Wittelsbacher, dem hiesigen Versailles, wohin ich mit Pierre Vosco, gleichsam dem Lauf dieses reglosen Wassers folgend, am nächsten Morgen fuhr, bevor ich ihn zum Flughafen brachte, und wo es natürlich ebenfalls Kanäle, kleine Seen und Brücken gab, und ein bezauberndes, wie ich mich erinnere, in der Sonne schimmerndes Spinnennetz im gusseisernen Geländer einer dieser kleinen Brücken, vor dem größten See. Am Ufer des Sees, neben der im 18. Jahrhundert erbauten spätbarocken Badenburg mit den dorischen Pilastern, Halbkreisbögen über den französischen Fenstern und ovalen Fenstern unter dem Architrav (genauer Fries, sagte Pierre Vosco) kam uns eine neun bis zehn Mann starke, laut lärmende Gruppe junger Brasilianer entgegen, alle in T-Shirts, manche mit der Aufschrift *Brazil*; was diese jungen und sehr fröhlichen Brasilianer, die vielleicht die ganze Nacht gefeiert und getanzt hatten, zu dieser frühen Stunde hier taten, war unklar und ebenso unklar war es, warum sie in ihren T-Shirts mit oder ohne Aufschrift an diesem zwar sonnigen, aber dennoch schon herbstlich kalten Morgen nicht froren, an dem Schal und Mantel meines Gefährten erstmals angebracht waren; er erklärte mir jetzt ausführlich den Unterschied zwischen einem Architrav und einem Fries und kam plötzlich wieder auf Wladimir Grawe, den er nie gesehen hatte, und den schrecklichen Tod seiner namenlosen Tochter und seiner namenlosen Frau während der Blockade zu sprechen. Auch seiner Tochter, das war das Schlimmste. Die leicht bekleideten jungen Brasilianer umspülten uns mit ihrem geschwätzigen Lauf wie Wasser in der Strömung liegende alte Steine. Wladimir Grawe habe selbst erst im Jahr 55 oder 56 von ihrem unfassbaren Tod während der Blockade erfahren, als die ersten Nachrichten überhaupt *von dort* eintrafen, berichtete mir Pierre Vosco mit den Worten seines Vaters. Er sei eines Tages zum Zug gekommen, in dem Alexander Nikolajewitsch mit Maria, aber noch ohne Viviana, aus Rio-Davia, wo er damals ein Projekt nach dem anderen baute, die Brücke, das Museum, den Bahnhof und so weiter, in Buenos Aires eintraf, habe A. N. W. beiseite genommen und ihm inmitten der lärmenden, dichten Menschenmenge, die sie umströmte, mit wuterfülltem, trockenem Blick mitgeteilt, dass seine Frau und seine Tochter, wie sich herausgestellt habe, schon vor langer Zeit in Leningrad den Hungertod gestorben seien, und er, Wladimir Grawe, wahrscheinlich nun auch nicht mehr länger leben wolle. Doch danach lebte er noch fast zwanzig Jahre und heiratete sogar zum zweiten Mal, auch eine Russin und auch eine displaced person.

7. KAPITEL

There are only hints and guesses,
Hints followed by guesses; and the rest
Is prayer, observance, discipline, thought and action.

Das sind nur Winke und Ahnungen,
Winke, denen Ahnungen folgen; alles Weitere aber
Ist Gebet, Ehrerbietung, Selbstzucht, Denken und Tun.

T. S. Eliot

Ich glaube, Alexander Nikolajewitsch Woskoboinikow hätte vor Freude gelacht, wenn er erfahren hätte, dass ich bei der Vorbereitung der vorhergehenden Kapitel, insbesondere bei der Lektüre verschiedener Materialien, Untersuchungen und Erinnerungen im Zusammenhang mit dem Bürgerkrieg im Baltikum (der Autor muss stets einen kleineren oder größeren Wissensvorsprung vor dem Leser haben) zweimal auf das Wort »Buenos Aires« gestoßen bin, zudem beide Male im Kontext mit Meer und Dampfschiff, im Flimmern der Wellen und Tosen der Brecher. Das erste Mal in dem 1920 auf den noch qualmenden Spuren der Ereignisse erschienenen Buch des bereits erwähnten Grafen Rüdiger von der Goltz mit dem pathetischen Titel »Meine Sendung in Finnland und im Baltikum«. Dieser Rüdiger von der Goltz war ein auf seine Art bemerkenswerter Mann, die Verkörperung germanischer eiserner Disziplin und preußischen Militarismus in Reinform. Vom eisigen Februar bis zum nasskalten Oktober 1919 war von der Goltz der Oberbefehlshaber aller antibolschewistischen Streitkräfte im Baltikum, jener Kräfte, die anfangs noch nicht stark waren und sich zusammensetzten aus den Resten der regulären Armee, die sich übrigens nach der Novemberrevolution in Deutschland rasch auflösten in marodierende Haufen, die sich ihrerseits, wenn überhaupt, höchstens ihren nach dem fatalen russischen Vorbild entstandenen Soldatenräten unterordneten; außer diesen rasch verschwindenden Resten umfassten sie Freiwillige, die sogenannten Freikorps, darunter die berühmte »Eiserne Division«, Truppen der Landwehr, vor allem die Baltische Landeswehr, sowie lettische Einheiten (unter dem Kommando von Oberst Kalpak, nach dessen dummem Tod von Jan Balod, wie russische Quellen ihn nennen, lettisch Janis Balodis, dem künftigen lettischen Kriegsminister) und schließlich eine russische Einheit, eben die, in der auch A.N.W. gedient hatte, und die zu Beginn des Jahres 1919 vom durchlauchtigsten Fürsten Anatol Pawlowitsch Lieven gegründet worden war, einem offenbar ebenfalls auf seine eigene und ganz andere Art bemerkenswerten Mann.

Eigentlich war von der Goltz von der ihm verhassten sozialdemokratischen Regierung, die sich gerade erst gebildet hatte, ins Baltikum entsandt worden, um Ostpreußen gegen den anrückenden Bolschewismus zu verteidigen (dem die soeben gestürzte Regierung des Kaisers so kräftig zum Sieg verholfen hatte ...). Seine eigenen geheimen Ziele waren andere, weitaus napoleonischere: Erstens, die Eroberung des Baltikums für deutsche Siedler, zweitens, die Schaffung eines Aufmarschgebiets, um die in seinen Augen widerwärtige Weimarer Republik zu vernichten, der er folglich mit voller Gefechtsbereitschaft diente, um sie im passenden Augenblick zu verraten (wie er die Hohenzollern natürlich niemals verraten hätte); und drittens schließlich, wenn es klappte, der Eingriff in den russischen Bürgerkrieg, um die Bolschewisten vernichtend zu schlagen und gemeinsam mit dem freundschaftlich verbündeten Russland gegen den abstoßenden Westen vorzugehen, gegen das Krämerimperium England und das in die Dekadenz abdriftende Frankreich, nachdem er zugleich die geliebte Monarchie im Vaterland wiederhergestellt hätte. Kurz gesagt, deutsche Hegemonie in Europa, preußische Ordnung, Stahlhelm, blank gewichste Stiefel. Wie wir wissen, wurde daraus nichts, weder bei diesem Mal noch beim folgenden zwanzig Jahre später. Bemerkenswert ist übrigens, dass weder von der Goltz noch seine Kampfgefährten, die etwa so dachten und fühlten wie er und in der Folge viel dafür taten, um die erste zaghafte, unglückliche deutsche Demokratie zugrunde zu richten, trotz allem noch keine Nazis waren, wie auch immer sich ihr Schicksal im weiteren Verlauf gestaltete und sich ihre Ansichten herausbildeten. Ihre Welt erscheint mir einfach und verständlich, zu verständlich, zu einfach. Es ist eine Welt von Ehre und Pflicht, Glaube und Treue, großmachtsüchtiger Liebe zu Kaiser und Vaterland, die Welt preußischer Regimentstraditionen, hoher Opferbereitschaft, Selbstlosigkeit und natürlich absoluter persönlicher Integrität. Sogar für Mitgefühl scheint es in dieser Welt noch Platz zu geben, man kann darin noch jemanden verschonen. Sie sind ganz klar bereit, zu töten, zu sterben und andere im Namen ihrer zweifelhaften Ideale in den Tod zu schicken, im Namen ihrer Ehre, ihrer Pflicht, ihres großen Deutschland, aber sie sind noch überhaupt nicht bereit, ja, können sich nicht einmal vorstellen, dass sie einmal bereit sein würden, einen Menschen umzubringen, nur weil dieser ein Jude ist oder ein Bourgeois oder, im Gegenteil, ein Proletarier, oder weil er eine Knollennase hat oder abstehende Ohren …

Von der Goltz half zuerst den Finnen und General Mannerheim persönlich, sich vom Bolschewismus zu befreien; doch warum das (Kriegs-?)Schiff, auf dem er aus dem befreiten und mit sich selbst versöhnten Finnland in sein von der Revolution erfasstes Vaterland heimkehrte, »Buenos Aires« hieß, weiß ich nicht, aber so hieß es eben. »Bei Ankunft unseres ›Buenos Aires‹ in Stettin«, erzählt von der Goltz, »ertönten in die Nacht hinein vaterländische Lieder meiner Gardeulanen. Als sie ›Deutschland, Deutschland über alles‹ sangen, meinte ein halbausgewachsener Schiffsjunge, der angesichts der Heimat seinen revolutionären Mut wiedergefunden: ›Das Lied habt ihr zum letzten Male gesungen‹«. Hierauf folgt ein in seiner Kürze nahezu klassischer Satz, der in Caesars Aufzeichnungen stehen könnte: »Es gelang der Kunst des Arztes, den Bengel nach einigen Tagen wiederherzustellen.« Der Bengel hatte Glück. Von der Goltz selbst begab sich umgehend nach Libau, die in jenem historischen Augenblick einzige kurländische Stadt, die nicht von den Bolschewiken eingenommen war, ließ sich dort nieder und brachte seinen Stab in einer prachtvollen Villa mit Eichentäfelung im Vestibül und entlang der Haupttreppe unter, die ich natürlich auf der Suche nach der Vergangenheit besichtigte, als ich in diesem Frühling dort war (jetzt befindet sich darin ein kleines Heimatmuseum). Von Libau aus begann dann auch, wie ich um der Ordnung und Klarheit willen hinzufügen möchte, die schrittweise Befreiung des Baltikums; im März waren Windau, Goldingen und Tukkum zurückerobert, schließlich auch Mitau; Ende Mai war auf wundersame Weise und zur Überraschung aller Riga eingenommen. Auf den Fotografien, die ich ausfindig machen konnte, sieht man von der Goltz als General mit grauem Haar und grauem Schnurrbart, kurzem Jungenhaarschnitt, behängt mit Kreuzen und Orden, die engstehenden Augen sehr entschlossen blickend und die Unterlippe gebieterisch vorgeschoben. »Er versucht Angst einzuflößen, aber ich fürchte mich nicht.« Alexander Nikolajewitsch Woskoboinikow schreibt in seinen unvollständigen Erinnerungen, aus denen ich noch zitieren werde, dass er in seiner Erscheinung während der einzigen und zufälligen Begegnung mit dem Oberbefehlshaber etwas Brüchiges wahrgenommen habe. Auf den Fotos sieht er gleichfalls wie ein Mann aus, der versehrt worden ist, vielleicht durch den Tod seines Sohnes, der sich zu Beginn des Großen Krieges – wohl freudig und in patriotischer Begeisterung – auf dem Altar all der blutigen Gottheiten des Vaterlandes und der Soldatenehre geopfert hatte; in den streng zusammengekniffenen Augen des jugendlich alternden preußischen Generals, der hartnäckig und allem zum Trotz an diese Götter glaubte, sieht man das Leid, das in gewisser Weise auch mit ihm versöhnt.

Aber das Schiff hieß eben »Buenos Aires« … und noch ein weiteres »Buenos Aires« findet sich, ebenfalls in den Aufzeichnungen eines Offiziers, in den hochinteressanten

Tagebüchern, die der Konteradmiral Wladimir Konstantinowitsch Pilkin zur selben Zeit führte, engster Mitstreiter Judenitschs und Marineminister in seiner leider ephemeren Nordwest-Regierung. Während von der Goltz den Finnen half, die Bolschewiken zu bezwingen, lag Pilkin in einem Lungensanatorium in Finnland, etliche Kilometer von Helsingfors entfernt, das sich bereits halb in Helsinki verwandelt hatte, danach schloss er sich Judenitsch an, spielte aber im Bürgerkrieg keine große Rolle und trachtete wohl auch gar nicht danach. Ein kurzes Stück aus seinem Tagebuch gestatte ich mir zu zitieren; es ist der Eintrag vom 1. Januar 1919: »Ein schöner, frostkalter Tag; das Meer friert allmählich zu. Die Luft ist still. Vor zwanzig Jahren begann ich auf den Tag genau am 1. Januar mein Schiffstagebuch zu führen. Ich war damals auf dem Klipper *Räuber*; wir liefen unter Segeln Buenos Aires an. Ich weiß noch, dass ich um 4 Uhr morgens die Wache angetreten hatte, ich musste beidrehen, um den Lotsen an Bord zu nehmen. Viele Händler begleiteten uns; einer von ihnen hatte Beisegel, was man selten sieht. Manche Händler drehten ebenfalls bei. Dieses Bild habe ich so lebendig vor Augen, als hätte ich es erst gestern gesehen. Ich erinnere mich an den Bericht von Michail Koronatowitsch Bachirew, wie sie auf der *Dschigit* nach Buenos Aires einliefen und der reizende, heilige Mann, Stepan Alexejewitsch Goworliwy, ihr erster Offizier, mit dem spanischen Lotsen ein Gespräch führte: ›Ist das da … là-bas (er deutete mit der Hand) … Buenos Aires?‹ ›Si, si, señor, Buenos Aires!‹ ›Sein Sohn ist in Buenos Aires‹, erklärte Stepan Alexejewitsch, ›er geht dort aufs Gymnasium.‹ ›Und dort ist Montevideo?‹ ›Si, señor, Montevideo!‹ ›Der andere Sohn, der kleine, ist bei der Mutter in Montevideo geblieben.‹ Usw., usf.« Er hatte übrigens einen sprechenden Familienamen – Redselig auf Deutsch –, der erste Offizier und Kenner der romanischen Sprachen; würde man sich einen solchen Namen für den ersten Offizier oder einen rangniedrigeren in einem Roman ausdenken, würde man unglaubwürdig und der schlechten Literatur bezichtigt. Stepan Goworliwy … ist ja gut, nichts erdichten! Aber es gab ihn wirklich, diesen Mann, er war sogar, glaubt man Pilkin, ein »reizender«, ja, ein »heiliger« Mann, und er fuhr wirklich nach Buenos Aires und konnte sich so gut auf Spanisch verständigen …

Was beweist das alles? Es beweist vielleicht überhaupt nichts. Im Leben gibt es viele Zusammenfälle, Gleichklänge und Überschneidungen; es bleibt einem immer die Möglichkeit, sie für einfache Zufälle zu halten. Und nicht nur für einfache Zufälle, sondern natürlich auch für unbedeutende Zufälle, und natürlich auch für komische Zufälle. Das alles sind Belanglosigkeiten, nichts Ernsthaftes, für einen erwachsenen, ja, bereits alten Menschen schickt es sich nicht, über so etwas auch nur nachzudenken. Was Wunder, dass die Listen solcher Zusammenfälle, die A. N. W. zusammenstellte, seiner Umgebung als Schrulle, wenn nicht gar als Vorbote einer Demenz erschienen. Und wenn man sie doch nicht für Zufälle hält, wenn man darin einen zwar ironischen, aber doch möglichen Hinweis auf irgendwelche verborgenen Verbindungen, verborgenen Kräfte sieht, ein Lächeln der Unvermeidlichkeit, ein Schmunzeln der Vorsehung vielleicht, dann – was? – dann erweist sich wohl auch fast alles Übrige als zufällig, die graue Ernsthaftigkeit von Ereignissen, die in keiner Wechselwirkung mit anderen stehen, wie auch von

Handlungen, die auf nichts verweisen. Dann ist all das zufällig, und das Nichtzufällige erkennen wir eben in diesen Zusammenfällen, in diesen Gleichklängen als die goldenen Fäden des Sinns, die in die grobe Leinwand des Seins gewirkt sind. Jemand macht sich vielleicht über uns lustig, jemand gibt uns gleichsam einen Wink, dass er da ist. Unzweifelhaft ist für mich nur eins, dass diese Suche nach Entsprechungen, dieses Gespür für Resonanzen, für Widerhall, für das geheime Echo hinter der Ecke des Tagesgeschehens, dass all das für Alexander Nikolajewitsch Woskoboinikow irgendwie – wie genau, wusste und weiß ich nicht – mit seiner Architektur zusammenhing, mit seinen Projekten und Ideen, mit dem Stil und Geist seiner Arbeiten, und dass die Empfindung einer sinnerfüllten Ruhe, nennen wir es so, die ich jedes Mal beim Betrachten der Fotos seiner Bauten verspüre, oder beim Betrachten dieser Bauten selbst – in Frankreich, in Schweden –, dass diese Empfindung irgendwie, aber wiederum weiß ich nicht, wie genau, jenem Staunen und jener Ruhe verwandt ist, die wir spüren, wenn ein amüsanter Zusammenfall uns zeigt, dass alles gar nicht so einfach ist und das Leben ganz anders abläuft, als wir gemeinhin denken …

Sehr deutlich spürte ich dies ein paar Tage nach meiner Begegnung mit Pierre Vosco, als ich im riesigen Lesesaal der Bayerischen Staatsbibliothek mit seinen Glaswänden, Treppen und Galerien saß und die bestellten Bücher über A. N. W. durchsah; aus irgendeinem Grund war mir bis dahin nicht der Gedanke gekommen, den Namen Alexandre Vosco einfach ins Suchsystem der Bibliothek einzugeben. Ich hielt damals Vorlesungen an der sogenannten Hochschule für Philosophie in der Kaulbachstraße (einem übrigens von Jesuiten gegründeten und geleiteten Institut … hätte jemand meinen einstigen Lehrern und Pionierleitern erzählt, dass mich das Leben einmal ausgerechnet zu den Jesuiten führen würde … oder diesem Scheusal in der sowjetischen Sportsektion, welche Resonanz der ihm geschenkte blaue Olympiaanstecker im Schicksal des Halberdrosselten einmal finden würde …). Die Ahornallee zwischen der stillen Kaulbach- und der lauten Ludwigsstraße war immer noch genauso schön; vor dem wolkenlosen Himmel schwankten die gelb und rot angehauchten Kronen und wetteiferten an Höhe mit den weißen Türmen der Ludwigskirche, die durch das Laub hindurchschimmerten. Unter den Büchern, die ich bestellt hatte, befand sich natürlich auch der Bildband *Alexandre Vosco, l'architecte et l'homme*, der mir einst in Paris in die Hände geraten war und den ich damals nicht mit der gebührenden Aufmerksamkeit hatte betrachten können, weil Pawel Dwigubski, mein Freund, der im Januar 2007 an Leberkrebs gestorben ist, also einige Monate vor diesem Septembertag in München, den ich hier und jetzt wieder aufleben lasse, mich zur Eile antrieb; unter den Büchern gab es eins mit dem langweiligen Titel *Alexandre Vosco und die Entwicklungstendenzen der modernen Architektur*, eine Aufsatzsammlung, Beiträge zu einer Konferenz, die zu Beginn der neunziger Jahre in Berlin stattgefunden hatte; es gab noch weitere Aufsätze in verschiedenen Sammelbänden und weitere Reproduktionen in verschiedenen Bildbänden; es gab seine Vorlesungen über die Geschichte der Architektur, die er, wie ich verstand, noch in Argentinien gehalten hatte, später in London und Amsterdam; und schließlich – und für mich am interessantesten – einen Sammelband mit seinen eigenen Aufsätzen, Interviews mit ihm und Erinnerungen an ihn, den sein Sohn zusammen mit einem Michel DeBottis in Genf herausgegeben hatte.

Alle diese Bücher liegen natürlich auch jetzt vor mir; ich habe sie seither aufgestöbert und gekauft. Damals blätterte ich sie, wie ich mich erinnere, mit einer gewissen Verwirrung durch. Sie enthielten sehr schöne Fotos von Voscos Bauwerken, es gab Fotos von ihm selbst – im zweifachen Sinn, Fotos, die er selbst gemacht hatte (im übrigen nur wenige), und Fotos, die ihn zeigten (mit Ausnahme von zwei oder drei Fotos aus der Zeit seiner Reife und seines Ruhms), doch in all diesen Bildbänden und Büchern, in den Erinnerungen, in den Interviews und sogar in dem Buch, dessen Titel das Wort »Mensch«, *l'homme*, enthält, war relativ wenig von ihm selbst die Rede, von dem Menschen Alexandre Vosco. Es ging in erster Linie um den Architekten Alexandre Vosco, um seine gläserne Bibliothek in Andalusien, seine Universität, seine Brücke und alle anderen berühmten Bauwerke im geheimnisvollen Rio-Davia, um all die zahllosen Privathäuser und in die Landschaft eingebetteten Villen, die er in den sechziger und siebziger Jahren gebaut hatte, und im besten Fall um seine Ansichten, seine Theorie der sogenannten ganzheitlichen Architektur, der »architecture intégrale«, die er schon in den zwanziger Jahren in Riga oder vielleicht zu Beginn der dreißiger Jahre formuliert hatte, zum ersten Mal wohl in seinem Aufsatz »Die ganzheitliche Architektur«, der auf Deutsch geschrieben wurde und 1931 in der Zeitschrift *Deutsche Bauhütte* erschienen ist, die damals in Hannover herauskam. Es liegt ein trauriges Paradox darin, schreibt ein deutscher Architekturhistoriker namens Martin Meier in der erwähnten Sammlung wissenschaftlicher Arbeiten mit dem langweiligen Titel, es liegt ein trauriges Paradox darin, dass dieses Manifest von Vosco ausgerechnet in jene Jahre fällt, in denen die organische Architektur, die man in Analogie zu seiner ganzheitlichen sehen kann, allem Anschein nach endgültig von der Bühne abtritt, besiegt einerseits vom radikalen Funktionalismus und andererseits vom Pseudoklassizismus, der insbesondere den aufstrebenden totalitären Systemen eigen ist. Deren plötzliche Renaissance in den fünfziger Jahren konnte damals kaum jemand vorhersehen, eine Renaissance, die sich paradoxerweise wiederum einigen Vertretern des radikalen Funktionalismus verdankt, der dieser Architektur zwei oder drei Jahrzehnte zuvor mit solcher Verachtung begegnet war … Diese Themen werden in den Aufsätzen des Jahres 1950 behandelt, die Pierre Vosco mir gegenüber erwähnt, und die sein Vater in Argentinien geschrieben hatte, bevor er zu bauen begann. Hier spricht er über sich, wahrscheinlich mehr als anderswo (ich meine seine veröffentlichten Texte); manchmal spricht er übrigens auch in einem Interview über sich, quasi nebenbei und gleichsam auf den Rändern seiner Zeichnungen und Pläne, zum Beispiel in einem sehr späten Interview (1982), das ein Korrespondent der Londoner Zeitschrift *Architectural Design* in seinem Haus im Languedoc mit ihm geführt hat (vielleicht war es auch eine Korrespondentin; hinter den Initialen M.S. könnte sich ein Michael oder eine Mary verbergen, Michael Smith oder Mary Starr). Am wichtigsten für einen Architekten erscheine ihm das Gespür für den Raum, »a sense of space«, wie er sagt, oder wenn man so will, die Intuition für den Raum, für den geschlossenen und den offenen Raum, für den in Teile, Strukturen und Formen gegliederten Raum und, im Gegenteil, für den ungeformten, grenzenlosen Raum. Er erinnere sich jetzt, wie er als Kind mit seinem Vater im Zug gereist sei, irgendwo im Gouvernement Tambow, wenn Sie wissen, was das ist, oder irgendwo schon im Gouvernement Pensa, was übrigens heute keine Rolle mehr spielt. Mein Vater, sagt er, stammt aus der Stadt Nischni Lomow, können Sie sich das vorstellen, can you imagine?

Man möchte dennoch glauben, dass es eine Korrespondentin war und kein Korrespondent, nicht Michael, sondern Mary, jung und sehr hübsch; ich sehe klar, wie er sie anlächelt, die Augen leicht zusammengekniffen, und mit dem Bein in der Cordhose wippt. Mein Vater und ich reisten überhaupt viel durch Russland, sagt er (der hübschen Mary zulächelnd); ich glaube, mein Vater wollte mir dieses Land zeigen, seine Heimat, wir lebten ja in der Ostseeregion, in Riga und am Meer, und das ist nicht richtig Russland, überhaupt nicht, ich besuchte das deutsche Gymnasium und war in der lutherischen Kirche getauft worden, und meinem Vater war es wohl wichtig, dass ich nicht zu einem waschechten Deutschen heranwuchs, bis heute bin ich ihm für diese Kindheitsreisen dankbar – als hätte er vorausgeahnt, dass Russland bald verschwinden würde und dies meine letzte Chance wäre, es zu erleben –, aber weshalb und wohin wir damals gereist sind, das weiß ich heute nicht mehr. Es war in der düstersten Zeit des Jahres, wenn das Laub schon gefallen ist, aber noch kein Schnee liegt, es scheint nichts zu geben, einfach nur den Raum, solely and simply. Wir fuhren und fuhren, sagt A.N.W., und je länger wir fuhren, umso stärker und nachdrücklicher wurde dieses Gefühl – und das Glück des Raumes, sagen wir mal so, des Raumes, in dem wir uns anscheinend schon verloren hatten, und alles, was ich durchs Fenster sah, alle diese gelben, abgeernteten oder schon schwarzen, ja nicht einmal schwarzen, sondern eher dunkelblauen vor dem Winter gepflügten Felder, alle diese Schluchten und Kerbtäler, von denen die Gegend dort durchzogen ist, die kahlen Wäldchen und durchsichtigen Waldstücke, die einem mal die eine, mal die andere Seite zuwenden, mal die Vorderansicht, mal das Profil, und die in weiter Ferne am Horizont sanft aufsteigenden und abfallenden Hügel, alle diese ausgewaschenen Feldwege mit den kanalähnlichen Fahrrinnen und dem Lehmbuckel dazwischen, diese Dörfer mit ihren Ziehbrunnen, den sogenannten Schwengelbrunnen (the so-called shadoofs, literally cranes – nebenbei erklärt er der bezauberten Gesprächspartnerin, wie sie konstruiert sind), diese sich aus der Ferne herannähernden und zögernd zurückweichenden Glockentürme, diese Bahnstationen mit den hölzernen Bahnsteigen, diese Hütten und Bahnwärterhäuschen, sogar diese Bäuerinnen im grauen Schultertuch, diese Bauern, diese traurigen Gäule, diese Karren –, all das erschien mir nicht für sich zu existieren, sondern eher von einem allumfassenden Ganzen hervorgebracht und manifestiert worden zu sein, vom allumfassenden Raum, als wären sie seine Falten oder sein Lächeln, Zeichen oder Launen. All das war gut, weil dies alles seinen Platz auf der Welt hatte, alles hatte irgendwie seinen Platz, war, so schien mir, sehr richtig und sehr glücklich in diesem allumfassenden Raum aufgestellt …

Und wann waren Sie das letzte Mal in Russland?, fragt die bezauberte Korrespondentin. Im Herbst 1919 hätten wir beinahe Petrograd eingenommen, antwortet A.N.W. (und ich sehe wieder das ihm eigene Lächeln, die zusammengekniffenen Augen, das wippende Bein), seither war ich natürlich nicht mehr in Russland. Und würden Sie gern hinfahren? Lassen Sie uns im Rahmen des Denkbaren bleiben, antwortet er. Ach, übrigens, er unterbricht sich gleichsam plötzlich selbst, unmittelbar nach dem Krieg wäre ich beinahe nach Russland gegangen. Wirklich?, ruft Mary verwundert aus. Damals gingen viele Emigranten in die UdSSR zurück, erklärt er; fast alle kamen dort ums Leben. Hatten Sie etwa angefangen, an den Kommunismus zu glauben?, fragt die liebreizende, naive, linke Mary Smith – offenbar hoffnungsvoll. Ich habe eher angefangen, an mir selbst zu zweifeln. Wir alle haben doch manchmal das Gefühl, dass wir die falsche Wahl getroffen haben. Oder wir glauben, dass das wahre Leben irgendwo anders stattfindet, dass eine große historische Sache geschieht und wir nicht daran teilhaben, sondern abseits stehen. Vielleicht sind wir es aber leid, abseits zu stehen. Dann vergessen Sie nicht, was für ein Krieg das war, was für ein Sieg. Warum sind Sie nicht zurückgegangen? Einige Menschen, die klüger waren als ich, haben mir diesen Schritt in den Abgrund ausgeredet (this step into the abyss), antwortet er, ohne zu erklären, wen er meint. Und was denken Sie über Andropow?, fragt die beharrliche Mary. Über Andropow, antwortet er, denke ich nichts, rein gar nichts. Ich behalte mir einfach das Recht vor, über die dort alle nichts zu denken. Kommen wir auf die Architektur zurück … Im Herbst 1982 sprachen sie, wieder auf die Architektur zurückkommend, natürlich über den Konzertsaal in Grosseto, der gerade zu Beginn der Saison eröffnet worden war, einen Monat oder zwei vor dem Interview, Voscos spätes Meisterwerk. Wie kamen Sie denn auf den Gedanken, ionische Säulen zu zitieren?, fragt Mary nach wie vor verwundert. Er *lacht* (im Artikel ist das kursiv gesetzt – *laughs*). Nach allem, was im 20. Jahrhundert gebaut worden ist, fand ich das amüsant. Ich kam damals aus Rom, nein, nicht einmal aus Rom, sondern aus Tivoli, vielmehr wir machten auf dem Weg von Rom nach Grosseto einen Abstecher nach Tivoli, obwohl das natürlich nicht ganz auf der Strecke liegt, aber wir fuhren trotzdem hin, weil ich immer versuche, nach Tivoli zu kommen, wenn ich in Rom bin, zur Villa d'Este und vor allem zur Villa Adriana und ihren beeindruckenden Ruinen, um noch einmal diese *(er zeigt auf die Fotos an der Wand)* Säulen und Statuen am Wasser anzuschauen, und dieses Mosaik. Und als wir abends in Grosseto ankamen, sagt er, ohne zu präzisieren wer *wir* waren (wahrscheinlich Maria und er), und ich diesen Hügel erblickte, auf dem der Konzertsaal geplant war, mit genau solchen Pinien und Olivenbäumen wie in Tivoli, mit den knorrigen, gleichsam durchlöcherten Stämmen, die mich immer wieder faszinieren, da dachte ich, dass dieses nicht sehr große, frei stehende Gebäude etwas von einem antiken Tempel haben sollte und müsste, nur sollte es nicht oben auf dem Hügel stehen, wie es die Stadtobrigkeit wollte, sondern am Hang. Überhaupt, wenn Sie ein Haus auf einem Hügel bauen, dann stellen Sie es nicht auf seinen Gipfel. Ein Haus ganz oben auf dem Hügel unterwirft diesen, zerstört die Landschaft, ein Haus am Hang eines Hügels wird Teil der Landschaft. Die Idee selbst ist einfach, ein Glaskubus, mehr nicht. Dieser Glaskubus ist auf den Fotos zum Interview gut zu sehen, ein

Kubus mit einem welligen Dach, das gleichsam über diesen Kubus emporgehoben ist, so dass es kein Giebeldreieck gibt und demzufolge auch keinen Fries, aber es sind in der Tat Säulen über die Fassade angeordnet, die jedoch schräg verlaufen, von links nach rechts, und immer höher werden, also im Verlauf ein wenig wachsen – anders gesagt, eine Kolonnade, die an der dem Betrachter nächstliegenden und von der Glaswand entferntesten Ecke des Sockels als kleine, mannsgroße, oben abgeschnittene Säule beginnt (die wie alle anderen Säulen am oberen Ende von spiralförmigen, glänzenden Stahlreifen eingefasst ist, die an einen Notenschlüssel, ein ionisches Kapitell oder ein Schneckenhaus denken lassen). Diese Kolonnade steigt nach und nach an und entfernt sich, wobei sie nicht an der Ecke rechts hinten endet, sondern mit der letzten und höchsten Säule um die Ecke biegt, die im übrigen auch nicht bis zur Höhe des geschwungenen und wirklich an eine Welle erinnernden Daches hinaufwächst, das an fast unsichtbaren, im Boden verankerten Trossen nach eigenem Willen oder eigener Laune über die Welt und den Kubus zu fliegen scheint. Dieses Laufen und Anwachsen der Säulen über die Länge der Fassade, sagt A.N.W., gibt eine Bewegung vor, die er im Inneren des Gebäudes einfach habe fortsetzen müssen, indem er die Sitzreihen so anordnete, dass sie in breiter werdenden Stufen oder Wellen ebenfalls so verliefen, von der linken Ecke unten, die für das Orchester oder den Flügel vorgesehen ist, nach rechts oben zur transparenten Decke hinauf. Das habe ich alles auf den ersten Blick gesehen, sagt A.N.W., aber ich habe anschließend noch lange mit dem hervorragenden argentinischen Ingenieur, meinem alten Freund Pablo

Gassman, an den verschiedenen, kniffligen technischen Problemen gearbeitet, vor allem an den Problemen der Akustik; nicht ohne Erfolg, wie ich finde. Zitate? Das wichtigste Zitat sei für ihn während der Arbeit das wunderbare Gedicht über die Säulen von Paul Valéry gewesen (douces colonnes, ô l'orchestre de fuseau … chacun immole son silence à l'unisson …), und ob seine Gesprächspartnerin all das als postmodern bezeichnen würde oder nicht, sei ihm in höchstem Grade gleichgültig.

Beim Betrachten der Fotos dachte ich, dass dieses Gefühl einer sinnerfüllten Ruhe, welches die von A. N. W. gebauten Häuser in mir auslösen, ironisch ist, weil ein Sinn vorhanden, aber nicht zu fassen ist; er lässt sich weder an der Funktion noch an den stilistischen Zitaten, ja, nicht einmal an den Gesetzen der Harmonie festmachen (seien es der Goldene Schnitt oder die Fibonacci-Reihe, über die Alexandre Vosco in seinen Aufsätzen und Interviews übrigens immer wieder spricht), und dass es genau diese ironische Unfassbarkeit des Sinns ist, eines Sinns, den wir erahnen, der uns zugleich aber beharrlich entgleitet und sich einfach nicht greifen lässt, dass eben diese Unfassbarkeit des Sinns die Architektur, nicht die Architektur im allgemeinen, dachte ich, sondern eben diese von Alexandre Vosco geschaffene Architektur mit diesen scheinbar zufälligen Koinzidenzen verwandt macht, die ihn so stark beschäftigt haben und die, da ich mich selbst damit befasst habe, nun auch mich beschäftigen. Im Grunde sagt er selber am Ende des Interviews zu der betörten und naiven Mary Smith, Mary Starr etwas in der Art, zumindest verstehe ich es so. Was suchen Sie in der Architektur? Er kneift die Augen zusammen, wippt mit dem Cordhosenbein. Wie soll ich diese Frage beantworten, such a question? Wie immer wir sie beantworten würden, jede Antwort wären nur Worte, sonst nichts, just words, nothing more. Zu sagen, wir suchten Schönheit und Harmonie, Wahrheit und Vollkommenheit, hieße nichts zu sagen. Wir suchen in der Architektur genau das, was wir letztlich auch im Leben suchen, sagt er (als habe er sich einen Ruck gegeben). Wir sind dazu verdammt, sagt er, einen gewissen Sinn zu suchen. Wieder und wieder erleben wir die Offenbarung des Sinns, ein Aufleuchten des Sinns, ein Aufblitzen des Sinns. Wir können ihn nicht aussprechen, aber wir können ihn verwirklichen. Wir schaffen Strukturen, die das Gefühl von Sinnhaftigkeit erzeugen. Niemand vermag wahrscheinlich zu sagen, ob wir diesen Sinn in die Welt selbst hineintragen oder einen Sinn entdecken, der von Anfang an in der Welt vorhanden ist. Das eine wie das andere ist richtig. Ich behaupte sogar selbstbewusst, sagt A. N. W., wohl immer noch mit dem Bein wippend, dass uns keine andere Kunst dieses Erlebnis einer sinnerfüllten Welt so deutlich verschafft wie eben die Architektur; im übrigen greift auch keine andere Kunst so entschlossen in die Welt ein und verändert sie so stark. Vielleicht rede ich ja auch nur so, weil ich selbst Architekt bin … Wie dem auch sei, die Welt erhält mehr Sinn. Die Welt wird sinnvoller, folglich weniger unerträglich. Diese unerträgliche Welt eine Spur weniger unerträglich zu machen, sagt er, ist für den Architekten eine gute Aufgabe. To make this intolerable world a little bit less intolerable, a good task for an architect. Dabei wollen wir es belassen …

Dann dachte ich noch beim Blick auf die schwankenden Ahornwipfel vor dem Fenster der Bayerischen Staatsbibliothek, dass der Sommer 1982 ein besonders glücklicher Sommer meines Lebens war, den ich in dem bereits erwähnten lettischen Dorf verbrachte, mit seinen hohen Dünen, Kiefern und dem stacheligen Gras, mit den Gräben in den Dünen, in denen ich mit meinen damaligen Freunden, die ich über die Jahre nicht verloren habe, Heidelbeeren sammelte und dabei weder an den Ersten noch an den Zweiten Weltkrieg, noch an den Bürgerkrieg dachte, und wenn wir einmal mit dem Fahrrad in das gut zwanzig Kilometer entfernte Tukkums (Tuckum, wie A.N.W. es selbstverständlich genannt hätte) fuhren, dann dachten wir am allerwenigsten an das, was in diesem kurländischen Städtchen im Jahr 19 geschehen war, wie dort Geiseln erschossen wurden, wie die Roten von dort vertrieben wurden und wieder zurückkehrten, wie die Landeswehr sie erneut in die Flucht schlug und was dort zu Zeiten der Bermontiade los war, davon wussten wir ja gar nichts, diese Namen hatten wir nie gehört, wir sahen nur ein tristes sowjetisches Provinzstädtchen, Fünfstöcker, beschädigtes Kopfsteinpflaster, irgendwelche Fuhrparks, einen leeren Konsum; ein Speiselokal, wo man wenigstens sauren Kaffee trinken und Quarkkuchen essen konnte, einen riesigen Marktplatz, der so groß war, als wäre er über seinen eigenen Rand hinausgefallen; jedes Mal waren wir froh, den Ort zu verlassen; jedes Mal fiel uns die Rückfahrt leicht, weil es wieder ans Meer hinunter ging, fast den ganzen Weg lang abwärts; hin und wieder, aber nur ganz selten, überholte uns ein *Saporoschez*; sonst war niemand auf der Landstraße; sie verlief – weißer Sand an den Böschungen, Kamillen im Straßengraben – in gerader Linie zwischen sanften Hügeln hindurch, deren Hänge nicht gemäht oder aber mit Heupuppen gespickt waren; die Tretkurbel klapperte; dann kam der Wald, dunkler Tann; erst am Abend bogen wir auf die etwas belebtere Küstenstraße ab, wieder gesäumt mit weißem Sand und Feldern landeinwärts und Kiefern auf der Seite zum Meer hin; und es kam vor, dass plötzlich ein Storch neben uns oder über uns in der Dämmerung her flog und uns fast streifte; wir hielten natürlich an; in der nach Lärm, Wind, Erregung, Klappern und Quietschen plötzlich herabgesunkenen Stille, die wir fühlen konnten, folgten wir mit dem Blick diesem Storch, der über das in bläulichen Abenddunst gehüllte Feld zum fernen, tiefdunklen Wald davonflog; langsam, mit einer zusätzlichen Verzögerung beim Aufschwung hoben sich seine gewaltigen Flügel und fielen ebenso langsam herab, das Einzige, was sich überhaupt zwischen dem erstarrten Himmel und der erstorbenen Erde bewegte; alles, was am Himmel war und auf der Erde, die rosigen Federstriche des Sonnenuntergangs, die von ihnen angestrahlte Bushaltestelle, die Bank und der Pfosten, all das, so schien uns, verfolgte wie wir selbst gebannt diesen weißen Punkt, der noch zu sehen war, aber gleich verschwinden würde. Und als wir schon fast im Dunkeln in *unser* Dorf hineinfuhren, brannte, ich weiß es noch, das Licht in den Fenstern der Häuser, sie leuchteten in so mildem Licht, in so ruhig einladendem Licht hinter den Zäunen, Kiefern und Vorhängen, in so *heimeligem* Licht, obwohl wir in keinem dieser Häuser erwartet, in keines von ihnen gerufen wurden, wie später wahrscheinlich nie mehr Fenster für uns geleuchtet haben …

Was aber nun die Stadt Nischni Lomow betrifft, so kenne ich diese Stadt bisher nur dem Namen nach, zudem gepaart mit dem Zauberwort *Abfüllung*: Mit achtzehn Jahren arbeitete ich einmal einen Monat lang (ein seltsamer Einfall, erste Erfahrung eines ganz anderen Lebens) als Führer im Lermontow-Museum in Tarchany (Gouvernement Pensa, Kreis Tschembar; zu sowjetischer Zeit Lermontowo, Bezirk Belinski, Gebiet Pensa; Belinski deshalb, weil in dem hinterwäldlerischen Tschembar der Kritiker Belinski, der *rasende Wissarion*, geboren war); die Liebe der örtlichen Verwaltung zur Literatur war in ein Alkoholverbot umgeschlagen, das heißt, in allen umliegenden Dörfern wurde Wodka verkauft, nur nicht in Lermontowo, Bezirk Belinski, weil man offenbar der Meinung war, dass sich Führungen durch die Stätte des Dichterruhmes unter dem Gebrabbel von betrunkenen Bauern nicht schickten, selbige Bauern aber waren pfiffig genug, um den Wodka in den umliegenden, glücklicheren Dörfern zu besorgen; dieser Wodka trug auf dem Etikett die Zusatzaufschrift »Abfüllung in Nischni Lomow« und war allem Anschein nach aus den Abfällen des örtlichen Sägewerks oder des örtlichen Schmierstoffbetriebs hergestellt – kurzum ein scheußliches Zeug, das meiner Alkoholikerkarriere ein für alle Mal ein Ende setzte.

Ich schrieb Pierre Vosco von meinen biografischen Recherchen und teilte ihm nebenbei, ohne näher darauf einzugehen, auch meine vagen Gedanken mit – vielmehr eher Empfindungen, als Gedanken – über den Zusammenhang zwischen dem Bauen und der Suche nach mehrdeutigen Zusammenfällen. Seine Antwort war kurz, höflich und gleichgültig; die Korrespondenz schlief bald darauf ein; immerhin hielt er sein Versprechen und schickte mir die gescannten Fotos, von denen er in Nymphenburg, im Englischen Garten und im Olympiapark gesprochen hatte, auch andere, von denen er nicht gesprochen hatte, schickte er, einen ganzen ZIP-Ordner voll, mit dem mein Computer zunächst überfordert war, den er aber schließlich doch bewältigte. Einige dieser Fotos fanden sich natürlich auch in den Büchern, die ich jetzt las. In keinem einzigen Buch aber gab es das Bild, das Pierre Vosco im heiteren Jahr 1967 mit der Tochter des von seiner Mutter getöteten Wehrmachtsoffiziers zeigt, an dem typischen Tischchen eines Pariser Straßencafés mit schmiedeeisernem Fuß. Pierre Vosco sah wahrscheinlich sein Leben lang älter aus, als er war. Dennoch ist er hier sehr jung, noch ohne Schnauzer, mondän sportlich, selbst auf dem Schwarzweißfoto sieht man, dass er kräftig gebräunt ist, als wäre er kürzlich in den Bergen gewandert oder spielte dreimal die Woche Tennis, was natürlich zutraf. Das Gesicht ist noch nicht ganz verschlossen, aber streng und angespannt mit knochiger Nase, die kräftige knochige Hand liegt auf dem Tischchen neben der Tasse, er trägt eine damals wohl hochmodische, rechteckige Brille, die nur oben in ein wuchtiges Gestell gerahmt ist. Alles an ihm ist modisch, der Anzug sitzt wie bei James Bond, gespielt von Sean Connery, Hemd und Krawatte wirken, als wäre er damit auf die Welt gekommen. Bettina Schlickewitz in Jeansjacke, dunkel- oder rothaarig, der dicke Pferdeschwanz fällt über eine Schulter bis auf die Brust; auf dem Tischchen neben ihr sieht man ein Päckchen Tabak der Marke »Drum« und Zigarettenpapier, auch ein Buch, das wohl der über der Stuhllehne hängenden Leinentasche entnommen worden ist (Marcuse? Walter Benjamin? Plan von Paris nach Arrondissements angeordnet?). Sie blickt verwirrt. Komisch, wie bürgerlich der

Sohn einer Anarchistin aussieht und wie anarchistisch die Tochter eines national gesinnten Ariers mit Hang zu preußischer Disziplin und Interesse an klassischem Altertum. Sie hat natürlich Sympathie für seine Mutter und träumt vielleicht davon, sich von dem quälenden väterlichen Erbe zu befreien, dennoch ist es ihr Vater, und daran, wie ihre eigene Mutter, das Hochzeitsfoto in den zitternden Händen, schluchzte, nach dem kurzen Besuch des Regimentskommandeurs, der die verhängnisvolle Nachricht gebracht, die Absätze zusammengeknallt hatte und wieder gegangen war, in den strahlenden, schrecklichen Tag hinaus, daran muss sie natürlich auch denken. Sie hat ein junges, naives, sommersprossiges Gesicht; der Vietnamkrieg gefällt ihr wirklich nicht.

Auch Alexandre Vosco gefiel er nicht. Er, der ehemalige Soldat unter Judenitsch und Freiwillige in der Baltischen Landeswehr, wirkt neben seinem konservativen Sohn, als sei er gerade von einer Friedensdemonstration gekommen, auf dem einzigen Foto – ebenfalls aus den sechziger Jahren –, das man, wenn man so will, als Familienaufnahme bezeichnen könnte, wo alle auf einer großen, sonnigen, offenkundig südlichen Terrasse festgehalten sind – Pierre Vosco in einem anderen hellen, aber genauso strengen Anzug mit Krawatte, streng in einem Korbsessel sitzend; seine kleine, schon damals völlig nichtssagende Frau, Madame Chantal Vosco, mit verkniffenem Mund und schräg gestellten Beinen – ihre knochigen Knie zeigen in Richtung Objektiv –, sitzt in einem ebensolchen Korbstuhl; die etwa siebenjährige Viviana zwängt sich zwischen ihnen hindurch, völlig überdreht und Faxen machend; die schöne, aufmerksam ins

Objektiv schauende Maria steht hinter dem Sessel, in dem ihr Stiefsohn sitzt; und neben Maria steht Alexandre Vosco, den Arm um ihre Schulter gelegt, aber doch von allen anderen getrennt, groß und breitbeinig, in einer zerknitterten weißen Leinenhose und deutlich erkennbaren Leinensandalen (Espadrilles) an den bloßen Füßen, im Polohemd mit offenem Kragen und dunklen Jackett, das von einem anderen Anzug zu stammen scheint; die Schatten auf dem glühenden Boden sind bereit, alle ihre Geheimnisse zu enthüllen; der Schatten von A. N. W. ist groß, lang, fliegt bis zur Balustrade, Vivianas Schatten ist verzerrt, Marias Schatten verliert sich in dem ihres Mannes, die Schatten von Chantal und Pierre bilden einen runden, massiven Block.

Diesen offenen Hemdkragen sieht man auf vielen Aufnahmen, sowohl frühen wie späten; der fünfzehn- oder eher sechzehnjährige Alexander (für die russischen Verwandten natürlich Sascha) Woskoboinikow, der Krieg und Blut noch nicht kennt (obwohl der Krieg ganz nah ist und schon Blut fließt), steht auf einem Foto vor einer grauen, sichtbar rauen Steinmauer, irgendwo in Riga oder am Meer, das wird niemand mehr erfahren, schon sehr breitschultrig und dunkelhaarig in einem zweireihigen, gestreiften Jackett, ein schmales Band, zur Schlaufe gedreht, fällt in die Brusttasche hinein, in der sich also etwas verbirgt, die Kragenspitzen des offenen weißen Hemdes fallen wie zwei lässige Flügel auf die Revers des Jacketts. Für das Jahr 1916 oder 1917, in dem wir uns offensichtlich befinden, ist das mutig und sonderbar. Sein Gemüt scheint überschwemmt zu sein von einem sehr starken Glücksgefühl, von einer inneren Heiterkeit, nicht ohne Herausforderung – an die Welt, die Menschen, den Fotografen, mich, der fast hundert Jahre später das Foto im Computer betrachtet. Er scheint nicht imstande zu sein, diese Herausforderung, diese Heiterkeit zu zügeln. Beides bricht sich, ob er versucht, es zu zügeln oder nicht, im Lächeln Bahn, das in den Schatten und Fältchen der Mundwinkel und auf den Wangen daneben bebt, in den lachenden, zusammengekniffenen Augen, die an den Schläfen leicht abwärts gebogen sind. Die Augen und Lippen bilden auf diesem Gesicht zwei ironische Linien, die sich in der geraden, außen ebenfalls leicht abwärts gebogenen Linie der Brauen wiederholen, in der zarten Schattenlinie unter den Augen und dem Schattenhauch unter der Unterlippe. Er sieht hier aus wie ein Junge, der am Vorabend seine Unschuld verloren hat, der gerade erst im Gymnasium die sterbenslangweilige Lateinstunde – Gallia est omnis divisa – abgesessen hat und an nichts anderes und niemand anderen denken kann als an jene verheiratete Dame, behängt mit Seidenschals und Ringen, eine Zufallsbekannte seiner Eltern, die ihn am Vorabend verführt hat und zu der er gewiss gleich wieder fahren wird, im nächsten Augenblick, auf den Landsitz in Majorenhof, wo sie schon auf ihn wartet und vielleicht zur Verwunderung der strengen Dienerin vor sich hin trällert und lacht. Diese heitere Kraft erfüllte ihn natürlich immer; ich spürte sie sogar bei unserer einzigen Begegnung, in seinem Alter, in meiner Noch-fast-Jugend. Dieses sechzehnjährige, in die Zukunft gewandte Gesicht lässt nicht einmal die Annahme zu, dass es eines Tages verlöschen und die Kraft darin vergehen könnte.

Dennoch sieht er auf den Fotos der dreißiger Jahre irgendwie verloren aus, nachdenklich, beinahe düster, sogar auf dem unscharfen, ausgeblichenen Bild, das ihn und die gnadenlos verdrehte, weil am Rand sitzende Nina in Gesellschaft von Trinkfreunden auf dem Montparnasse oder sonstwo zeigt, offenbar in einem Keller, in dichtem, sogar auf dem Schwarzweißfoto erkennbarem grauem Tabaksqualm. Sie sitzen nicht nebeneinander, sondern Nina sitzt mit bloßen Armen und großen Augen an der Seite eines pomadisierten, vielleicht sogar gepuderten Jünglings mit hängender Unterlippe und A. N. W. streng mit Krawatte, die Augen glasig vom Alkohol, genau in der Mitte, in Gesellschaft einer ihm halb zugewandten Dame mit vollem Gesicht und vollen Schultern, die wohl fröhlich gurrend auf ihn einredet. Weitaus weniger fröhlich wirken beide, Nina und A. N. W., auf einer überraschend touristischen Aufnahme mit Blick auf den Eiffelturm und ferne graue Dächer, die wohl im Jahr 33 oder 34 entstanden ist, auf der Balustrade des im Jahr 35 abgerissenen alten Palais du Trocadéro, das durch das heutige Palais de Chaillot für die Weltausstellung von 1937 ersetzt wurde, jene berühmte Ausstellung, auf welcher der sowjetische Pavillon mit der sattsam bekannten Skulptur des Arbeiters und der Kolchosbäuerin wie in einen Spiegel auf den Pavillon der Nazis mit dem Reichsadler auf dem Dach blickte, der schon dazu ansetzte, Lutetia mit seinen stählernen Klauen zu greifen. Diese Pavillons sind auf dem Foto noch nicht da, sie sind überhaupt noch nicht da, auch das (monströse) Palais selbst ist nicht zu sehen, es verbirgt sich hinter dem Rücken des Fotografen (eines Straßenfotografen, der seine Dienste wahrscheinlich gegen ein Entgelt angeboten hat). Sie sind vielleicht gerade erst aus dem damaligen Architekturmuseum herausgetreten, das im alten

Palais untergebracht war wie auch das heutige im neuen Palais; man versteht, dass A. N. W. seine über den Besuch nicht begeisterte Frau hineingeschleift hat; sich nun in der Pose des glücklichen Paares fotografieren zu lassen, war wohl ihre Idee. Ein glückliches Paar sind sie nicht geworden. Sie halten sich an den Händen, stehen jedoch getrennt, jeder für sich und in Gesellschaft der eigenen Gedanken. Er mit Hut, komischer Anblick, den Mantel über den Arm gelegt. Sie dagegen im Mantel, der leicht vom Frühlings- oder Herbstwind gezaust wird, das werden wir heute nicht mehr erfahren, das dunkelblonde Haar glatt und schlicht zum Knoten im Nacken geschlungen, wodurch ihr Kopf klein erscheint und die Augen so groß wirken, als könnten sie selbständig an einem anderen, besseren Ort existieren, im Land der rätselhaften oder aber verzweifelten Blicke, und seien nur durch Zufall für kurze Zeit hier anwesend, in diesem Gesicht, in diesem Paris, in diesem Wind. Es geht ihr hier schlecht, wahrscheinlich ging es ihr überall schlecht. Sie ist groß, schlank, leicht; sie ist vielleicht zweiundzwanzig oder dreiundzwanzig. Etwas in diesem Gesicht ist noch nicht ausgeformt, ist noch ganz jung, nicht kindlich, sondern mädchenhaft. Wahrscheinlich war es dieses Mädchenhafte, dieses Spröde, rührend Zerbrechliche, das er an ihr liebgewonnen hatte und das manchmal auf nicht mehr ganz junge Männer so anziehend wirkt.

Weitere Fotos von beiden zusammen bekam ich nicht mehr zu Gesicht, aber Nina Salamowas Gedichte, von denen ihr Sohn gesprochen hatte, ließen sich unschwer finden; zwei oder drei, nicht die besten, muss man sagen, aber beste Gedichte hat sie leider nicht geschrieben, also zwei oder drei

Gedichte, stets dieselben, gelangen auch in unserer Zeit in die Anthologien der »Pariser Note« und der »Ersten Welle«. Sie wirken wie eine unbeabsichtigte Parodie auf diese »Pariser Note«; jede literarische Richtung (oder »Strömung« oder »Gruppe«) parodiert sich mit Hilfe ihrer exaltierten Epigonen selbst. »Wir durchschreiten leicht und tränenlos dieses Dunkel der Straßen und Grimassen, sterben hell und sternenlos im Getriebe der Großstadtgassen.« In welchem Dunkel? Und wie kann man »tränenlos« das Dunkel durchschreiten? »Sternenlos« sterben? Warum nicht umgekehrt? Und was bedeutet das überhaupt? Derlei Kleinigkeiten haben sie kaum gekümmert. »Die Gedichte der jungen Lyrikerin, nicht gewärmt, eher beschwert von der auf dem russischen Montparnasse so modischen ›Watteweste aktueller Trübsal‹, wollen immer irgendwohin vorstoßen, versuchen immerzu, wenn schon nicht zu fliegen, so doch zu rennen, stolpern aber leider jedes Mal über ein und dieselben sinnentleerten Wortverbindungen und geschmacklosen Alliterationen, die bereits vor vierzig Jahren in den ›dekadenten‹ Moskauer Salons ausprobiert wurden, über hilflose oder banale Reime und schließlich einfach über die Unlust oder das Unvermögen, ernsthaft über das eigene Handwerk nachzudenken und sich die einfachsten Regeln der Dichtkunst anzueignen. Auf roten Pfoten kommt man nicht weit, und mit tränenloser Sternenlosigkeit in der Lyrik auch nicht.« Immerhin hat Chodassewitsch sie dieser beißenden Kritik gewürdigt (»Wiedergeburt«, 5. April 1937), so dass ihr in den Anmerkungen zur Geschichte der russischen Literatur ein bescheidenes Plätzchen gewiss ist.

In einem eigenen Ordner waren die Fotografien der vorigen Generation gesammelt (natürlich im Computer; übrigens bin ich mir fast sicher, dass sich auch die echten Fotos, verblichen und auf hartem Karton, bei Pierre Vosco bis heute in einem eigenen Ordner befinden, mit Bändern verschnürt oder auch nicht), Bilder von seinen Großmüttern und Großvätern, sogar von den Urgroßmüttern, die im grauen Element der Zeit verschwinden, zugeweht von der wachsenden Wüste …; hier warteten Überraschungen auf mich. Oberst Salamow, Ninas Vater und erster Schwiegervater von A. N. W., sah auf dem einzigen Foto, das mir sein (nach ihm genannter) Enkel geschickt hatte, mehr oder weniger so aus, wie ich ihn mir aus dessen Erzählungen vorgestellt hatte; dieses Foto zeigt ihn nicht mit irgendwem zusammen, sondern mit General Judenitsch persönlich und einem weiteren, für mich namenlosen Offizier in einem schummrigen Gewölbe; sie stehen vor einem Tisch, auf dem eine riesige Karte ausgebreitet ist; Judenitsch, 1919 siebenundfünfzig Jahre alt, schwer, untersetzt, fast aufgeschwemmt, mit kahlem rundem Kopf, wirkt ganz klein – auch weil er über die Karte gebeugt ist – neben dem großen, schlanken vierzigjährigen Salamow im Militärrock mit deutlich erkennbaren Brusttaschen, der grau und düster dreinblickt, als zweifle er, dass sie mit Hilfe dieser Karte ihren Weg finden werden, zum Beispiel nach Petrograd, und nicht im Sumpfland und Morast landen, im Verderben durch rote Maschinengewehre. Er hat breite tatarische Jochbeine und natürlich einen Schnäuzer wie fast alle damaligen Offiziere, zudem einen Schnäuzer, der den hoheitlichen Schnauzbart Judenitschs rührend nachahmt, ohne ihn doch wirklich entschlossen zu kopieren, die Spitzen gehen also nicht wie bei

Judenitsch über das Oval des Gesichts hinaus zu den Schultern und Epauletten, sondern halten auf halbem Wege inne, um sich nicht an der Generalshoheit zu vergreifen. Diesen Mann kann man sich ganz leicht gealtert vorstellen, ebenso schlank, mit ebenso militärischer Haltung, im zivilen zweireihigen Anzug, seinem einzigen, mit ergrautem Schnäuzer und grauen Schläfen, wie er die sehr staubige, sehr traurige, fast russische Straße mit Buckelpflaster, billigen russischen Kneipen, russischen Lädchen und russischen Pappeln in Billancourt von der Arbeit nach Hause geht – Gott sei dank arbeitet er nicht als Taxifahrer und nicht in den nahebei gelegenen Renault-Werken, aus deren Toren jeden Abend schwarze Massen ehemaliger Kämpfer für die Ehre und Freiheit des Vaterlandes strömen, sondern hat, wie mir sein Enkel bei unserem späteren Treffen erzählte, eine anständige, saubere, wenn auch sterbenslangweilige Arbeit in einer Immobilienagentur, zu der ihm sein Schwiegersohn dank seiner Verbindungen als Architekt verholfen hat. Zuvor arbeitete er wohl wirklich bei Renault. Er steigt dann die schmutzige gewundene Treppe in den vierten Stock hinauf, in jene Wohnung, auf die der junge P.A.W. Anfang der sechziger Jahre verzichtete, nachdem er seine bourgeoise, reiche Frau geheiratet hatte und nach Amerika gegangen war; die Wohnung, in der, so denke ich jetzt, all diese Jahre, die zwanziger und die dreißiger und so weiter, die Paradeuniform des Obersten, mit Naphtalin gegen Motten geschützt, im Schrank hing und wo in der Truhe, auf die der kleine Petja mit seinen dicken Beinchen hämmerte, zwischen anderen, zufällig geretteten Dingen und Erinnerungen, die seither wahrscheinlich verlorengegangen sind, seine Epauletten und sein Georgskreuz aufbewahrt wurden. Alles ist weg, auch unsere Hoffnungen werden verschwinden. Auf der Fotografie von Jelena Wassiljewna Salamowa sieht man den runden Tisch, an dem sie englische Stickereien anfertigte, allein oder mit ihrer Tochter, im Hintergrund sieht man eine Kommode oder einen Sekretär, das lässt sich schwer erkennen, und etwas Weißes in kleinen Rahmen, man möchte glauben, dass es auch Fotografien sind, dieselben, hier zum Beispiel mit Judenitsch, die ich soeben beschrieben habe, und diese im Internet gefundene Aufnahme des durchlauchtigsten Fürsten Lieven mit den tiefliegenden blauen Augen, zwei Kugeln nach einem wohlgezielten Schuss. Jelena Wassiljewna selbst ist auf dem Foto, das mir ihr Enkel geschickt hat, schon als alte Frau festgehalten, nach dem Krieg und folglich nach Ninas Tod, eine hochgewachsene, noch immer schlanke Frau mit einem graumelierten Haarknoten im Nacken, um den breiten Mund eine bittere, zarte Falte; die große, hagere, sehr schöne Hand mit den silbernen Ringen stützt sich nicht auf den Tisch, sondern berührt fast schamhaft das weiße Tischtuch – hier ohne Rautenmuster – nur mit den Fingerspitzen.

Die Fotografien von Pierre Voscos anderer Großmutter, von Elsa (Genrichowna nach russischer Art) Woskoboinikowa, geborene Baronesse Vietinghoff, verblüfften mich. Sie verblüfften mich so stark, dass ich, wie ich noch weiß, P.A.W. sogar schriftlich fragte, ob er die Dateinamen zu den gescannten Fotos nicht verwechselt habe und ob diese anmutige junge Frau oder dieses Mädchen – von einem Libauer Fotografen vielleicht noch vor ihrer Hochzeit, also in den neunziger Jahren aufgenommen (das Datum fehlt, aber die Worte *Photographie A. Küssner, Libau* lassen sich leicht entziffern) – mit der kunstvollen altmodischen Frisur, gesteckt mit unsichtbaren Haarnadeln am Hinterkopf, und stolz in die hohe, gewölbte Stirn fallenden Locken, ob dieses Mädchen aus dem 19. Jahrhundert, das noch nicht weiß, was für ein 20. Jahrhundert bald anbrechen wird, im luftigen Sommerkleid mit Rüschen, die das keusche Dekolleté wie weiße Wellenkämme säumen, ob dieses Mädchen, das so aufmerksam schaut, mit diesen großen, von Kummer umschatteten Augen, deren strenger, prüfender Blick nur sich selbst gilt, sich allein, und dieser noch fast kindlichen Wölbung um den Mund, um die vollen, leicht aufgeworfenen Lippen – ob dies wirklich die strenge Deutsche ist, von der mir ihr Enkel erzählt hat und vor der er Angst hatte wie anscheinend alle, die das französische Weißbrot auf der Flamme röstete und Croissants verschmähte, die Demokratie verachtete und Roquefort ablehnte? Im reifen Alter, wahrscheinlich in den zwanziger Jahren des inzwischen angebrochenen 20. Jahrhunderts und mit einem Gesicht, dem nicht nur die seit der ersten Aufnahme vergangene Zeit, sondern eben auch das neue Jahrhundert und die neue Zeit ihre Spuren aufgeprägt haben, ist sie die Rigaer Dame mit kurzem Haarschnitt, so scheint es jedenfalls, natürlich ohne Stirnlocken, den Seidenhut schräg aufgesetzt, der offenbar genauso schwarz ist wie der Mantel und das Kleid mit der Kamee, in den Augen blitzt der Schalk, den ihr Sohn, wie ich dachte, vom Vater geerbt hatte, aber wie sich hier zeigt, auch von der Mutter, Augen so tiefgründig, als zögerten sie an einer kaum fassbaren Grenze zwischen Trauer und Lachen, bereit, der Welt mitzuteilen, dass ihnen alles nichts ausmacht, alles vorübergeht, alles belanglos ist, oder aber offen dafür, in ihre Tiefe den ganzen Kummer dieser Welt einzulassen, das Seufzen aller Kreatur, um alle zu bedauern und alle zu beweinen. Und diese Leserin von Schiller – und nicht nur Schiller –, diese Frau, die eher an Goethes »schöne Seele« in dem von mir einst so geliebten Roman erinnert, diese Sucherin nach innerer pietistischer Vollkommenheit und geheimer seelischer Harmonie, diese Frau mit den klaren Augen und dem ruhigen Gesicht soll sich am Ende in eine zänkische Alte verwandelt haben, die absichtlich laut in deutscher Sprache auf einer französischen Straße herumschrie, um die Ladenbesitzer und Passanten zu erbosen? Man kann sie sich überhaupt nicht schreiend vorstellen, Sie verwechseln etwas, Pjotr Alexandrowitsch, Sie haben die Dateien und Ordner verwechselt. Pjotr Alexandrowitsch antwortete mir sehr knapp – letztes Plätschern der abflauenden Korrespondenz –, dass er keine Dateien verwechselt habe, es sei eben sie, Frau Elsa, und er könne keine äußerliche Ähnlichkeit zwischen seiner Großmutter und seiner Mutter, nach der ich ihn auch gefragt hatte, erkennen, weder auf den Fotografien noch überhaupt. Wenn es eine Ähnlichkeit gebe, dann nur äußerlich, die großen Augen. Ich dachte ja auch gar nicht an eine innere Ähnlichkeit. Vielmehr bestand eine innere Ähnlichkeit, schrieb mir Pierre Vosco, und eben keine äußerliche zwischen seiner Großmutter und der zweiten Frau von A. N. W., obwohl er sich gar nicht vorstellen wolle, wie Frau Elsa dieser exotischen, aus Argentinien mitgebrachten Frau begegnet wäre.

Fotos aus Argentinien gab es auch. Unter diesen argentinischen Aufnahmen von A. N. W., die mir sein Sohn wiederum in einem eigenen elektronischen Ordner geschickt hatte, waren zwei bemerkenswert; auf dem einen, das wohl schon bald nach seiner – und Wladimir Grawes – Ankunft in diesem – für mich – mythischen Land gemacht wurde, sind beide zu sehen, die Kinderfreunde, die sich so wundersam auf dem Schiff wiederbegegnet sind, ein Jahr oder ein halbes Jahr vor Entstehung der Aufnahme. Sie sitzen, von einem winzigen quadratischen Tischchen getrennt, in einem urgemütlichen, so scheint es wenigstens, Café in Buenos Aires mit einem Tresen aus dunklem Holz, einem Fußboden im Schachbrettmuster, Flaschen in den verschiedensten Größen und mit den verschiedensten Etiketten und Fotos von Humphrey Bogart oder vielleicht Gary Cooper und einem Plakat von irgendeinem Cabaret Folie an der Wand hinter dem Tresen. Man hat das Gefühl, sie spielten selbst Schach, obwohl sie kein Schachbrett zwischen sich haben, nur eine Kaffeetasse vor Alexandre Vosco und ein schmales Glas mit einer klaren Flüssigkeit vor Wladimir Grawe – zumindest haben sie gespielt, bevor der Barmann in weißer Jacke und mit Schnäuzer zu ihnen herangetreten ist, um die klare Flüssigkeit in W. G.s Glas nachzuschenken, der halb dem unbekannten Fotografen zugewandt sitzt und nicht ins Objektiv blickt, sondern auf A. N. W., durch seine unveränderliche runde Nickelbrille. Er wirkt hier weder kränklich noch aufgedunsen, Körper und Gesicht sind lediglich ein bisschen füllig, aber nur ganz wenig, und deshalb wirkt er auch ein wenig schutzlos, mit seiner hohen Stirn, den hohen Geheimratsecken und den absolut wunderbaren ironischen Petersburger Schatten in den Mundwinkeln, die buschigen Brauen drängen hinter den Brillengläsern in selbstsicherem Schwung hervor. Alexandre Vosco erscheint dem Betrachter in dieser seltenen Seiten- und Rückansicht ganz überraschend, ebenfalls vollwangig mit wildem Haarschopf, besonders wild am Hinterkopf, noch ohne ein graues Haar darin, jedenfalls sieht man keines, und schon deutlichen vornehm-plebejischen Mundfalten im Kinnbereich, die tatsächlich an einen Hund erinnern; die breite Hand liegt neben der Tasse auf der schartigen, hölzernen Tischplatte. Dennoch sieht es so aus, als spielten sie etwas, ein ganz eigenes, besonderes Spiel, ohne Damen und Bauern; sie sitzen aufrecht und schweigend da, in Erwartung des nächsten Zuges, einer neuen Kombination, einer Rochade oder eines Gambits. Außerdem scheint es, als sei außer ihnen niemand sonst in dem Café, obwohl man sich auch andere Tische um sie herum vorstellen kann, und andere Cafébesucher. Trotzdem sieht es so aus, als sei sonst niemand da, als wären sie hier zu zweit, mit dem Barmann zu dritt, versunken in ihr wortloses, endloses Spiel (miteinander, mit sich selbst, mit dem Schicksal).

Das zweite, meiner Ansicht nach nicht minder bemerkenswerte argentinische Foto ist, wie ich später erfahren und verstanden habe, in Rio-Davia entstanden, das auf dem Bild im verschwommenen Umriss irgendwelcher dunkler, steiniger Hügel aufgeht. Alles Interessante geschieht (ist in Entstehung und im Bau) hinter dem Rücken des Fotografen und bleibt uns verborgen; auf dieses Interessante zeigt mit wiederum überraschender Geste, die breite Hand ausgestreckt, die Finger wie um etwas Kostbares geschlossen, als ob er fürchte, es könne zerbrechen – A. N. W. in Bauhelm und mit Kalk und Schutt sichtlich vertrautem Anzug, von irgendwelchen zweitrangigen Personen respektvoll – einen halben Schritt entfernt – umstanden. Er zeigt es dem großen, ihn wohl ein wenig überragenden alten Herrn mit grauem Bärtchen und noch keineswegs ergrauten Brauen, der in exotischem Aufzug, schwarz mit goldener Borte, neben ihm steht. Dieser Herr schaut, würde ich sagen, wie ein Mensch, den nichts mehr erstaunen kann – er hat schon alles gesehen! –, und den man endlich auf seine alten Tage in Erstaunen versetzt hat, und das ist für ihn vielleicht die Hauptsache, das freut ihn am meisten. Es ist der Bürgermeister, der Intendente von Rio-Davia, wie ich später herausfand, der im Leben von A. N. W. eine Hauptrolle gespielt und ihn mit all den Aufträgen betraut hat, ohne die ein Architekt nicht bestehen und noch weniger zu Ruhm gelangen kann …

Dann kommen Fotos aus der Zeit dieses Ruhmes, späte und sehr späte Aufnahmen aus den sechziger und siebziger Jahren, berühmte Aufnahmen, die in allen Bildbänden, Büchern und heute im Internet zu finden sind. A. N. W. und Pier Luigi Nervi, das »Betongenie«, im Schatten einer im Bau befindlichen Autobahnbrücke, die zweigeteilt ist und einen Streifen des südlichen Himmels zwischen den in die Ferne verlaufenden geraden Betonbändern hindurchscheinen lässt; diese stehen, uns die gerippte Kehrseite zeigend, auf athletisch leichten, spitzwinklig dreieckigen Pfeilern. Nervi ist elegant und streng auf alte italienische Art gekleidet, mit schwarzem Hut und schwarzem Anzug; A. N. W., ebenfalls im Anzug, schaut ihn voller Bewunderung an. Auf einem anderen Foto stehen beide unter den aufregend geheimnisvollen Betonbögen mit den berühmten Nervi-Rauten irgendeines Bauwerks (Stadions in Rom?), in denselben Anzügen und Posen; im Hintergrund sieht man vor schneeweißen – so scheint es auf dem Foto jedenfalls – Säulen zwei einsame Figuren, deren Gesichter man nicht erkennt, nur die schwarzen Anzüge und Hüte, als hätte sie ein scharfsinniger Künstler in der Bildtiefe, im bläulichen Halbdunkel so plaziert, ein de Chirico oder eher noch ein Magritte. Mit dieser Fotografie, die ich später an einer Wand von A. N. W.s Haus im Languedoc entdecken sollte, wollte sich der Hausherr natürlich nicht zufälligen Besuchern in Gesellschaft anderer Berühmtheiten präsentieren, er schätzte wohl einfach die surrealistische Schönheit ihrer Komposition. Alexandre Vosco und Le Corbusier am Strand, vermutlich in Roquebrune-Cap-Martin, dem bekannten Rückzugsort des Schweizers, der zum Glück nicht die ganze Welt hat umbauen können. Le Corbusier, mit Brille und halbnackt in Badehose wie auf allen Fotos, die ihn am Meer zeigen; Vosco in seiner auch schon klassisch gewordenen aufgekrempelten Leinenhose und dem lose darüber hängenden, langen weißen Hemd, das nicht vollständig aufgeknöpft ist; er schaut auf den Sand zu seinen Füßen (hat den Kopf gesenkt, wodurch die Hundefalten am Kinn sich verdichten); man erkennt, dass sie einander nicht mögen. Dann sieht man sie wieder vor der nicht minder berühmten Hütte (»le cabanon«), die fatalerweise an einen gewöhnlichen russischen Schuppen erinnert, der Idee nach die elementare Zelle des irdischen Daseins, die Le Corbusier gebaut hat, um sich zurückzuziehen und zu entspannen, im Einklang mit den Prinzipien der funktionalen Architektur und mit Blick aufs Meer aus dem winzigen Fenster – aber nicht einfach nur aufs Meer, sondern genau auf die Stelle, wo er wenige Jahre nach dem Fototermin ertrinken wird. Aus diesem Fenster schaut er heraus, wie immer mit Brille und nackt, etwas Weißes auf dem Kopf, vielleicht ein Tuch mit vier Knoten an den Enden, wie es die Straßenarbeiter in der Hitze machen, wiederum irgendwo in Russland; A. N. W. steht draußen und betrachtet äußerst skeptisch diesen Prototyp der nach dem Goldenen Schnitt berechneten Zellen, in die der verwegene Schweizer die ganze Menschheit zu sperren gedachte.

Diese Aufnahmen stammen von Lucien Hervé, dem in der Tat hervorragenden Fotografen, der für seine Architekturfotos berühmt ist und mehrere Porträts von A. N. W. hinterlassen hat, die wohl zu bekannt sind, als dass hier lange darüber gesprochen werden müsste. Alexandre Vosco war ja selbst ein passionierter, obgleich nicht ganz professioneller Fotograf; die technische Seite am Fotografieren langweilt mich eher, sagt er in einem seiner Interviews, die sein Sohn in Zusammenarbeit mit dem geheimnisvollen Michel De-Bottis gesammelt hat, besser gesagt, mir fehlt die Geduld, um mich richtig damit zu befassen; die Fotografie ist für mich etwas Anderes; eine Gedächtnisstütze und Arbeitshilfe; ein Versuch, die ewig fließende Substanz des Lebens festzuhalten; eine Form der Weltbetrachtung. In jenem in Genf erschienenen Sammelband von Aufsätzen, Interviews und Erinnerungen an ihn gibt es ein interessantes Fragment, nur zwei Seiten, auf Bitten der Herausgeber von Jean Lavalle geschrieben, dem Sohn und Nachfolger von Frédéric Lavalle, eben jenem Frédéric Lavalle, in dessen Büro A. N. W. in den dreißiger Jahren gearbeitet hat. Nach dem Krieg arbeitete dieser Jean Lavalle wohl bei Alexandre Vosco, ihre Projekte galten als Gemeinschaftsarbeiten, aber A. N. W. war der Star und spielte die Hauptrolle, der Sohn seines ehemaligen

Chefs begnügte sich mit der bescheidenen Nebenrolle, was aber ihr Verhältnis, allem nach zu urteilen, nicht trübte; im Ton der Erinnerungen spürt man aufrichtige Sympathie. Ich traf ihn manchmal in Paris an den überraschendsten Orten, schreibt Lavalle, in den Arbeitervorstädten nahe dem Bassin de la Villette oder irgendwo hinter der Gare d'Austerlitz, den Fotoapparat in der Hand. Er gestand mir einmal, dass er sich so entspannen und nachdenken könne. Er gehe mit dem Fotoapparat durch die Stadt und nehme die alten Brücken, Schleusen, Boote oder einfach die Kieselsteine vor seinen Füßen auf. Ich glaube, er konnte stundenlang so gehen. Man sah, dass er glücklich war, ganz bei sich, und die Einsamkeit genoss. Er war überhaupt ein sehr kontemplativer Mensch, sehr in sich selbst versunken. Obwohl er natürlich auch gesellig und fröhlich sein konnte. Es kam vor, dass wir bis spät in seinem Büro saßen – sein Büro befand sich an einem wunderschönen Ort, im 15. Arrondissement, unweit vom Boulevard de Grenelle; er ging fast immer zu Fuß dorthin zur Arbeit und von dort nach Hause, nach Passy, überquerte den Fluss auf der Brücke Bir-Hakeim mit ihrer Stahlkonstruktion und den über dem Kopf hin- und herrasenden Métrozügen; er gestand mir einmal, dass er diese zweigeschossige industrielle Brücke, die wohl eher nach New York passe, mehr als alle anderen Seinebrücken liebe. Und wenn wir bis spät in der Nacht im Büro saßen, weil es viel Arbeit gab, und man gar nicht gehen wollte – nicht einmal ins nächste Bistro auf dem Boulevard –, brachte uns Maria, wie ich mich erinnere, Käse, Wein und Baguette von zu Hause, und wir saßen einfach alle beisammen, zu fünft, zu sechst – er hatte nie viele Mitarbeiter – um den riesigen Tisch herum, der die ganze Länge des Hauptateliers einnahm, und es ging sehr fröhlich zu, auch deswegen, weil wohl alle heimlich ein bisschen in Maria verliebt waren. Man nannte sie hinter ihrem Rücken la señora, und Alexandre, der hinter seinem Rücken und zur Vervollständigung des Bildes im Büro il señor hieß, erzählte irgendetwas, immer Überraschendes, über ihr Leben in Argentinien, in der tiefsten Wildnis, über seine baltische Jugend, über die ersten, damals schon legendären CIAM-Kongresse, über die nicht minder legendäre Stuttgarter Ausstellung 1927, zu der er aus Riga angereist war, und über andere Dinge, die das Herz eines Baumeisters stärker und schneller schlagen lassen. Er war ein vorzüglicher Erzähler mit einem wunderbaren Humor, Sinn für Details und Freude an plötzlichen Wendungen des Plots; es ist unendlich schade, dass er seine Memoiren nicht aufgeschrieben hat, für die er sich einige Jahre, wie ich weiß, Notizen gemacht hatte. In den dreißiger Jahren habe ich ihn anders in Erinnerung, schreibt Lavalle weiter, eher nervös und unglücklich. Natürlich, ich war damals selbst noch jung und unaufmerksam, und Alexandre galt letzten Endes ja auch einfach nur als Mitarbeiter meines Vaters, so dass ich mich jetzt nicht besonders auf mein Gedächtnis verlassen möchte. Trotzdem erinnere ich mich, wie ihn jemand im Büro immerzu anrief und er, ins Russische wechselnd, mit dem Anrufer sprach und den Hörer dabei mit der breiten Hand bedeckte, obwohl seine Sprechweise für uns alle wie das reinste, slawisch singende Kauderwelsch klang. Meinem Vater gefiel das gar nicht, doch er duldete es, er schätzte Alexandre, ja liebte ihn sogar auf seine Art und verstand wahrscheinlich damals schon, was andere nicht verstanden.

Alexandre war natürlich ein Gentleman bis in die Fingerspitzen, »jusqu'au bout des ongles«, schreibt Jean Lavalle zum Abschluss, dabei aber ein lebendiger Mensch mit offener und schutzloser Seele. Wenn er im Radio plötzlich eine seiner Lieblingsmelodien von Brahms oder Schubert hörte, ließ er alles liegen und stehen, erstarrte mit der Reißfeder in der Hand, Tränen in den Augen, und nahm nichts mehr um sich herum wahr, als sei er aus der Zeit gefallen. Und das hing wohl mit seiner Abenteuerlust zusammen, die ich immer deutlich gespürt habe, als wäre es ihm möglich, alles hinzuwerfen, sein ganzes Leben, auf alles zu pfeifen und alle zum Teufel zu schicken, um irgendeine Verrücktheit zu begehen, in den Krieg zu ziehen oder nach Argentinien zu fliehen und als hegte er in seinen Gedanken ständig diese Möglichkeit und diesen Traum, als wäre er ständig dieser Versuchung ausgesetzt, fast unabhängig davon, ob ihm dieses Leben zusagte oder nicht, unabhängig von Erfolg oder Misserfolg, Glück oder Unglück, Einsamkeit oder Nichteinsamkeit.

Und hier ist schließlich das Interview, das in keine Sammlung aufgenommen, aber von mir gefunden wurde – ebenfalls an einem der ersten Tage nach Pierre Voscos Abreise –, übrigens nicht ganz zufällig, da ich jetzt öfter vor den Regalen mit Büchern über Architektur in Antiquariaten wie auch in normalen Buchhandlungen verweile. Dennoch glaube ich, dass auch dieser Zufall Alexandre Vosco belustigt hätte. Gefunden habe ich es in einem der zahlreichen Antiquariate hinter der Universität München, in der Schellingstraße, die ich gewöhnlich aufsuche, wenn ich in Schwabing bin, und die ich diesmal nicht direkt nach meinem Besuch in der Bayerischen Staatsbibliothek ansteuerte, sondern vielleicht erst, nachdem ich eine halbe Stunde in meinem Lieblingscafé *News Bar* Ecke Schelling- und Amalienstraße gesessen hatte, in einem der Münchner Cafés, in denen ich, von einem zum anderen ziehend, im Herbst – nicht im damaligen, sondern in diesem – begonnen habe, diesen Text zu schreiben, eben diese Erzählung oder diesen Roman oder was immer daraus werden wird; ich fand es bei einem Bouquinisten oder, wie man in Deutschland sagt, in einem Antiquariat, wo es wie in allen Antiquariaten dunkel und trist war, es muffig, schwer und mit einer Vanillenote nach altem Papier roch, und der Bouquinist jenen erschrockenen, leicht verrückten Blick hatte, den fast alle Bouquinisten haben, so als fühlten sie sich ein wenig beleidigt, wenn sie sich nicht nur mit Buchstaben, Seiten und Buchrücken abgeben müssen, sondern auch noch mit lästigen, wenn auch seltenen Besuchern, die sie von der Betrachtung der Buchrücken und Einbände abhalten. Dennoch gab er mir ohne zu zögern und mit leicht abwehrender Geste – nehmen Sie es und lassen Sie mich in Ruhe – die vergilbte, vierfach gefaltete Zeitungsseite mit dem besagten Interview, die jemand säuberlich aus der Sonntagsbeilage der *Welt* vom 6. Juli 1975 ausgeschnitten und (wie es gebildete Deutsche gerne tun; diese Zeitungsausschnitte finde ich nahezu in jedem dritten Buch, das ich in einem Antiquariat gekauft habe) in den dicken, ebenfalls Mitte der siebziger Jahre erschienenen, inzwischen vergilbten und abgegriffenen Bildband *Moderne Bauten am Rhein und an der Mosel* gelegt hatte, in dem ich auch Fotos des just in dieser Zeit geplanten und später tatsächlich von A. N. W. gebauten Neubaubezirks im Städtchen Leiwen an der Mosel entdeckte, ganz in der Nähe von Kues, die Heimat von niemand geringerem als Nikolaus von Kues, nach dem ihn der Interviewer auch als erstes befragt, der sich seinerseits nicht einmal hinter seinen Initialen, sondern dem Namen der Zeitung versteckt (so dass ich mir keinen Michael und keine Mary vorzustellen vermag).

Was bedeutet Nikolaus von Kues für Sie? In der Nähe der Heimatstadt des großen Theologen zu bauen, sagt A. N. W., ist eine große Ehre und eine gewaltige Prüfung; diese Landschaft ist zu schön, um sie mit modernen Monstern zu verschandeln … Trotzdem, da die Stadt Leiwen an der Mosel beschlossen hatte, einen zum Fluss abfallenden Hang zu bebauen, auf dem aus irgendeinem Grund kein Wein mehr angebaut wird wie auf den benachbarten und gegenüber liegenden Hügeln, also auf beiden Seiten dieses in Schleifen gewundenen Flusses, der durch sein Erscheinungsbild auf der Landkarte besonders ins Auge sticht. Dieser Hügel, vielmehr diese Hügelgruppe mitsamt dem Einschnitt, sollte also nicht mit den vollkommen gleichartigen, zweistöckigen, weißen Häuschen bebaut werden, mit denen heute leider halb Europa, insbesondere halb Deutschland, zugebaut ist – und die er am liebsten gar nicht anschauen wolle, um sich die Laune nicht völlig verderben zu lassen –, sondern mit etwas Überraschendem, das auch etwas mit Architektur zu tun haben sollte; da habe er, Alexandre Vosco, sich eben entschlossen, am Wettbewerb teilzunehmen. Er hätte es vielleicht nicht getan, wenn die Kleinstadt anders geheißen hätte. Der Gleichklang des Wortes Leiwen mit einem ihm kostbaren Namen erschien ihm doch zu verlockend. Der Korrespondent fragt nicht, welcher andere Name das ist. Er (oder sie) versucht, das Thema Nikolaus von Kues weiter zu verfolgen (und damit vielleicht die eigene Bildung geltend zu machen). A.N.W. legt es jedoch mitnichten darauf an, seine Bildung zu demonstrieren, und antwortet nur kurz und trocken, dass ihm die Grundbegriffe des Theologen – die gelehrte Unwissenheit, zum Beispiel, und der Zusammenfall der Gegensätze – als faszinierende Metaphern für etwas erschienen, das man nicht anders ausdrücken könne; ein Gedanke, glaube er, der dem Kardinal, Mathematiker und Mystiker durchaus gefallen hätte. So verwenden auch wir in unseren Überlegungen über die Architektur, sagt er weiter, im Grunde Metaphern, die aus nüchtern rationaler Sicht fragwürdig sein mögen, aber doch unsere Bestrebungen, Aufgaben und Ideen vermitteln. Wenn Hugo Häring, den er übrigens zum Glück persönlich gekannt und von dem er viel gelernt habe, schreibe, dass man von innen nach außen bauen müsse, dann sei das natürlich nichts weiter als eine Metapher, aber er verstehe sie sehr gut, er versuche ja selbst so zu bauen, von innen nach außen, aus dem Inneren hinaus. Um auf Nikolaus zurückzukommen, so habe er die lebendige Anwesenheit des großen Philosophen gespürt, wenn er an der Mosel entlanggeschlendert sei und die herbstlichen Weinberge betrachtet habe, und nicht nur, weil in Kues bis heute ein Altenheim existiere, das der Kardinal gegründet habe, das also schon über fünfhundert Jahre bestehe, trotz aller Kriege und Revolutionen, allen Revolutionen und Kriegen zum Trotz … Eines Morgens habe er das Hotel in Bernkastel verlassen, dem Städtchen gegenüber von Kues, am jenseitigen Ufer der Mosel; seine Frau habe noch geschlafen, alle hätten wohl noch geschlafen bis auf einen Bauern, der die Brücke auf seinem tuckernden Traktor überquerte, den Enten im Fluss und ihn selbst, der immer sehr früh aufstehe, eine Gewohnheit aus Kriegszeiten. Der Traktor war fort, und es wurde so still, wie man es heute in Europa fast nie und nirgends mehr erlebt, so still wie in Argentinien, so still wie in seiner baltischen Kindheit und Jugend, im abgelegenen Kurland; die Sonne lag in van Goghschen Flecken auf den rötlich verfärbten, schütter gewordenen Weinbergen, die sich in geraden Rippen den Hang hinaufzogen; am Anleger lagen schaukelnd und erwachend die Ausflugsdampfer. Wäre Nikolaus von Kues plötzlich irgendwo hinter den Häusern aufgetaucht, die noch im blauen Schatten verborgen waren, dann hätte er sich wahrscheinlich nicht gewundert. Da Nikolaus aber nicht auftauchte, sagt A. N. W., habe er sich die große Karte der Mosel auf der Tafel neben dem Anleger angesehen und sehr lange, vielleicht zwanzig Minuten, bis ihn Maria, seine Frau, gefunden und zum Frühstück gerufen habe, diese geheimnisvollen Windungen und Schleifen betrachtet … Damals haben Sie wohl beschlossen, unterbricht ihn der Korrespondent, ihren Moselhäusern die Form der Mosel zu geben? Das ist natürlich unmöglich, antwortet er, die Mosel hat schließlich zu viele Windungen und Schleifen. Aber ich habe die Karte lange betrachtet, damals und auch später immer wieder, und ja, ich wollte meinen Gebäuden tatsächlich eine Ähnlichkeit mit diesem Fluss verleihen – und mit diesen Weinbergen. Fotos von ihnen wie auch die Karte und übrigens auch eine Reproduktion des berühmten Porträts des Nikolaus von Kues (mit den Händen in Gebetshaltung, langen Fingern und rotem Kardinalshut, der an langen Bändern auf dem Rücken hängt …) hatte ich in meinem Atelier im

Süden Frankreichs an die Wand gepinnt, als ich an diesem Projekt arbeitete. Der Fluss und die Weinberge, das sind die beiden Komponenten der Landschaft. Deshalb ziehen sich die Häuser in Stufen hinab, und deshalb erinnert ihr Erscheinungsbild, wenn man sie von oben betrachtet, an die Windungen und Schleifen des Flusses. Und deshalb habe ich diesen Beton gewählt … Es gibt dort nicht viel Beton, unterbricht er sich, ich habe verschiedene Materialien verwendet, Ziegel, Holz und Glas … aber es gibt an diesen Häusern eben auch sichtbare Außenträger aus Beton, dafür habe ich Beton ausgewählt, einen mit so grober und großer Gesteinskörnung, dass er wie ein Naturmaterial wirkt, wie ein Teil der Landschaft, ein felsiger Teil. Dieser grobe, unverputzte Beton gefällt mir einfach, sagt A. N. W., ich berühre ihn gerne mit den Händen, streiche gerne mit den Handflächen darüber … Die Steinchen darin fühlen sich wie Weinbeeren an. Solch einen Beton herzustellen, sei übrigens gar nicht so einfach, und er wolle bei dieser Gelegenheit den Arbeitern aus Trier seine Dankbarkeit und seine Bewunderung aussprechen, die diese Qualität und Schönheit zustande gebracht und mit ihm die Sorge um das Material und die Liebe zum Material geteilt hätten. Die Liebe zum Beton?, fragt der Korrespondent (wohl mit einem Lächeln). Selbstverständlich, antwortet er. Wenn Sie das Material nicht lieben, mit dem Sie bauen, dann sollten Sie besser mit einem anderen oder überhaupt nicht bauen. Und das ist noch nicht alles. Noch nicht alles?, fragt der Korrespondent erneut (kapitulierend). Dieser Beton erinnere ihn auch noch an Brückenpfeiler, an die Pfeiler der Brücken über Mosel und Rhein zum Beispiel, die der treffliche deutsche Ingenieur Fritz Leonhardt nach dem Krieg gebaut habe. Ich kenne ihn nicht persönlich, bemerkt A. N. W. (irgendwie unvermittelt), aber irgendetwas verbindet mich mit ihm, genauer irgendjemand, nämlich ein gemeinsamer Bekannter, der in Argentinien geblieben und leider schon gestorben ist, ob er sich noch an ihn erinnert, weiß ich nicht. Auf der Welt ist überhaupt alles mit allem irgendwie verbunden, scheint mir. Im Grunde ist es dieses Gefühl, dass die Dinge allgemein verbunden sind (ein durchaus kusanisches Gefühl, wenn Sie so wollen), das ich in meinen Arbeiten, meinen Projekten zu vermitteln versuche … Sie werden indes nicht leugnen, bemerkt der Korrespondent, den der allgemeine Zusammenhang der Dinge wohl gleichgültig lässt, dass Ihr Moselprojekt, wie schön es an sich auch sei, doch ein sehr eigenwilliges, sehr individuelles Projekt ist und sich nicht zum Massenbau eignet? Oh, natürlich, antwortet Alexandre Vosco. Ein Weinbau- und Touristenstädtchen an der Mosel ist ja kein Arbeiterviertel im Ruhrgebiet, in Chicago oder Mexico City. Das wisse er nur allzu gut. Er verstehe bloß nicht, warum alles auf der Welt so eintönig sein soll … In der Natur gibt es keine Einförmigkeit, und die Natur ist, verzeihen Sie die Banalität, unser großer Lehrmeister. Alles hängt vom eigenen Standpunkt ab. Für Sie ist wichtig, dass sich die Kiefer von einer Birke unterscheidet, und mir ist wichtig, dass sich eine Kiefer von der anderen unterscheidet. Ich kenne mich bei Kiefern übrigens aus, ich bin im Baltikum aufgewachsen. Und ich habe in verschiedenen Aufsätzen darüber geschrieben, auf die möchte ich Sie auch verweisen, wenn Sie gestatten. Diese Einförmigkeit hängt mit dem Krieg zusammen, bemerkt der Korrespondent, der wahrscheinlich keinen Aufsatz von Vosco gelesen hat; nach dem Krieg musste man rasch wieder aufbauen … Die Architektur hängt überhaupt mit dem Krieg zusammen, antwortet Alexandre Vosco. Es gibt eine sehr tief reichende Verbindung zwischen Krieg und Architektur, derer Sie sich kaum in vollem Maße bewusst sein werden. Hier tritt wohl eine Pause ein. Selbstverständlich, sagt schließlich der verblüffte Journalist, der Krieg zerstört, die Architektur schafft Neues. Zerstören ist leicht, Bauen ist schwierig. Der Krieg macht gleich, antwortet A.N.W. auf diese Banalitäten, nichts macht so gründlich, so schonungslos und unwiederbringlich gleich wie der Krieg, sagt er. Ruinen sehen überall gleich aus. Der Krieg macht Gebäude gleich und auch die Schicksale. Krieg, Gefängnis, Hunger, Flucht, Bombardierung – setzen Sie die Liste selbst fort –, all das nimmt uns letzten Endes unser Einzelschicksal, unser individuelles Leben. Die Architektur, sagt A.N.W., sollte … ja, genau, sollte all dem widerstehen, diesen unpersönlichen Kräften der Unpersönlichkeit, diesen anonymen Kräften der Anonymität, nennen Sie sie, wie Sie wollen. Sie tut dies jedoch nicht … tut es allzu oft nicht. Die Architektur trägt die Verantwortung für die Vielfalt der Welt; das ist mein Credo. Es gibt eine fatale Tendenz zur Einförmigkeit, die dem Menschen per se eigen ist. Ein Häuschen unterscheidet sich nicht vom anderen; sehen Sie sich um. Schlimm ist es aber, wenn diese Kräfte der Anonymität von den Künstlern Besitz ergreifen; wenn die Künstler anfangen, die Einförmigkeit zu *wollen;* das ist vielleicht das Allerschlimmste. Pfercht alle in kartesianischen Kasernen ein, in rational durchgeplanten Baracken … Der Journalist fragt leider nicht, welche Künstler er meint; er kommt auf das Thema Krieg zurück. Sie haben doch auch gekämpft, nicht wahr? Ach, du lieber Gott, antwortet Alexandre Vosco, es stimmt, ich habe an einem vergessenen Krieg in ferner Vergangenheit teilgenommen, an den sich außer uns alten Balten hier in Deutschland wohl niemand mehr erinnert, ich war erst achtzehn Jahre alt, und alle folgenden Kriege habe ich relativ wohlbehalten überstanden. Meine persönlichen Erfahrungen sind minimal … zumindest nicht mit denen zu vergleichen, die viele andere machen mussten. Trotzdem haben sie mich sicher nicht wenig geprägt. Was aber die Massenbautätigkeit angeht, von der Sie sprachen, so besteht hier die Aufgabe natürlich darin, dass man für die Massen und zugleich individuell baut … da haben Sie, wenn Sie so wollen, den Zusammenfall der Gegensätze, fügt er in Klammern hinzu (ich sehe ihn wieder lächeln, die schalkhaften Augen zusammenkneifen und mit dem Fuß wippen). Wir brauchen eine individuelle Massenbautätigkeit. Was, wie unschwer zu erraten, die Quadratur des Kreises ist. Indessen bedeutet Kunst immer, vermutet er, die Suche nach dieser Quadratur, also die Suche nach etwas, das es scheinbar nicht geben kann und das plötzlich möglich wird, wenn man es verwirklicht. Das hieße eben für die Demokratie bauen, wie mein hochverehrter Kollege Günter Behnisch gerne sagt und wie schon der große Frank Lloyd Wright gesagt hat … Dessen Schüler Sie ja waren, unterbricht ihn der anonyme Interviewer zum letzten Mal. Dessen Schüler ich nie war, antwortet er, und den ich kein einziges Mal gesehen habe. Und der mir ein halbes Jahr vor seinem Tod, nachdem er wahrscheinlich auf Fotos von meinen argentinischen Bauten in irgendeiner Architekturzeitschrift gestoßen war, einen langen und, ich will es nicht verhehlen, für mich sehr schmeichelhaften Brief geschrieben hat, der mit der Mitteilung endete, dass er, sollte ich mich als seinen, Lloyd Wrights, Schüler bezeichnen wollen, nichts dagegen hätte. Architekten, das sage ich Ihnen im Vertrauen, zeichnen sich gemeinhin selten durch Bescheidenheit aus.

8. KAPITEL

Cependant, tout était si calme autour de nous!
Des gens, près du comptoir, faisaient des confidences.
Oh, comme on est petit, comme on est à genoux,
Certains soirs, vous sentant si près, ô flots immenses!

Währenddessen war alles so still um uns herum!
Menschen, an der Theke, sprachen vertraulich.
Oh, wie klein man ist, wie man auf den Knien liegt,
An gewissen Abenden scheint ihr so nah, o großartige Fluten.

Valery Larbaud

Nach zwei weiteren Jahren, im Herbst 2009, konnte ich Viviana endlich überreden, mit ins Languedoc zu fahren und mir das Haus zu zeigen, wo A.N.W. mit unvermeidlichen, manchmal sehr langen Unterbrechungen die letzten dreißig, ja sogar fünfunddreißig Jahre seines Lebens gewohnt hatte (er verbrachte Wochen und Monate in Paris, wo er eine Wohnung im 16. Arrondissement besaß, die Viviane in ihrer ewigen Geldnot nach dem Tod der Eltern verkauft hatte; und Wochen und Monate verbrachte er auch in New York, Tokio oder Stockholm). Ich sputete mich und schaffte es tatsächlich in letzter Minute, es in dem Zustand zu sehen, in dem es sich zu Zeiten seines Erbauers und Besitzers befunden hatte. Jetzt beherbergt es das Museum und das Archiv, 2009 gegründet von der Fondation Alexandre Vosco, in deren Verwaltungsrat, wie mir Viviana auf dem Weg in den Süden erzählte, sie und ihr Bruder Pierre saßen, zusammen mit einem Vertreter des Kultusministeriums, einem Vertreter, vielmehr einer Vertreterin der örtlichen Gemeindeverwaltung, einer ekelhaften Person, und einem ihrer Meinung nach senilen Herrn, dessen Namen ich vergessen habe, einem Vertreter des gleich nach dem Tod ihres Vaters gegründeten »Freundeskreis von Alexandre Vosco«, so heißen diese Gesellschaften in Frankreich immer, *l'Association des Amis d'Alexandre Vosco,* zu der sie, Viviana, keinen freundschaftlichen Kontakt unterhalte, da sich diese Leute einige Papiere unter den Nagel gerissen hätten, die sie ihnen aus Dummheit gegeben habe, und ihr die Reise zur Konferenz nach Sydney nicht bezahlt hätten, wo sie einen Vortrag über ihren Vater habe halten wollen, um danach noch eine Zeitlang in Australien zu bleiben, und überhaupt seien das alles fiese, raffgierige Betrüger.

Unsere Reise verlief also recht lustig, nachdem wir am Anfang einen Abstecher ins nicht ganz auf dem Weg von Paris in den Süden liegende Nancy gemacht hatten, wohin Viviana zu einem Treffen in Sachen Mode fahren musste, das übrigens nicht zustande kam, weil sie der nächste raffgierige Betrüger versetzt hatte, trotzdem fuhren wir, einander am Steuer ablösend, fröhlich auf der autoroute du soleil, der »Autobahn der Sonne«, an die ich mich noch von anderen Reisen erinnerte, über Dijon, Lyon und Orange weiter in den Südwesten über Nîmes Richtung Montpellier. Sie habe überhaupt keine Lust, dorthin zurückzukehren, sagte Viviana und blitzte mich mit ihrem wilden Blick an, ihr sei das alles verleidet, wenn es nach ihr ginge, sollte man dieses Haus lieber verkaufen und von dem Erlös leben, wie sie bisher von dem Erlös aus dem Verkauf der Pariser Wohnung lebte, aber ihr Bruder, der Mitbesitzer dieses Hauses im Süden, der auf seinen Goldsäcken sitze, in seinem normannischen Schloss und seinem Alpenchalet, der wolle es um keinen Preis verkaufen, sondern ein Museum haben, ein Archiv und so weiter, solle ihn doch der Teufel holen, »que le diable l'emporte«. Warum sie denn in der elterlichen Pariser Wohnung nicht weiter habe wohnen wollen? Weil sie diese große bourgeoise Wohnung in dieser langweiligen, toten, bourgeoisen Gegend weiß Gott nicht brauchen konnte. Dort wohnen nur Snobs, bécébégé, die sich an ihrem Reichtum überfressen haben. Sie habe es vorgezogen, eine kleine Wohnung im ehrlichen, lasterhaften Banditenviertel um die Place Pigalle zu kaufen; das sei der Ort, wo es ihr gefalle; wo sich das wahre Leben abspiele. Das hört sich ja ganz nett aus dem blühenden Mund einer naiven Zwanzig-, ja noch Dreißigjährigen an, dachte ich, während ich auf die Straße achtete, aber aus dem Mund einer alternden, unglücklichen Frau von gut fünfzig Jahren klingt es traurig. Sie lebe mit ihrem Kater zusammen, erzählte sie. Dieser Kater sei ein bemerkenswertes Tier, ein riesiger, frecher Kater. Er heiße Limon, sie werde ihn mir vorstellen, wenn ich mal nach Paris käme. Er streune allein auf dem Pigalle herum. Der Pigalle sei kein Platz für Moralisten. Der Kater lecke seine Wunden und gehe immer aufs neue auf die Pirsch. Jetzt sei er bei einer Freundin, sie vermisse ihn. Also die wollen ein Museum haben, zum Teufel noch mal…

Was sie denn an ihren Eltern auszusetzen habe?, fragte

ich sie schließlich. Sie antwortete nicht sofort, wie ich mich erinnere. An der Autobahnraststätte bei Dijon, wo wir einen Kaffee getrunken und die Plätze getauscht hatten, sagte sie plötzlich, während sie bei der Auffahrt auf die Autobahn beschleunigte und den mit einem Schal umhüllten Kopf drehte, sie habe nur eines auszusetzen, dass nämlich ihre Eltern einander mehr liebten, als sie sie geliebt hätten –, dann gab sie plötzlich so stark Gas, scherte so forsch zwischen zwei Lastwagen, die auf der rechten Fahrspur eng hintereinander herfuhren, auf die linke Fahrspur aus, wobei sie so frech, gar nicht auf französische Weise, sondern eher im Stil eines deutschen BMW- oder Porschefahrers sehr dicht auf einen kleinen Peugeot auffuhr, der ihr unabsichtlich im Weg war, bis dieser vor Angst zitternd auf die rechte Fahrspur auswich, dass ich mich an die Armlehne in der Tür klammerte und auf die Fortsetzung des Gesprächs verzichtete. Ihre Mutter sei eine ausgezeichnete Autofahrerin gewesen, erklärte Viviana, ohne das Tempo zu drosseln. Fast eine Rennfahrerin. Als sie richtig zu Geld gekommen waren, habe der Vater Rennautos gekauft, einen Aston Martin und einen Alfa Romeo, er selber sei nie damit gefahren, oder fast nie, wenn er selbst fuhr, dann den großen alten Ford. Die Mutter sei immer gefahren, habe ihn überallhin chauffiert. Automatik hat sie verachtet, sagte Viviana mit einem schnellen wilden Blick auf den Hebel der automatischen Gangschaltung in meinem damaligen, sehr gebrauchten Mercedes. Sie hat sich mit Autos und Motoren sehr gut ausgekannt. Wirklich? Ja, und wie! In meiner Kindheit, erzählte Viviana, die immer wieder versuchte, den Hebel der Gangschaltung zu bewegen, was möglichst zu unterlassen ich sie immer wieder bat, in meiner Kindheit, sagte Viviana, das Lenkrad loslassend und die linke Hand nach vorn schleudernd, in unsere Fahrtrichtung, gab es im Dorf eine Tankstelle mit Garage, also mit einer kleinen Autowerkstatt, so eine typische Dorftankstelle, schmutzig und stinkend. Der Besitzer war sehr komisch und schon alt, so schien es mir jedenfalls, père Gaston wurde er von allen genannt, oder auch Gaston-le-garagiste, ein komischer, lachlustiger Provenzale. Dann starb er, und die Tankstelle wurde geschlossen. Wir waren seine Hauptkunden, wie du dir vielleicht schon gedacht hast, sagte Viviana. Oder auch nicht gedacht hast, das ist mir egal. In den sechziger Jahren, als meine Eltern das Haus kauften, besser gesagt, die Trümmer und Ruinen, war es ein armes Weinbauerndorf abseits der großen Straßen, dort gab es überhaupt keine Zugereisten, Ausländer hatte man noch nie gesehen. Heute ist dort die Hälfte der Häuser von Engländern aufgekauft worden. Warum von Engländern? Weil Engländer nun mal so sind, Engländer sparen ihr Leben lang Geld, gehen dann in Rente, kaufen ein Häuschen im Süden Frankreichs, hocken dann darin und trinken mit anderen Engländern Tee. Was sie denn gegen die Engländer habe? Sie habe gar nichts gegen die Engländer, sollen sie doch leben, wie sie wollen, das sei ihr doch egal, sagte Viviana, die trotz allem immer wieder die Automatik betätigte, was mir und dem Mercedes jedes Mal einen Ruck versetzte. Sollen sie doch leben, wie sie wollen, je m'en fiche. Ihr Vater habe sich fast totgelacht, erzählte sie, als sich herausstellte, dass der erste Engländer, der sich im Dorf niedergelassen hatte, Mr. Holmes hieß und seine Frau folglich Mrs. Holmes. Diese Mrs. und dieser Mr. Holmes, ein ehemaliger Schullehrer, schauten später, immer zur falschen Zeit, ab und zu bei uns herein, um ein wenig mit der örtlichen Sehenswürdigkeit zu plaudern. Das alles kam später. Als wir uns dort niederließen, Mitte der sechziger Jahre, waren wir für die Einheimischen exotische Wesen, Einwanderer von einem anderen Planeten. Aber sie hatten rasch begriffen, dass ihnen unsere Anwesenheit Profit brachte. Touristen tauchten auf, die Papas gläsernen Turm anschauen wollten. Die Touristen kauften Wein und übernachteten im Gasthaus. Dieses Gasthaus gibt es wohl auch erst seit damals. Am meisten freute sich père Gaston, sollte man denken, der bis dahin nur die Klapperkisten und Traktoren der Nachbarn repariert und nun plötzlich solche Kunden bekam, mit Autos, wie er sie noch nie im Leben gesehen hatte. Mama schraubte gern selbst am Motor herum, stell dir vor, du kannst dir das nicht vorstellen?, dann eben nicht, sagte Viviana und blitzte mich an, sie zog einfach einen Blaumann an und ging zu Gaston-le-garagiste, um an ihrem Alfa Romeo herumzuschrauben. Mama war eine üppige Frau, sagte Viviana, ließ das Lenkrad los und deutete mit beiden Händen den großen Busen an, presque une femme forte, und ich vermute, père Gaston hat es richtig genossen, seine Zeit mit ihr zu verbringen, besonders in der Grube unter dem Aston Martin. Er war natürlich ein anständiger Mann und hätte sich nie etwas herausgenommen, aber trotzdem, sagte Viviana heiser auflachend, wenn so eine Schönheit mit solchen Hüften und solchem Busen zu ihm in seine enge Reparaturgrube hinunterstieg und sich der Duft nach teurem Parfum mit dem Geruch von Motoröl vermischte, empfand er wohl reines, unschuldiges Vergnügen. Meinem Vater war das natürlich alles klar, nach dem Frühstück fragte er Mama gern, ob sie sich nicht überlegt habe, ihn zu verlassen und zu père Gaston zu ziehen. Das waren ihre häuslichen Neckereien. In allen glücklichen Familien gibt es das wahrscheinlich, fügte Viviana plötzlich hinzu, die vermutlich nie *Anna Karenina* gelesen hatte. Und warum haben sie sich nicht unten am Meer etwas gekauft? Weil die Küste damals schon zugebaut war, es gab keine wilden Gegenden mehr. Es ist natürlich nicht die Côte d'Azur, aber auch dort ist alles voller Strände und Hotels. Sie waren in Argentinien an ganz wildes Meer gewöhnt. An das sie, Viviana, sich nicht erinnern könne, sie sei nicht mehr in Südamerika gewesen, seit man sie als Kind von dort fortgebracht habe, obwohl ihr Großvater und ihre Großmutter dort lebten, Mamas Eltern, die übrigens recht oft nach Europa gekommen seien. Jetzt lebten dort noch ihr Onkel, Mamas Bruder, und seine Kinder, und die Kinder seiner Kinder und noch andere Verwandte, ein ganzer Clan argentinischer Verwandter, die auch manchmal aufkreuzten, mit denen sie sich aber nur schwer verständigen könne, Spanisch spreche sie nur wenig besser als Russisch, also auf der Ebene von capousta und couritsa (Kohl und Huhn). Ihre Mama habe Französisch gesprochen wie eine Französin und Englisch wie eine Engländerin, sie sei in Europa aufgewachsen, wie es in den Familien wohlhabender Argentinier üblich gewesen sei, in Nizza, in Genf und in Brighton. Ich erinnere mich, erzählte Viviana, wie wir alle drei nach Lugano gefahren sind, ich weiß nur nicht mehr, warum, und wie sich plötzlich herausgestellt hat, dass Mama und ihre Eltern dort im August 39 gewohnt hatten, in einem Hotel am See, das sich überhaupt nicht verändert hatte, natürlich mit Blick auf die Berge, die sich im See spiegelten; auch ihr Vater sei im selben August dort gewesen, um sich anzuschauen, wo die kantonale Bibliothek gebaut werden sollte. Diese Bibliothek wurde in der Folge dann ohne ihn gebaut, nach einem fremden Entwurf, während des Krieges. Während des Krieges wurde nirgendwo gebaut, nur in der Schweiz. Ich weiß noch, sagte Viviana, wie wir uns die Bibliothek angeschaut haben und wie mein Vater – nicht ohne Bitterkeit – von der Architektur begeistert war. Ich habe mich bei alledem bis zum Gähnen und Erbrechen gelangweilt, sagte Viviana und begann tatsächlich zu gähnen, als hätte sie jene lang vergangene Langeweile als junges Mädchen erneut übermannt. Wir hatten übrigens schon Nîmes passiert, um uns herum lag nun der Süden, Zypressen am Horizont. Ich schlug einen Abstecher nach La Grande Motte vor, in die Stadt am Meer, über die ich einst, zwanzig Jahre zuvor, mit A. N. W. gesprochen hatte, und in die ich bis dahin noch nicht gekommen war. Es dämmerte schon, als wir sie erreichten; auf der breiten Allee zwischen den leuchtenden mexikanisch-marsianisch anmutenden Hotelpyramiden und Wohnhäusern hindurch gelangten wir zum Yachthafen.

Die Pyramiden enttäuschten mich nicht. Sie hatten etwas Fantastisches, aber auch eine gewisse Leichtigkeit, eine Form von Ironie: als hätte der Architekt (in diesem Fall Jean Balladur) der Welt und den Menschen anheimgestellt, seine kosmischen Experimente nicht allzu ernst zu nehmen, die den Betrachter auch deshalb nicht erdrückten, wie mir schien, weil es Luft und Raum zwischen den einzelnen Gebäuden gab, die keineswegs eine neue Neonwelt erschaffen wollten, sondern sich bei all ihrer fantastischen Anmutung ruhig und ungezwungen in die Landschaft einfügten, inmitten von Palmen, Parks und Pinien. Das Weiß der Pyramiden fand einen Widerhall im Weiß der Yachten. Am Abend, dachte ich, spiegelt sich alles im Wasser, so deutlich, als ob die herabsinkende Dunkelheit die Welt zum Abschied verdoppeln und die Gegenstände wiederholen würde, insbesondere die Yachten mit ihren Masten und ihrem Takelwerk und zugleich auch die Wolken. Die Wolken spiegelten sich türkisfarben, weißgrau und rosa im Wasser; die Reihen der im Takt an den Piers schaukelnden Yachten entschwanden in weite Ferne, ins Nichts, zum hinter den Wellenbrechern noch unsichtbaren Meer und schienen mit diesem Schaukeln und Knarzen der Taue mitzuteilen, dass es da ist, hier ganz in der Nähe. Es wunderte mich gar nicht, sondern freute mich lediglich, dass das Restaurant, das wir schließlich auswählten, *Chéz Gaston* hieß, und dass die größte und offensichtlich teuerste, schickste Yacht von allen, die neben ihm vertäut war, den Namen *Lugana* trug (was immer das »a« am Schluss bedeuten sollte …). Nach dem Essen traten wir in den schon roten Abendschein hinaus und in das unveränderte, aber bereits geisterhafte Schaukeln der Yachten, das Knarren der Taue, Knirschen und Schlagen der aneinanderstoßenden Bordwände. Viviana war natürlich immer noch genauso branchée, genauso chébran, wie zwanzig Jahre zuvor; die ganze Uferpromenade drehte sich nach ihr um. Diese Uferpromenade ließen wir ziemlich schnell hinter uns, stiegen dann über irgendwelche großen Steine, wie ich mich erinnere, kamen auf den Strand hinaus und gingen ans Meer. Der Strand war breit, sandig und verlassen. Die Laternen, die Menschen und ihre Stimmen blieben hinter uns zurück, immer weiter zurück, die beleuchteten Pyramiden wirkten schon unwirklich, als ich mich nach ihnen umblickte, wir waren umfangen von jener unermesslichen Dunkelheit, die uns jedes Mal so unweigerlich umfängt und überwältigt, wenn wir für einen Augenblick die gewohnte, elektrifizierte und zivilisierte Welt verlassen haben und ans nächtliche Meer herantreten, oder zumindest an einen großen dunklen Fluss; wenn wir von Angesicht zu Angesicht mit dem Raum konfrontiert sind und jedes Mal, so scheint mir, bewusst oder unbewusst, aber auf alle Fälle jedes Mal spüren, dass alles insgesamt *nicht so* ist, nicht so, wie wir gewöhnlich denken, und dass alle Ereignisse und Umstände unseres eigenen, für einen Augenblick hinter uns gelassenen Lebens etwas Anderes bedeuten, wir wissen nur nicht was, aber dieses Meer weiß es vielleicht.

Schwarze, im letzten Abendschein plötzlich smaragdgrün schimmernde Wellen rollten aus der Dunkelheit heran und brachen sich dumpf auf dem Sand, und die Passagierschiffe am Horizont, hell erleuchtet und wahrscheinlich riesig, für uns aber trotzdem unwirklich und klein, wiederholten wie ein Reim die spielzeughaften, leuchtenden Pyramiden. Ich weiß noch, dass Viviana ganz in ihren Gedanken vor mir herging; die Schals umwehten sie wie Banner der Haute Couture, die vom unermesslichen Raum um uns herum besiegt war. Dennoch war auch Viviana ein Teil dieser geheimnisvollen Meeresdunkelheit, wie ich natürlich auch selbst ein Teil der Landschaft war, mit ihrem Sand, ihren Kieseln und Muscheln am Saum des Wassers, ich erspähte sie im Glitzern des Meeres und hob mal einen flachen Kiesel auf, mal eine Muschel mit festem, nassem Sand im geschnörkelten Haus.

Tief in der Nacht, vielleicht gegen zwei Uhr, kamen wir endlich am Ziel unserer Reise an; nach der Autobahn waren wir sehr lange auf Straßen umhergeirrt, die sich in der Dunkelheit verloren und immer mehr zu Feldwegen wurden, und hatten eine sich vom Meer her ausdehnende, in der Finsternis nur schwer erkennbare Ebene durchquert, eine unebene Ebene, wie ich sie insgeheim sogleich nannte, mit vereinzelten Anhöhen und Hügeln, Bodenwellen, Bächen, Bachtälern, Buschwerk und Bäumen, die sich zuweilen zu verschwommenen Wäldchen zusammenscharten; wir waren mit hohem Tempo durch die wenigen, vollkommen stummen Dörfer gefahren, und jedes Mal hatten die Scheinwerfer Steingebilde der Dunkelheit entrissen, Friedhofsmauern oder einfach Mauern, eine steinerne Kirche, steinerne Brüstungen einer steil gewölbten und sehr schmalen Brücke über irgendetwas, das beim flüchtigen Hinsehen ebenfalls sehr steinig wirkte. Aus Stein, nicht sehr groß und sehr kalt, weil unbewohnt und ungeheizt, war auch das Haus von A. N. W., Vivianas ungeliebtes Vaterhaus; es kehrte der gepflasterten, krummen, sehr schmalen Straße mit den tiefen Rinnen an den Rändern, wo wir das Auto nicht ohne Mühe abgestellt hatten, seine flache, alltägliche Seite zu; das Interessante begann dahinter, als wir in den von der stockdunklen südlichen Nacht erfüllten, in eine stockdunkle Nacht gesunkenen Garten hineingingen. Ich fiel vor Müdigkeit fast um, wie ich mich erinnere; dennoch war ich so froh, dass ich hier stand und endlich, mit den vom Autofahren ermüdeten Augen kämpfend, diesen Turm zu sehen bekam, der auf der Außenseite aus Stein, auf der Gartenseite aus Glas konstruiert war und den ich schon so oft auf Fotos betrachtet hatte. Ich bat

Viviana, das Licht darin anzumachen, im Erdgeschoss, im ersten und im zweiten Stock. Der Garten trat mit seinen Pinien, dem Wein an den Mauern und den Säulen der Terrasse aus der Finsternis heraus. Das Sofa, die Sessel und die Bücherregale im Erdgeschoß drängten in das blätterraschelnde Halbdunkel und verschmolzen mit dem Spiegelbild der Säulen und Büsche, mit Vivianas nervösem Spiegelbild und meinem eigenen, das mich gleichsam von der Rückwand anschaute. Im ersten Stock sah man lediglich ein riesiges Reißbrett und irgendwelche Rahmen. Im zweiten Stock war nur Licht zu sehen, das, wie mir schien, für die ganze Umgebung brannte, die von diesem Licht aufwachen und in Aufruhr geraten müsste, so schien es mir jedenfalls, die jedoch gar nicht daran dachte aufzuwachen, sondern nur weiter mit den Blättern raschelte und uns mit dem leisen, sachten, vom Wind aus der Ebene herangetragenen Duft nach Myrte, Erde und Piniennadeln anwehte; als Antwort erklangen fernes, zweistimmiges Hundegebell aus dem Nachbardorf und der nahe, schnelle, schneidende Schrei eines unsichtbaren, unbekannten Vogels.

Am nächsten Morgen, als ich wieder in den Garten hinuntergegangen war, der durch eine Steinmauer von der sich zum Meer hin ausbreitenden und – wie sich bei Tageslicht herausstellte – tatsächlich majestätisch unebenen Ebene abgegrenzt wurde, erblickte ich ihn endlich mit wachen Augen, den berühmten Turm von Alexandre Vosco, der, als A. N. W. und Maria Mitte der sechziger Jahre dieses Haus und diesen Garten kauften, ein Turm im Querschnitt war, die Hälfte eines Turms, von dem, aus welchem Grund auch immer, die zweite Hälfte weggebrochen war, als wäre einst ein Riese an ihn herangetreten und hätte ihn gespalten, wie man ein Holzscheit mit der Axt spaltet. In Wirklichkeit, erzählte Viviana, auf meine Bemerkung über den Riesen mit der Axt hin, laut lachend, (un géant avec une hache … das ist schon sehr russisch, c'est très russe quand-même, fand sie), in Wirklichkeit war dieser zu Beginn des 16. Jahrhunderts von einem kleinen Feudalherrn gebaute Turm im Lauf des 19. Jahrhunderts zerfallen; auf alten Fotos vom Beginn bis zur Mitte des 20. Jahrhunderts erkennt man gut, wie er als malerische Ruine aussah. Diese alten Fotos, reproduziert im riesigen Bildband »Languedoc-Roussillon, seine Landschaften und Schlösser«, den A. N. W. und Maria einmal in einer großen Buchhandlung auf den Champs-Élysées betrachtet und natürlich sofort gekauft hätten – sie werde ihn mir gleich zeigen –, diese alten Fotos, berichtete mir Viviana aus den Erzählungen ihrer Eltern, hätten ihren Vater auf die Idee gebracht, an die erhaltene Turmhälfte eine zweite Hälfte aus Glas anzubauen, die er sich auf der Stelle in dem Notizbuch skizzierte, das er immer bei sich hatte. Er zeichnete also, wie Maria Viviana erzählt hatte und Viviana nun mir erzählte, an jenem Tag im Café in der Avenue Montaigne, das sie beide noch aus Vorkriegszeiten kannten, den Turm fast so, wie wir ihn heute sehen, mit seiner gerundeten Steinhälfte und drei dem Garten und der Ebene dahinter zugewandten Glasflächen, die gewissermaßen in einen unsichtbaren Kreis eingeschrieben sind; die Idee für diesen Turm existierte also schon lange, etwa zwei Jahre, bevor sie zufällig oder vielleicht nicht ganz zufällig hierherkamen und entdeckten, dass das Haus, der Garten und die Ruinen für eine im Vergleich zu heutigen Preisen lächerliche Summe, zu einem Spottpreis zum Verkauf standen; sie kauften es auf der Stelle, ohne zu überlegen, verständigten sich nur mit Blicken. Alexandre Vosco wäre nicht Alexandre Vosco, hätte er damals zu seiner Frau nicht lachend gesagt, wie sie später ihrer Tochter erzählte, und nicht in einem erhaltenen Notizbuch festgehalten, dass sie eben in der Avenue Montaigne, und in keiner anderen, über einen Turm in Südfrankreich gesprochen hätten, in den er sich allein – der Gedanke war ihnen beiden also sofort gekommen – oder von Zeit zu Zeit auch mit Maria zusammen zurückziehen könnte, um in der Einsamkeit seinen Lieblingsbeschäftigungen nachzugehen und die Lieblingsgedanken zu Ende zu denken; genau wie sich Montaigne seinerzeit in seinen eigenen Turm zurückgezogen habe, dreihundert Kilometer oder so von hier entfernt. Sie waren hier wirklich glücklich, sagte mir Viviana, nachdem ich Croissants, Baguette, Marmelade und Butter geholt hatte, im rührenden Dorflädchen ein paar Schritte weit vom Haus entfernt, an der Ecke des Dorfplatzes mit der Kirche, der Kneipe und natürlich dem grauen Obelisken, auf dem die Namen der in beiden Weltkriegen gefallenen Dorfbewohner eingemeißelt waren. Ich verstehe nicht ganz, wie ihnen das gelungen ist, sagte Viviana, während sie das (nicht zuvor über der Gasflamme geröstete) Baguette brach, aber sie waren wirklich miteinander glücklich, obwohl sie sich natürlich auch mal heftig streiten konnten, Mama hatte immerhin kreolisches Temperament. Vater ging dann in seinen Turm, und Mama setzte sich dort auf die Terrasse und blieb reglos sitzen, manchmal eine ganze Stunde lang, und schaute vor sich hin, dann steckte sie sich endlich ihre obligatorische Pajitossa an, sagte Viviana lachend, und wenn sie sie paffte, wusste ich, und auch Vater wusste es, dass man sich ihr endlich wieder nähern, wieder mit ihr sprechen konnte.

Auf der Terrasse war es jetzt kalt, ich weiß noch, Viviana und ich frühstückten (französisch karg) in dem riesengroßen Raum – Zimmer kann man ihn gar nicht nennen –, der fast das ganze Erdgeschoss des Hauses (nicht des Turms) einnahm und die besten Eigenschaften von Küche, Wohn- und Esszimmer in sich vereinte; durch das offene Fenster drang ein bitterer südlicher Lufthauch herein, der Rauch von brennenden Reben und Kornelkirschenzweigen, der so gar keine Ähnlichkeit mit unseren nördlichen Herbstgerüchen hat und in dem man doch immer, dachte ich, während ich Butter auf mein Croissant strich, etwas Froh-Vertrautes, Traurig-Vertrautes spürt. Ich denke heute, sagte Viviana, dass sie sich sehr bemühten, glücklich zu sein, das ist es, sie bemühten sich darum und es klappte, ils se donnaient de la peine. In meiner Kindheit und Jugend habe ich nicht so darüber gedacht, aber jetzt tue ich es. Sie gingen vorsichtig und aufmerksam miteinander um, hüteten ihr Glück. Normalerweise hüten wir unser Glück ja nicht, sagte Viviana plötzlich und starrte mich mit ihrem wildesten Blick an, als sei ich schuld daran, dass wir, wer immer wir auch seien, unser Glück nicht hüten. Wir glauben, wir hätten alles noch vor uns … Ich selbst glaube noch, dass alles vor mir liegt, sagte Viviana mit einem unfrohen Lächeln. Wie soll man auch nicht glauben, dass alles noch vor einem liegt?, gab ich ihr zur Antwort. Wie macht man es denn, nicht zu glauben, dass alles noch vor einem liegt? Ich lerne mein Leben lang, in der Gegenwart zu leben, das gelingt mir nicht besonders gut … Sie verstanden es, antwortete Viviana, nicht in dem Sinn, dass sie sich keine Hoffnungen machten und keine Zukunftspläne schmiedeten, sondern irgendwie… Sie hatten einfach einmal entschieden, dass dies ihr Leben ist, ein anderes würde es nicht geben, und dass das so gut ist. Sie haben ihr Leben tatsächlich für sich ausgewählt, ihr Leben miteinander, ils ont fait leur choix. Diese Entscheidung ist mir zum Beispiel nie geglückt, bemerkte Viviana, die es, wie ich bereits erwähnte, immer noch vermied, mit mir über ihre einander ablösenden Freunde, ihre *amis*, zu sprechen. Mir war immer klar, dass sie alle nicht das Richtige, nicht der Richtige waren, nicht das, was ich suche, nicht der, den ich suche, voilà, sagte Viviana, die mich nicht ohne Herausforderung anblitzte. Aber für sich zu entscheiden, dass es jetzt dieser Mensch ist, dass ich mit ihm leben werde und Schluss, dass ich das nun endgültig will … Die Hälfte meiner Freundinnen hat im Leben tatsächlich diese Entscheidung getroffen, aber das bringt auch nichts. Diese Entscheidung treffen wahrscheinlich alle, die aus Liebe heiraten, sagte ich. Und das bringt trotzdem nichts, wiederholte Viviana, die ihr Baguette längst aufgegessen hatte und die Krümel, die auf ihrem Teller geblieben waren, mit dem Finger auftupfte und ableckte. Früher oder später stellt sich doch heraus, dass das alles nicht das Richtige ist, dass es nicht *der* ist, den *sie* erwartet, nicht *die* ist, die *er* gesucht hat. Dann lassen sie sich entweder scheiden oder finden sich damit ab, dass es eben so ist. Sie finden sich damit ab, weil sie Angst haben. Sie leben zusammen, weil es so bequemer ist oder aus Gewohnheit oder wegen der Kinder oder wegen des Geldes zum Beispiel. Was – sie habe nicht Recht? Die Hälfte ihrer Freundinnen lebe so, ohne noch auf etwas zu hoffen. Oder sie hofften, glaubten aber nicht mehr an ihre Hoffnungen … Bei ihren Eltern aber sei alles anders gewesen. Sie stritten sich natürlich, und Maria zog sich schweigend auf die Terrasse zurück, aber trotzdem, erklärte Viviana, hätten sie sich einmal gesagt, wie sie jetzt und erst jetzt verstehe, dass dies ihr Leben sei, ihr richtiges Leben, dass sie sich in diesem richtigen Leben vielleicht mal stritten, aber niemals an ihrer Wahl und aneinander zweifelten. Das ist ihnen vielleicht auch deshalb geglückt, weil sie beide schon ganz schön viel hinter sich hatten, als sie einander am Ende der Welt begegneten, erklärte Viviana und schenkte sich den Rest aus der italienischen Kaffeekanne mit der Wespentaille ein – dann teilte sie mir zu meiner unbeschreiblichen Verwunderung mit, dass die Ehe ihrer Eltern für beide die zweite war und die bei ihrer Bekanntschaft mit Alexandre Vosco knapp dreißigjährige Maria zuvor schon einmal verheiratet gewesen war. Zu Beginn der vierziger Jahre hatte sie nach ihrer Rückkehr aus Europa als blutjunges Mädchen ihren gleichaltrigen Kinderfreund geheiratet, der von Beruf, wenn sie, Viviana, nichts durcheinanderbringe, Journalist war und irgendwie sehr dumm ums Leben kam; ein Jahr oder vielleicht zwei Jahre nach der Hochzeit wurde er von einem Auto in der, wie man ihr erzählt hatte, stillen Straße überfahren, in der sie in Buenos Aires lebten. Hätten ihre Eltern überhaupt über die Vergangenheit geredet? Ja, natürlich, ihre Eltern hätten oft und gern über die Vergangenheit geredet, sie habe nur nichts davon hören wollen. Das habe sie alles nicht interessiert. Hier musste ich an ihren Bruder denken … Sie habe immer weg gewollt, in ein anderes Leben. Im Grunde habe es in diesem wunderbaren Leben ihrer Eltern keinen Platz für sie gegeben. Ja, ja, genauso war es, sagte Viviana, die jetzt die allerletzten, für das Auge kaum mehr erkennbaren Krümel auftupfte. Sie hätten wohl selbst nicht gewusst, wohin mit ihr, ja, genau. Sie seien zum Beispiel für ein halbes Jahr nach Japan gereist, dann noch ein halbes Jahr nach New York oder so, sie erinnere sich nicht mehr, was wann gewesen war, und was sollte man mit ihr machen, sie mitnehmen oder in Paris lassen, oder sollte Maria mit ihr in Paris bleiben und der Vater allein reisen? Das sei ihnen wohl gar nicht eingefallen, dass er allein reisen könnte … Es endete damit, dass man sie ins Internat steckte. Oh, es war natürlich ein sehr gutes und teures Internat, sehr elitär, für die Reichen, bon chic bon genre, alles wie es sich gehört. Trotzdem war es ein Internat, und sie sei ein paarmal ausgerissen, wie sie gestehen müsse, nicht nach Hause, sondern zu Bekannten nach Paris. Die lebten in so einer Art Kommune, sagte Viviana bei der Erinnerung lächelnd, wo man Jimmy Hendrix hörte und rauchte, und zwar nicht nur Tabak. Sie rauche doch nicht? Nein, sie rauche nicht, aber einen guten Joint habe sie noch nie abgelehnt. Dort habe sie auch Pierre-Paul kennengelernt, das sollte ich wissen, und Luigi, der jetzt mit seinen Comics so berühmt geworden sei, und verschiedene andere Leute. Es war eine gute Zeit. Sie werde übrigens geschäftlich nach Montpellier fahren und mich mit dem Turm, den Papieren, den Archiven, den Zeichnungen und der Vergangenheit allein lassen.

Die wichtigste Entdeckung machte ich gleich am selben Morgen. Ich stieg als Erstes ganz hinauf in den Turm, die Bibliothek und das Atelier weiter unten hob ich mir für später auf; unter dem Dach mit den dunklen Holzbalken befand sich der kleine Raum, der zu Lebzeiten von A. N. W. und Maria, wie mir Viviana erzählte, weder einen Namen noch einen bestimmten Zweck hatte und deshalb wahrscheinlich ihr Lieblingsraum war, von dem aus man die sich vor dem Turm ausdehnende Ebene mit ihren Weingärten, Hainen und Dörfern am besten überblicken konnte, fast bis zum Meer. Nachdem ich vor dem Fenster, vielmehr vor einer der Glaswände gestanden und diese Weinberge und Haine betrachtet hatte, die sich in eine unwahrscheinliche, herbstlich dunstige Ferne erstreckten, und mich dann der anderen steinernen Seite des Turmes zuwandte, der A. N. W. wie der gläsernen Seite eine dreifache, auf allen drei Stockwerken wiederholte Struktur gegeben und dabei nur den hintersten Teil des runden Mauerwerks frei gelassen hatte – auf den beiden anderen Seiten des so entstandenen Sechsecks hatte er gebeizte Regalbretter aus grobem Holz eingezogen –, entdeckte ich auf diesen Brettern, auf den untersten und im Zwischenraum zwischen ihnen und der Mauer, ebenfalls ganz unten – auf den oberen Brettern lagen nur sorgfältig angeordnete Steine, Muscheln und vom Meer zu fantastischen Formen abgenagte Schwemmholzstücke, die das Mauerwerk nicht verdeckten, jedenfalls habe ich es so in Erinnerung-, auf diesen untersten und hinter diesen untersten Brettern also entdeckte ich, kaum hatte ich mich ihnen zugewandt, an diesem ersten Morgen große Schachteln mit Papieren und Archivmaterial. Gleich in der ersten Schachtel, die ich öffnete, fand ich zuoberst auf allen anderen Ordnern liegend und offensichtlich darauf wartend, dass ich ins Languedoc käme und ihn läse, den vergilbten und leicht beschädigten Pappordner mit der (russischen) Aufschrift

»Wl. Gr.« und darunter, man könnte denken ebenfalls mich erwartend, den zerdrückten Ordner mit der (deutschen) Aufschrift »Entwürfe für eine Lebensbeschreibung«; beide Ordner enthielten nur wenige vergilbte, liniierte und für mich sehr kostbare Blätter. Darunter lagen noch viele weitere Ordner, in der Schachtel daneben und in der übernächsten fanden sich die Notizbücher mit seinen Skizzen, Zeichnungen, Bemerkungen, Notizen und raschen Gedankensplittern. Wie sich herausstellte, schrieb A. N. W. in drei Sprachen – auf Französisch korrekt und sehr leserlich wie ein guter Schüler in einer Fremdsprache, auf Russisch ulkig und nachlässig, ohne sich um die Rechtschreibung zu kümmern, geschweige denn um die Zeichensetzung, und die alte Orthographie mit der neuen vermischend (man sieht doch, dass er nicht auf einer russischen Schule war); wenn er aber auf Deutsch schrieb (was er meistens tat), dann natürlich so, wie man es ihm auf dem Gymnasium beigebracht hatte, also nicht einmal in der Sütterlinschrift, die an den deutschen Schulen erst nach dem Ersten Weltkrieg eingeführt wurde und sich auch nur schwer entziffern lässt, wenn man sie nicht gelernt hat, sondern in der ganz alten, vornehmen, von allen vergessenen Kurrentschrift, einer gotischen Schreibschrift, an der ich im Unterschied zur Druckschrift, die mir im Grunde keine Schwierigkeiten bereitete (in meiner Jugend hatte ich zahlreiche Bücher in dieser Schrift gelesen, die es für ein paar Groschen in Riga zu kaufen gab, in dem unvergesslichen Antiquariat in der damaligen Stutschka-, vormaligen Dorpater- und heutigen Terbatasstraße), ich wiederhole, in einer gotischen Schreibschrift, an der ich, die Entwürfe für seine Lebensbeschreibung vor mir ausgebreitet, sehr schnell verzweifelte und die zu lesen ich mir später anhand eines Lehrbuchs aneignete (»e« wird wie »n« geschrieben, »h« wie »f«, »s« mal wie »b«, mal einfach als Strich zwischen den Zeilen, »g« wie ich weiß nicht was, von den Großbuchstaben ganz zu schweigen, über die hatte sich schon Goethe bei Eckermann beklagt ...). Je länger ich mir übrigens seine Manuskripte – einzelne Seiten und Notizbücher, die ich damals fotografiert habe – betrachtete und je aufmerksamer ich sie heute betrachte, umso stärker wurde und wird meine Vermutung, dass er auch deshalb auf Deutsch in Kurrentschrift schrieb, die am Ende seines Lebens wohl kaum noch jemand schrieb und heute wahrscheinlich gar niemand mehr schreibt, weil ihm diese Schrift selbst gefiel, einfach als eine Art Grafik jenseits der Gedanken und Wörter. Ein Buchstabe geht so flüssig und so zwangsläufig mit seinen kecken Schnörkeln in den anderen über, die Buchstaben bilden auf dem Blatt ein so begreif- und fühlbares Muster, dass diese Blätter, dachte ich, als ich auf dem kalten Boden in seinem Turm saß und während ich jetzt am Computer sitze, dass diese Blätter mit ihrer Weinrankenschrift und diese Notizbücher mit ihren abgegriffenen Kanten, ihren Zeichnungen, Schnörkeln und Schnecken, ihren geometrischen und fantastischen Figuren, mit ihren plötzlich auftauchenden Gesichtern und ihrer liebevollen Schraffierung, die manchmal mit dem Finger verwischt scheint, jedenfalls mit seinen Fingerspuren im Bleistiftgeschmier, mit den Skizzen von gebauten und nicht gebauten Häusern, gegen die die Wellen seiner Handschrift wie gegen Felsen anbranden und, Funken sprühend mit ihren »s«, schäumend mit ihren »p«, immer weiter laufen, dass all das aussieht wie ein weiteres im Lauf seines ganzen Lebens geschaffenes Kunstwerk oder, wenn man so will, wie ein weiterer – in diesem Fall grafisch-kalligrafischer – Ausdruck des allgemeinen Zusammenhangs der Dinge, über den er manchmal im Interview sprach. Diese Papiere betrachtete ich mit fast demselben Gefühl heiterer Ruhe, mit dem ich die Fotos und Modelle der von ihm gebauten Häuser betrachtet habe und noch betrachte; dieses Gefühl verließ mich übrigens, sobald ich mich daran machte, seine quälenden Kritzeleien zu entziffern; war er wirklich selbst in der Lage, sein Geschreibsel zu lesen?, fragte ich mich immer wieder.

Ich verbrachte diesen ersten Tag und den halben zweiten Tag und noch einen Teil des dritten Tages in Gesellschaft einer digitalen Fotokamera, die ich zum Glück dabeihatte, fotografierte also alles nacheinander, Notizbücher und Manuskripte, bis die Speicherkarte in der Kamera, der Speicher ihres und meines Gedächtnisses, voll war, fuhr dann in das Nachbarstädtchen und kaufte eine neue und wandte mich wieder den Unterlagen zu, gegen Schluss versuchte ich, wie ich mich erinnere, gar nicht mehr zu verstehen, was was ist, sondern hoffte beim Fotografieren auf die Zukunft. Dabei ging ich natürlich immer wieder ins Atelier hinunter, wo auf den Regalbrettern ebenfalls Schwemmholzstücke und Steine lagen; einen von ihnen, einen ganz gewöhnlichen, der aber wie alle Steine eine ungewöhnliche, weil unwiederholbare Zeichnung der feinen weißen Adern hatte, steckte ich ein, ohne Viviana zu fragen, und wärme ihn jetzt in meiner Hand; auf besonders breiten, tiefen Regalbrettern standen Modelle, von wem gefertigt, weiß ich nicht, unter denen das Modell von Rio-Davia herausstach und als Museumsexponat wahrscheinlich bis heute heraussticht, das Modell der ganzen Stadt mit der Universität, der Brücke und dem Museum. In wiederum riesigen Kartons befanden sich Zeichnungen und vor allem Fotografien, Abzüge in weißen und Negative in schwarzen Umschlägen, zahllose, in verschiedenen Lebensjahren von A. N. W. aufgenommene Fotos, auf die ich mich natürlich auch mit meiner Kamera stürzte, die ich aber selbstverständlich nicht alle abfotografieren konnte, aus Zeitmangel, weil es so viele waren, ganz alte Fotos, Fotos aus den dreißiger Jahren, als er sich vermutlich seine erste Leica angeschafft hatte, wenige Fotos aus den vierziger Jahren, Argentinien-Fotos in Hülle und Fülle, Fotos aus den sechziger und siebziger Jahren, amerikanische und japanische, Fotos aus München, die Fotos vom Münchner Olympiapark, von denen mir Pierre Vosco erzählt hatte, als wir beide in diesem Park spazierengingen, Schnappschüsse im Gehen und Laufen, die den Augenblick festhielten, das Spiel von Zweigen auf einer Wand und Fotografien mit größerem Anspruch, die deshalb gewöhnlich in eigenen großen Kuverts steckten, Abzüge in so großen Formaten, in denen einfache Amateure wie ich ihre Fotos fast nie abziehen lassen, zwanzig auf dreißig, vierzig auf sechzig und fünfundsiebzig auf hundert, als hätte sie A. N. W. für eine Ausstellung vorbereitet, die er, soweit ich weiß, nicht verwirklichte und die voriges Frühjahr in Paris stattfand, organisiert vom zu Beginn dieses Kapitels erwähnten *Freundeskreis von Alexandre Vosco*, den seine Tochter so wenig mochte. Auf diesen Aufnahmen herrschten natürlich Architekturmotive vor; er nahm auf, was er baute. Außerdem fotografierte er alte Brücken und alte Fabriken. Es gibt eine besondere Poesie der Industrielandschaft, für die nicht alle empfänglich sind. Aber was ist schöner als Eisen- und Eisenbahnbrücken mit ihrem filigranen Geflecht der Tragwerke, den großen Nietköpfen auf den Tragwerken und Pfeilern, was ist schöner als diese Mitte bis Ende des vorvorigen Jahrhunderts errichteten Brücken, die noch nicht den Mut zum Fliegen haben, sich noch fürchten, an Stahltrossen zu hängen, aber sicher und bescheiden, leicht und locker auf ihren Pfeilern stehen, ein wenig verrostet oder frisch mit grüner Farbe gestrichen und sich im stillen Wasser spiegeln oder freudig erzittern, wenn sich ihnen ein Zug nähert? Es gibt hinreißende Fotografien von diesen Brücken, die Auguste-Hippolyte Collard in den sechziger und siebziger Jahren des 19. Jahrhunderts gemacht hat; A.N.W. hatte sie, wie sich herausstellte, gesammelt und sie in mehreren Zimmern im Haus und im Turm aufgehängt, zusammen mit seinen eigenen Aufnahmen, insbesondere den dunkel gerahmten Fotos von der Villa Adriana in Tivoli, auf die er die verzauberte Mary Smith beim Interview 1982 hinwies.

Je länger ich all das betrachtete, umso besser verstand ich ihn (jedenfalls schien es mir so). Er war kein Mann der Worte wie ich (dachte ich), sondern vor allem ein Mann der visuellen und taktilen Wahrnehmung; die Oberfläche eines Steins oder eines angespülten Holzstücks sagte ihm mehr, als alle Wörter auf der Welt; ihm war es wichtig zu *sehen* und wahrscheinlich gar nicht wichtig zu *benennen*. Wenn das Wichtigste für einen Architekten das Gefühl für den Raum ist, dann dachte er natürlich in Räumen, in Flächen, Volumina, Material und Modellen. Es gibt einen unüberwindlichen Abgrund zwischen der Welt der Wörter und der Welt der Dinge, der Welt der Sinngehalte und der stummen Welt der Gegenstände, Steine, Möbel, Muscheln oder Dächer. Ihre Wortlosigkeit fasziniert und erschreckt zugleich. Ihn hat sie eher fasziniert als erschreckt (dachte ich, während ich seine Steine in die Hand nahm und seine Fotos sichtete); sie erschreckte ihn wohl nicht so stark, wie sie insgeheim alle Schreibenden erschreckt, die dazu verurteilt sind, das Schweigen der Welt, und sei es auch nur zum Schein, in sinnerfüllte Wörter, Sätze und Zeilen zu verwandeln.

Es war sehr still in seinem Atelier, irgendwo rauschte der Wind, irgendwo bellte ein Hund, irgendwo schrie ein Vogel, Viviana zankte sich mit irgendwem am Telefon, dann versiegten wieder alle Geräusche. Irgendwie entsprach diese Stille, so schien mir, dem Schweigen der Gegenstände um mich herum, vielmehr beantwortete sie ihr Schweigen wie das der Modelle, der Zeichnungen … Ob er viel gelesen habe? In der sogenannten Bibliothek (ganz unten im Turm) gab es nur wenige Bücher, hauptsächlich spanische französische und englische, also war es wohl vor allem Maria, die sie las. Er hatte wahrscheinlich gar nicht die Zeit, um viel zu lesen, beantwortete Viviana meine Frage, trotzdem glaube sie, dass er gar nicht so wenig gelesen habe, die Hauptbibliothek befand sich in Paris, er las natürlich alles über Architektur, aber auch zum eigenen Zeitvertreib, übrigens habe er nur selten Romane gelesen, eher Bücher über Geschichte und Philosophie, in der er sich gut auskannte, vor allem aber wohl Gedichte. Gedichte? Ja, Gedichte, wundere mich das? Er kannte eine Unmenge von Gedichten auswendig, französische, deutsche und russische … Ich hatte den Eindruck, antwortete ich, Gedichte waren eher die Domäne seiner ersten Frau … Das wisse sie nicht, danach müsse ich Pierre fragen. Seine erste

Frau sei anscheinend keine allzu talentierte Lyrikerin gewesen (une poétesse pas trop douée), bemerkte Viviana mit schiefem Lächeln, trotzdem war es möglicherweise die Liebe zur Poesie, die sie am Anfang zusammengebracht hätte. Er habe oft gesagt, daran erinnere sie sich sehr gut, und er habe es sogar irgendwo aufgeschrieben, sie wisse nur nicht mehr wo, dass Lyrik und Architektur vieles gemeinsam hätten, hier wie dort entstehe eine Sache, die man wahrnehmen und sehen könne, die abgeschlossen sei und gewissermaßen in sich selbst ruhe, aber doch eine lebendige Sache, keine tote, ausgestattet mit einer eigenen inneren Bewegung, die die Ruhe nicht aufhebe. Ungefähr so … Und was hat er noch geliebt? Das Kino hat er noch geliebt. Sie waren begeistert vom Film, ihr Papa und ihre Mama; hier im Dorf gab es damals ein Kino, das später vom Fernsehen verdrängt wurde, erzählte mir Viviana, mit der ich immer wieder irgendwohin in die Nachbarschaft fuhr, in den Pausen zwischen meiner Beschäftigung mit dem Archiv und ihrer Beschäftigung mit dem anstehenden Eilauftrag in Sachen Mode, den sie in Form von Zeichnungen und Schnitten mitgenommen hatte; zum Mittagessen oder einfach zu einem Spaziergang in den Bergen, die gleich hinter dem Dorf begannen, oder neben dem Damm, der das örtliche Flüsschen zu einem dunklen See aufstaute, in dem sich die felsigen Hügel spiegelten und auch die Kirche, die auf einem der Hügel stand. Dieses Dorfkino, erzählte Viviana, habe abends die Burschen und Winzer des Dorfes versammelt, die rauchten, schrien und unter allgemeinem Gelächter laut die Liebesszenen kommentierten. Ihr Papa und ihre Mama hätten das alles herrlich gefunden. Sie schauten sich hauptsächlich Western an, so erinnere sie sich jedenfalls. Sogar in Paris gingen sie manchmal ins Kino, um einen Western zu sehen, der für ihren Geschmack totlangweilig war, einen mit John Wayne oder Gregory Peck, mit Schießereien und Verfolgungsjagden. Oder sie fuhren von hier aus nach Montpellier oder Sète, um Austern zu essen – Mama liebte Austern – und anschließend einen Film mit Gregory Peck anzuschauen. Das erinnerte sie wohl an irgendwelche argentinischen Abenteuer. Mama starrte so gebannt auf die Leinwand, als würde auf sie geschossen oder als müsse sie zuerst schießen. Anspruchsvolles Kino hätten sie nicht besonders gemocht, und im Theater sähe sie sie auch nicht in ihrer Erinnerung. Dafür erinnere sie sich, erzählte Viviana, plötzlich sanfter geworden, jedenfalls schien es mir so, und mit der Vergangenheit versöhnt, an sie im Konzert in Avignon, weshalb wisse sie nicht mehr, und in Stockholm, wo sie sie besucht habe. Ihr Vater stand in der Pause im Foyer, in der Ecke neben der Treppe, die Arme vor der Brust verschränkt, und betrachtete die aufgetakelte Menge so aufmerksam, als wäre er eigens hergekommen, um alle diese Leute zu beobachten, ihren Gang, ihre Art, sich zu begrüßen und das Weinglas oder den Saftbecher in der Hand zu halten. Was sie denn außer Austern sonst noch geliebt hätten? Ihre Mama habe Austern geliebt, antwortete Viviana, ihr Vater jedoch keine gegessen. Mama mochte auch Rindfleisch wie alle Argentinier. Ihr Vater aß das, was man ihm vorsetzte, nur eben keine Austern, mit großem Gleichmut und ausnehmendem Appetit, müsse man sagen, wobei er von Zeit zu Zeit erklärte, so gutes Essen, wie sie in Riga gehabt hätten, in diesem … wie hieß das noch? … Courlande, gebe es sowieso nirgendwo, nicht diesen Räucherfisch, nicht dieses Rauchfleisch, nicht diesen Quark (fromage blanc), nicht diese saure Sahne (crème) und dieses Schwarzbrot, hier gebe es überhaupt kein Schwarzbrot, wen man auch danach frage, und niemand wisse hier überhaupt, wie Quark und saure Sahne zu sein hätten, ihren kurländischen Kümmelkäse und irgendein Gebäck mit Pfeffer, vergeb's Gott, hätten die Dummköpfe hier noch nie gesehen. Mama lachte immer, wenn er so redete, weil er es wahrscheinlich alle zwei Wochen tat, er sagte immer ein und dasselbe, redete immer von dem Kümmelkäse und dem Pfeffergebäck, ihr sei gänzlich schleierhaft, was das sein könnte. Das ist eine Köstlichkeit mit Namen Piparkukas, sagte ich, und du kannst heute einfach nach Lettland reisen und all das probieren; mit der Vergangenheit versöhnt, lächelte Viviana trotzdem ihr skeptisch säuerliches Lächeln, mit dem sie deutlich zeigte, dass sie in kein Lettland reisen werde, und wenn doch einmal, dann werde sie bestimmt niemals Pfeffergebäck oder Kümmelkäse in den Mund nehmen.

So verbrachte ich mit Viviana einige Tage, wir verließen das Haus und kehrten zurück, sie zu ihren Schnitten, ich zu den Papieren, zu denen von A.N.W. und danach zu denen von Maria, die mir Viviana auch zu lesen erlaubt hatte und mit denen der Sekretär aus dunklem Holz (dessen Deckel, auf der Innenseite mit grünem Tuch bespannt, auf in Zapfenlöchern versteckte Holzstäbe heruntergeklappt wurde, die herauszuziehen man ja nicht vergessen durfte) vollgestopft war, ein anderes Wort finde ich nicht dafür. Er stand im Erdgeschoss des Hauses (nicht des Turms) in einem kleinen Zimmer neben dem riesigen Wohnzimmer, das in Esszimmer und Küche überging; in dem ganz schmalen Zimmer mit dem schmalen Fenster zur Terrasse, das ich zunächst gar nicht bemerkt hatte, wo Maria, wie sich herausstellte, ihr sogenanntes Büro hatte und wo sie Briefe schrieb, geschäftliche und private, Rechnungen prüfte und die endlosen Steuererklärungen ausfüllte, denen A. N. W. selbst, wie Viviana erzählte, nach Möglichkeit aus dem Weg ging. Hier machte ich am Ende unseres Aufenthalts die zweite, für mich äußerst wichtige Entdeckung, als ich in einer der oberen Schubladen auf zwei Bündel ausgeblichener Briefe stieß, die längst ihre Umschläge verloren hatten und mit einem gelben und einem grünen Band zusammengehalten wurden. Wie ich aus Vivianas Erzählungen wusste, hatte Maria ihre Kindheit und frühe Jugend in Europa verbracht, in der Schweiz, in Frankreich und am längsten in England, in einer teuren geschlossenen Privatschule für Mädchen in Brighton (was sich später im Schicksal ihrer Tochter wiederholte, die mit diesem Schicksal nicht einverstanden war); mit einer ihrer Pensionatsfreundinnen korrespondierte sie, wie ich verstand, ihr ganzes weiteres Leben bis zum vergleichsweise frühen Tod (Ende der sechziger Jahre) dieser Freundin (Florence Burton, mit Mädchennamen Tangly), die sehr jung geheiratet und sehr jung Kinder bekommen hatte, eines nach dem anderen, elf an der Zahl, wenn man Viviana glauben wollte (ihre Briefe waren voller Hebammeneinzelheiten). Wie Marias eigene Briefe in das Bündel mit dem grünen Band geraten waren, konnte mir Viviana nicht erklären; der kinderliebende und untröstliche Mister Burton hatte sie vielleicht der Absenderin nach dem plötzlichen Tod seiner (den Fotos nach zu urteilen) heldenhaften, blassen und fragilen Frau zurückgeschickt. Die Briefe aus den fünfziger Jahren fotografierte ich selbstverständlich alle ab, obwohl mich Viviana schon zur Abreise drängte; ich fotografierte auch die Briefe der anderen, der französischen Freundin (Jeanette Audouard, verheiratete Levine), die zwar nur einen Widerschein vermitteln (Marias Briefe an sie fehlen), aber – wie auch die englischen Briefe – immerhin einen Widerschein der für mich rätselhaftesten argentinischen Periode im Leben von Alexandre Vosco und Maria, von der Geschichte ihres Kennenlernens, ihrer Liebe und Heirat. Diese französische Freundin, mit der ihre Mama einst in Nizza im Internat gewesen war (1937–1938), habe sie sehr gut gekannt, erzählte mir Viviana schon auf der Fahrt nach Norden, sie erinnere sich sehr gut an sie; es klinge komisch, aber diese Jeanette habe auch einen Architekten geheiratet und sei mit ihm nach Israel ausgewandert (er war ungarischer Jude, der wie durch ein Wunder den Holocaust überlebt hatte und vor dem Kommunismus geflohen war), dann sei sie mit ihm nach Frankreich zurückgekehrt. Wir kehrten selbst nach Paris zurück, wo ich mich im übrigen nicht aufhielt (und den Kater Limon nicht kennenlernte), sondern die noch verbliebene Ferienzeit nutzte und für ein paar Tage in die Normandie fuhr, wo mich der hochnäsige Pierre Vosco und seine noch hochnäsigere Frau in ihrem Schloss empfingen, das sich bei näherem Hinsehen eher als ein großes, wenn auch sehr altes Haus aus grauem Stein – wie alle in Frankreich – erwies. Im kalten Salon ein Fußboden im Schachbrettmuster, Tischchen mit geschweiften Beinen an den Wänden und aus irgendeinem Grund zahllose Uhren, die grimmig und dissonant surrten, schnarrten und alle fünfzehn Minuten schlugen, in jedem Zimmer, in der betäubenden, ländlichen Stille. Es gab einen Park, der sich zum trägen Flüsschen hinunterzog, der mykologische Trostspender des Hausherrn, und einen höchst originellen, aus ferner Vergangenheit stammenden Taubenschlag ohne Tauben und ohne Dach, mit winzigen Vertiefungen im Ziegelmauerwerk, die mit den Vorsprüngen auf der Innenfläche des hallenden, kreisrunden, von der Zeit zerstörten Turms ein gurrend bezirzendes Ornament bildeten.

9. KAPITEL

Ob einer nun an Götter glaubt oder nicht – wichtiger ist wahrscheinlich die Frage, ob die Götter an ihn glauben.
Werner Bergengruen

Anhand all dieser Papiere, Fotos, Notizbücher und Aufzeichnungen kann ich mir jetzt eine – vielleicht nicht ganz unrealistische – Vorstellung von seiner Reise, seinem Leben in Argentinien und seiner Begegnung mit Maria machen. Argentinien selbst bleibt für mich ein Traum und Mythos. Ich weiß alles über die Münchner Parks, Pariser Cafés und provenzalischen Strände, aber ich weiß nichts über Buenos Aires, geschweige denn über Rio-Davia, das ja sogar auf der Karte nicht leicht zu finden ist; mit anderen Worten, Argentinien bleibt für mich der sagenhafte Ort, die Verneinung alles Gewohnten, das Land der Antipoden und Raum der Unmöglichkeiten, das es für Alexandre Vosco (und natürlich Wladimir Grawe) gewesen war, bis sie die Gangway im Neuen Hafen von Buenos Aires hinuntergegangen waren. Neuer Hafen, Neue Welt ... Er war in die Neue Welt gereist wie in eine andere Welt, in die Anderswelt. Gen Sonnenuntergang, gen Westen. Ich reiste nach Argentinien, um zu sterben, schreibt er in den Entwürfen für seine Lebensbeschreibung, die ich im Languedoc gefunden hatte. Ich konnte mir natürlich nicht vorstellen, schreibt Alexandre Vosco (am Ende seines Lebens auf Deutsch in der Kurrentschrift seiner Gymnasialzeit, die damals kaum noch jemand benützte), dass ich Wladimir Grawe auf dem Schiff begegnen sollte, konnte nicht einmal etwas Derartiges denken, dennoch war Wladimir Grawe schon in meinen Gedanken anwesend; das war das Erstaunlichste. Ich lag in meiner Koje, in dieser auf- und niederschaukelnden Koje; seekrank war ich nicht; ich fühlte nur Verzweiflung, die dumpfe, schon fast vertraute Verzweiflung, in der ich die letzten Jahre vor der Ausreise gelebt hatte. Ich träumte nicht von einem neuen Leben in der Neuen Welt, hatte keinerlei Hoffnungen. Ich reiste nach Argentinien, um zu sterben ... Manchmal war der Seegang so stark, dass die gemeinsamen Mahlzeiten für die Passagiere abgesagt wurden und der Steward mit ungewöhnlich geschmeidiger Geschicklichkeit das Essen auf einem Tablett in die Kajüte brachte. Dieser Steward ist mir aus irgendeinem Grund in Erinnerung geblieben, obwohl er gesichtslos war wie manche Schaffner in Zügen; ich wusste nicht einmal, ob er Italiener oder Spanier war oder im Gegenteil Schwede oder Däne; es spielt auch keine Rolle. Mit mir sprach er in gebrochenem Französisch, obwohl er auch zu scherzen versuchte, sehr platt und dumm, la mer, la merde, in dieser Art. Das Schiff war ja unterste Klasse ... Er kam und ging; wahrscheinlich dachte er, mir sei schlecht. Mir war tatsächlich schlecht, aber nicht so, wie er dachte. Wie wir eine Wunde aufreißen oder die Stelle kratzen, an der es uns juckt, so stellte ich im Geist die Liste meiner Verluste und Niederlagen zusammen. Ich wurde fünfzig; Zeit, ein Fazit zu ziehen.

So zog ich also das Fazit, schreibt A. N. W. in seiner Kurrentschrift, die mir jetzt solche Mühen bereitet. Ich bemitleidete mich nicht, Selbstmitleid ist mir fremd, glaube ich. Dennoch wurde ich den Gedanken nicht los, dass, wenn unser Schiff auf einen Eisberg oder eine Mine aufliefe, niemand mich beweinen würde. Ich hatte ja niemanden außer einem fremden, mir gegenüber feindselig eingestellten Sohn und einer Schwester, die vor dem Krieg geheiratet hatte und nach England gezogen war. Mein Vater war schon lange tot und meine Mutter vor kurzem gestorben. Ich hatte sie sehr geliebt, es ging mir sehr schlecht ohne sie beide. Auch die Frau, die ich einmal geliebt hatte, war tot, die Frau, die ich vielleicht nach wie vor liebte und von der ich mich so dumm getrennt hatte. Und so dumm war sie gestorben, so dumm und unnötig hatte sie sich geopfert. Freunde? Freunde hatte ich gleichfalls nicht. Ich hatte einige gute Bekannte und natürlich Kollegen. Es gab Damen und Dämchen, die mir ihre Gunst nicht verwehrten. Sie brauchten mich im Grunde nicht, und auch ich brauchte sie nicht. So kam es, dass mir der vertrauteste Mensch Frau Schenk war, die frühere Gesellschaftsdame meiner Mutter. Ein schwacher Trost ... Sogar das kleine Land war untergegangen, das ich verlassen hatte, das ich nicht für mein Land hielt, in dem ich aber dennoch zu Hause gewesen war, denn dort war mein Haus gewesen. Auch unser Haus ist untergegangen, dachte ich, und unser Sommerhaus in Majorenhof ist wohl abgebrannt. Und das große Land, das ich geliebt, für das ich gekämpft und das ich für meine Heimat gehalten habe, hat sich in ein Drachenreich verwandelt. Ein Glück, dass mir meine Mutter ausgeredet hat, dorthin zurückzugehen, es war das Letzte, was sie für mich hatte tun können ...

Ich stürzte mitsamt dem Schiff weiter und immer weiter, alles toste, heulte, bebte, alles zerriss in mir, alles brach zusammen, stürzte in den Traum und in den Abgrund, dann tauchte es wieder daraus hervor und zog an meinen Augen vorüber, wie vor den Augen eines Sterbenden angeblich sein ganzes Leben vorüberzieht, sodass ich einfach dalag und diese sich nach eigener Lust und Laune abwechselnden Bilder meines Lebens betrachtete, das sich anscheinend schon von mir verabschiedet hatte, irgendwelche dunklen Straßen, irgendwelche Laternen im Regen, irgendwelche Viertel am Stadtrand, durch die Nina und ich zur Zeit unserer Liebe geschlendert waren, dann wieder meine baltischen Dünen, mein graues Meer, dann Vater und Mutter auf der Vortreppe eines Hauses, nicht unseres, sondern eines fremden Hauses, in Gewitterdämmerung, unter bleigrauen Wolken, dann wieder und wieder die Landstraßen, auf denen wir von Petrograd abzogen, den Schlamm und Kummer dieser Straßen, die einsamen Bäume, die kahlen Zweige, den Leichenkarren, den man in einem Birkenwäldchen hatte stehen lassen, und das große schwarze Pferd, das im Straßengraben krepiert war, dann wieder irgendwelche Straßen, irgendwelche Parks, einen windigen Tag in Libau, dort geht immer der Wind, bestialische Kälte am Meer, die fernen Schiffe des englischen Geschwaders, das uns beobachtete, die Ruinen einer Festung, die wenige Jahre vor dem Krieg gesprengt worden war, angeblich weil sie nicht mehr gebraucht wurde, und in der kleinen Bucht neben dieser Festung die zauberhaften runden Steine, rosafarben und grau mit Perlmuttschimmer, direkt am Wasser waren sie mit einer Eisschicht überzogen, die in der gnadenlos grellen, kalten Sonne glitzerte. Im Umkreis gab es niemanden, keine Menschenseele, nur die Steine, das Meer und die Kiefern mit ihren vor dem lichtblauen Himmel ausgebreiteten Zweigen. Plötzlich kam nicht irgendwer, sondern General von der Goltz persönlich im Marschuniformmantel auf mich zu und rutschte auf den knirschenden Steinen immer wieder aus. Es war völlig rätselhaft, wie und wozu er hier aufgetaucht war; ich konnte ihn natürlich nicht danach fragen. Er selbst fragte mich, und zwar ziemlich streng, was ich hier machte. Ich antwortete ihm. Sie werden alle diese Steine doch hoffentlich nicht auf den Marsch mitnehmen? Er lächelte und schob dabei die Unterlippe unter dem Schnauzbart hervor. Wozu sammeln Sie sie denn? Ich war achtzehn Jahre alt, schrieb Alexandre Vosco in seiner Kurrentschrift, ich war dumm und selbstbewusst. Alles Schöne ist ohne Zweck, Herr General. Er lächelte wieder, lassen wir ihm Gerechtigkeit widerfahren. Ich machte keine Anstalten, ihn an seine Bekanntschaft mit meinem Großvater Vietinghoff zu erinnern, wollte nicht unbescheiden wirken. Warum soll ich nicht zugeben, dass er mir in diesem Augenblick eher sympathisch war mit seiner gebieterisch vorgeschobenen Unterlippe und seiner Gewohnheit eines täglichen Spaziergangs bei Wind und Wetter, obwohl ich natürlich weder seine Ansichten noch seine Ziele teilte, das Schicksal des Großdeutschen Reiches war mir egal. Ich schaute ihm noch lange nach, wie er am Meeressaum davonging und mit seiner ganzen Gestalt zeigte, dass ein preußischer General den baltischen Wind nicht fürchtet, obwohl außer mir mit Sicherheit niemand da war, dem er es zeigen konnte – eine einsame und irgendwie zerbrechliche Figur vor dem Hintergrund der nicht zugefrorenen Unermesslichkeit, unter dem feindseligen Blick der englischen Schiffe, die immer noch unbeweglich auf Reede lagen. Am nächsten Tag griffen wir an. Es war erst März, noch gluckste das mit Schnee gemischte Wasser unter den Hufen meines Pferdes. Ende Mai dann in Riga, das wir mit einem Überraschungsangriff eingenommen hatten, trugen die Bäume schon die ersten zarten Blättchen, der Flieder blühte in den Gärten, und weißer Flaum stob mit uns zusammen durch die Straßen; vom durchlauchtigsten Fürsten als Melder zu Fletscher gesandt – wie haben mich später alle darum beneidet! –, bat ich ihn inständig, mich in den vorgeschobenen Truppenteilen der Landeswehr zu belassen, nach dem Eilmarsch durch das Viertel jenseits der Düna kamen wir ganz überraschend an der Lübecker Brücke heraus, die zum Glück nicht gesprengt war, und nahmen sie unter Maschinengewehrfeuer von beiden Ufern der Düna ein, in einem Siegesrausch, wie ich ihn noch nie im Leben verspürt hatte, weder zuvor noch danach, und ohne einen Gedanken an den eigenen Tod, dann stürmten wir an der Düna entlang zur Zitadelle; mit irren Augen preschte der junge Engelhardt voran und schrie etwas mit sich überschlagender Stimme; mit irren, lachenden, fast weißen Augen folgte der junge schmalschultrige Manteuffel, der plötzlich, von einem Schuss aus einem Fenster getroffen, vom Pferd fiel; in den unteren Kasernen der Zitadelle saßen die Geiseln, die die Bolschewiken nicht mehr hatten erschießen können, wie sie es im März leider in Mitau geschafft hatten und wie sie sie am selben Tag noch im zentralen Gefängnis hinter der Moskauer Vorstadt hatten erschießen können, während wir die Brücke einnahmen und die Zitadelle befreiten. Aus irgendeinem Grund standen wir lange auf der

Straße, wie ich noch weiß, und wussten nicht, was tun, irgendwelche zerrauften Frauen kamen zu uns gelaufen und flehten uns in allen Sprachen an, ihre Männer und ihre Kinder zu retten, wir aber waren nur ein paar Mann, so schien es mir jedenfalls, und die Verstärkung kam einfach nicht, die Bolschewiken hockten unterdessen in den Kasernen, so befürchteten wir, und hatten ihre Maschinengewehre auf uns gerichtet, wir aber hatten lediglich zwei Maschinengewehre, erinnere ich mich, und eines davon stotterte, aber schließlich brachen wir, nachdem wir die Tür mit einer Granate gesprengt hatten, in eine Kaserne ein, dann ins Lazarett, dann in eine andere Kaserne, und als sich herausgestellt hatte, dass die letzten Halunken geflüchtet waren, stimmte ein furchterregender, hundertjähriger, wie aus dem Jenseits erschienener Greis, eine Geisel, plötzlich mit lauter Stimme das Lied *Lobet den Herrn* an, und alle anderen fielen ein und sangen mit ihm *Lobet den Herrn*, und sogar die Gefangenen in den Zellen, die wir noch nicht hatten öffnen können, stimmten dieses *Lobet den Herrn* an, so dass das Lied in der Tat von allen Seiten erklang und wahrscheinlich bis zu Gott hinauf erschallte, und der untersetzte Baron Medem, der nach Manteuffels Tod das Kommando übernommen hatte, stand in einer Ecke und weinte, der hochgewachsene Dohna-Schlobitten aber stand mit unbewegtem, völlig ausdruckslosem Pferdegesicht da. Medem wurde später ein ausgewiesener Nazi, und Dohna wurde nach dem Anschlag auf Hitler von der Gestapo erschossen, schreibt A. N. W. und verfällt plötzlich ins Russische, als hätte es ihn angewidert, nach der Erwähnung der Gestapo weiter deutsch zu schreiben. Ich traf ihn 41 in Paris … Aber woran ich mich jetzt nicht mehr erinnern kann, erstaunlicherweise, schreibt A. N. W. auf Russisch weiter, ist, wie ich es an jenem Tag zu unserem Haus geschafft habe. Ich ging wohl einfach aus der Zitadelle nach Hause, zu Fuß und allein. Aber so konnte es natürlich nicht gewesen sein. Ich weiß es nicht mehr. Ich erinnere mich nur, wie ich in der Zitadelle war und gleich darauf aus dem Erkerfenster unseres Hauses auf die still gewordene Straße schaute. Unsere Wohnung war zum Glück nicht ausgeplündert worden, obwohl viele geplündert worden waren, sondern eher geschändet von den bolschewistischen Kommandeuren, ob hoch- oder niedrigrangige, weiß ich nicht mehr, die wahrscheinlich ebenfalls am Vorabend geflüchtet waren, wenn nicht noch am Morgen desselben Tages. Ein ekelerregender Topf mit ihrer Suppe stand noch auf dem Herd, am liebsten hätte ich ihn aus dem Fenster geschleudert, durfte es jedoch nicht. Die Dinge waren nicht angerührt, nur das Silber war gestohlen, wie sich später herausstellte, die Bücher in der Bibliothek aber waren vollzählig; und obwohl ich nur ein halbes Jahr weg gewesen und erst achtzehn Jahre alt war, betrachtete ich das wohl alles mit meinem heutigen Blick, als wäre diese erste Rückkehr in das noch unzerstörte, aber durch fremde, schurkische Anwesenheit geschändete Haus das erste Vorzeichen für die künftige Unmöglichkeit, dorthin zurückzukehren, für kommende unwiederbringliche Verluste. Ich ging, erinnere ich mich, mit einem Gefühl durch die Zimmer, als hätte ich sie vor sehr langer Zeit oder überhaupt noch nicht gesehen, betrachtete in jedem Zimmer die mir doch so vertrauten Wandmalereien mit all ihren Blumen, Früchten, Blättern, Lyren, mit ihren Schnecken und Schnörkeln, mit dem Geflecht ihrer fließenden Ornamente, die

Malereien, die sich mir von Kind an für mein ganzes weiteres Leben eingeprägt hatten, die ich wieder und wieder in Hefte und auf Seitenränder zeichne, manchmal ohne es selbst zu merken, und die ich schon längst in einem Gebäude hätte zitieren sollen, damit alle blöden Kritiker vor Entsetzen aufjaulen würden, Alexandre Vosco sei zum Jugenstil zurückgekehrt ... Ich weiß nicht oder erinnere mich nicht mehr, woher mein Bekannter Juris Abols, Freiwilliger in der Truppe Ballod, plötzlich auftauchte und mir in der Mischung aus Russisch, Deutsch und Lettisch, in der wir miteinander sprachen, mitteilte, dass die Bolschewistenmänner alle getürmt seien, aber irgendwelche Mädels noch Widerstand leisteten, irgendwelche *Flintenweiber*, so nannte er sie, und Medems Soldaten gingen jetzt zur Jagd auf sie vor, auf große Jagd, lielas medibas. Das wird eine Hatz, sagte er. Dieser Juris besaß später die Apotheke in der Dorpaterstraße und jedes Mal, wenn ich bei ihm hereinschaute, war er dicker geworden, schließlich hatte er sich in einen richtigen Fettwanst verwandelt, mit Atemnot, die einen an eine Orgelfuge von Händel oder Bach denken ließ. Sein Ende war schrecklich, fürchte ich. An jenem Tag verschwand er wieder, und ich stand weiter im Erker und schaute auf die noch immer menschenleere Straße, dann begann ich den Globus zu drehen; solange ich denken kann, stand dieser wunderbare, sehr alte Globus im Arbeitszimmer meines Vaters, seitlich geneigt, wie man den Kopf neigt, wenn man über etwas Wichtiges oder Trauriges nachdenkt, mit den lateinischen Namen der Meere und Länder und einem großen Messingreif, unter dem sich Australien und Argentinien immer zu verstecken suchten.

Heute bin ich froh, dass ich all das erlebt habe, schreibt

A. N. W. wieder auf Deutsch, wieder in Kurrentschrift, ich selbst weiß ja bis heute nicht, wann er das schreibt, in den siebziger oder achtziger Jahren, wie viele Jahre vor seinem Tod? Ich hatte viel Schlimmes durchgemacht, schreibt er, aber ich wünschte mir nicht, dass all das nicht gewesen wäre, ich hätte diese Vergangenheit nicht hergeben mögen. Es ist schließlich meine Vergangenheit, in gewissem Sinn bin ich sie selbst. Damals, auf dem Schiff im Jahr 50, auf dem Weg nach Argentinien, das jetzt unter dem Reif des Globus hervortreten wollte, war mir alles egal. Wenn mir jemand plötzlich meine Geschichte weggenommen hätte, hätte ich wohl nicht geweint. Es waren einfach nur Bilder, Bilder eines scheinbar schon fremden Lebens, die keinen Bezug zu mir hatten. Mal haderte ich mit dem Schicksal, mal haderte ich nicht mit ihm und lag einfach da, lauschte auf den wogenden Ozean, fiel und stürzte in einen Abgrund und dachte dabei, dass nichts, gar nichts, rein gar nichts von der Vergangenheit geblieben war, alles war hin, alle waren tot, wieder und wieder sah ich die Ornamente auf den Wänden unserer Rigaer Wohnung, jenen Morgen in Libau, dann plötzlich das Sanatorium in Kemmern, wo mein Vater starb, wo wenige Jahre nach dem Tod meines Vaters Fürst Lieven starb, blendenden Schnee und Birken um das lange weiße Gebäude, dann wieder Straßen, Parks, den unvergleichlichen Park Buttes-Chaumonts, in den ich Nina führte, und wie sie lachte, unfroh, sie lachte immer unfroh, als sie begriffen hatte, dass die niedrigen Geländer, die die Wege von den Wiesen und Hängen abtrennten, nur so aussahen, als wären sie aus Holz, in Wirklichkeit waren sie aus Zement wie alles dort, und wie wir Arm in Arm unter dem Schirm über die kleine glitschige

Hängebrücke gingen, die Eiffel so genial über den ehemaligen Steinbruch gebaut hatte, ich sah all das so deutlich, als läge ich nicht in einer Koje auf einem Schiff nach Argentinien, sondern ginge tatsächlich über diese Brücke und durch diesen Park, der sich dann plötzlich von mir entfernte und zurückwich, mit allen seinen Wegen, Pavillons und Grotten und wieder Laternen im Regen auftauchten, das Krankenhaus, wo meine Mutter starb, die Krankenschwester mit der Spritze und der Schale in den faltigen, knochigen Händen. Wieder und wieder tauchten Dünen auf, hohe Dünen, Sanddünen, Kiefern auf ihren Kämmen, stacheliges, trockenes Gras und hinter dem Gras die Sandkuhle, in der Wolodja Grawe und ich einst gelegen hatten, als wir wohl dreizehn Jahre alt waren, vor dem Wind geschützt dem Meer lauschend, das Leben erschien uns wie eine Melodie, in der sich die Dissonanzen früher oder später, aber ganz bestimmt aufheben würden, oder wie ein Gebäude, in dem die Teile mit dem Ganzen harmonieren, und das Ganze wiederum in den Einzelheiten und Details erkennbar ist, wir lachten über unsere Vergleiche, und da weder er noch ich über musikalische Fähigkeiten verfügten, beschlossen wir lachend, Baumeister zu werden. Nun, wir wurden welche, zumindest ich wurde einer, dachte ich in meiner Koje; und was dann? Alles hatte sich als völliger Unsinn erwiesen, als Täuschung, als Hohn. Wolodja Grawe war wahrscheinlich schon seit langer Zeit in irgendeinem Lager verschollen, auf irgendeiner Kolyma, und ich reiste nach Argentinien, um zu sterben … Der Lebensplan war gescheitert, es blieb nur die Verzweiflung. Ich fühlte mich sogar wohl, sogar irgendwie behaglich in dieser Verzweiflung, schreibt A.N.W. (nach wie vor in Kurrentschrift). Vertiefung in die Verzweiflung, schreibt er. In die Verzweiflung kann man sich so vertiefen, dass man seine Spuren darin verliert … Wenn man sich gänzlich in die Verzweiflung vertieft, schlägt sie in etwas Anderes um. Es gibt gleichsam eine Linie, hinter der dieses Andere beginnt. Es gibt die Ruhe und kühle Frische der Verzweiflung. Alles ist sinnlos, die Gegenwart und die Vergangenheit, von der Zukunft ganz zu schweigen. Doch dir ist bereits alles gleichgültig. Egal, was dir passieren wird und ob etwas passieren wird. Du suchst keinen Sinn mehr, hoffst auf nichts mehr, rechnest mit nichts mehr. Du willst nichts, das ist die Hauptsache. Stille zieht in dich ein, alles verstummt. Die Verzweiflung erweist sich jenseits dieser Linie als Freiheit. Das wusste ich alles schon, schreibt A. N. W. (in Kurrentschrift). Ich hatte die Landschaft der Verzweiflung an den Pariser Kriegsabenden studiert. Ich wusste jedoch, dass eine solch vollendete Verzweiflung nicht lange währt, dass Wünsche und Hoffnungen schließlich wieder aufleben und folglich auch das Leiden, dass die Unruhe zurückkommt. Ich lag da, erinnere ich mich, und versuchte beinahe bewusst, diese Wonne der Verzweiflung in die Länge zu ziehen. Mir war klar, dass sie enden würde und dass ich aufs Neue die Wunde aufreißen, die juckende Stelle kratzen und die Liste der Verluste zusammenstellen würde. Ich fühlte den Ozean, der jenseits der Kajütenwand wogte, diesen ganzen unvorstellbaren, unmenschlichen Raum, diesen unfassbaren Abgrund, in dem ich nicht mehr vorhanden war, und war froh darüber, nicht mehr vorhanden zu sein. Ich dachte daran, wie ich das Leben in meiner Jugend geschätzt hatte, wie teuer es mir war und wie wenig ich es jetzt schätzte. Und zugleich wie leicht und sorglos ich mein Leben mit achtzehn riskiert hatte und wie ängstlich ich jetzt doch darum bangte, nach allen Enttäuschungen auf der Überfahrt nach Argentinien, um zu sterben, wie ich mich an dieses elende Leben festklammerte, das mir nicht geglückt und unwichtig war, und wie ich es wahrscheinlich, alle Verzweiflung vergessend, mit Inbrunst verteidigen würde, wenn es wirklich von jemandem bedroht würde.

Mitten in diesen Gedanken trat der gesichtslose Steward ein, hob das auf dem Kajütenboden herumrutschende und laut gegen alle Ecken und Vorsprünge prallende Tablett auf, meldete mir noch heftigere, schlimmere Stürme, horribles orages, und fragte mich, wie mir dieser Saustall, ce bordel, auf ihrem Schiff gefalle. Welches Bordell? fragte ich. Wie welches?, antwortete der Steward. Ob ich denn nicht wisse, dass im Bauch ihres bislang anständigen, ordentlichen Schiffes, vapeur tout décent, ein Abschaum reise, der das ganze untere Deck versaue, irgendwelche Auswanderer, Staatenlose, heimatloses Gesindel, des hongrois, des roumains et des russes? Ich stand sofort auf und ging, ohne dem Mistkerl weiter zuzuhören, hinunter in den Schiffsbauch und fragte mich mit keinem Gedanken, warum ich das tat. Ich ging einfach, hielt mich an den Haltestangen fest und stieß wie das Tablett gegen die Wände. Und als ich nach einer Weile, wieviel Zeit vergangen war, weiß ich nicht mehr, wieder in meiner Kajüte war, fiel ich bäuchlings auf meine Koje und brach in Schluchzen aus. Ich schluchzte so, wie ich wohl niemals sonst im Leben geschluchzt habe, weder davor noch danach. Ich weiß selbst nicht, was in mir aufgebrochen war, als ich begriffen hatte, dass der aufgeschwemmte Mann mit der runden Nickelbrille, der mich beim Namen gerufen hatte, bei meinem vergessenen Namen – Sascha! Sascha Woskoboinikow! –, dass dies Wolodja Grawe war, aufgetaucht aus dem Vergessen, zurück aus dem Nichts. Auf dem Muromer Weg standen drei Kiefern … Berührung der Wahrheit, Epiphanie des Sinns … Ich hatte begriffen, dass alles nicht so eingerichtet ist, wie wir glauben, dass es jemanden gibt, der unser Leben lenkt und es gut mit uns meint. Ich hatte es nicht mit dem Verstand begriffen, sondern mit der Haut, der Leber, dem Herzen und noch anderen Körperteilen, mit den Augen und Händen. Mit dem Verstand hätte ich dies nicht akzeptiert, nach allen Verlusten, nach allem Bösen, das ich erlebt und gesehen hatte. Doch darum ging es nicht … Bemerkenswert war, schreibt A. N. W., dass dieses Schluchzen und diese Tränen erst später kamen, als ich in der Kajüte allein war; dort unten standen wir einfach, soweit man bei dieser Schaukelei stehen konnte, und schauten einander an, blickten uns in die Augen, und nachdem wir uns einmal umarmt hatten, drückten wir einander noch ein paarmal, er berührte sogar mein Gesicht mit den Fingern, die Nase und die Wangen, berührte sie sogar ziemlich kräftig und schmerzhaft, quetschte die Nase und kniff mich in die Wange, wie es ganz kleine Kinder machen, die wir auf dem Arm halten, oder wie wir uns selbst kneifen, wenn wir versuchen nicht einzuschlafen oder uns versichern wollen, dass wir nicht schlafen, und ich machte wahrscheinlich dasselbe, und wahrscheinlich vergingen fünf, sieben, acht Minuten, bevor wir zu sprechen begannen und bevor ich diesen furchtbaren, lärmenden Schiffsbauch um uns herum gewahrte, der kalt und zugleich dämpfig war; überall hingen Hängematten und zwischen ihnen zerlumpte Wäsche.

Die Aufzeichnung bricht hier ab. Es gibt noch vereinzelte Notizen über Wladimir Grawe, die in dem Ordner mit der Aufschrift »Wl. Gr.« abgelegt sind, aber dieser Text, der als Teil der Lebensbeschreibung gedacht war, hört mit ihrer Begegnung auf und schildert nicht die weitere Reise. A. N. W. bricht also seinen schriftlichen Bericht fast an derselben Stelle ab, an der er seine mündliche Erzählung mir gegenüber abgebrochen hatte, vielmehr hatte abbrechen wollen, 1988, ein halbes Jahr vor seinem Tod. Wir sind uns halt begegnet, sagte er damals, was gibt's da noch zu erzählen? Das Wichtigste war schon geschehen, das Wunder war eingetreten. Danach begannen sie einander ihr vergangenes Leben zu erzählen, und je weiter sie mit dem Erzählen kamen, umso realer und in gewissem Sinn normaler, gewohnter wurden sie füreinander, so real und schließlich sogar normal, wie für sie beide das – für mich immer noch sagenhafte, illusionsverklärte – Land Argentinien wurde, als sie dort ankamen. Und wenn sie einander ihr Leben erzählten, an Deck stehend und sich an der Reling festhaltend, die Gesichter Sonne und Wind darbietend, oder in der Kajüte oder in der Bar sitzend, wo sie weder die Stewards noch die anderen Passagiere beachteten, sondern durchs Bullauge auf den sich noch immer hebenden und senkenden Ozean schauten, so stelle ich es mir jedenfalls vor, kamen sie natürlich nicht umhin, das eigene Schicksal mit dem des anderen zu vergleichen. Folglich musste Alexandre Vosco denken, was für ein vergleichsweise leichtes Schicksal ihm zuteil geworden war, und Wladimir Grawe dachte wahrscheinlich nicht ohne Bitterkeit an sein eigenes Schicksal, aber vielleicht auch mit Dankbarkeit, dass ihn sein Schicksal doch und trotz allem lebendig und relativ gesund durch Terror, Krieg, Gefangenschaft und die DP-Lager geführt hatte, ihn nicht der Kugel ausgesetzt, nicht den Sowjets ausgeliefert und schließlich aus dem blutigen, verfluchten Europa herausgeschleust hatte. Er reiste wirklich in die Neue Welt, in ein neues Leben … Im übrigen sind uns das Gefühl der Dankbarkeit und die Fähigkeit, auf Besseres zu hoffen, wahrscheinlich angeboren und hängen kaum von den Umständen unseres Lebens, von den Wendungen unseres Schicksals ab. Alexandre Vosco schämte sich vielleicht seiner eigenen Verzweiflung, die sich durch diese Begegnung, durch dieses Schluchzen in der Kajüte *gelöst* hatte. Das ist ein Mensch, dachte er, jedenfalls stelle ich es mir so vor, der dreiunddreißig Jahre in der Hölle verbracht hat, mal im Inferno selbst, mal in seiner Nähe, und alle diese dreiunddreißig Jahre jeden Tag ihre Glut, ihre Hitze auf seinen Wangen gespürt hat, der nicht wusste, ob er hinter der nächsten Ecke erschossen oder nachts abgeholt werden würde und der dennoch nicht gebrochen ist, sich nicht aufgegeben hat und sich sogar über die Konserven und den Zwieback freuen kann, über die Erbsensuppe und die Grütze, die sie im Schiffsbauch da unten essen, noch mehr natürlich über den Kognak, den er in der Bar aus dem Schwenker trinkt, der begeistert Schach und Préférence spielt und seine Bauten zeichnet. Ob A. N. W. seinen Kinderfreund wiedererkannte? Der als Kind ein kleiner Tolpatsch, ein verwöhnter Junge mit Samtschleife gewesen war. Jetzt, schreibt Alexandre Vosco auf einem der liniierten, russisch-deutschen Blätter, die ich im Ordner »Wl. Gr.« gefunden habe, jetzt war er kein Tolpatsch mehr, sondern ein sehr erwachsener, noch nicht alter, witziger und charmanter Mann, kein Säufer, aber auch kein

Verächter eines guten Tropfens, Préférence- und Schachspieler, Liebling aller Frauen, die im Schiffsbauch reisten – diese Frauen blühten in seiner Gesellschaft nicht nur auf, sondern wurden geradezu schön, ich konnte es sehen, schreibt A. N. W. lächelnd auf einem Blatt –, ein Mann, der wohl nicht ganz gesund und ein wenig aufgeschwemmt war, aber immer noch kräftig und vor allem charmant, wie ich schon schrieb, er eroberte alle mit seinem Charme, zwang sogar den frechen Barmann, seinen Frieden mit ihm zu machen. Ich war ihm in unserer baltischen Kindheit ein wenig überlegen; das wäre mir jetzt überhaupt nicht in den Sinn gekommen. Obwohl ich mich jetzt natürlich in einer besseren Lage befand als er und ihm helfen konnte – ich half ihm später in Argentinien tatsächlich –, obwohl ich ihm anbot, zu mir in die Kajüte zu ziehen – er lehnte übrigens ab mit der Begründung, er wolle bei seinen Gefährten im Unglück bis zur Ankunft im Bestimmungshafen bleiben –, hatte ich keine Sekunde lang das Gefühl, stärker oder sicherer zu sein als er. Im Gegenteil, er schien mir stärker als ich und sehr viel zu können, was ich nicht konnte. Auch hatte ich den Eindruck, noch auf dem Schiff und später in Argentinien, dass er in all diesen furchtbaren Jahren das Leben klarer zu lieben gelernt hatte, als ich selbst. Er liebte es einfach, ohne alle Erklärungen und Bedenken. Er fragte sich nicht, so schien es mir jedenfalls, *wozu das alles?*, wie ich mich selbst immer wieder fragte. Das bedeutet, dass er kein philosophisches Temperament hatte, schreibt A. N. W., der natürlich selbst ein wenig Philosoph war wie alle Architekten des 20. Jahrhunderts, vielleicht wie alle Architekten überhaupt. Ein Philosoph ist ja nicht derjenige, der die Antwort kennt, sondern derjenige, der die Frage stellt, derjenige, der *fragt* (er unterstreicht dieses *fragt* mit einem fetten Strich). Er war ein Lebemann und ein trefflicher Ingenieur, wovon ich mich später wiederholt überzeugen konnte. Er war ein glänzender Ingenieur, der alles wusste und alles behielt, der offen war für Neues und in der Lage, sich dem Spiel des Verstandes und der Berechnungen hinzugeben. Als wir die Brücke in Rio-Davia bauten, sah ich die Begeisterung in seinen Augen. Das Bauen war also auch für ihn eine Art, die Wahrheit zu begreifen, schreibt A.N.W. (mir ist hier wohl das Wörtchen *auch* am wichtigsten). Die Wahrheit erschließt sich ja nicht in dem, was wir denken, sondern in dem, was wir tun. Es dauert mich nur, dass wir so wenig zusammen gebaut haben.

10. KAPITEL

Gelida messaggera della notte,
sei ritornata limpida ai balconi
delle case distrutte, a illuminare
le tombe ignote, i derelitti resti
della terra fumante. Qui riposa
il nostro sogno …

Eiskalte Botin der Nacht,
klar kommst du zurück
zu den Balkonen der zerstörten
Häuser und erleuchtest die unbekannten
Gräber, die öden Reste
der dampfenden Erde. Hier ruht
unser Traum …

Salvatore Quasimodo

Also noch einmal: Wie sprachen sie über die Vergangenheit? Ich höre ihre Stimmen nicht, weiß nicht einmal, wie sie einander anredeten. Stell dir vor, Sascha, als wir an den Swir kamen und ich alle diese Seki, diese Häftlinge, sah … Nein, so sprach Wladimir Grawe natürlich nicht. Wie immer er auch gesprochen haben mag, die Geschichte seiner Irrfahrten und Rettungen lässt sich aus den vereinzelten Aufzeichnungen von A.N.W. in groben Zügen rekonstruieren. Er arbeitete Ende der zwanziger Jahre tatsächlich auf der Baustelle des Flusskraftwerks am Unteren Swir, unter der Leitung des Akademiemitglieds Graftio, Graftios *persönlich*, gibt A.N.W. wieder, was Wladimir ihm erzählt hat, und unterstreicht dieses *persönlich*; Anfang der dreißiger Jahre stellte er keine geringen Anstrengungen an, um nach Leningrad versetzt zu werden, in eine Bauplanungsorganisation (und aus dieser in eine zweite und dann wohl noch in eine dritte), die wie alle sowjetischen Institutionen dieser Art, alle Büros und Trusts, entstanden und untergingen, indem sie sich bekämpften und besiegten, die mit mythologischer, mykologischer Geschwindigkeit gegründet, aufgelöst und zusammengelegt wurden in den periodischen Anfällen administrativen Furors, die die Stadt und die Welt erschütterten; mit offenkundigem, zum Teil sadistischem Vergnügen zählt A. N. W. so wohlklingende Abbreviaturen auf wie *Sojusstandartschilstroi,* nicht zu verwechseln mit *Schilgraschdanstroi* und *Standartgorprojekt,* nicht zu verwechseln mit *Lenschilgraschdanprojekt*; man kann sich vorstellen, wie er, sich an der Reling festhaltend, laut lachte, als Wladimir Grawe ihn in dieses Geheimwissen, in diese esoterischen Wissenschaften einweihte.

Wie mein eigener Großvater war Wladimir Grawe noch während des Finnlandfeldzugs in die Pioniertruppen eingezogen worden, danach wurde er im Sommer 41 aufs neue eingezogen, wenige Tage nach der Kriegserklärung. Er hatte wahrscheinlich schnell erkannt, dass er seine ehemalige Frau und seine Tochter unverzüglich aus Leningrad herausholen musste, so schnell wie möglich; ich habe alles getan, damit sie rauskamen, beteuerte er offenbar Alexandre Vosco gegenüber auf dem Schiff, ohne genau zu sagen, was er getan hatte und noch ohne zu wissen, dass sie nicht mehr herausgekommen waren, es nicht mehr geschafft hatten und gestorben waren. Wo und wie er in Gefangenschaft geraten war, schreibt Alexandre Vosco nicht, er erwähnt nur *Lugaer Linie* und unterstreicht beide Wörter, ohne Kommentar, so dass unklar ist, ob Wladimir Grawe an der Lugaer Linie kämpfte oder Befestigungsanlagen baute oder in Gefangenschaft geriet, als die Lugaer Verteidigungslinie durchbrochen worden war. Wenn Letzteres zutrifft, dann geriet er schon im Herbst 41 in Gefangenschaft; er wurde natürlich aus der Masse der Gefangenen sofort ausgesondert. Seine deutsche Abstammung zu beweisen, fiel ihm nicht schwer; seine guten deutschen Sprachkenntnisse und sein Familienname Grawe belegten sie; noch besser war es, jemanden zu finden, der sich für ihn verbürgen konnte, erzählte er A.N.W.; irgendwelche entfernten Verwandten, irgendeine Rigaer Tante. So eine Tante fand sich, allerdings nicht in Riga, sondern schon irgendwo in Polen, im sogenannten Warthegau, wohin die meisten Baltendeutschen infolge des berüchtigten Paktes umgesiedelt worden waren und von wo aus sie im Jahr 45 erneut fliehen mussten. Es ist bemerkenswert, schreibt A.N.W. (am Ende seines Lebens auf einem liniierten Blatt im Ordner »Wl. Gr.«), dass es keine Auskünfte über andere Verwandte von Wladimir Grawe gab, nur über diese nebulöse Tante, die 45 auf der Flucht aus dem Warthegau ums Leben kam; Wladimir Grawe scheint also in diesen Aufzeichnungen seines wiedergewonnenen Kinderfreundes wie auch in anderen Berichten über ihn (siehe unten) mutterseelenallein zu sein (wie es auch mein Großvater war, ich wiederhole es …), ohne Verwandtschaft und Familie (bis auf die neu erworbene und in seinem Fall wieder verlorene), als wären sein Vater, seine Mutter und die anderen Tanten, Cousins oder Onkel allesamt verschwunden (was natürlich stimmte), verzehrt von derselben Flamme, in der meine Großmutter einst Papiere, Postkarten, Briefe und Fotografien verbrannt hatte. Wladimir Grawe begab sich dennoch nach Riga in der Hoffnung, vielleicht dort noch einen dieser verschwundenen Verwandten aufzustöbern oder irgendjemanden zu finden, den er in seinem vergangenen Leben gekannt hatte, etwa diesen Alexander Woskoboinikow, mit dem er nun im Jahr 1950, sich an der Reling festhaltend, der unermesslichen Weite des Ozeans gegenüberstand, von dessen Schicksal er aber damals, 1941, natürlich nichts wusste, oder vielleicht einfach deshalb, weil Riga unter den von den Deutschen besetzten Städten die einzige war, mit der ihn etwas verband. Er ging zu Fuß nach Riga, so jedenfalls entnimmt man es den Aufzeichnungen von A. N. W. Er ging über Pleskau und Wenden nach Riga, schreibt Alexandre Vosco, ich weiß nicht, ob man dieses *ging* wörtlich verstehen soll, oder ob er sich doch auf andere Weise dorthin durchschlug. Wie dem auch gewesen sein mag, er gelangte nach Riga, fand weder Verwandte noch alte Freunde, dafür neue Freunde und fast auf Anhieb Arbeit – in einer Firma für Heizungsbau und Kaminsanierung, die seinem von A. N. W. wiedergegebenen Bericht zufolge bis 1940 floriert, wie durch ein Wunder das verhängnisvolle Jahr unter den Sowjets überlebt und mit der Ankunft der Deutschen die Arbeit wieder aufgenommen hatte, als wäre nichts geschehen, sich aufs neue um die Heizung in Privathäusern in Tukkum und in der Textilfabrik in Kandau kümmerte und später das von

Krieg und Bomben Zerstörte reparierte und wiederherstellte. Grawe machte in Riga also ungefähr das Gleiche, was A.N.W. gleichzeitig in Paris gemacht hatte; A.N.W. erwähnt es nicht, aber wir wollen es natürlich erwähnen. Diese knapp anderthalb Jahre in Riga, bemerkt A.N.W. dafür, waren anscheinend und wie verwunderlich es auch klingen mag die friedlichsten Jahre seines Erwachsenenlebens, als hätte sich das Schicksal seiner erbarmt und ihm eine Atempause vor der neuerlichen Flucht, vor neuen Abgründen gegönnt. Er hatte russische Bekannte, von denen er A.N.W. offenbar viel erzählte; ob er bei ihnen ein Zimmer gemietet hatte oder sie ihn einfach bei sich aufgenommen hatten, weiß man nicht; dafür weiß man, wo er diese anderthalb ruhigen Rigaer Jahre gewohnt hatte; jenseits der Düna in einem der zweistöckigen Reihenhäuschen mit Pilastern in der Libauerstraße (tatsächlich), die 1925 (schreibt A.N.W.) Paulis Dreimanis gebaut hatte und die wohl die allererste Erfahrung mit kommunalem Bau im unabhängigen Lettland waren, das sich ein wenig von den Bürgerkriegsunruhen erholt hatte (wie gut erinnere ich mich an diese kleinen Häuser mit je drei Giebeln in einem Block, schreibt Alexandre Vosco in Klammern; Dreimanis hatte mir angeboten, sie mit mir zusammen zu bauen, aber ich hatte damals gerade das Polytechnikum abgeschlossen und träumte von Deutschland, ich reiste auch wirklich nach Berlin, Weimar und Dessau und lernte Mies und Hugo Häring kennen, und als ich zurück war, begannen Paulis und ich mit dem Bau der riesigen Schule in Bolderaja, in einem schrecklichen Arbeiterviertel, wo ich zuvor offenbar noch nie gewesen war ...). Eine einfache russische Familie, schreibt er weiter (ebenfalls auf Russisch, ohne sich vielleicht bewusst zu sein, dass er Puschkin zitiert); eine echte russisch-orthodoxe Familie; Below war ihr Name. Wolodja wohnte bei ihnen, ging mit ihnen in die Kirche, fastete mit ihnen und brach an Ostern das Fasten, kam wahrscheinlich abends zu ihnen herunter, um beim Samowar Tee zu trinken und sich friedlich über den Krieg und Dostojewski zu unterhalten, er lebte also das russische Leben, das in Russland schon lange niemand mehr leben konnte (sie hatten wohl sogar ein Sommerhaus, wenn nicht in Majorenhof, dann in Dubbeln, schreibt Alexandre Vosco mit einem Seufzen, das sich zwischen den Zeilen leicht erahnen lässt ...). Dennoch hatte dieses russische Rigaer Leben im Jahr 42 wahrscheinlich etwas Gespenstisches, denke ich heute, hatte diese Samowar-Oster-Idylle einen leicht wahnhaften Beigeschmack ... Dafür gab es eine überraschende und rührende Episode, auf die A. N. W. in seinen Aufzeichnungen ausführlich eingeht. Ein kleines russisches Mädchen, schreibt er, das sie aus dem Lager in Salaspils bei sich aufgenommen hatten. Wer diese russischen Kinder waren, schreibt er nicht, und ich weiß es auch nicht, aber es waren knapp dreitausend russische Waisenkinder (die jüdischen waren alle umgekommen), die nach Salaspils gebracht worden waren und nun verhungerten. Dennoch hatten einige russisch-orthodoxe Geistliche, darunter wohl sogar der Erzbischof von Riga persönlich, die deutschen Behörden überreden können, russischen Rigaer Familien zu erlauben, diese Kinder, die dem Hungertod nahe waren, zu sich zu holen. Das blonde Mädchen hieß Tanja und war sieben oder acht Jahre alt. Ich wurde für ein halbes Jahr ihr Adoptivvater, erzählte Wladimir Grawe Alexandre Vosco, ihr Adoptivhalbvater, einer ihrer beiden Adoptivväter, so sagte er, und wenn ich jetzt an all das denke, stelle ich mir aus irgendeinem Grund vor, wie sie über die Brücke gehen, über die Düna in die Stadt, in die russische Schule oder in die russische Kirche, oder einfach so, um durch die Straßen zu bummeln und auf dem Domplatz ein Eis zu essen, über dieselbe Brücke vielleicht (oder vielleicht nicht ganz dieselbe, aber an derselben Stelle und über denselben Fluss … bei den Brücken in Riga gibt es ein gewisses Durcheinander …), über die der achtzehnjährige Alexander Woskoboinikow vor einer Ewigkeit, in einer anderen geschichtlichen Epoche geprescht war, im Siegesrausch der Zukunft entgegen und den Geiseln zu Hilfe. Als Wladimir Grawe über diese (oder doch nicht diese?) Brücke ging, das blonde Mädchen Tanja an der Hand, seine Adoptivhalbtochter, war er vierzig oder vielleicht schon etwas über vierzig Jahre alt; ich sehe ihn im teuren Zweireiher, den er sich zum ersten Mal in seinem Erwachsenenleben hat leisten können, vom bei der Heizungs- und Kaminsanierungsfirma verdienten Geld, in teuren Schuhen mit halbausgestanztem Lochmuster, dazu ein Hut, der die Glatze bedeckt, mit der obligatorischen runden Nickelbrille und noch nicht gealtertem, rundem Gesicht. Lastwagen donnern über die Brücke; Schleppkähne und Kutter fahren auf dem Fluss; nach dem Frühlingsregenguss leuchten vereinzelt milchweiß zarte, fast zum Greifen nahe Wolken. Das blonde Mädchen Tanja, das nachts weint und nach seiner toten Mama ruft, freut sich über diese Wolken und über die Kähne und auf das Eis; Wladimir Grawe, der in seiner großen, weichen Hand die kleine, sich an ihn klammernde Hand spürt, denkt – er kann nicht anders – an seine eigene Tochter, über die er nichts weiß und nichts in Erfahrung bringen kann, er hofft nur, dass sie irgendwo ist, irgendwo hinter dem Ural, in Usbekistan … Siehst du, dort ist der Dom, die grüne Turmspitze da ist St. Jakob, da hinten war die Turmspitze von St. Peter, die von einem Geschoss zerstört worden ist, noch weiter hinten kommt das Schloss und dahinter die Zitadelle, aber auf die Seite dort drüben, wo vor kurzem noch die Synagoge war, wollen wir lieber nicht schauen.

Was wurde aus ihnen allen, gelang es ihnen, 44 zu fliehen, was wurde aus dem Mädchen, konnte Wladimir Grawe sie später alle wiederfinden? Ich weiß es nicht und werde es wahrscheinlich nie erfahren. Ich vermute trotzdem, dass ihnen die Flucht nicht gelang, sonst gäbe es noch irgendwelche Informationen über sie. Hinter den Ural gelangte am ehesten noch diese kleine Tanja …

Ich weiß nur aus den Aufzeichnungen von A. N. W., dass es mit der Idylle für Wladimir Grawe an einem schönen kühlen Morgen des Jahres 1943 vorbei war, als auf der Schwelle des im Stil des frühen Rigaer Funktionalismus (meinetwegen mit Elementen des Art déco) gebauten Häuschens im Viertel jenseits der Düna ein sehr ruhiger, sehr höflicher und völlig gesichtsloser Offizier mit den Abzeichen OT (Organisation Todt) auf den Kragenspiegeln erschien, in Begleitung eines blutjungen, rot- und rundgesichtigen, lettischen Polizisten, der kein Wort sagte und wie ein Ölgötze dastand; er bat Herrn Grawe sehr höflich, sehr ruhig – befahl nicht, sondern bat einfach nur – so schnell wie möglich – zwei Tage reichen Ihnen hoffentlich? – seine Angelegenheiten in der Heizungs- und Kaminsanierungsfirma zu regeln und sich nach Pleskau zur OT-Einsatzgruppe Nord zu begeben, da Heizung und Kaminsanierung warten könnten, so gute Ingenieure mit so guten Deutschkenntnissen aber jetzt von Führer und Reich gebraucht würden. Hätte er ablehnen können? Allein der Gedanke war lachhaft. Aber selbstverständlich, Herr Hauptmann … Als der Hauptmann und der Polizist gegangen waren, vergrub er wahrscheinlich das Gesicht in den Händen mit dem Gefühl, dass ihn der Wahnsinn erneut eingeholt hatte und der Abgrund wieder aufgeklafft war, zwei Tage später war er im zerstörten Pleskau, wo ihn Hermann Giesler, Münchner Architekt, Bruder des bayrischen Gauleiters und damals der Leiter dieser OT-Einsatzgruppe Nord, persönlich und sehr liebenswürdig empfing. Organisation Todt, welch ein Name! In Wirklichkeit leitet er sich vom Namen ihres Gründers ab, des Ingenieurs Fritz Todt, Reichsminister für Bewaffnung und Munition sowie Generalinspektor für das Straßenwesen, unter dessen Leitung die Autobahnen, der Westwall und noch vieles andere gebaut worden waren, also von Fritz Todt, der 1942 bei einem Flugzeugunglück auf rätselhafte Weise ums Leben kam … Dennoch: Organisation Todt – Organisation des Todes … Der Tod lauerte natürlich hinter jeder Ecke, der Tod war überall zugegen, die Kriegsgefangenen und die KZ-Häftlinge, die von der OT auf ihren Baustellen eingesetzt wurden, krepierten von niemandem gezählt, von niemandem beweint, ausgelöscht im Namen der großen Idee. Es ging um Schieferöl, das in Estland gefördert wurde, vielmehr das gefördert werden sollte; Öl wurde immer vom Führer und vom Reich gebraucht. So landete Wladimir Grawe, wenn ich es richtig verstehe, in einer der Ortschaften, die nach dem Krieg zur Stadt Kohtla-Järve zusammengelegt wurden. Bis Narva waren es vierzig, bis Leningrad etwa zweihundert Kilometer. An Narva erinnere ich mich gut, schreibt A. N. W. auf einem der Blätter, die ich im Languedoc abfotografiert hatte. Wie sollte ich mich nicht an dieses verfluchte Narva erinnern, schreibt er, und daran, wie wir selbst dort standen im November 19, auf dem Rückzug von Petrograd – eine zerschlagene Armee, die niemand brauchte, von den Esten entwaffnet, von den Alliierten verraten, vom Typhus besiegt –, wie die Leichen auf den Straßen lagen, wie sie auf Karren weggeschafft wurden, nicht um sie zu begraben, sondern um sie einfach in eine Grube zu werfen. Und im Lazarett, in das ich einmal hineinging, herrschte ein derartiger Gestank, dass ich keine Luft mehr bekam und hinausrannte, ich konnte gerade noch den Urinstrahl sehen – hören! –, der von der oberen Pritsche, auf der ein noch lebendiger Retter des Vaterlands lag, auf die untere herabregnete, auf der offenbar ein schon toter lag, danach hatte ich nur den einen Gedanken: Ich musste flüchten, weg von hier, und ich konnte ja flüchten, ich konnte es, konnte einfach nach Riga zurückgehen, wohin meine Eltern schon aus Berlin zurückgekehrt waren, trotzdem flüchtete ich nicht, sondern wartete irgendwelche Befehle der Liquidationskommission ab – welche? wer brauchte sie jetzt noch? –, bis mir Oberleutnant Hahn, ein hagerer, entschlossener Mann, der Schnaps für die beste Typhusprophylaxe hielt und nach eigenem Bekunden selbst drauf und dran war zu türmen, erklärte, ich sei ein Dummkopf und mich beinahe mit Gewalt zum lettischen Konsul brachte.

Wladimir Grawe konnte ein Vierteljahrhundert später nicht flüchten und nicht nach Riga zurückkehren. In seinen Aufzeichnungen erwähnt A. N. W. ein Kraftwerk, sogar zwei, an deren Planung Grawe anscheinend arbeitete; er erwähnt auch das Konzentrationslager im benachbarten Vaivara, das die Sklaven für den Bau bereitstellte. Das heißt, Wladimir Grawe sah jeden Tag die an Maloche, Hunger und Typhus sterbenden, aus dem ganzen Baltikum zusammengetriebenen letzten Juden, sah die sowjetischen Kriegsgefangenen, die das OT immer noch den Juden vorzog, da sie eine höhere Norm erfüllten, sah die Aufseher mit den Hunden – und verstand wieder nicht, warum er sich auf dieser und nicht auf der anderen Seite des Stacheldrahts befand. Er sah all das und übersah es nach Möglichkeit. Er konnte nicht flüchten und bemühte sich deshalb, es nicht zu sehen, schreibt Alexandre Vosco, vermied es, hinzuschauen, die Augen von den Papieren, Plänen und Zeichnungen zu heben, die (bestens eingerichtete, beheizte, unbewachte) Baracke zu verlassen, in der die deutschen Ingenieure wohnten und wohl auch arbeiteten. Er beugte den Kopf über diese Zeichnungen, im wörtlichen und übertragenen Sinn. Die Versuchung, den Kopf in die Schlinge zu stecken oder sich eine Kugel in die Schläfe zu jagen, war groß, erheblich größer als in der Folgezeit, nachdem er geflohen war, sich versteckt hielt und nicht wusste, was der nächste Tag bringen würde. Hier war er in Sicherheit und Verzweiflung, schreibt Alexandre Vosco, übrigens dauerte auch diese estnische Episode nicht lange … Er arbeitete unmittelbar unter der Leitung von Fritz Leonhardt, den A. N. W. in seinem späten Interview in der Sonntagsbeilage der *Welt* erwähnt, jenes Fritz Leonhardt, der später die ebenfalls von A. N. W. erwähnten bekannten Brücken über Rhein und Mosel baute; über eine von ihnen (Schiersteinerbrücke) fahre ich heute jeden Tag oder fast jeden Tag zur

Arbeit in die Universität. Seltsam, das Reich brach schon zusammen, es war bereits klar, dass der Krieg nicht gewonnen werden konnte, aber sie arbeiteten so, als hätten sie die Ewigkeit noch vor sich, bauten für Jahrhunderte, für immer, oder bauten tatsächlich für die Zukunft in der Annahme, dass Reiche und Führer kommen und gehen, aber die Ingenieurslösungen, Maschinen und Beton bleiben würden; die Liebe zum Beton hatte sie wohl einander näher gebracht. Mit Leonhardt war er fast befreundet; ein paarmal flog er mit ihm nach Berlin, wo im Bombenhagel noch eine Apparatur zur Gewinnung von Öl aus Ölschiefer entwickelt wurde; einmal flog er mit ihm sogar nach Paris, um nicht irgendjemanden zu treffen, sondern Eugène Freyssinet persönlich *(persönlich!)*, den Erfinder des sogenannten vorgespannten Stahlbetons, ohne den es, wenn ich es richtig verstehe, die großen modernen Brücken nicht gäbe, auch nicht die Brücke von Rio-Davia, die zu bauen sie 1950 nach Argentinien reisten, ohne es selbst zu wissen … Ich kannte Freyssinet gut, bemerkt Alexandre Vosco in seinen Aufzeichnungen, und traf ihn in diesen Kriegsjahren mehrere Male, er wollte mich sogar, fällt mir ein, zum Bau einer Brücke über die Marne hinzuziehen, arbeitete dann aber wie gewohnt mit dem Büro *Campenon Bernard* zusammen, und dieses hatte seine eigenen Architekten, aber darum geht es gar nicht, sondern darum, dass Wolodja und ich irgendwo hätten nebeneinander sitzen können oder Rücken an Rücken in einem Café auf dem Montparnasse oder zwei Schritte voneinander entfernt auf dem Boulevard Raspail hätten gehen können oder im Jardin du Luxembourg oder am Quai oder egal wo, aber ich hätte ihn in der grünen Uniform der Organisation Todt wohl kaum erkannt, wenn er Uniform getragen hätte (ich vermute eher nicht), und er ... Er war jedenfalls glücklich, wie leicht zu erraten, diese sonnige, in gelbes Laub getauchte und mit heißen Maroni aufwartende Herbstwoche in Paris zu verbringen, wo er als Kind gewesen war (im gesegneten Jahr 1909 oder im Jahr 1911), weit weg von der Front, von den Lagern, den Aufsehern und Hunden und mit Freyssinet und Leonhardt die wunderbaren Eigenschaften des vorgespannten Betons und die Probleme des elektro-thermomechanischen Spannens von Stahlarmaturen zu erörtern. Trotzdem musste er nach Estland zurückkehren, wo er sich wie zuvor bemühte, die gut eingerichtete Baracke nicht zu verlassen, den Kopf über die Zeichnungen und vor dem Schicksal gebeugt, und wenn er doch hinausging, dann zu Spaziergängen am Meer in Gesellschaft von Leonhardt und anderen Ingenieuren, mit denen er, den eisigen Wind überschreiend, die faszinierenden Fragen erörterte, die mit der Aufstellung von Vibrationsmaschinen für die Verdichtung dieses Betons zusammenhingen; manchmal feuerten sie lachend mit der Pistole auf Enten, die Oberleutnant Meier, ein mutiger, lustiger Kraftprotz, dann aus dem Wasser fischte und zum Mittagessen briet. Wladimir Grawe blieb hinter ihnen zurück und schaute auf die stahlgrauen Wellen. Bis Leningrad waren es immer noch zweihundert Kilometer, und er wusste immer noch nichts über seine Exfrau und seine Tochter. Die Blockade war bereits durchbrochen, aber er wusste nach wie vor nichts. Man fürchtete schon eine Landung feindlicher Truppen und setzte nachts Patrouillen ein. Er dachte wahrscheinlich, wenn einer nicht in Gefangenschaft geraten dürfe, dann er, ihn würde man sofort umbringen. Flüchten konnte er trotzdem nicht, er würde nirgendwo Zuflucht finden. Selbst das Meer tröstete ihn nicht mit seinem Glitzern.

Es gelang ihm zu fliehen, im April 44 war es so weit (aus dem Baltikum waren schon alle auf der Flucht, alles brach zusammen), aber wohin er floh und was er bis Kriegsende machte, weiß man nicht. A. N. W. schreibt nichts darüber. Das Kriegsende ereilte ihn wieder auf der Flucht – aus dem zerbombten Berlin in den zerbombten Westen, nur weg von der Roten Armee, zusammen mit Tausenden anderer Flüchtlinge, Ostarbeiter und Wlassowleute, die zu Fuß unterwegs waren, die Bahnhöfe stürmten und davon träumten, sich in einen Zug zu quetschen. Alle fliehen, du fliehst mit, erzählte er Alexandre Vosco, fliehst, fliehst, denkst kaum daran, wohin du fliehst, mit allen anderen zusammen, ein Teilchen der aufgescheuchten Masse, ein vom Wirbelsturm erfasstes Molekül, ein Spelz, ein Stäubchen, ein Sandkorn oder welchen Vergleich wir noch finden können, schreibt Alexandre Vosco, der damit wohl Wladimir Grawes eigene Worte wiedergibt, so dass ich endlich seine lebendige Stimme höre oder zu hören glaube, du fliehst und fliehst, in den Westen, in den Süden, wieder in den Westen, wieder in den Süden, ohne zu wissen, warum und wozu, wozu nach Kassel, wozu nach Kempten, wozu plötzlich nach Innsbruck, welchen Gesetzen folgend – denen des Zusammenstoßes der Teilchen, der Abstoßung der Moleküle – du fliehst, hoffst zu überleben, hoffen alle, hoffst auch du, verlieren alle die Hoffnung, verlierst du sie auch, überlebst du – gut so –, überlebst du nicht, dann eben nicht, niemand wird dir nachweinen, du kommst um, ob unter den Bomben oder unter den Sowjets, ist doch alles egal, zuerst unter den Bomben, dann unter den Sowjets, du fliehst mit denen, die mit dir das gleiche Schicksal teilen, mit der Familie aus Rostow, mit den beiden kleinen Kindern, ihrer stillen, verängstigten Mutter und dem älteren, komisch altmodischen Doktor mit Ziegenbart, der unter den Deutschen im Krankenhaus weitergearbeitet hat und deshalb mit Vergeltung rechnen muss, sollte er den Sowjets in die Hände fallen, mit dieser angsterfüllten Familie, die deine Deutschkenntnisse preist und dich mit furchtbar schmackhaften, fürchterlichen Blutpasteten bewirtet, die du in Friedenszeiten nicht anrühren würdest, du schlägst dich nach Thüringen durch, wo du in einer von Bomben fast unversehrten Kleinstadt, die so still ist, als wäre nichts geschehen, und für immer namenlos bleibt, den ersten amerikanischen Panzer mit dem weißen Stern auf der Stirnseite siehst, der von irgendwoher langsam und völlig lautlos, so scheint es dir jedenfalls, so hast du es in Erinnerung, auf dem Platz vor dem Fachwerkrathaus auftaucht, plötzlich, als könntest du nun selbst wieder riechen und hören, diesen ganzen Platz mit Dröhnen und Abgasen erfüllt, dann noch genauso langsam den Waffenturm mit dem unwahrscheinlich langen Rohrrüssel von einem Fenster, aus dem ein Laken hängt, zum nächsten dreht, wie um zu prüfen, ob sich alle Fenster ergeben haben und die weißen Flaggen zu zählen –, dann fliehst du wieder, fliehst weiter, nachdem du von dem fröhlichen, jungen amerikanischen Offizier, der über dein vornehmes Englisch gestaunt und sich deshalb dem Fraternisierungsverbot mit ortsansässigen, flüchtigen und überhaupt jeglichen entwurzelten, vor Angst verkrüppelten Zivilpersonen widersetzt hat, der dir auch noch eine Packung »Camel« – Zigaretten, keine Papirossi! – und eine Tafel traumhafter, echter, himmlischer Milchschokolade geschenkt hat, erfahren hast, dass Thüringen schon in der Nacht auf morgen – heute Nacht! innerhalb von vierundzwanzig Stunden! – von den Amerikanern verlassen sein wird und die Sowjets morgen einmarschieren werden, und dann bist du verloren –, du fliehst weiter, nach Kassel, mit einer anderen russischen Familie, nachdem du die vorige unterwegs verloren hast, auch in Kassel ist alles zerbombt, und was nicht zerbombt ist, ist voll von Flüchtlingen, kein Ort zum Übernachten, du übernachtest auf Bündeln im Bahnhof mit den ausgeschlagenen Fensterscheiben, den ausgeschlagenen Türen, den unvergesslichen Wasserflecken von der geborstenen Kanalisation auf der Wand und dem Rest eines Plakats an derselben Wand, worauf den Reisenden noch vor kurzem mitgeteilt wurde, dass der Führer immer Recht hat, von dieser Mitteilung ist nur noch »Fü« am Anfang, »im« in der Mitte und »echt« am Ende übrig, wie um dich zu verhöhnen; am nächsten Tag fliehst du wieder, mit neuen Zufallsgefährten, die du mit den wenigen Scherzen aufzuheitern und zu trösten versuchst, die du noch auf der Pfanne hast, fährst du in den Süden, nach Bayern, ungewiss wohin, und gerätst in ein DP-Lager, erst in das eine, dann in ein anderes, in einer ehemaligen Schule und später in irgendwelchen Baracken, deine Dokumente sind insgesamt in Ordnung, sie sind natürlich gefälscht, aber eine solide Fälschung, eine zuverlässige Fälschung, erstklassig, und aus diesen tadellosen, erstklassig gefälschten Dokumenten geht hervor, dass du bis 39 in Lettland gelebt hast und folglich nicht der Auslieferung unterliegst, und wie viele Kommissionen du auch durchläufst, wie sehr die Leute von der sowjetischen Spionageabwehr, vom Innenministerium und von sonstwas – verflucht sollen sie alle sein – auch versuchen, dir auf die Schliche zu kommen und wie sehr sich die gleichgültigen, höflichen, stumpfen Amerikaner auch bemühen, dich an die Sowjets loszuwerden, du beharrst auf deiner Geschichte, du hast in Riga gewohnt und warst immer dort, hast in einer Heizungs- und Kaminsanierungsfirma gearbeitet, die Firma hatte den Namen Soundso und befand sich in der und der Straße, die Straßennamen kennst du ja und kannst fünfunddreißig Wörter und fünfzehn Sätze auf Lettisch sagen, und überhaupt bist du Deutscher, du hast die Dokumente eines deutschen Umsiedlers, hier sind sie, hier ist er, dein Rückkehrerausweis, der fabelhafte Rückkehrerausweis, der großartige Rückkehrerausweis, ausgestellt im Jahr 44, nach deiner Rückkehr aus Estland, daran ist nichts auszusetzen, lassen Sie mich in Ruhe, und sie lassen dich in Ruhe, im baltischen Lager, das nicht mit Stacheldraht, sondern mit einem einfachen Zaun vom russischen Lager abgetrennt ist, das unter Gerüchten und Ängsten ächzt, und durch diesen Zaun, überhaupt durch jeden Zaun kann man hinausgehen, ringsherum sind die Allgäuer Alpen, zu schön, als dass du ihnen glauben könntest, der Himmel ist von solcher Zartheit, die Berge sind von solchem Blau und das Gras ist von solchem Grün, dass es dir jedes Mal den Atem verschlägt, wenn du die Baracke verlässt, und sonderbar, du hast – nach zwei Wochen amerikanischer Verpflegung – noch oder vielleicht schon wieder genug Kraft, um in diese Berge zu wandern, hinaufzusteigen, immer weiter hinauf, einen steinigen Bach entlang, dich hinzusetzen, auf die Erde, einen Wurzelknorren, einen Baumstumpf, einen umgestürzten Baum und dem Murmeln des Wassers zu lauschen, seinem leisen, ewigen Plätschern, in die Vergangenheit zurückschweifend und dich mit dem Leben versöhnend, etwas zu lesen oder nichts zu lesen, zu schauen, wie sich über den Bäumen und hinter den Bäumen bewaldete Felshänge erheben und dahinter weitere Hänge und andere Gipfel, immer blauer und märchenhafter, und auf der grellgrünen Wiese inmitten der Hänge entdeckst du plötzlich eine schneeweiße katholische Kapelle mit rotem Dach und schiefem Glockentürmchen, du gehst natürlich hinein, betrachtest die komischen rotbäckigen Bauernmadonnen und die komischen Dorfheiligen, die auf Gott bauen, auf Sein Heil und Seine Gerechtigkeit vertrauen, setzt dich in eine Gebetsbank mit dem Klappbrett zum Niederknien, du kniest nicht nieder, betest aber doch, versuchst jedenfalls zu beten, in dieser wonnevollen Stille, wie du sie seit deiner Kindheit nicht mehr erinnerst, und sprichst die Gebete, an die du dich natürlich aus deiner Kindheit erinnerst, die du in deiner Jugend nicht gesprochen hast und die du nun immer öfter sprichst, plötzlich siehst du dich selbst von außen, von außen und von oben, mit den Augen der Heiligen, der Madonnen oder vielleicht so, wie deine Mutter und dein Vater jetzt auf dich herabschauen würden, und wenn du wieder unten bist, erfährst du, dass im russischen Lager eine Treibjagd und eine Messe zugleich stattfinden, in einer zur Kirche umfunktionierten Baracke wird ein russisch-orthodoxer Gottesdienst gefeiert, weil draußen und in den anderen Baracken und einfach überall Jagd auf die glücklichen Sowjetbürger gemacht wird, die von behelmten GIs in dröhnende Lastwagen getrieben werden, und die Menge vor der Kirche wogt von einer Seite zur anderen und lässt die Soldaten nicht durch, die versuchen, mal den einen, mal den anderen zu greifen und die verklammerten Hände zu lösen, von überallher hört man Gebete, die sonore Stimme des Geistlichen, der offenbar auch ausgeliefert werden soll, Schreie, Weinen, englische Flüche, und auch du sprichst vor dich hin, dass Gott mein Licht und mein Heil ist, vor wem soll ich mich fürchten? Gott ist mein Beschützer, was kann mir der Feind anhaben? aber Gott hilft nicht, die Gebete wirken nicht, andere GIs tauchen auf und beginnen mit den Gewehrkolben zu hantieren und in die Luft zu schießen, knapp an den Betenden vorbei, die Frauen werfen ihre Kinder über den Zaun in das lettische Lager, du selbst fängst ein schreiendes Mädchen auf, deine neue Tochter, drei Jahre alt und für das ganze Leben traumatisiert, am nächsten Morgen gibst du sie einer halbverrückten, vor Entsetzen halbblinden Frau, die sich in der Müllgrube, in der Latrine oder Gott weiß wo versteckt hat, nicht der Mutter des Mädchens – die Mutter hat sich die Vene aufgeschnitten, mit einer vorsorglich spitz abgebrochenen Glasscherbe, man hat sie schon, ob lebendig oder tot, vom Hof geschafft –, sondern der Schwester dieser Mutter oder Tante oder einfach einer Frau aus dem gleichen Dorf, dem gleichen Kosakendorf, einer einstmals herrischen, dicken Kosakin, die alle und alles verloren hat und sich nun an dieses Mädchen klammert, diese Anjutotschka an sich presst und vielleicht hofft, ihretwegen doch noch zu überleben.

Ja, ich schämte mich ein wenig, als ich diese Geschichten hörte, schreibt Alexandre Vosco auf einem seiner liniierten Blätter im Ordner »Wl. Gr.«, ich schämte mich meiner kürzlichen Verzweiflung und meiner jetzigen Freude und des Gefühls der Sinnlosigkeit von allem, was mir widerfahren war, mit dem ich die letzten Jahre gelebt hatte, und dieser neuen Empfindung, dass doch alles einen verborgenen, wohlmeinenden Sinn hat, wenn ich Wladimir anschaute, der neben mir auf dem schwankenden Deck stand, inmitten des grenzenlosen Ozeans, der weltweiten Leere, ich schämte mich also meiner persönlichsten, vielleicht besten, jedenfalls für mich wichtigsten Emotionen und Gedanken. Im Vergleich mit echter Not war all das schmählicher Luxus. Das können wir uns alles erlauben, dachte ich, wenn wir nicht mit Kolbenstößen in das sichere Verderben getrieben werden, wenn wir nicht in der Typhusbaracke liegen und die Bomben nicht neben uns einschlagen. Es gibt die Unanfechtbarkeit des Grauens, die unseren kleinen Kummer, unser nichtiges Glück aufhebt. Ich widersetzte mich ganz bewusst diesem Scham- und Schuldgefühl, schreibt Alexandre Vosco, ich dachte, die Welt besteht trotzdem nicht nur aus Bomben und Gewehrkolben, wir haben das Recht auf kompliziertere Emotionen als einfach nur Angst oder einfach nur Hoffnung, sogar als Mitleid, Empörung, Entrüstung … Auf dieses Recht zu verzichten, dachte ich, mich an der Reling festhaltend und das Gesicht dem Wind präsentierend, heißt, den Sieg der Bomben und den Sieg der Kolben anzuerkennen … In diesem Fall hätte man aus einfachen Würfeln bauen müssen, Hauptsache, man hatte schnell ein Dach über dem Kopf. Auf dieses Recht auf Kompliziertheit zu verzichten, heißt den Sieg der Baracken anzuerkennen, dachte ich, während ich mich zu Wolodja umdrehte, der seine obligatorische Papirossa im Wind anzuzünden versuchte, also den Sieg der Baracken über die Vielgestaltigkeit der Welt. Er erkannte diesen Sieg schließlich auch nicht an, dachte ich, während ich ihn anschaute, er erzählte mir, wie er im DP-Lager mit einem litauischen Ingenieur befreundet war, und wie sie in der Baracke saßen und sich immer schwierigere Aufgaben und immer kniffligere Lösungen ausdachten, wie sie sagenhafte Brücken über Milchflüsse bauten und – wenn sie etwas zum Zeichnen hatten – Pläne von phantastischen Kraftwerken und unglaublichen Gebäuden mit unglaublichen Dächern zeichneten, Straßen und Versorgungsleitungen zu ihnen verlegten; ihr Gelächter schallte dabei über das ganze Lager, so dass sich die anderen Bewohner früher oder später um sie versammelten, und fast jedes Mal hatte einer eine Flasche selbstgebrannten Schnaps dabei, die er bei den örtlichen, bayrisch grantelnden Bauern gegen amerikanische Papirossi eingetauscht hatte. Noch war ungewiss, ob sie überleben würden oder nicht, noch drehte sich das Rad der verrückt gewordenen Fortuna so schnell, schreibt A. N. W. und führt seinen eigenen oder Wladimir Grawes Vergleich an, wie sich das Rad eines auf den Kopf gestellten Fahrrads dreht, wenn man die Pedale kurbelt und sie plötzlich loslässt, es dreht sich und dreht sich immer weiter – und im August 45 oder so, irgendwo in Österreich, in einem zufälligen Dorf, wo er sich plötzlich befand, warum ist mir heute ein Rätsel, er wusste es vielleicht selbst nicht, um sich nach Italien durchzuschlagen oder aus einem anderen Grund, wäre Wladimir Grawe doch noch beinahe den Sowjets in die Hände gefallen, trotz seiner fabelhaft getürkten Dokumente, und als wäre das, was er in Kempten beobachtet hatte, nur eine Probe gewesen oder vielleicht eine Szene im Traum, wo das, was anfangs mit einem anderen passiert, plötzlich dir selbst geschieht, dir und keinem anderen, und du zu deinem Entsetzen vom Zuschauer zum Schauspieler wirst – hier und jetzt war alles genauso wie dort, genauso eine Menge, die sich aneinander festklammerte, genauso ein Geistlicher mit lauter Stimme und schwarzem Bart, der inmitten der Menge den Psalm vom Heil deklamierte, aber diesmal waren es keine amerikanischen, sondern englische Soldaten, die unter der Beobachtung von sowjetischen Offizieren und irgendwelchen zivilen Schuften alle nacheinander in genauso dröhnende Lastwagen trieben, ohne zu unterscheiden, wer ein alter Emigrant war und wer ein neuer, wer wo bis zum Jahr 39 gelebt und wer welche Papiere hatte – fahren Sie ins sowjetische Lager, dort wird alles geklärt –, die Menge wich zurück, gab nach, ohne die Hände loszulassen, und irgendwie, er wusste selbst nicht wie, aber irgendwie gelang es ihm doch, als einem von wenigen, sich aus dieser Menge herauszuarbeiten, dem immer enger werdenden Kreis der wütenden englischen Soldaten zu entkommen, über einen vom wolkenlosen Alpenhimmel erfüllten Wassergraben zu springen und dem zivilen Schuft, der ihm von Angesicht zu Angesicht den Weg vertrat, ohne zu überlegen einen Kinnhaken zu versetzen, zum ersten Mal im Leben, vielleicht mit dem herrlichen Gefühl der Befreiung von aller Mühsal und Pein und die Faust reibend auf die Dunkelheit zu warten, im hohen, wundervoll duftenden Gras inmitten von Wiesenblumen und irgendwelchen rosa Stachelbällchen hinter einer großen, grauen Scheune.

Er schlug sich nicht nach Italien durch, aber nach einer Woche des Herumirrens mit neuen zufälligen Gefährten, die er nach Kräften mit seinen letzten, allerletzten Witzen im Repertoire bei Laune hielt, über Berge, Einzelhöfe und verlassene Bahnstationen, erreichte er Innsbruck, bestieg einen Zug und fuhr nach München, wo, wie man ihm gesagt hatte, weniger Leute ausgeliefert wurden und man sich leichter verstecken konnte. München lag in Trümmern, war aber trotzdem schön. Er verbrachte übrigens keine lange Zeit, wenn ich es recht verstehe, nur wenige Monate, in der Funk-Kaserne, die ich bereits zu Anfang dieses Buches beschrieben habe, lebte auch eine Zeitlang in einem großen Lager in Schleißheim vor der Stadt (wo er übrigens die Bekanntschaft von Iwan Jelagin machte, mit dem er sich nach einer Lesung von Emigrantengedichten oder einem Laienschauspiel unterhielt; das eine wie das andere fand im Lager beinahe wöchentlich statt; in der Not brauchen die Menschen Gedichte und Schauspiel bekanntlich mehr, als in ihrem trügerischen Alltag …) und zog schließlich nach Bogenhausen, in eine – leider konnte ich nicht herausfinden, in welche – der halbzerbombten Villen, die von ihren Besitzern verlassen worden waren, möglicherweise von Nazibonzen, die seinerzeit anstelle der von ihnen vernichteten oder bestenfalls geflohenen Juden dort eingezogen waren, in eine dieser zu Beginn des Jahrhunderts im Jugendstil erbauten Villen, von denen es damals viele in Bogenhausen gab, nicht weit, könnte man denken, von dem Grundstück, wo Thomas Mann gelebt hatte, bevor er 1933 aus Deutschland floh, vielmehr nicht mehr von einer Schweizreise nach Deutschland zurückkehrte, mit Sicherheit aber nicht weit vom russischen Haus »Barmherziger Samariter« entfernt, das gleich nach dem Krieg auf Betreiben von Vater Alexander Kisseljow, einer offenbar sehr bemerkenswerten Persönlichkeit, gegründet worden war. Was genau er im russischen Gymnasium beim »Samariter« unterrichtete, technisches Zeichen oder Mathematik, weiß ich auch nicht, dafür sehe ich ihn, glaube ich, auf einem großen Gruppenfoto, einem klassischen Schulfoto, im Vordergrund die Schüler der unteren Klassen, die der oberen dahinter, die Lehrer, Geistlichen und Klassenbetreuerinnen in der zweiten und dritten Reihe – wahrscheinlich insgesamt zweihundert Personen (ich unternahm mehrmals den Versuch, sie zu zählen, und verzählte mich jedes Mal). Man sieht darauf das Gebäude des Gymnasiums, das heute noch unverändert steht, mit demselben Erker; man sieht die Bäume und kahlen Zweige des zur Isar abfallenden Gartens; sie knackten wahrscheinlich trocken und glücklich im feuchten Frühlingswind, als der unbekannte Fotograf endlich die ganze Horde aufgestellt hatte, alle Mädchenstimmen verstummt waren, das Kindergeschrei aufgehört hatte, die Bassstimmen der Geistlichen verhallt waren und die Zeit stillstand. Wladimir Grawe, sofern er es wirklich ist, woran ich nicht zweifle, sitzt auf einem unsichtbaren Stuhl oder Hocker – das werden wir nicht mehr herausfinden – in der zweiten Reihe links, nicht ganz am Rand, aber nicht weit davon entfernt, in Anzug und Krawatte, mit der unvermeidlichen runden Brille, ein wenig füllig, ein bisschen, aber wirklich nur ein kleines bisschen aufgeschwemmt, würde ich sagen, seine Wangen blähen sich nach unten auf, der Mund verzieht sich zu einem abwesenden, gewohnheitsmäßigen Lächeln, dennoch strahlt er eine ruhige Eleganz aus mit seiner Brille, seiner Krawatte, den kindlich, aber auch nur ganz leicht abstehenden Ohren und der großen, glänzenden Glatze, unter der die gesamte Trigonometrie Platz fand …

Es ging ihm gut in München; die Auslieferungen ebbten

ab; dann hörten sie ganz auf; die Angst wich. Im Süden der Stadt gab es Seen und Berge, die er liebte und wohin er jetzt gerne Ausflüge machte, nicht allein, sondern mit einer neuen Gefährtin (von der ich erst erfuhr, schreibt A.N.W. lächelnd, als wir schon in Argentinien angekommen waren); dieses Leben war wieder das alte russisch-orthodoxe Leben, das er einst in Riga geführt hatte, mit Ostern und Weihnachten, Bliny und Piroggen, Pfadfinderjugend, hektografierten Zeitungen, Kostüm- und Schwarzweiß-Bällen und immerwährenden Gesprächen über das Schicksal des Vaterlandes. Erstaunlich ist nur, dass er keinerlei Versuch unternahm, seinen Platz in dem nun schon etwas geordneter funktionierenden deutschen Leben zu finden, dass er zum Beispiel nicht den Kontakt zu Fritz Leonhardt wiederherstellte, sich nicht um eine Arbeit in irgendeiner Baufirma bemühte (auf die er im Unterschied zu den meisten DPs auf Grund seiner gefälschten Dokumente und seiner echten Vorgeschichte wahrscheinlich ein Recht gehabt hätte). Offenbar hatte er von Anfang an die Absicht, Europa zu verlassen und irgendwohin weit weg zu gehen, wo ihn keine sowjetischen Spionageabwehragenten aufspüren würden. In Nordamerika, bemerkt Alexander Woskoboinikow, wäre er nicht aufgenommen worden, wegen der beim Durchleuchten entdeckten Spuren der Tuberkulose, die er einst als Kind durchgemacht hatte, jener in seiner Familie verbreiteten Tuberkulose, zu deren Behandlung seine Mutter vor allen Kriegen und Revolutionen in die Schweiz gereist war; die Amerikaner, schreibt Alexandre Vosco, hatten aus irgendeinem Grund nicht weniger Angst vor der Tuberkulose als vor dem Kommunismus, anscheinend sogar noch mehr.

11. KAPITEL

... Il y a de l'utopie
Dans l'azur

Et même
Dans un ciel gris. ...

... Es ist etwas Utopisches
Im Azur

Und sogar
In einem grauen Himmel. ...

Eugène Guillevic

Alles änderte sich natürlich, sobald sie über die Gangway an Land gegangen waren; das Land der Antipoden verwandelte sich in ein Land von Menschen, die in einer unverständlichen Sprache redeten (Si, señor, Buenos Aires ...); der Ort der Träume verkehrte sich in Lagerhäuser, Hafenkräne und grellen Sonnenglast auf weißen Hauswänden. Die Zollkontrolle zog sich endlos quälend hin; die DPs bekamen Zahnschmerzen vor Scham ob ihrer kargen Habe – der Decke, des Kochtopfs und des Lakens ... Das alles stelle ich mir aber nur vor; in Alexandre Voscos Unterlagen wird ihre Ankunft nicht beschrieben. Nehmen wir an, er wurde im Hafen von einem Vertreter der Baufirma abgeholt (einer Tochter, wenn ich es richtig verstehe, des schwedischen Unternehmens *Skanska*), mit der er zusammenarbeitete und die er ein paarmal in seinen Papieren erwähnt; nehmen wir an, es war der dickliche, leicht unsympathische junge Mann mit dem pomadisierten Haar und dem ölig gefärbten Oberlippenbart, dessen Spitzen in die runden Wangen ragen, den ich jetzt auf zwei argentinischen Fotos von A.N.W. sehe, die ihn und Wladimir Grawe im Kreis von Kollegen, Partnern, Vorgesetzten und Untergebenen zeigen; die Gesichter sind wie auf allen Gruppenaufnahmen dümmlich erstarrt, die Augen blicken stier ins Objektiv; nehmen wir zu guter Letzt an, dass sie anschließend sofort in das von der Firma *Skanska Latin Amerika* für A.N.W. gebuchte Hotel fuhren und Wladimir Grawe endlich Alexandre Voscos Einladung annahm, mitzukommen und bei ihm zu wohnen, da er sich nach der Ankunft auf dem vom Krieg unberührten Festland nicht mehr verpflichtet fühlte, bei seinen Gefährten im Unglück und auf der Flucht zu bleiben. Das alles kann ich mir leicht vorstellen; schwieriger ist es, mir die Fahrt mit dem Taxi durch Buenos Aires im Jahr 1950 auszumalen, durch die Avenida Comodoro Py, Avenida del Libertador, Avenida Independencia und so weiter und so fort, durch alle diese Prachtstraßen oder auch weniger prächtigen Straßen, die natürlich an Europa erinnerten und folglich der Exotik entbehrten, mit der die Neuankömmlinge vielleicht insgeheim gerechnet hatten, aber doch durch Straßen, die ihnen vor Müdigkeit und Aufregung – wie so oft in fremden unbekannten Städten – endlos vorkamen, die einander endlos ablösten, mit allen ihren Häusern, Schaufenstern, Giebeldreiecken, Säulen und Portikus, ihrem pseudoklassizistischen Kolonialstil, mit ihren Parks, Palmen und Denkmälern für die Lokalhelden, Reiterstatuen und Standbildern, mit ihren pompösen Regierungsgebäuden, mit allen ihren Kirchen und Glockentürmen, ihren Villen, ihren Mauern, die wer weiß wozu gehörten, mit den Straßenbahngleisen, über die das Taxi holperte, und den Straßenbahnen, die ins Unbekannte davonfuhren, und einem betörenden Sonnenuntergang am Ende der Perspektive, die sich vor ihnen öffnete. Alles Gedankenspiele, Phantasien … Mit Gewissheit weiß ich nur, dass Wladimir Grawe schon nach ein paar Tagen in derselben Firma *Skanska Latin Amerika* arbeitete, in der ihm A. N. W. folglich zu einer Stelle verholfen hatte, und bald darauf eine Wohnung mietete, in der er bis zu seinem Tod lebte – in Belgrano, im Norden der Stadt, ganz in der Nähe der in der Calle Amenabar sitzenden Redaktion der monarchistischen russischen Zeitung *Unser Land*, die er las und wahrscheinlich abonniert hatte. Insgesamt gestaltete sich Wladimir Grawes Leben im Land seiner Zuflucht und Ruhe auf erstaunliche Weise anfangs viel glücklicher, als das von A. N. W., der sogleich mit neuen Schwierigkeiten konfrontiert war; Grawe machte nicht nur eine außerordentliche Karriere in seiner Baufirma, wo er Brücken, Bahnhöfe und Fabriken plante und nach einigen Jahren zum Chef anderer Ingenieure aufrückte, die ihn unverbrüchlich liebten und gerne um Rat und Hilfe baten, sondern er fand neben seiner ganzen Arbeit in kürzester Zeit und mit einer Leichtigkeit, die A. N. W. verblüffte, auch seinen Platz in der neuen Stadt und in der neuen Welt, indem er einen wachsenden Kreis von Freunden und Spielpartnern bei Préférence und Schach um sich scharte und ein Netz von beruflichen und privaten Kontakten knüpfte. In der russischen Dreifaltigkeitskirche in der Avenida Brazil versäumte er keinen einzigen Sonntagsgottesdienst, trat, wenn ich es richtig verstehe, in den Alexander-Newski-Bund ein (obwohl er natürlich nie dem Russischen Schutzcorps Serbien angehört hatte, er war nie auf dem Balkan gewesen) und war Stammgast im Russischen Club (in der »Russischen Kolonie«). Mit den DPs blieb er weiterhin freundschaftlich verbunden; wie nur wenige von ihnen wurde er von den alten Emigranten aufgenommen und anerkannt, die damals in Argentinien stramm rechts und unversöhnlich monarchistisch waren, sich ihr Leben nicht ohne Totenmesse für die als Märtyrer ermordete Zarenfamilie vorstellen konnten und jedes Jahr am 7. November den »Tag der russischen Trauer und Unversöhnlichkeit« begingen, wie er bei ihnen ganz offiziell hieß.

Bemerkenswert ist, dass Alexander Nikolajewitsch Woskoboinikow, ein Mann, der aus monarchistischer Emigrantensicht weit unbestrittener hätte dazugehören müssen, der immerhin an Judenitschs Feldzug nach Petrograd teilgenommen hatte und ehemaliger Lieven-Mann gewesen war, der zudem nie im Sowjetreich gelebt, sich nicht befleckt und nicht kompromittiert hatte, dass Alexander Nikolajewitsch keinen Kontakt zu diesem Milieu suchte, es vielmehr mied, als getaufter Lutheraner und hartgesottener Skeptiker nicht in die russische Kirche ging und den Bällen, die von der »Offiziersmesse« ehemaliger Offiziere der russischen Marine oder von der Vereinigung ehemaliger Kadetten des Pagencorps in Petersburg veranstaltet wurden, einsame Spaziergänge durch Buenos Aires vorzog und lieber allein im Café saß, in Gesellschaft seines Notizbuchs und seiner Skizzen …

Wladimir Grawe, denke ich heute, teilte wahrscheinlich die monarchistischen Überzeugungen seiner neuen Freunde und Bekannten auch nicht vollständig; es kam ihm nicht auf die Überzeugungen an. Er brauchte wohl in weit höherem Maß als Alexandre Vosco Menschen, fürchtete ein Leben in Einsamkeit, ohne menschliche Nähe und Unterstützung in dem fremden Land, in der fremden Welt. Die Frau, mit der er sehr bald in Belgrano zusammenzog (er kannte sie schon, wie sich zu A. N. W.s neuerlicher Verwunderung herausstellte, aus den Münchner Lagern und war mit ihr an die Seen gefahren; sie war entweder mit dem vorhergehenden oder dem nachfolgenden Transport in Buenos Aires eingetroffen), die er aber – das ist schon erstaunlich – erst heiratete, nachdem er die Nachricht vom schrecklichen Tod seiner ersten Frau und seiner Tochter erhalten hatte, diese Frau war wie er eine displaced person, eine Ukrainerin, die der Krieg aus dem heimatlichen Konotop oder dem heimatlichen Pryluky herausgerissen hatte, die wahrscheinlich einen vorzüglichen Borschtsch mit Fladenbrot kochte und meisterhaft Mehlklößchen zu machen verstand; auf dem einzigen Foto, das ich von ihr zu sehen bekam, trägt sie aus Anlass eines Kostümballs, wie die Unterschrift sagt, veranstaltet vom Verein ehemaliger Pensionatsschülerinnen, etwas Carmenartiges, Fatales – schwarzer Schal und eine Rose im Haar –, das auf komische und rührende Weise gar nicht zu den runden Armen und dem naiven, einfachen Gesicht passt.

Der Bau des von Alexandre Vosco geplanten Wolkenkratzers wurde zunächst immer weiter aufgeschoben und schließlich ganz aufgegeben; die Gründe waren teils politisch, teils finanziell; in seinen Unterlagen gibt es darüber keine Auskunft; dafür wird beim Blick auf seine erhaltenen Zeichnungen und Fotografien des heutigen Buenos Aires klar, dass seine Ideen in den achtziger und neunziger Jahren zur Verwendung kamen. Ihm wäre es jedoch niemals in den Sinn gekommen, unverrichteter Dinge nach Europa zurückzukehren. Ich verstehe heute nicht ganz, von welchem Geld er gelebt und was er im ersten Halbjahr in Buenos Aires gemacht hat, aus seinen Papieren geht es nicht hervor; man merkt nur, dass ihm die Stadt gefiel, sogar seine Einsamkeit in dieser Stadt gefiel ihm, eine sehr relative und deshalb erträgliche Einsamkeit übrigens, jedenfalls stelle ich es mir so vor, weil er wieder einen vertrauten Menschen in der Nähe hatte, der ihn seit der Kindheit kannte; man merkt auch, dass er nicht an ein Scheitern bei seinem Wolkenkratzer glaubte, vielmehr sicher war, dass seine Pechsträhne nun vorbei sei und eine Erfolgssträhne beginnen würde. Eine der für mich interessantesten Stellen in seinen Aufzeichnungen ist die Überlegung über die allmählichen Übergänge, die er im Leben beobachtet. Die Übergänge sind fließend, manchmal fast unmerklich, schreibt er; was beginnen soll, beginnt bereits eine gewisse Zeit vor seinem tatsächlichen Anfang; was schon zu Ende ist, erweckt noch den Anschein, als dauere es an; die Zukunft wie auch die Vergangenheit wirken sich in der Gegenwart aus. Wenn wir nur diesen Nachhall hören und diese Zeichen sehen könnten; in der Regel sehen wir sie aber nicht, hören wir ihn nicht … Er lauschte gleichsam auf etwas – so stelle ich es mir jedenfalls heute vor –, wenn er, den Fotoapparat in der Hand, durch das endlose Buenos Aires wanderte, in einem Zustand musikalischer Kontemplation, der ihm (an seinen besten Tagen) eigen war und in dem sich die verschiedenen Eindrücke – Steine, Schatten, Gitter vor den Fenstern und Gitter auf den Bürgersteigen rund um die Bäume mit ihrem Pfeilspitzendekor, gusseiserne Gullydeckel mit ihren stets rätselhaften Aufschriften, einem Abrakadabra aus Abkürzungen, Litfaßsäulen, Passanten mit Hüten, Regenschleppen auf Straßenbahngleisen und stahlgrau glänzendes Kopfsteinpflaster –, in dem sich all das zu einem Ganzen fügte, zu einem wandelbaren, beweglichen und folglich unvollendeten (weil ja auch das Leben noch nicht zu Ende war), aber dennoch abgeschlossenen (weil vollkommenen), allumfassenden, auf unerklärliche Weise sinnerfüllten Gesamteindruck. Und nach allen Wanderungen landete er natürlich im Café, in einem jener Cafés, von denen es in dieser unendlichen Stadt viele geben musste – so stelle ich es mir jedenfalls vor –, in einem dieser schummrigen, verrauchten Cafés mit abgewetzten, dunklen Ledermöbeln, Sofas, Sesseln und Stühlen, mit dunkel lackierter Holzvertäfelung an den Wänden, mit großen, dunkel angelaufenen Spiegeln und natürlich großen Ventilatoren, die sich an der Decke mit den dunklen Balken langsam und unerschütterlich, ja, geradezu feierlich drehten und in deren Knarren er ebenfalls eine besondere beruhigend-tröstliche Musik vernahm. In diesem ersten halben Jahr in Argentinien schrieb er, wie bereits gesagt, einige seiner wichtigsten Aufsätze; er schrieb sie zum größten Teil in diesen Cafés von Buenos Aires, die er sichtlich liebgewonnen hatte, was heute klar aus den Entwürfen hervorgeht, die ich in seinen argentinischen, für das europäische Auge ungewohnt langen und schmalen Notizbüchern gefunden habe, wo er im Zuge des Schreibens oder davon abschweifend mit raschen, kräftigen Strichen (diese Zeichnungen würden in Kürze endlich veröffentlicht werden, teilte mir Pierre Vosco vorgestern per E-Mail mit) die Gesichter der Besucher, Einrichtungsdetails, Spiegel, Fenster und immer wieder Ventilatoren zeichnete, sie auf geometrische Formen, Kreise, Rechtecke und Kreuze reduzierte und anschließend dazu überging, Polyeder zu zeichnen, Tetraeder und Oktoeder, wobei er sorgfältig, fast zärtlich die einzelnen Flächen schraffierte.

Wenn ich diese berühmten Aufsätze aus den fünfziger Jahren heute lese, die übrigens alle auf Französisch geschrieben sind – »Die Verführung der einfachen Formen« (»La tentation des formes simples«); »Reine Architektur« (»L'architecture pure«); »Le canon disparu«, was ich als »Zusammenbruch des Kanons« übersetzen würde –, dann verblüffen mich darin wohl zwei Dinge: Er schreibt so, als wäre er schon ein Star, oder sagen wir mal, als wäre es für ihn unwichtig oder nicht sehr wichtig, ob er all das bauen würde, was er noch bauen sollte, oder ob er überhaupt nichts mehr bauen würde, mit anderen Worten, als gründeten sich sein Rang und sein Platz in der Architekturgeschichte nicht auf seine verwirklichten Projekte und realisierten Ideen, nicht auf den Grad seiner Bekanntheit und die Verbreitung seines Ruhms, sondern auf etwas ganz Anderes, das er in sich spürte und erkannte oder als dessen Träger beziehungsweise Werkzeug er sich selbst spürte und erkannte. Er schreibt, mit anderen Worten, wie einer, der Macht hat. Kein Wunder, dass er diese 1950 geschriebenen Aufsätze bis zum Beginn der sechziger Jahre nicht veröffentlichte, als er auf dem Gipfel seines Ruhms nach Europa zurückkehrte. Damit hängt eine weitere Besonderheit dieser Texte zusammen, die mich heute verblüfft. Er schreibt darin überhaupt nicht über Architektur im allgemeinen, wie er es zum Beispiel in dem bekannten Manifest von 1930 getan hat und wie er später in verschiedenen Aufsätzen darüber geschrieben und in verschiedenen Vorträgen darüber gesprochen hat, die heute auch gedruckt vorliegen. Er schreibt über sich und die Architektur, über seine Aufgaben und Ideen, über seine ersten Eindrücke und Begegnungen im Zusammenhang mit der Architektur, er schreibt also so, sagen wir es wieder mit anderen Worten, als hätte er in diesen französischen Aufsätzen, ohne es selbst zu wissen, schon damit begonnen, die Erinnerungen aufzuschreiben, die er später auf Russisch und Deutsch fortsetzen sollte, und nicht bei seiner Kindheit und Jugend, Riga und dem Bürgerkrieg angefangen, sondern bei seinen ersten Deutschlandreisen in den zwanziger Jahren, bei seiner Bekanntschaft mit Mies van der Rohe und Bruno Taut, seinem Besuch des Bauhauses und seiner Reise nach München, um Theodor Fischer seine Verehrung zu bezeigen (genau so drückt er sich aus), einem der Helden (wieder wörtlich zitiert) seiner architektonischen Jugend. Dennoch zweifle ich nicht daran, dass diese Rückbesinnung auf die Vergangenheit irgendwie mit Wladimir Grawe zusammenhängt, damit, dass sich die Vergangenheit selbst auf ihn besonnen hat und zu ihm zurückgekehrt ist, dass er nun einen Menschen in der Nähe weiß, den er aus seiner Kindheit kennt und liebt und bei dem er nach einer Wanderung durch die Stadt und einem längeren Cafébesuch einfach mal hereinschauen kann, bei Wladimir Grawe also, um mit ihm in seinem stets offenen und gemütlichen Heim, das seine neue Frau, die noch nicht seine Frau ist, eingerichtet hat, ein Gläschen Wodka zu trinken, einen Teller ukrainische Galuschki oder russische Pelmeni zu essen und ihm schließlich auch von den eigenen ersten Reisen nach Berlin, Dessau und München zu erzählen, in Städte, die für Wladimir Grawe damals, in den zwanziger Jahren, noch und schon wieder unerreichbar waren, geradezu legendär.

Ich war ja selbst ein bescheidener Jungspund aus der fernen baltischen Provinz, schreibt Alexandre Vosco in einem seiner Aufsätze; ich hatte das Glück, den berühmten Streitgesprächen zwischen Mies van der Rohe und Hugo Häring beizuwohnen, die sich ein Atelier in Berlin teilten; ich stand, vielmehr saß abseits auf einem Hocker und dachte gar nicht daran, mich einzumischen und meine Meinung zu äußern. Mies und Häring erschienen mir wie Antipoden, wie gegensätzliche Pole der Architektur – Mies, der Rationalist, Häring der Mystiker, Mies der Klassiker, Häring der Romantiker, Mies war abstrakt, seine Gebäude kann man nutzen, wie man will, eine Universität zur Kirche machen, ein Wohnhaus zum Theater, Häring war immer konkret, das Wenige, was er hatte bauen können, ist von seiner Funktion, seiner Umgebung nicht zu trennen. Das stimmt natürlich nicht. Natürlich war auch Mies Romantiker, sogar Mystiker, und Häring konnte absolut rational sein. Ein Architekt braucht das eine wie das andere, er muss beide Prinzipien in sich vereinen, wie ja auch sein Beruf Berechnung und Phantasie, genaue Kenntnisse und die Vision eines Künstlers (»vision d'artiste«) in sich vereint. Dennoch überwiegt in dem einen das Eine und in dem anderen das Andere, deshalb verkörperten Mies und Häring, die miteinander befreundet waren und doch stritten, für mich einen äußerst wichtigen Gegensatz, ich hätte ihnen bei ihren

Streitgesprächen endlos zuhören mögen. Häring redete viel und leider nicht ohne Pathos, Mies war wortkarg, phlegmatisch, manchmal ironisch, gelegentlich auch bissig. Mies wanderte später nach Amerika aus und wurde weltberühmt, Häring blieb in Deutschland, verhielt sich jedoch ehrenwert, soviel ich weiß. Er konnte nur fast nichts bauen ... Ich blieb auch unter den Deutschen im Land und verhielt mich – wage ich zu denken – auch ehrenwert. All das lag damals noch in weiter Ferne, wir lebten eher in der Erinnerung an die vorangegangenen Katastrophen, obwohl auch sie uns bereits ferner rückten. Ich weiß noch gut, wie Mies plötzlich klar wurde, dass ich ein Weißer war; grinsend fragte er mich, während er seine obligatorische riesige Zigarre paffte, wie mir sein Denkmal für Karl Liebknecht, Rosa Luxemburg und die anderen Helden *unserer Revolution* gefalle. Ich antwortete, das Denkmal sei vorzüglich, ein Musterbeispiel für monumentale Abstraktion, nur den roten Stern, Hammer und Sichel habe er umsonst drangeklebt, auf rote Sterne pflege ich zu feuern. Auf unser Verhältnis hatte das keinerlei Einfluss, im Jahr 26 ging es schon um etwas Anderes (nach diesen Gesprächen und Begegnungen war es trotzdem spaßig, zu einer Versammlung von Baltikumern, wie man sie zu nennen pflegte, ehemaligen Kämpfern der baltischen Freicorps zu gehen, die Böses gegen die Republik im Schilde führten; im übrigen fand ich die Gesellschaft von linken Architekten damals schon interessanter). Andererseits schien mir in der Architektur derselbe Kampf weiterzugehen, den ich noch vor kurzem mit dem Gewehr in der Hand geführt hatte, nur war nicht ganz klar, wo genau die Front verlief, wer mit wem, wer gegen wen kämpfte. Hier ging es nicht um Politik, oder nur zum Teil, auf eine indirekte, sehr indirekte Weise ... Ich will versuchen, es ganz einfach (»tout simplement«) zu sagen, schreibt Alexandre Vosco. Die Architektur, schreibt er, ist ihrem Wesen nach utopisch, ob wir es wollen oder nicht, ob wir es merken oder nicht. Wir bauen nicht nur Häuser, nicht nur Schulen oder Bahnhöfe, Museen oder was auch immer, sondern verwirklichen jedes Mal auch, ob wir es merken oder nicht, unsere Vision von einer besseren Welt, einer idealen Stadt und bieten der Menschheit unser bescheidenes Projekt zum Umbau ihres leider allzu unvollkommenen Daseins an. Die Architekten, schreibt er weiter, sind immer auch – auf ihre Art, und sei's nur ganz wenig – Organisatoren des allgemeinen Glücks ... Aber ich kämpfte ja gegen die Organisatoren, ich hasste die Utopie und rang mit ihr, ich wusste nur allzu gut, um welchen Preis sie erkauft wird, erinnerte mich nur allzu gut an die gefrorenen Leichen auf der Landstraße bei Mitau. Ich war nicht vom Pathos der Neuen Welt beseelt, die Neue Welt gefiel mir nicht, ich bedauerte die Alte, bei all ihren nur zu offenkundigen Mängeln. Auch der Rigaer Jugendstil war mir lieb und teuer, von klein auf hatte ich mich an ihm begeistert, war beim Heranwachsen von ihm geprägt worden, und auch den sogenannten Historismus, mit dem Ende des vorigen Jahrhunderts so stark Missbrauch getrieben worden war, mochte ich. Noch in meinen Studentenjahren fuhr ich mit meinem unvergesslichen Lehrer, Professor Heinz Pirang, die Herrenhäuser und Schlösser ab, wir machten Fotos für sein Buch *Das baltische Herrenhaus*, die hervorragende dreibändige Beschreibung aller Schlösser und Gutshöfe in Livland und Kurland (ein hoher Akt der Nostalgie, eine Großtat aus Sehnsucht nach der

Vergangenheit). Dennoch verstand ich, dass man heute anders bauen musste, dass diese Welt ausgedient hatte und eine neue gebraucht wurde. Ja, nur welche? Nicht die, die *sie* bauten … Ich hatte den Wunsch, dass *meine neue Welt* nicht mit der alten brach und mit der unbestimmten, wichtigsten Sache harmonierte, die wir Natur nennen (»avec cette chose indéfinissable et la plus importante«). Mit anderen Worten, es ging mir sehr gegen den Strich, mit der Vergangenheit unbedacht und schonungslos zu brechen, was damals von so vielen propagiert wurde. Natürlich hat Frank Lloyd Wright Recht, wenn er heute über den Totalitarismus des sogenannten internationalen Stils schreibt. Trotzdem ist die Architektur, ich sage es noch einmal, ihrem Wesen nach utopisch, so dass ich verstand oder zumindest zu verstehen versuchte, warum so viele Architekten – und nicht die schlechtesten – auf der linken Seite der Barrikade waren. Ihre radikalen Ideen hatten auch für mich etwas Anziehendes, bei meinem sonstigen Abscheu gegen die neue Welt, die nichts von der Vergangenheit wusste, gegen die anonyme Welt, gegen Serienproduktion. Es gibt die Verführung der reinen Formen, schreibt Alexandre Vosco im gleichnamigen Aufsatz, es ist auf eine unwiderstehliche und mir klar bewusste Art verführerisch, etwas Kompliziertes auf etwas sehr Einfaches zu reduzieren, auf geometrische Konstruktionen, Konusse und Zylinder, alles Überflüssige und alle Verzierungen wegzulassen, ganz von vorne zu beginnen und der Wahrheit ins Auge zu schauen. Die Natur dieser Verführung zu verstehen, ist meiner Ansicht nach nicht schwer. Eine klare Struktur erzeugt in uns das Gefühl von Ordnung, also auch von Sinn. Wir sind ja dazu verdammt, unser ganzes Leben lang und in unserem ganzen Leben (»toute notre vie et dans toute notre vie«) einen Sinn zu suchen. Dennoch schien mir, obwohl ich mich nicht in die Streitgespräche zwischen Mies und Häring einmischte, dass dies nur eine Etappe auf dem Weg zur Annäherung an das Gesuchte sei, nur ein Moment in der Erlangung der Wahrheit. Die Strukturen des Lebens sind doch komplizierter, seine Ornamente bizarrer … Ich erinnere mich gut, wie ich darüber nachdachte, als ich eines Abends in meine Pension irgendwo beim Bahnhof Zoo zurückkehrte und die S-Bahn beobachtete, die auf die schöne alte Gleisbrücke voller Nieten herausbrauste, donnernd und aus irgendeinem Grund zischend zwischen den verrußten Rückwänden der scheinbar verlassenen Häuser hindurchfuhr, als wüssten diese schon, dass sie bald zu Ruinen würden, unter einem sehr weiten, sehr grauen Himmel, der sich über die Gleisbrücke spannte … Wieder und wieder müssen wir im Lauf unseres Lebens anerkennen, dass das Leben klüger ist als wir, dass es vielleicht unseren armseligen, kleinen Verstand verlacht, dass in ihm Gesetze und Kräfte wirken, die wir nur erahnen können, und dass alles ganz anders beschaffen ist, nicht so, wie wir mit unserem armseligen, kleinen Verstand denken. Und wenn alles nicht so beschaffen ist, wie wir denken, dann muss man auch anders bauen, schreibt Alexandre Vosco (1950, ein paar Wochen und Monate nach der Begegnung auf dem Dampfschiff); aber wie? Das eben ist die Frage. Auf diese Frage gibt es natürlich keine Antwort, und wir sind weiter von ihr entfernt denn je. Auf diese Frage muss man jeden Tag aufs neue eine Antwort suchen, folglich beginnt auch die Architektur jedes Mal aufs neue. Jedes neue Projekt und jedes neue Gebäude ist eine neue Geburt der Architektur, schreibt Alexandre Vosco. Vor kurzem war es noch nicht so. Noch vor kurzem existierte ein Kanon, von dem wir uns losgesagt haben, und der fertige Rezepte für die Organisation des Raumes und die Ordnung des Lebens angeboten hat. Ionische und dorische Säulen bringen uns von Haus aus einen Sinn nahe, einen Modus, die Sinnlosigkeit zu überwinden, einen Modus, das Chaos zu besiegen, der schon längst erprobt ist und anscheinend tadellos funktioniert. Die klassische Architektur ist nicht immer sehr gut, aber sehr selten ganz schlecht. Man braucht kein Genie zu sein, um mit Hilfe von Säulen, Giebeldreiecken und Portikus etwas zumindest Passables herzustellen. Weder die dorische noch die korinthische Säulenordnung lässt sich so einfach verhunzen. Die moderne Architektur ist manchmal sehr gut, aber weit öfter grausig, eine Katastrophe und ein Unglück für die Gesellschaft. Wir sind uns heute selbst überlassen und haben von niemandem Hilfe zu erwarten, weder Vitruv noch Alberti werden uns mehr retten. Die Architektur beginnt von neuem, erinnert sich aber demütig an die Vergangenheit. Demut und Wagemut – das sind ihre wichtigsten Eigenschaften. Wagemut und Einfachheit der Raumlösungen und demütige Einsicht in die Kompliziertheit der Welt, das sind ihre wichtigsten Komponenten. Letzten Endes kommen uns unsere besten Lösungen nach allen Mühen und Plagen von ganz allein, als würde sie uns jemand mit nachsichtigem Lächeln zur Belohnung für unsere Mühen und Plagen einflüstern. Und Ehrenwort, ich säße lieber nicht hier, in diesem Café, wie gemütlich es auch sein mag, sondern erhielte endlich einen mir angemessenen Auftrag, als Belohnung für meine Geduld, für mein Warten … Dieser letzte Satz steht natürlich in keinem Aufsatz von Alexandre Vosco. Aber wahrscheinlich dachte er ihn, wenn er den Blick von dem schmalen argentinischen Notizbuch hob und auf die Ventilatoren schaute, die sich im Tabaksqualm unter der Decke melancholisch drehten, und auf die langen Flaschenreihen hinter dem dunkelhäutigen Barmann mit Schnauzer in der weißen, verdächtig befleckten Jacke.

12. KAPITEL

… my steps repeat
Someone's who now has left such stands for good
Carrying his boots and padding like a child,
A square black figure whom the horizon understood …

… meine Schritte wiederholen die von jemandem,
Der solche Strände für immer verlassen hat,
Der seine Schuhe in der Hand trägt und watschelt wie ein Kind,
Eine breite schwarze Figur, vom Horizont verstanden …

Louis MacNeice

Die Brücke in Rio-Davia wurde gebraucht, weil man Öl gefunden hatte (einfach Öl, kein Schieferöl). Daher brauchte man auch einen neuen Hafen, in den Tanker einlaufen konnten, einen Hafen neben den Bohrlöchern und einer ebenfalls neuen, damals offenbar noch nicht fertiggestellten Raffinerie, wo das Rohöl an Ort und Stelle zu Benzin, Kerosin, Schmierfetten und anderen schönen Dingen verarbeitet werden sollte; und das Vorhandensein des Hafens, der Bohrlöcher, Raffinerien und Schmierfette, des thermischen Krackens und anderer schöner Dinge sicherte der Stadt Einnahmen, die es (Alexander Nikolajewitsch Woskoboinikow) erlaubten, den Bahnhof, die Universität, das Museum, das Stadion und im Grunde die ganze Stadt zu errichten, die bis dahin ein ungeordneter Haufen von Häusern, Häuschen und Hütten gewesen war, dazu Parks anzulegen und Prachtstraßen zu bauen. Die Ölförderanlagen (schreibt A. N. W.) befanden sich der Stadt genau gegenüber, auf einer Halbinsel, die mit einer schmalen, sandig-felsigen Landzunge fast ohne Vegetation – keine Vegetation überlebt diesen Wind – weit in den Ozean hinausragte; die Stadt, damals noch ein Städtchen, war von einer ebenfalls felsigen, mit wenigen Kiefern bestandenen Anhöhe gegen den Wind geschützt. Die Landzunge begann etwa fünfzig Kilometer weiter nördlich; die Bucht war zu seicht, als dass Tanker darin einlaufen konnten. Es gab zwei Varianten für die Entwicklung der Region (schreibt A. N. W. in fremder, hölzerner Sprache): die Bucht auszubaggern und den Hafen wie auch die Stadt nach Norden zu verlegen oder alles – den Hafen, die Stadt, die Förderanlagen und Raffinerien – mit einer Brücke zu verbinden. Die erste Variante war zu teuer und zu aufwendig; zu unserem Glück (gehen wir in unsere Sprache über) zog die Regierung (die das Öl und andere schöne Dinge gerade nationalisiert hatte) die Brücke vor. Damals existierten schon Brücken, die noch länger waren (George Washington Bridge, Golden Gate Bridge …); aber nirgendwo hatte man wohl in einer so windgepeitschten Lage gebaut. Es war, soviel ich weiß, das einzige Projekt, das A. N. W. und Wladimir Grawe gemeinsam ausarbeiteten; alles andere in Rio-Davia baute A. N. W. schon allein, in Zusammenarbeit mit anderen Ingenieuren, meistens mit dem oben erwähnten Pablo Gassman, mit dem zusammen er in den späten Jahren auch in Europa und Japan baute; Wladimir Grawe aber arbeitete in Buenos Aires an anderen Projekten. Womit das zusammenhing, weiß ich nicht; möglicherweise damit, dass Grawe Angestellter und nach kurzer Zeit führender Angestellter der Firma *Skanska Latin Amerika* blieb, die Aufträge in Rio-Davia aber irgendwelche anderen Firmen erhielten (wobei ich abermals nicht weiß, weshalb). Dafür war ihr einziges gemeinsames Projekt zwar nicht das bedeutendste, von A. N. W. in Argentinien realisierte Projekt – das war natürlich Rio-Davia insgesamt, die Prachtstraßen, die Parks, das Stadion und das Museum –, aber in jedem Fall das auffälligste, genauer gesagt, teuerste von allen, der Beginn seines Ruhmes und die Grundlage seines Erfolgs. Sie hatten mit dem Bau der Brücke gerade erst begonnen, schon wurde über sie in allen argentinischen, ja in allen lateinamerikanischen Zeitungen geschrieben; umso mehr, je länger daran gebaut wurde (insgesamt etwa sechs Jahre). Ich unterstehe mich natürlich nicht, sachkundig auf die technischen Probleme einzugehen, die sie zu lösen hatten und lösen konnten; die Brücke wirkt jedenfalls auf den Fotos wie ein fast unwirkliches, um nicht zu sagen, fantastisches Bauwerk, das auf den Pylonen gen Himmel auffliegt und zugleich steil gebogen ist, so dass man nicht ganz versteht, warum die Autos nicht ins Meer fallen und die über die obere Brücke fahrenden Züge nicht entgleisen und mitsamt den Autos hinunterstürzen. Die Autos fallen jedoch nicht herab, und die Züge entgleisen nicht, sondern alles hält sich auf wundersame Weise auf der Brücke, so wundersam, dass A. N. W. noch vor Abschluss der Arbeiten einen gläsernen Aussichtsturm bauen musste, für die Touristen, die die Baustelle belagerten, einen Turm, der in seiner transparenten Schlichtheit und ironischen Strenge schon längst in die Lehrbücher eingegangen ist, dessen notwendig gewordenen Bau er aber, glaubt man den Worten seines Sohnes, manchmal bedauerte, er rage doch zu schroff in die von ihm erdachte, mit der Brücke, den Pylonen und den Wanten organisierte und verwandelte Landschaft.

Von alledem war selbstverständlich noch nichts vorhanden, als Alexander Woskoboinikow zum ersten Mal nach Rio-Davia kam. Er war allein dorthin gefahren, ohne Wladimir, per Zug, der ihn gleich nach dem Einsteigen an die Züge erinnerte, in denen er als Kind mit seinem Vater durch Russland gefahren war. Damals verkehrten noch Dampflokomotiven in den Süden. Und diese Lokomotive war schwarz und schnaufend, mit Öltropfen übersät, eine klassische Dampflok mit Tender, wie er sie schon lange nicht mehr gesehen hatte. Mit dem Vater, einem Beamten im Generalsrang, war er natürlich erster Klasse gereist, im Schlafwagen und zuweilen auch im Sonderwagen für Inspekteure; hier gab es, wie mir scheint, überhaupt keine Klasseneinteilungen; es gab nur einen allgemeinen Waggon, der immer leerer wurde, je weiter sich der Zug von Buenos Aires entfernte und je weiter er nach Süden fuhr – bis Rio-Davia fuhren nur vier Personen –, dennoch war es genauso ein Zug, derselbe Zug wie damals, aus dem Russland von 1911 oder 1912 in das Land Argentinien von 1950 (oder schon 1951) versetzt, der genauso, eben ganz russisch, schnaufend und ohne Eile auf den Gleisen schaukelte und über die Gleisstöße ratterte. Ein muffiger Geruch nach Tabak, Schweiß und Staub hing im Raum, der sich in die einstmals samtenen und nun völlig verschlissenen Bezüge der einander zugekehrten Sitze hineingefressen hatte, als wäre dieser Waggon seit dem Jahr 11 nicht mehr gelüftet worden, obwohl die Fenster weit offen waren, so stelle ich es mir jedenfalls vor. Das Schnauben der Lokomotive und der brandige Geruch nach Kohlen und Qualm drangen von draußen herein und vermischten sich mit den gutturalen Stimmen und Schreien der immer weniger werdenden Mitreisenden und dem Geruch nach Staub, Schweiß und Tabak. Je weiter er sich von Buenos Aires entfernte, umso öder und weiter wurde die Landschaft, die er in dem Maße in sich einließ, wie sie sich vor ihm öffnete. Die ersten Gauchos tauchten auf – tatsächlich! – vor dem Fenster und im Waggon. Vor dem Fenster waren sie zu Pferd, winkten dem Zug zu, entfernten sich von ihm und näherten sich ihm wieder. Die gauchoähnlichen Personen im Wagen (Dolch am Gürtel, Tuch um den Hals ...) betrachteten A. N. W. mit argwöhnischer Neugier und drehten sich nach ihm um, bevor sie an irgendeiner staubigen Zwischenstation ausstiegen, mitten im Nichts, wahrhaftig mitten in der Pampa, sie drehten sich so um, als warteten sie darauf, dass er an dieser Station auch ausstiege, mitten in dieser Pampa, damit sie ihn zur Rede stellen könnten, wer er sei und was zum Teufel er hier wolle. Das wusste er ja vielleicht selbst noch nicht ...

Der Zug hielt plötzlich an, auch mitten im Nichts, und der ältliche, ehrwürdig bescheidene Schaffner mit grauem Backenbärtchen, der ihn ebenfalls an irgendwelche Figuren aus seiner Kindheit erinnerte, schickte sich an, das Essen auf einem wackligen Tischchen zu verteilen; mit verlegen zitternder Hand gab er das einzige Gericht, das er hatte – scharfe Bohnen –, auf Aluminiumteller auf und reichte sie den Passagieren für ein paar Pesos zusammen mit einer Flasche Bier oder einem Glas Matetee, den er ebenfalls mit zitternder Hand einschenkte; als die Prozedur beendet war, ruckte der Zug sofort an und setzte sich in Bewegung. Wieder Pampa, schütteres Buschwerk, vereinzelte Baumgruppen, gleichsam zufällig hierher verirrt, Wolken und Wolkenschatten, die über die Hügel zogen, die Ruhe eines großen (sehr großen), leeren (sehr leeren) Raumes, der ihm von seinen russischen Reisen mit dem Vater so gut in Erinnerung war, so vertraut aus seiner kurländischen Kindheit; wenn er auf die Gauchos blickte, die manchmal in der Tat, so stelle ich es mir jedenfalls vor, auf einem Hang davongaloppierten und hinter dem Zug zurückblieben, kam ihm wohl in den Sinn, wie lange er nicht mehr an seinen Großvater Vietinghoff gedacht hatte, der ihn einst das Reiten gelehrt hatte, im Hof seines Gutes bei Hasenpoth, wohin er als Kind gereist war, mit seiner Mutter und ohne sie, mit seiner Schwester und allein, und wo es natürlich auch diesen flachen, leeren Raum gab, der zwar keine große Ähnlichkeit mit der argentinischen Pampa hatte, aber doch flach und leer war, mit wenigen Einzelhöfen, Wäldchen und dem Himmel darüber, also beim Blick aus dem Fenster dachte er wohl an seinen Großvater Vietinghoff, der alles, was er im Umkreis sah, für sein von Gott gegebenes Stammland hielt (und von alledem drei Viertel, fünf Sechstel, sieben Achtel, wer will es heute noch berechnen, bei der Landreform von 1921 endgültig verloren hatte, zwei Jahre vor seinem Tod) und der in jenem Jahr 11 oder 12, als der Enkel ihn auf seinem Gut besuchte, ein siebzigjähriger, noch sehr schlanker und rüstiger alter Mann war, der zu seiner schon legendären Zeit in Turkestan und auf dem Balkan gekämpft und im übrigen keine Karriere gemacht hatte; die strebte er auch gar nicht an, war vielmehr darauf bedacht, sein Heimatgut niemals zu verlassen, wie auch seine Mutter dieses kurländische Gut niemals verlassen hatte, Alexander Woskoboinikows ebenfalls endgültig legendär gewordene Urgroßmutter, die berühmte Reiterin und Jägerin, Freundin von Schnaps und Tabak. Dieser siebzigjährige Baron Vietinghoff also, der wie ein Jüngling im Sattel saß und sich bis ins hohe Alter einen kindlich verschmitzten Zug um den Mund bewahrt hatte, etwas jungenhaft Unbekümmertes in seiner Gestalt und seinem Auftreten, pflegte in komische Verzweiflung zu geraten angesichts der Ungeschicklichkeit seines Enkels, der mit seinen elf Jahren noch mager und schmal war, ein langer Schlacks, der in die Höhe geschossen war wie manche Halbwüchsigen, die plötzlich für kurze Zeit ganz lange Beine und Arme haben und nicht wissen, wohin mit diesen Armen und Beinen. Trotzdem ritten sie aus dem Hof und dem Park hinaus. Irgendwo in der Ferne blaute der Wald, unter den Hufen spritzte die Erde auf, die Wangen glühten, in den Ohren sauste der Wind, und erst wenn sie diesen fernen Wald durchritten hatten und dann noch einen, wenn sie am Bienenstock vorbeigekommen waren, am Pastorenhaus und der Kirche und hinter der Kirche an weiteren kleinen Häusern, wenn sie über die Felder galoppiert und auf halbem Weg nach Goldingen zum großen, stillen, schwarzen See hinter Weiden und Kiefern gelangt waren, mit dem halbvermoderten Steg und dem halbgesunkenen Boot daneben, wechselten sie in den Trab und ritten dann im Schritt weiter, den Heimweg legten sie schon langsam zurück, jeder in seine eigenen Gedanken vertieft, und wenn sie gegen Abend das

Schloss mit seinen pseudogotischen Zinnen und den beiden Türmchen an den Ecken erreichten, dann leuchtete dieses Schloss hinter den Parkbäumen unter dem mit rosigen Federstrichen des Sonnenuntergangs bedeckten Himmel in einem so milden Licht aus den Fenstern, wie später kein einziges Haus mehr leuchten sollte, nie mehr. Er hatte großen Hunger, aber noch lieber wollte er in einem Winkel sitzen, in der Bibliothek oder im Salon, und etwas zeichnen oder abzeichnen, wie er es mit seinen elf oder zwölf Jahren ständig tat, auf allen Zetteln und Papierfetzen, wohl noch ohne jeden Gedanken an Architektur, nur besessen von seiner grafischen Leidenschaft. Und während er nun aus dem Fenster auf die vorbeiziehende Pampa blickte, dachte er wohl, dass es ihm ohne diese Reiterübungen in der Landeswehr schlecht ergangen und er nicht aus Berlin nach Libau geflüchtet wäre, wenn das Blut seines Großvaters nicht in ihm gesprochen, nicht gerufen und gesungen hätte.

Nach all diesen Echos der Vergangenheit ist es nicht einmal verwunderlich, dass der Bürgermeister, der Intendente von Rio-Davia, den er am Tag nach seiner Ankunft in dessen von Matetee und Zigarrenrauch stark aromatisiertem Büro mit den unvermeidlichen, so stelle ich es mir jedenfalls vor, Porträts des mondgesichtigen Perón und der großartigen Evita aufsuchte, dass dieser trockene und schon recht betagte Intendente für ihn Ähnlichkeit mit beiden zu haben schien – und zwar gleichzeitig –, mit seinem Vater und seinem Großvater (wobei sich sein Vater und sein Großvater überhaupt nicht ähnlich gewesen waren; oder hatte er diese Ähnlichkeit zu ihren Lebzeiten nur nicht bemerkt?), um die Mundpartie und in der Haltung erinnerte er ihn an den Großvater und in allem Übrigen – in seiner ganzen Erscheinung, im Augenausdruck, in der Krümmung der Nase und im Schwung der Brauen – an den Vater; er erinnerte ihn mit so süßem Weh an seinen damals schon fünfzehn Jahre toten Vater, Nikolai Timofejewitsch Woskoboinikow, dass ihn diese Ähnlichkeit während seiner ersten Begegnung mit dem Intendente die ganze Zeit über beschäftigte und verblüffte, wodurch er sich kaum auf die besagte Brücke konzentrieren konnte und deshalb überzeugt war, als er am Abend in das vom hygienischen Standpunkt aus äußerst fragwürdige, aber damals einzige Hotel in Rio-Davia zurückkehrte, dass ihm auch dieser Auftrag durch die Lappen gehen würde. Ob dem so war oder nicht, mich jedenfalls, wenn ich heute Fotos von diesem Bürgermeister betrachte, den A. N. W. in seinen Aufzeichnungen, in welcher Sprache auch immer sie geschrieben sind, stets nur Intendente nennt, so dass ich erst vor ganz kurzem nach einer E-Mail-Anfrage beim Archiv der Stadtverwaltung von Rio-Davia seinen Namen – Dr. Alberto Belongo – in Erfahrung bringen konnte, und dem A. N. W., wie er selbst schreibt, seinen ganzen Ruhm verdankt, da dieser – nach den Fotos zu urteilen – nachdenkliche, resolute Herr mit dem Zwickelbärtchen und den melancholisch abwesenden Augen, verborgen unter den geradezu verwegen aufspringenden, dichten und noch nicht ergrauten Brauen, die aus Sicht der Kommissionen verrückten Vorschläge von A. N. W. – erst die Brücke, dann das Museum usw. – über die nächsten sieben Jahre hin bis zu seinem Tod alle annahm, ohne sich mit einem anderen besonders zu beraten, und mit unbeugsamer, sanfter, spöttischer Beharrlichkeit durch eben diese städtischen oder staatlichen Kommissionen schleuste, so dass A. N. W. bauen konnte, was ihm einfiel, zu guter Letzt die Stadt, von der er immer geträumt hatte und die in den heutigen Architekturgeschichten meistens (ich komme nicht darum herum, diese inzwischen banale Tatsache zu erwähnen) als eine Alternative betrachtet wird, natürlich in unvergleichlich bescheidenerem Maßstab, aber immerhin als eine Alternative zu Niemeyers Brasilia, der Hauptstadt Brasiliens, die ebenfalls in jenen Jahren entstand ... Zurück zum Anfang des Satzes. Wenn ich diese Fotos betrachte, verblüfft mich auch – frappiert, würde sich Pierre Vosco wohl ausdrücken – die zweifellose und wahrscheinlich nicht nur äußere Ähnlichkeit dieses Mannes, der so spät in A. N. W.s Leben aufgetaucht ist und eine so bedeutende Rolle darin gespielt hat, mit Nikolai Timofejewitsch Woskoboinikow, der allem Anschein nach keine besondere Rolle im Leben seines Sohnes gespielt hatte, der aus der Stadt Nischni Lomow stammte und bis zur Revolution Inspektor der Ostsee-Eisenbahnen war, sofern diese Amtsbezeichnung zutrifft, und später Chef des Schienenverkehrs in der Lettischen Republik in den zwanziger und zu Beginn der dreißiger Jahre. Es gibt ein bemerkenswertes Foto aus der Mitte der zwanziger Jahre, das mir Pierre Vosco seinerzeit per E-Mail geschickt hat, auf dem sein Großvater, N. T. Woskoboinikow, auf einer ebenfalls bemerkenswerten Fahrvorrichtung abgebildet ist, deren Namen ich auch nicht weiß – ein Zwischending zwischen Draisine und Fahrrad, ein Eisenbahnfahrrad oder eine Fahrraddraisine, für vier Personen, von denen zwei, die außen sitzen, in die Pedale treten und die beiden in der Mitte Sitzenden nichts tun, nur sitzen und fahren, wobei sich der vordere – in diesem Fall Nikolai Timofejewitsch Woskoboinikow – wie die beiden außen Sitzenden an einer Art Lenker festhält, obwohl es natürlich nichts zu lenken gibt, das phantastische Fahrzeug rollt einfach von allein auf den Gleisen dahin. N. T. Woskoboinikow hält sich jedoch gar nicht so am Lenker fest, wie seine Gefährten es tun. Die lenken anscheinend wirklich mit konzentriertem ernstem Gesicht, einer im städtischen Anzug mit Hut und Krawatte, der andere im Regenmantel und mit Arbeitermütze. N .T. Woskoboinikow, der Chef von allen und der ganzen Eisenbahn, trägt ebenfalls einen Hut und einen schweren zweireihigen Mantel, aus dem ein Schal herausschaut; groß und breit wie sein Sohn und sein Enkel, fast schon schwerleibig, mit einem großen, breiten, abwesend fröhlichen Gesicht und versonnen lachenden Augen, hält er mit einer Hand diesen Lenker, fast ohne ihn zu berühren, und mit der anderen ein vertikales Eisenteil mit Schnörkelspitze – auf dem Foto erkennt man nicht, was es ist –, als wäre dieses Eisending mitnichten ein Bestandteil der Fahrraddraisine, sondern ein stutzerhafter, leichter, löwenköpfiger Spazierstock und als inspizierte er nicht den Zustand der lettischen Eisenbahnen, sondern flanierte irgendwo in Baden-Baden durch den Kurpark, betrachtete die Damen und freute sich auf das abendliche Spiel im Casino.

Mit derselben Anmutung des Flaneurs, der mit dem Geschehen um sich herum nichts zu tun hat und nichts zu tun haben will, steht Intendente Belongo auf den von mir ausfindig gemachten oder im Languedoc abfotografierten Fotos vor dem gerade erst von A. N. W. gebauten Glasgebäude der Universität von Rio-Davia und vor der neuen, ebenfalls von A. N. W. gebauten Stadtverwaltung im Kreis glotzäugiger Untergebener; aber er steht dabei so aufrecht in so offensichtlich militärischer Haltung, die Schuhe auf Hochglanz geputzt, der sogar auf der alten Fotografie erhalten ist, und den zivilen Rock so hoch zugeknöpft, wie heutzutage kein Jackett mehr zugeknöpft wird – die Krawatte ist kaum zu sehen –, dass dieser Rock wie eine Uniformjacke wirkt; seine ganze Erscheinung lässt auf irgendwelche Regimentsüberlieferungen und Familienlegenden schließen, auf in schweren Rahmen irgendwo hängende, dunkle Porträts von dunklen, aber ruhmreichen Vorfahren, die wahrscheinlich zusammen mit San Martin die Anden überquert und zusammen mit de Urquiza vielleicht den Tyrannen de Rosas gestürzt haben ... Auf einer anderen, im Languedoc abfotografierten Aufnahme, die vermutlich schon Maria gemacht hat (sie sollte bald in A. N. W.s Leben auftauchen), sehe ich sie beide, A. N. W. und den Intendente, zu Pferd, in etwas sehr feierlichem Schwarzen mit Tressen, fast schon Patronentaschen, auf dem Kopf runde, schwarze, feierliche Hüte mit silbernen Buckelverzierungen auf der breiten Krempe; der alte Indendente hält sich deutlich gerader und sicherer im Sattel als sein Hofarchitekt (wie er nach A. N. W.s eigener Aussage seinen Begleiter mehr oder weniger scherzhaft nannte).

Natürlich fand ihr erster gemeinsamer Ritt (wie sich A. N. W. seinerseits mehr oder weniger scherzhaft ausdrückt) wohl kaum sofort am nächsten Tag statt; ich weiß jedoch, dass A. N. W. am zweiten Tag nach seiner Ankunft zu Pferd und offensichtlich allein die Umgebung erkundete, die ganze Bucht am Ufer entlang abritt und sehr lange, sich hinter den Dünen vor dem Wind schützend, auf der steinigen, sandigen Landzunge unterwegs war, bis zur fernen Spitze mit den Bohrtürmen, den brennenden Fackeln und den wie

Banditen aussehenden Bewachern, die bei jeder Begegnung die Hand auf den Coltgriff am Gürtel legten und fragten, was er hier zu suchen habe, aber sofort freundlicher wurden, wenn sie erfuhren, dass er der Architekt war, der hier eine Brücke bauen sollte, und ihm ein Glas Whisky, eine Tasse Matetee oder ein Stück frischgebratenes Rindfleisch anboten. Er verständigte sich damals schon, jedenfalls stelle ich es mir so vor, in einem mehr oder weniger primitiven Spanisch; der gleichmütige, ewige Wind trug seine Worte fort … Die Uferkiesel rieselten von den Hufen; auf dem Dünenkamm tat sich vor ihm der Ozean auf, mit ungestümen Wellenkämmen; das Wasser in der Bucht dagegen trieb in kleinen, munteren Wellen voran; es wirkte kieselig, wie aus den Steinen ringsumher entstanden und eine Fortsetzung von ihnen. Er hatte wahrscheinlich dreißig Jahre nicht mehr im Sattel gesessen, seit dem Bürgerkrieg, seit dem Rückzug aus Petrograd; er dachte, wie er selbst schreibt, nicht mehr darüber nach, ob diese langen Jahre gut oder nicht gut, richtig oder nicht richtig verlaufen waren; er freute sich einfach, dass er das Reiten noch nicht ganz verlernt hatte; er freute sich über diesen Ritt, sogar über diesen Wind, der ihn von allen Seiten umwehte (und so wonnevoll an den ewigen Wind in Libau erinnerte); aufs Festland zurückgekehrt, hatte er trotz der beinahe dröhnenden Müdigkeit das Gefühl, als hätte der Ritt den Jungen in ihm wiedererweckt, der in der Abteilung des Fürsten Lieven und in der Armee von General Judenitsch für ein vages Ideal und gegen eine sehr klare Unwahrheit gekämpft hatte; den Jungen, der sich keinen Gedanken an Müdigkeit leisten konnte. Er stieg auf einen der Hügel, die Rio-Davia umschlossen, so steinig wie alles hier, mit einzelnen

Felsbrocken und wenigen vom Wind gebeugten Kiefern, auf einen dieser nicht sehr hohen Hügel (die durch tiefe, manchmal sogar sehr tiefe Schluchten voneinander getrennt waren), von dem aus man den ganzen Umkreis überblicken konnte, das Städtchen, die Bucht und das Meer, und von dem aus Maria und er später wiederholt Fotos machten – von dieser Bucht, dieser Stadt, der schon fertiggebauten Brücke, der gläsernen Universität im Baugerüst, dem von Baukränen umgebenen Museum und den künftigen Teichen im Zentralpark, die inmitten des Brachlandes glitzern. Von alledem gab es an jenem Herbstabend im April 1951 noch nichts. Er sprang auf die Erde, band das willige Pferdchen, das man ihm in der Stadtverwaltung gegeben hatte, an den rosigen, gleichsam entblößten Zweig einer vom Wind gebeugten Kiefer und ließ sich rücklings ins trockene Gras fallen. Riesige, tiefblaue, türkisfarbene, von abendlichem Gold überglänzte Wolken trieben schnell über ihm dahin, wie Eisschollen zur Mündung eines großen Flusses treiben, sich übereinander schichten und einander vorwärts schieben. Solch einen Himmel, einen verrückten Meereshimmel, hatte er wohl schon lange – oder noch nie – gesehen. Er war fünfzig Jahre alt, er fühlte sich jung, er wollte nicht sterben.

13. KAPITEL

Und nichts war verurteilt,
zu bleiben,
was es war –
damals, im raschen Wind.
Rainer Malkowski

Mehr weiß ich nicht über diesen ersten Aufenthalt von A. N. W. in Rio-Davia; ich weiß nur, dass er im Mai 1951, also einen Monat später, nachdem er den Auftrag erhalten hatte, dort erschien, zusammen mit Wladimir Grawe, der übrigens bald darauf nach Buenos Aires zurückfuhr und nur manchmal wiederkam; und dass A. N. W., als die Arbeiten und Berechnungen ernsthaft begonnen hatten, einesteils des Reisens müde und anderenteils der Freundschaft mit dem Intendente wegen, die bei ihm bereits zur Erkenntnis geführt hatte, dass seine Bautätigkeit mit der Brücke nicht beendet wäre, sondern vielleicht gerade erst angefangen habe, in einem dieser flachen Häuschen mit weißgekalkten Mauern, aus denen die Stadt damals im Grunde bestand, zwei Zimmer mietete, deren Fenster auf den stillen Patio hinausgingen (es sind keine Fotos erhalten). Was Maria betrifft, so kam sie, wie aus ihren Briefen an die prüde, gebärfreudige englische Freundin hervorgeht, die ich im Languedoc abfotografiert habe, fast zur gleichen Zeit wie ihr künftiger zweiter Mann nach Rio-Davia, also ganze fünf Jahre nach dem so dumm zustande gekommenen Tod ihres ersten Mannes (in der stillen Straße durch ein zufälliges Auto), in denen sie ihren Kummer nicht bewältigt hatte (oder vielleicht auch eine spätere *große Enttäuschung,* »a big disappointment«, die sie in ihrem Briefwechsel ein paar Mal durchblicken lässt). Es war ihr egal, wohin sie gehen würde, jedenfalls behauptet sie das in den Briefen an ihre gebärfreudige Freundin, die sie nach Europa holen wollte, Hauptsache weg aus Buenos Aires, weg von den Erinnerungen, weg von den aufdringlichen Verwandten, den Freunden des Bruders und Vettern vierten Grades, die davon träumten, die junge Witwe zu trösten. Nach Europa ging sie trotzdem nicht, sie zog das Ende der Welt vor, die Einöde jenseits aller Zivilisation. Wie gelangte sie just nach Rio-Davia? Warum ausgerechnet nach Rio-Davia? Gab es irgendeine Verbindung zwischen ihrer Familie und zum Beispiel der des Intendente Belongo? Das geht aus keinen Unterlagen hervor; man erkennt nur eine gewisse Ähnlichkeit zwischen diesen Familien, dieselben Namen in den Familienüberlieferungen, Urquiza, Domingo Sarmiento. Ihr Großvater mütterlicherseits, »du côté maternel«, hatte noch in jungen Jahren an der Eroberung und Erschließung des argentinischen Südens teilgenommen, an der sogenannten Conquista del Desierto, der Unterwerfung der Wüste, die den letzten unglücklichen Indianerstämmen natürlich das Verderben brachte, sodass Maria auf der Flucht vor ihrem Leid in gewissem Sinne auf den Spuren und in den Fußstapfen ihres einst, zu Beginn ihres Lebens, vergötterten, längst verstorbenen Großvaters hierherkam – das ist eines der wenigen Dinge, die ich über ihre Kindheit, ihre Vorgeschichte weiß, und zwar nicht von Viviana, die wohl keinerlei Interesse für ihren mythischen argentinischen Urahn hegte, sondern von Pierre Vosco, der mir schon bei unserem Münchner Treffen davon erzählt und hinzugefügt hatte, wie ich mich erinnere, dass sein Vater gerne sagte, ihre Vorfahren hätten sie beide, ihn und Maria, nach Rio-Davia geführt.

Wie dem auch gewesen sein mag, in ihren Briefen habe ich keine Erwähnung des Intendente gefunden; vielleicht kannten sie einander gar nicht, bevor Alexandre Vosco sie einander vorstellte; der Intendente hatte von dieser rätselhaften Englisch- und Französischlehrerin zuvor vielleicht nur am Rande gehört, von dieser Frau, die aus heiterem Himmel in *seiner* Stadt aufgetaucht war, in der kurz vor ihrem Erscheinen neugegründeten Universität, die noch notdürftig in irgendwelchen kleinen Dorfhäusern untergebracht war, in Erwartung des architektonischen Meisterwerks, das A. N. W. zwei Jahre später entworfen haben würde. Sie mietete vermutlich ebenfalls ein Zimmer oder zwei in einem ebensolchen flachen, kleinen Haus mit weißgekalkten Mauern und einem Patio wie das, in dem sich Alexandre Vosco eingemietet hatte, eine halbe Stunde in gemächlichem Fußgängertempo auf den steinigen, staubigen Straßen von dieser Universität in Rio-Davia entfernt, die sich in ihren Anfängen wohl noch nicht besonders von einer Lehranstalt für Bummelschüler unterschied; sie arbeitete ihre Stunden ab und ließ sich mit niemandem ein. Ich sehe meine Kollegen und Studenten, schreibt sie an ihre Freundin im langen Brief vom 10. Mai 1951, es sind nur Kollegen, nur Studenten, ich bin für sie niemand und sie sind niemand für mich. Ich werde dieses

Leben wohl kaum lange aushalten; aber das ist übrigens unwichtig, »it doesn't really matter«. Wenn ich nur schlafen könnte. Ihre Briefe sind voller Klagen über ihre Schlaflosigkeit; diese Schlaflosigkeit (meine berühmte Schlaflosigkeit, »my famous insomnia«) sollte sie noch lange verfolgen. Meine berühmte Schlaflosigkeit hat sich heute Nacht in aller Kraft und Schönheit gezeigt (»in all its beauty and strength«); ich scherze aus Kummer, was bleibt mir anderes übrig ... Ich komme nach Hause, schreibt sie im selben Brief, falle aufs Bett und bin sofort für fünfzehn Minuten eingeschlafen. Dann wird es dunkel, und ich fürchte mich schon, auf die Straße zu gehen. Ich habe natürlich einen Revolver, bemerkt sie mit der Unverblümtheit, mit der man wahrscheinlich nur in der Neuen Welt über Waffen spricht, aber ich kann gleichwohl nirgendwohin gehen und mag auch gar nicht aus dem Haus. Ich habe den ganzen Chateaubriand wiedergelesen, »the whole of him«, von *Atala* bis *La vie de Rancé*, auch Stendhal und Thomas Hardy. Manchmal liege ich nur da und lausche. Der Wind rauscht, der ewige Wind hier, ein Hund bellt. Von der Straße hört man Stimmen, grobe Stimmen, betrunkene Stimmen. Dann wird alles still, dann bellt wieder irgendwo ein Hund. Die Zeit verrinnt, gerade war es sechs Uhr abends und im Nu ist es schon neun. Ich bin dreißig Jahre alt; wo ist meine Jugend hin? Sie ist verschwunden, und ich hoffe auf nichts mehr. Ich werde wahrscheinlich nie mehr von hier weggehen, also werde ich hier auch sterben.

Im nächsten Brief teilt sie mit, dass sie angefangen habe zu reiten, sagt aber nicht, mit wem, und dass dies ihre Stimmung gehoben habe. Wie Du Dich sicher erinnerst, schreibt sie an die Freundin, ist es meine Lieblingsbeschäftigung, irgendwohin zu fahren oder vielmehr einfach herumzufahren oder zu reiten, mit hohem Tempo, auf einem Pferd oder mit dem Auto (»to ride a horse, to drive a car ...«). Autos gibt es hier nur ganz wenige; meine Nachbarn haben aber doch einen alten Pickup »Dodge« (toll, grün, mit hohem Trittbrett und sechs Zylindern, Baujahr 1936 wahrscheinlich); ich habe wohl alle völlig überwältigt (»perplexed them all«), als ich seine Zündkerzen gereinigt habe (worauf er nicht mehr stotterte) und im Hof herumgefahren bin. Jetzt darf ich ihn fahren. Wenn ich auf die Straße rolle, springen die schmutzigen Lausebengel gleich aufs Trittbrett und versuchen, in den Kasten zu klettern, am liebsten noch auf die Motorhaube, sodass ich jedes Mal anhalten und sie ins Fahrerhaus einsteigen lassen muss. Nur die Schatten der Wolken laufen übers Gras hinter uns her, die von den Rädern aufgewirbelte Staubwolke versucht sie und uns einzuholen, es sind keine Menschen mehr da, wir treffen auf nachdenkliche Kühe, ein einsamer Raubvogel kreist über den Hügeln oder steht einfach in der Luft, mit weitgespannten Flügeln, da denkt man, wie schön es wäre, irgendwohin zu fahren, vom einen Ende der Welt zum anderen, ohne sich irgendwo aufzuhalten, alles vergessend, ohne Vergangenheit und ohne Zukunft, in unablässiger Bewegung und unvergänglicher Ruhe. Dann denkt man, ist ja alles Quatsch, fängt an mit den Jungs zu plaudern, kehrt um und fährt zurück in die Stadt.

Was die Umstände ihrer Bekanntschaft mit A. N. W. angeht, so weiß ich nichts darüber; Viviana teilt mir in einer unwilligen Antwort auf meine Briefe mit, nein, davon hätten sie ihr nie erzählt und sie hätte nicht gefragt oder es vergessen, und überhaupt, was hat das denn jetzt noch für eine Bedeutung? Sie haben sich eben kennengelernt, am Ende der Welt, vor tausend Jahren … In Marias Briefen taucht er ganz plötzlich auf, Anfang 1952, ohne jede Erklärung unter dem überraschend hispanisierten Namen Alejandro, als hätte sie nicht gewusst, was sie mit seiner russisch-baltischen Herkunft anfangen sollte. Möglicherweise ist der wichtigste Brief, in dem sie von ihrem Kennenlernen erzählt haben mag, verlorengegangen oder Maria nicht mit allen anderen zurückgegeben oder von ihr selbst irgendwo anders aufbewahrt worden, sodass ich ihn übersehen habe … Ich glaube heute, dass sie sich an jenem Ort und zu jener Zeit, da sie das Schicksal zusammenführte, einfach kennenlernen mussten. Sie waren exotische Geschöpfe in dem fernen, wilden Kaff – eine rätselhafte junge Witwe aus einer reichen, vornehmen kreolischen Familie, die sich aus irgendeinem Grund in die tiefste Provinz vergraben hat, und ein berühmter Architekt, sapperlot, direkt aus Paris. Er war damals noch nicht berühmt und war nicht direkt aus Paris gekommen, aber die Einheimischen vom Intendente bis zu den Bauarbeitern hätten es wahrscheinlich sehr gerne gehabt, dass es so gewesen wäre, folglich war es für sie auch so. Die örtlichen Klatschmäuler führten sie, das Schicksal nachahmend, wahrscheinlich sofort zueinander; unsere Freundschaft (»our friendship«), schreibt sie ein wenig später, ist Hauptthema des Stadtklatsches (»the main gossip of the town«); man soll die Menschheit nicht enttäuschen. Ich habe das Wochenende mit Alejandro verbracht, teilt sie am 20. März 1952 mit, wieder ohne Erklärung und ohne Kommentar, als verstünde sich das für ihre gebärfreudige englische Freundin von selbst. »I spent the weekend with Alejandro …« Von nun an ist dies – neben der berühmten Schlaflosigkeit – das Leitmotiv ihrer Briefe. Offenbar war es für sie doch schwierig, sich in der allzu katholischen, allzu provinziellen Kleinstadt zu treffen. Sie verdrückten sich immer weiter nach Süden, weg von den scheelen Blicken und dem widerlich mitfühlenden Grinsen, ins endgültige Nirgendwo und in die Menschenleere am Meer, soweit das Auge reichte. In den Briefen taucht (anfangs wohl als Scherz) das Wort *Estanzia* auf. Wir flüchteten auf unsere Estanzia … Besagte Estanzia sieht man sehr schön auf einigen im Languedoc abfotografierten Aufnahmen. Es war einfach ein Haus mit Terrasse und einem Schutzdach auf zwei runden Pfosten, ein flaches, dunkles Haus, nicht groß, gegen den Seewind geschützt durch eine Kette ebenso dunkler und kieseliger Hügel, wie sie in dieser Gegend offenbar überall zu finden waren, und niedrigen, zur Erde gebeugten Kiefern wie auch überall; bis zur nächsten Behausung waren es etwa zehn Kilometer, bis Rio-Davia wahrscheinlich etwa fünfzig. Sie glaubten, dass es weiter südlich nichts mehr gäbe, weiter südlich käme schon die Antarktis. Das stimmte natürlich nicht, aber aus irgendeinem Grund belustigte sie dieser Gedanke, tröstete sie sogar. Hier ist Schluss; weiter geht es nicht mehr … A. N. W. kaufte dieses Haus anscheinend wie später auch das im Languedoc für einen Apfel und ein Ei; bemerkenswert ist jedoch, dass er im Unterschied zum Haus im Languedoc hier nichts unternahm, um es umzubauen oder persönlich einzurichten, folglich betrachtete er es nur als zeitweilige, wenn auch reizvolle Unterkunft. Sie wohnten hier nicht, sie liebten sich hier. Maria schreibt mit verblüffender Offenheit über diese Liebe, als wäre sie nicht die Frau, die sie war, sondern ein achtzehnjähriges Mädchen, das im

Feuer der sexuellen Revolution brennt, und als schriebe man nicht das Jahr 52, sondern zum Beispiel 68; kein Wunder, dass ihre Briefe zu ihr zurückkamen. »So we just did it in the car and then in the cabin, and I came three times consequently, screaming and biting him like a whore.« Dennoch hört man hier die Naivität einer Pensionatsschülerin heraus, gestatte ich mir zu bemerken; keine Hure schreit oder beißt; höchstens wenn sie stürmische Leidenschaft vorspielen muss, selbstverständlich gegen Aufpreis. Naivität ist kein Hindernis für Ironie … Ihre Briefe sind ironisch, oft traurig, selbst nachdem Alejandro aufgetaucht ist. Dennoch merkt man, wie sie sich allmählich beruhigt; die Erwähnungen ihrer Schlaflosigkeit werden seltener, dafür immer ironischer (»my famous, my beloved and cherished insomnia«). Sie war wohl von Natur aus eine Spottdrossel; verlachte übrigens eher sich selbst als andere Menschen. Da ist deine verrückte Schulkameradin (»your crazy school-mate«) weiß der Teufel wo gelandet, in Gesellschaft eines Mannes, den sie liebt und den sie, ehrlich gesagt, überhaupt nicht kennt. Sein Leben ist für mich wie ein Märchen, schreibt sie an anderer Stelle, »a sort of a fairy tale«, ich versuche mir diesen Bürgerkrieg in Russland vorzustellen, diesen Feldzug nach Petrograd mit einem General, dessen Namen ich mir weder merken noch aussprechen kann, und bin natürlich nicht imstande, mir all das auszumalen, dieses Land und diesen Krieg, obwohl sich der wahrscheinlich gar nicht so sehr von unseren hiesigen Bürgerkriegen unterschieden hat … Trotzdem bemüht sie sich offenbar, sich seine Vergangenheit zu vergegenwärtigen, ihn wieder und wieder nach diesen sagenhaften Kriegen und Ländern zu befragen. Wie aber wich diese

Vergangenheit von ihm zurück ... und wie kam sie plötzlich wieder, wenn er ihr davon erzählte, beim Heulen des ewigen Windes und Knistern des Reisigs im Ofen oder Kamin, den er abends in der Estanzia heizte. Diese Estanzia war im Grunde wie eine russische Datscha, nur lag Russland so weit weg, als wäre es gar nicht vorhanden, nicht einmal in der Vergangenheit, von der er erzählte. In Buenos Aires mit seiner russisch-orthodoxen Kirche, dem monarchistischen Club und der Zeitung *Unser Land* war Russland, zumindest jenes untergegangene Russland, auch weit weg, aber es war immerhin noch da. Hier war es gar nicht vorhanden, hier hatte es sich wirklich in ein »fairy tale« verwandelt, hier brauste nur der Wind ums Haus. Wilder Wind, was stürmst du gegen Scheiben, entriegelst Läden, lässt sie treiben, wiederholte er in Gedanken ein vielleicht einstmals geliebtes Gedicht. Die Allerliebste – wie dem verfluchten Fremden sie verwehren?

Die Allerliebste, sie saß neben ihm und schaute ins Feuer, man konnte ihr alles erzählen – auf Französisch –, von General Judenitsch und von der baltischen Landeswehr und von Paris unter deutscher Besatzung, oder von seiner Flucht mit den Eltern im Januar 1919 aus Riga, das die Bolschewiken eingenommen hatten, nach Mitau, im Schlitten, bei klirrender Kälte im langen Treck anderer Flüchtlinge, anderer Schlitten und Fuhrwerke, die aufeinander und übereinander fuhren, und von der Flucht vor den Bolschewiken ein paar Tage später noch weiter nach Libau, zusammen mit irgendwelchen Kollegen des Vaters, an die er sich nicht mehr erinnerte, mit irgendwelchen Offizieren, im Güterwagen eines endlosen Zuges, in diesem unvergesslichen Güterwagen, in den sich plötzlich die ganze lustige deutsche Varieté-Truppe hereinzwängte, die noch vor kurzem in Riga die vom Krieg ermatteten Soldaten aufgeheitert hatte, und je weiter sie fuhren, umso dunkler, lustiger und geheimnisvoller wurde es im Waggon, wie lockende Lichtlein erglühten in der bangen Dunkelheit angezündete Papirossi, Wein kam zum Vorschein, sogar Champagner, die Offiziere dröhnten mit tiefen Bassstimmen, die Schauspielerinnen tuschelten aufgeregt und wehrten zum Schein Annäherungen ab, kreischten plötzlich auf und flüsterten gurrend etwas Unverständliches, was die Offiziere noch tiefer sprechen ließ; man lachte immer lauter, sogar die Kollegen seines Vaters räusperten sich zufrieden, schließlich verhängte die Mutter die Wagenecke mit einem Laken, damit er und vor allem seine damals neunjährige Schwester nicht sehen konnten, was geschah, aber er sah natürlich alles, er war ja schon erwachsen, und als seine Schwester eingeschlafen war, kam seine anscheinend so strenge Mama, die in Wirklichkeit, wie er damals schon ahnte, bereit war, alle zu verstehen, allen zu verzeihen, außer sich selbst, hinter ihrem Vorhang heraus und schaltete sich ebenfalls in das Gespräch mit den jungen Damen ein, zu deren nicht geringer Verwunderung, wonach sie erklärte, diese seien insgesamt gute, wenngleich leichtfertige Mädchen und man müsse versuchen, sie alle in Libau zu verheiraten. Auf den Zwischenstationen verkauften die deutschen Soldaten, von der Revolution verführt, ihre Waffen an irgendwelche undurchsichtigen Personen, auch in Libau taten sie es, und wenn keine undurchsichtigen Personen in der Nähe waren, zerbrachen sie sie einfach und warfen sie weg, zerschlugen ihre Karabiner an Laternenpfählen, man konnte ihnen nicht Einhalt gebieten, weil niemand da war, der es hätte tun können. Schon damals hatte er in die Landeswehr, die sich gerade formierte, eintreten wollen, aber seine Eltern brachten ihn fort, fast mit Gewalt, auf dem Schiff nach Memel und weiter nach Berlin, von wo er einen Monat später dennoch zurück nach Libau ausriss. All das konnte er ihr erzählen, sie lachte natürlich, wenn er von den Schauspielerinnen im Waggon berichtete, und begann plötzlich zu weinen, wenn er erzählte, wie sie im März desselben Jahres 19 Mitau zurückeroberten, die Geiseln jedoch nicht mehr befreien konnten und tags darauf auf der Rigaer Landstraße die froststarren Leichen von Frauen und Greisen mit ausgebreiteten Armen entdeckten, und von immer weiteren Greisen und weiteren Frauen, die von den abziehenden Roten vertrieben und auf der Straße erschossen worden waren, eine solche Masse von Leichen mit aufgerissenen Augen und klaffenden Mündern, die dort am Straßenrand herumlagen, dass er gar nicht erst versuchte, die zu zählen; und wer sie später aufgesammelt und begraben habe, das wisse er nicht, weil er mit der ganzen Lievenschen Abteilung abkommandiert wurde, um die Frontlinie entlang der Kurländischen Aa zu halten, eben jener Kurländischen Aa, die er flussabwärts fast noch als Kind im Boot überquert hatte, was von den Eltern strengstens verboten war, mit seinem wiedergewonnenen Freund, der jetzt in Buenos Aires lebe und versprochen habe, bald nach Rio-Davia zu kommen. Damals lagen sie noch ganze zwei Monate an diesem Fluss, der anfangs zugefroren war, sodass die Roten auf ihr Ufer herüberwechselten und sie natürlich auf das andere hinüber, angeführt von Unterleutnant Timofejew, einem Mann von furchtlosem Wagemut, von dem er, Alejandro, vielleicht etwas ganz Wichtiges gelernt habe, von dem unvergesslichen, immer eine kurze Pfeife rauchenden Unterleutnant Timofejew, der am Ende des Jahres, nach dem Scheitern aller Armeen und Hoffnungen, in Narva an Typhus und seinen Verwundungen starb; sie versetzten damals die rückwärtigen Truppen der Bolschewiken ganz schön in Panik und lebten überhaupt recht lustig auf einem großen, reichen Gehöft, freudig umsorgt von der dicken Hausfrau, die in den letzten Monaten einiges durchgemacht hatte, und wahrscheinlich habe er niemals, weder vorher noch nachher, eine so brüderliche, selbstlose Nähe unter so verschiedenen Männern empfunden, die das Schicksal in einer Abteilung zusammengeführt hatte und die damals und dort, an jenem Ort und zu jener Zeit, wie er vermute, tatsächlich bereit waren, sich füreinander zu opfern. Man konnte, um es noch einmal zu sagen, und musste sogar, das heißt, er musste ihr all das erzählen, aber man brauchte auch nichts zu erzählen, man konnte sie einfach nur anschauen, im Bewusstsein, dass es nun keinen vertrauteren, teureren Menschen mehr gab und geben würde, und dass dies dennoch ein anderer, nicht mehr fremder oder plötzlich nur für kurze Zeit fremd gewordener Mensch war, der einem aber letzten Endes wie alle Menschen für immer ein Rätsel bleiben würde. Man musste sie noch von einem Fremden zurückerobern, nicht von irgendeinem Fremden und Dritten, nicht einmal von den Erinnerungen an diesen Dritten, vielmehr Ersten, an ihre ums Leben gekommene erste Liebe, sondern von einem Fremden als solchen, von der unseligen, uralten, verfluchten Fremdheit der Welt. Sie igelte sich in sich selbst ein, erstarrte zu Eis, als wäre sie von ihrem eigenen Frost, einer inneren Kälte erfasst worden, danach taute sie wieder auf. Es stand plötzlich etwas zwischen ihnen. Ihm machte das fast nichts aus, er wusste, dass es vorübergehen würde. Er erinnerte sich wahrscheinlich (mit bitterer Zärtlichkeit, jetzt, da er selbst glücklich war) an seine arme Nina, Nina, die noch rätselhafter scheinen wollte, als sie war, im Grunde aber für ihn einfach zu verstehen, mit ihren missglückten Gedichten und ihrem Drang nach einer weltbewegenden Heldentat. Sie war für ihn auch deshalb zu verstehen (so dachte er vielleicht, wenn er zuschaute, wie das Reisig im Feuer brannte und zerbrach), weil sie eben eine Russin war, dieselben Bücher gelesen hatte und mit denselben Überlieferungen aufgewachsen war. Nina brauchte man nichts zu erzählen, sie wusste auch so alles über die Lievenleute. Hier gab es keine gemeinsamen Überlieferungen, und man musste mit der Zeitrechnung von vorne beginnen, jetzt, an diesem Abend.

Es gibt zwei köstliche Fotos schon aus dem Jahr 53, und nicht einfach 53, sondern von Maria mit dem Datum 5. – ausgerechnet! – März 1953 versehen, auf dem einen Bild steht sie, Maria, auf dem anderen er, A. N. W., vor ihrer Estanzia in fast identischer Pose, ein Gewehr – wohl eine Winchester – in der rechten Hand und einen Revolver – wohl einen Colt – in der linken, zwei waschechte Figuren aus den Western, die sie sich später so gerne im Kino auf dem Dorf und in der Hauptstadt anschauten. Am 5. März 1953, an dem Tag, als in Russland der schnauzbärtige Vampir starb und sich meine völlig unsportliche Mutter zum Schwimmen in ein Eisloch stürzte, weil sie nicht wusste, wohin vor Glück, fotografierten sie sich also gegenseitig in dieser kriegerischen

Pose, in Argentinien, am anderen Ende der Welt, und das ist im Grunde genommen so seltsam, dass ich mir diese Aufnahmen heute immerzu ansehe und nicht weiß, wie ich mit meiner Verwunderung fertig werden soll. Der breite A. N. W. (in aufgekrempelter Hose und kariertem Hemd wie ein Cowboy), lächelt, die schelmischen Augen zusammengekniffen, breit, ruhig und liebevoll, Maria (ganz in Schwarz, in Hose und Stiefeln und mit einem Halstuch nach Art der Cowboys oder Gauchos) hält den Gewehrkolben auf die keck ausgestellte Hüfte gestützt und schaut in die Kamera, ohne zu lächeln, aber mit frechem, zärtlichem Spott in den ebenfalls verengten Augen, mit dem Ausdruck fröhlicher Bereitschaft, auf jeden Gaucho und jeden Bandido zu schießen, der es wagen sollte, sich zu nähern. Diese Winchester und dieser Colt sind natürlich kein Spiel und keine Laune (oder nur ein klein wenig für sie); keine Laune ist auch der rotbraune deutsche Schäferhund, der mit hochgereckter schwarzer Schnauze beifällig auf Colt und Winchester blickt. Sie wollten wahrscheinlich gar nicht ernsthaft darüber nachdenken, wie lange sie sich verteidigen könnten, wenn sie wirklich von Gauchos und Bandidos überfallen würden; sonst wären sie nicht jahrein, jahraus fast jedes Wochenende auf diese einsame Estanzia gefahren, von 52 bis etwa 56, bis zu Vivianas Geburt und ihrer Rückkehr nach Buenos Aires. Das Auto, mit dem sie fuhren, ist auf weiteren Fotos sehr gut zu sehen, ein großer schwarzer Chevrolet-Pickup, wenn ich richtig tippe, Baujahr 1950, von atemberaubender Schönheit, würde ich sagen, mit chromblitzenden Orgelpfeifen vor dem Kühler und Scheinwerfern, deren Ausdruck natürlich an den sowjetischen »Pobeda« (»Sieg«) erinnert; mit

Siegermiene tätschelt Maria seine Motorhaube. Auf diesen Fotos sieht man sie nie zu zweit, also war niemand in der Nähe, der sie beide hätte zusammen aufnehmen können; niemand, keine Menschenseele, ist auch auf den zahllosen Meeresfotos zu sehen; Kieselstrand, weite Wellen. Man sieht, wie das Licht auf dem Wasser flimmert, wie sich die Wolken darauf spiegeln; man sieht ein sehr fernes Kap, die geschwungene Linie der Bucht, sanfte verschwimmende Hügel; man sieht den Schäferhund, dessen Namen ich in ihren Unterlagen nicht finden konnte, nach seinem Stöckchen rennen, über nasse Kiesel und von den Wellen hinterlassene Schaumfetzen, oder gestreckt hochspringen, um dieses Stöckchen dem mit allen seinen edlen Hundefalten lachenden Alejandro endlich aus der Hand zu reißen. Man sieht sie beide immer wieder aufs neue, die Helden ihres Dramas, auf ihrer Bühne, A. N. W. mit glücklichem Gesicht, Maria mit wehendem Haar oder flatterndem Kopftuch, unter dem sie das Haar versteckt hat; aber sonst niemanden und nichts, als wäre niemand jemals an diesem Meeresstrand gewesen, als hätten sie ihn gerade erst am Vortag entdeckt, diesen Strand, diese Hügel, dieses Kap …; die ersten Menschen auf unschuldiger, von Zeit und Bosheit noch unberührter, unverdorbener Erde. In diesen Jahren, wenn ich es richtig verstehe, begann er nicht nur Steine, Muscheln und vom Meer abgenagte Holzstücke zu sammeln, die eines Tages die Marseiller Zollbeamten so belustigen sollten, sondern auch all das zu fotografieren, die Holzstücke, die Muscheln mit ihren vielfältigen Spiralwindungen und mannigfaltigen Schneckenschnörkeln – dabei ging er wohl in die Hocke oder beugte sich mit seiner Leica tief darüber –, irgendwelche rostigen Ketten, irgendwelche Eisenteile unbestimmter Herkunft und unbestimmter Verwendung, und einfach nur Kieselsteine, einfach nur Sand, trockenen Sand und nassen Sand, Wellenspuren, Tang und Meeresschaum auf diesem Sand, Büschel von bleichem, scharfem, windgepeitschtem Gras und immer wieder Schatten, Schatten dieses Grases auf dem Sand, winzige Steinchen und die Schatten dieser winzigen Steinchen, seinen eigenen Schatten und Marias fliegenden Schatten.

Es gibt das unvergleichliche, lockende und erschreckende Schweigen der Fotografien, insbesondere der Schwarzweißfotografien, ein Schweigen, das den Abgrund zwischen der Welt der Worte und der Welt der Dinge bloßlegt, nein, aufbricht, über den ich oben geschrieben habe, den unpassierbaren, unbesiegbaren Abgrund zwischen unserer Welt der Worte und der uns ewig fremd bleibenden Welt der Dinge, die nichts von uns wissen und unseren Blick nicht mit ihrem Blick erwidern. Die Dinge schweigen, sie brauchen keine Worte. Es schweigen alle diese Muscheln mit allen ihren Windungen, diese Spuren, diese Schatten; es schweigen diese Zweige, diese rätselhaften, rostigen Eisenteile und Eisenklingen des bleichen Strandgrases, sie ruhen in ihrem Schweigen. Sogar die Menschen auf alten Fotografien, besonders auf schwarzweißen, wirken erstarrt in ihrer eigenen Stille, in ihrem für Worte unzugänglichen und unbotmäßigen Sein … Auf A.N.W.s argentinischen Aufnahmen scheint dieses fotografische Schweigen so tief zu sein, als wäre es nur ein Teil oder nur, man verzeihe mir das Oxymoron, das Echo jenes gewaltigen Schweigens, in das die Welt für den Fotografen und sein einziges Modell mit wehendem

Haar versank. Hier war noch nichts, an diesem Ende der Welt, nichts war hier gesagt noch geschrieben, noch gebaut. Nicht hier, aber von hier aus konnte man beginnen, die Welt neu zu bauen, was er im Grunde auch tat, wenn er nach Rio-Davia zurückkehrte (am Sonntagabend vielleicht, wie von einer russischen Datscha, in der Dämmerung oder schon in der Dunkelheit …), wo im gleichen Jahr 1953 der Bau der Brücke noch in vollem Gang war, aber unter anderem auch schon an der Universität gebaut wurde, die A. N. W. wie eine Raupe aus Glas und Stein entworfen hatte, die den Launen der Landschaft folgend von einem der sanften Hügel herabkroch, über die man jetzt nicht mehr sagen konnte, dass sie die Stadt umschlossen, da diese in jenen Jahren stürmisch gewachsen und kein Städtchen mehr war; sie breitete sich jetzt immer ungehemmter und entschlossener auf den Hügeln und in den Tälern zwischen ihnen aus, mit ihren Straßen und ihren von A. N. W. geplanten Stadtvierteln, nur die Kuppen blieben in der Regel unbebaut und folglich unbewohnt; A. N. W. pflanzte darauf mit Unterstützung des starke Zigarren rauchenden, die Einwände der haarspalterischen Kommissionen wegwischenden Intendente Kiefern – zwar vom Wind gebeugt, aber immerhin Kiefern – und verwandelte die Schotteroberfläche zwischen ihnen in sauber geharkten Kies mit Inseln aus großen Steinen, Findlingen und Felsbrocken nach dem Vorbild der japanischen Gärten, die er damals von Fotos kannte und später in Kyoto selbst studierte; die Hügel von Rio-Davia hörten infolgedessen für immer auf, düster und schwarz über dem Städtchen zu dräuen, bereit, es als mythische Wesen zu verschlingen – so wirken sie jedenfalls auf alten Aufnahmen aus der Epoche vor Woskoboinikow –, sie wurden gezähmt und zu einem Teil der von A.N.W. geschaffenen künstlichen und zugleich natürlichen Landschaft, wie er selbst in einem seiner bekanntesten Aufsätze (»Mes expériences d'architecte à Rio-Davia«, *Urbanisme*, 1965) schreibt, einer Landschaft, die nicht mehr einfach natürlich ist, obwohl sie ihre naturgegebenen Eigenschaften und Konturen bewahrt hat, und trotzdem nicht einfach künstlich, nicht einfach eine Stadtlandschaft, wie er schreibt, weil sie der Natur angenähert ist, aus ihr herauswächst oder wieder in sie hineinwächst. Die Form dieser Hügel, schreibt er, ihre sanften Hänge, ihre Spalten, ihre Flächen und Stufen, habe die Form einiger für seinen Plan zentral wichtiger Gebäude, die sich die Hügel herabziehen, nicht nur vorbestimmt, insbesondere und in erster Linie die Form der bereits erwähnten Universität, die ebenfalls in Stufen und zugleich in Halbkreisen abwärts verläuft, wobei ihre Glasseite, die am Anfang oben konkav, dann konvex, dann wieder konkav und wieder konvex gebogen und vom Hang abgekehrt ist, sodass man aus allen oder fast allen Hörsälen unter verschiedenen Winkeln und in weiter Ferne den Ozean sehen kann. Nur die Büros der Mitarbeiter, zu denen er übrigens auch selbst gehörte, da er in der von ihm gebauten Universität schon bald Vorlesungen über Architekturgeschichte hielt und Studenten unterrichtete, die davon träumten, sein Werk fortzusetzen, sind den Hängen und Kiefern zugekehrt – die Form dieser Hügel musste sich natürlich auch, wie er schreibt, in den beiden, ihrerseits einander ergänzenden und sich gewissermaßen entsprechenden, für seinen Plan ebenfalls zentral wichtigen Gebäuden unten im Tal widerspiegeln, denen er eine den Hügeln ähnelnde konusförmige Gestalt gegeben hatte, mit einem Flachdach, auf dem er natürlich ebenfalls einen Garten aus Steinen, Kiefern und Kies habe anlegen müssen; es handelt sich, wie der Leser schon erraten hat (»comme le lecteur l'a déjà deviné«) um das Museum für Naturgeschichte und das Museum für Zeitgenössische Kunst, mit deren Bau im folgenden Jahr 1954 begonnen wurde, schon nachdem, füge ich von mir aus hinzu, A.N.W. und Maria in Buenos Aires eine bescheidene Hochzeit gefeiert hatten (die vermutlich deshalb so bescheiden war – nicht einmal Fotos davon haben sich erhalten –, weil sie weder ihr noch ihm wichtig war, sondern ihren Eltern, Verwandten, Bekannten und dem Steuerinspektor; für sie selbst war alles auch ohne sie entschieden. Danke für die Glückwünsche, schreibt Maria an ihre längst verheiratete englische Freundin, aber Ehrenwort, »upon my word«, ich wäre diesmal lieber ohne weltliche und kirchliche Vulgaritäten ausgekommen; was geht alle diese Leute mein Leben an und mich ihr Geschwätz ...).

Diese Vorliebe für Naturformen hinderte A.N.W. selbstverständlich nicht daran (der Architekt gibt sich wie jeder Künstler Regeln, um von Zeit zu Zeit gegen sie zu verstoßen, bemerkt er irgendwo), in einem der gewundenen, mehr oder weniger windgeschützten Täler am fernen südwestlichen Rand von Rio-Davia einen kleinen Wald, wie er sich ausdrückt, aus kleinen Wolkenkratzern zu errichten (»un petit forêt de petits gratte-ciel«), die, nach den Fotos zu urteilen, durch ihre unterschiedliche Höhe ins Auge stechen (die Bäume im Wald sind ja auch nicht alle gleich hoch ...); einen kleinen Wald aus Glastürmen, die einander widerspiegeln, neun bis dreißig Stockwerke hoch, insgesamt sieben, wenn ich richtig zähle; sie sind auch insofern bemerkenswert, als jeder von ihnen in horizontaler Projektion eine besondere Figur bildet, ein überraschendes Vieleck, mal langgestreckt, mal sternförmig, mal konkav gebogen, so dass sie in den Sturmwolkenhimmel Patagoniens aufragen, ohne Flaschen oder Federkästchen zu gleichen, wie es Wolkenkratzer leider allzu oft tun, vielmehr wachsen sie als phantastische geometrische Geschöpfe in den Himmel hinauf, bezaubert vom Spiel ihrer Flächen und ihrer Spiegelbilder. Ihr Bau, der 1954 geplant und erst zu Beginn der sechziger Jahre vollständig abgeschlossen war, überwacht von dem oben erwähnten Pablo Gassman, mit dem A. N. W. in diesen argentinischen Jahren Bekanntschaft und Freundschaft geschlossen hatte, löste die Wohnungsprobleme der in den fünfziger und sechziger Jahren immer weiter wachsenden Stadt nur vorübergehend; die mitsamt der Stadt wachsenden Elendsviertel am Stadtrand zu besiegen, gelang A. N. W. nicht.

Intendente Belongo und Pablo Gassman, damals noch ganz jung mit südländischen Augen – sonst sehe ich keine Personen in ihrem Leben in Rio-Davia. Offensichtlich waren sie die Einsamkeit schließlich leid; ab 1956 verbringen sie immer mehr Zeit in Buenos Aires; 1957 ziehen sie endgültig dorthin zurück. Außerdem waren die wichtigsten Gebäude in Rio-Davia zwar noch nicht gebaut, aber schon geplant, erdacht und begonnen; der Intendente, der nach Peróns Sturz mehr und mehr an Einfluss verlor, ging in den Ruhestand und zog sich auf seine – echte, nicht scherzhaft so bezeichnete – Estanzia zurück, wo er im Spätherbst 1959 starb, einige Monate vor der Rückreise seines *Hofarchitekten* nach

Europa. Der schon lange nicht mehr als Hofarchitekt fungierende A.N.W. hatte anfangs wohl gar nicht an die Ausreise nach Europa gedacht, da er offenbar vorhatte, seine zunehmend international gefragte Tätigkeit – 1958 flog er zum ersten Mal nach New York, von dort nach Tokio – von seiner Herzensstadt Buenos Aires aus, wie er sie an einer Stelle seiner Aufzeichnungen nennt, auszuüben, wo er ein eigenes Büro hatte, aufgebaut nicht ohne Marias Hilfe, die ihre Lehrtätigkeit an der Universität aufgegeben hatte, aber nicht den Wunsch verspürte, nur noch Mutter, Gattin und Hausfrau zu sein. Nachdem sie die praktische Seite des Geschäfts übernommen hatte, die Korrespondenz mit den Auftraggebern und das Ausfüllen der Steuererklärung, ergab es sich doch, dass sie auch auf seine kreative, seine Sonnenseite wechselte; so drückt sich jedenfalls der bereits erwähnte Jean Lavalle aus, wenn er die späteren Pariser Jahre beschreibt. Hatte A.N.W. schon zu lange vor einem Modell gestanden und dieselbe Wand mal ein wenig nach rechts, mal ein wenig nach links verschoben – er konnte stundenlang so stehen, ohne zu beachten, was um ihn herum geschah, schreibt Lavalle –, stellte sie sich plötzlich neben ihn und verschob mit einem wollüstigen, fast lasterhaften Grinsen, schreibt Lavalle, dieselbe Wand auf noch ganz andere Weise, was außer ihr natürlich niemand gewagt hätte. Im Büro in Buenos Aires herrschten wahrscheinlich ähnliche Sitten. Das Porträt eines ganz anderen Lavalle hing im Haus von Marias Eltern, von dem ich nur weiß, dass es sich im Norden der Stadt befand (und noch befindet; Vivianas Cousins, Neffen und Großneffen leben bis heute dort), im Viertel Belgrano, wo auch (aber unvergleichlich bescheidener) Wladimir Grawe wohnte, nicht weit von der Avenida Crámer entfernt; auch sonst weiß ich kaum etwas über diese Eltern – A.N.W. schreibt nichts über sie, und von Viviana habe ich bislang noch nichts Aussagekräftiges über ihre Großmutter und ihren Großvater in Erfahrung bringen können, wie sehr ich sie auch mit E-Mails bombardiert habe (gestern, heute, vor einer Woche). A.N.W. erwähnt nur das Porträt des anderen Lavalle, des Generals Juan Lavalle, eines Helden (oder Verbrechers) der frühen argentinischen Geschichte, der ebenfalls mit San Martin die Anden überquert, am gescheiterten Perufeldzug teilgenommen und anschließend einen Gouverneur von Buenos Aires verjagt (und hingerichtet) hatte, um selbst von einem anderen Gouverneur (und noch größeren Verbrecher), nämlich de Rosas, verbannt zu werden und im Norden, unweit der bolivianischen Grenze, auf sehr schlimme, sehr dumme Weise ums Leben zu kommen.

Ich nehme an, A.N.W. ging es in erster Linie um die Namensgleichheit; trotzdem dachte er sicher, als er dieses Porträt in eines seiner schmalen Notizbücher abzeichnete, ein Gesicht mit ausgeprägten Wangenknochen und schwarzem Bart, epische Epauletten, Achselschnüre, Ordenorgie, über den Reiz fremder Überlieferungen nach – wie jetzt auch ich –, über den Zauber einer fremden Geschichte, einer Geschichte, die dir noch vor kurzem nichts bedeutet hat und mit der du nun plötzlich in eine überraschende, dich aus irgendeinem Grund erregende Beziehung trittst; ich kann mir vorstellen, mit welchem Vergnügen er zuhörte, wenn sein Schwiegervater und seine Schwiegermutter von der Flucht ihres legendären Vorfahren zusammen mit diesem General Lavalle nach Montevideo erzählten, von wo aus die beiden versuchten, den erstarkten de Rosas erneut zu stürzen. Maria bedeuteten diese Familienüberlieferungen offensichtlich mehr, als sie vielleicht zuzugeben bereit war; wir sind Unitaristen, schreibt sie mehrmals an ihre englische Freundin; du weißt, wie wir (»we, the Unitarians«) zu den kriegerischen Barbaren aus der Provinz stehen, also frage mich lieber nicht nach der derzeitigen, schändlichen Politik. Im nachperonistischen Argentinien konnte das alles vermutlich nur ein ironischer Anachronismus sein, den die Briefpartnerin wahrscheinlich nicht ganz verstand.

Wieder taucht das Thema Café auf, das in Rio-Davia kein einziges Mal angeklungen war, als hätte es dort überhaupt keine Cafés gegeben, sondern nur Baustellen in der Stadt und endloses Sitzen über den Zeichnungen und die unendliche Einsamkeit ihrer sogenannten Estanzia, ihr einsames Meer und ihre von der Welt unberührte Küste. Natürlich arbeitete er auch hier, das Versäumte nachholend, von morgens bis abends, aber sie fanden doch auch Zeit für das Hauptstadtleben, dem sie sich in den fünf Jahren in Rio-Davia wahrscheinlich entwöhnt hatten und das ihnen nun umso mehr Spaß machte. Maria, die selbst keine Gedichte schrieb, war – wie ich es verstehe – mit den literarischen Zirkeln in Buenos Aires nicht unvertraut, in denen ihr erster, kurzzeitiger Ehemann, Kritiker und Journalist einst verkehrt hatte; Alexandre Vosco fühlte sich in diesem Umfeld natürlich nicht zu Hause; er fühlte sich wohl in keinem Umfeld zu Hause; trotzdem besuchte er gerne die literarischen Caférunden, die ihn bittersüß an den russischen Montparnasse erinnerten (ein Vierteljahrhundert zuvor, in einem anderen Leben), und fragte sich wahrscheinlich von Zeit zu Zeit, wie wir uns alle fragen, wenn wir an Menschen denken, die wir geliebt und verloren haben, ob ihn jetzt Nina anschaue, von jenem Fenster aus, das von einem Regenschauer wie von Tränen benetzt worden war oder aus diesem von pathetischer Patina getrübten Spiegel. In seinen Unterlagen haben sich Wörterlisten in *umgedrehter Sprache* erhalten, die, wie ich herausgefunden habe, in Argentinien, insbesondere in der Hauptstadt, fast so verbreitet war wie verlan in Paris; diese flegelhafte Modesprache heißt hier vesre – ein silbenverkehrtes revés, »umgekehrt«. Das Café wird zu feca, der Chef (patron) zu tronpa, Hitze (calor) zu lorca. Nicht Verlaine, sondern Lorca lugt hier also um die Ecke … All das war natürlich reizvoll, und nicht weniger tröstlich war für ihn die Möglichkeit, nach den argentinischen Literaturkränzchen, nach den Gesprächen über Martin Fierro und seine Bedeutung für die moderne Literatur, über Victoria Ocampo und die Zeitschrift *Sur*, in eine andere Welt zu wechseln, in seine Welt, bei Wladimir Grawe und seiner zweiten Frau hereinzuschauen, die für mich noch genauso namenlos ist wie die erste, und die es wohl im Unterschied zur ersten für immer bleiben wird; die sich vorzüglich auf die Zubereitung von Borschtsch, Quarkküchlein, Soljanka und Kulebjaka verstand, um mit Wladimir Schach zu spielen oder über vorgespannten Beton zu sprechen und über ihre Bootsfahrten auf der Kurländischen Aa.

Dennoch reisten sie 1960 aus, Maria, die dreijährige Viviana und er, wahrscheinlich deprimiert über die finstere argentinische Politik und den Maskeradenwechsel der Juntas und Diktatoren, aus der südamerikanischen Provinz drängte es sie in die große, freie Welt, im Grunde genauso, wie es ihn, Alexander Woskoboinikow, dreißig Jahre zuvor aus der heimatlichen baltischen Provinz in die große Welt gedrängt hatte, mit dem Unterschied, dass diese Welt jetzt bereit war für den Auftritt des berühmten Architekten, und der berühmte Architekt darin tun und bauen konnte, was er wollte und wo er wollte. Bemerkenswert ist trotzdem, dass sie Paris wählten, nicht London und nicht New York. Ich glaube nicht, dass A. N. W.s französische Staatsbürgerschaft bei ihrer Wahl eine Rolle gespielt hat, wohl eher ihre jeweils eigene Pariser Vergangenheit, die bei Maria nur kurz, bei Alejandro lang und unglücklich gewesen war, aber ihn vielleicht gerade deshalb zurückrief, als ob er sich und dieser Stadt beweisen wollte, dass das Leben in ihr doch eine andere Wendung nehmen konnte, dass er nun als gealterter, aber siegreicher Rastignac nach Paris zurückkehrte, wobei er natürlich über sich selbst und diesen Gedanken lachte, sofern er ihn dachte (was er wahrscheinlich tat), aber wohl auch aus dem Grund, dass er dort einen Sohn hatte, der ihm als Kind fern geblieben war, den er zehn Jahre lang nicht gesehen hatte und der im Begriff war, selbst nach Amerika zu gehen, der aber doch sein Sohn war und angehender Architekt.

14. KAPITEL

Kommt, reden wir zusammen,
wer redet, ist nicht tot …
Gottfried Benn

Die große Ausstellung von Alexandre Voscos Arbeiten, Plänen, Zeichnungen und Fotografien, die anlässlich seines 110. Geburtstags stattfinden sollte und von der oben erwähnten, seiner Tochter so unsympathischen Gesellschaft seiner *Freunde* organisiert worden war, wurde im Pariser Architekturmuseum im März 2011 eröffnet; ich reiste natürlich zu dieser Eröffnung, zumal an deutschen Universitäten im März Semesterferien sind. Dort sah ich Bekanntes und Unbekanntes – Pläne, Fotografien und Zeichnungen; unter ihnen befand sich das bemerkenswerte Projekt eines Umbaus des Münchner »Haus der Kunst«, dessen Pläne ich noch nie gesehen hatte und denen ein getippter Brief beigefügt war – und zwar nicht an irgendwen, sondern an Franz Josef Strauß, den damaligen bayrischen Ministerpräsidenten (der Brief ist auf das Jahr 1981 datiert), den A.N.W., wie aus dem Text hervorgeht, persönlich gekannt hatte. Die Denkmäler der totalitären Architektur, nicht nur der nationalsozialistischen, sondern auch der sowjetischen – über die sowjetische zu reden, ist noch zu früh, schreibt er 1981, reden wir also über die der Nazis – diese Denkmäler sollten seiner Meinung nach keinesfalls abgerissen werden, erst recht nicht, wenn es sich um ein gelungenes – vom rein architektonischen Standpunkt aus gesehen – so bedeutendes und gelungenes Bauwerk handele wie das »Haus der (deutschen) Kunst« von Paul Ludwig Troost; doch in der neuen, demokratischen Welt dürften sie nicht einfach so stehen bleiben wie zuvor. Man müsse sie, davon sei er zutiefst überzeugt, irgendwie umbauen, um klar unsere Ablehnung dieser Bauten zu zeigen, ohne aber ihren ästhetischen Wert zu vernichten. Er sei natürlich sehr froh, dass in dem ehemaligen »Haus der deutschen Kunst«, in dem die Nazis ihre ungeheuerlichen offiziellen Ausstellungen veranstaltet hätten, heute eben jene künstlerische Avantgarde ausgestellt werde, die in den »braunen Jahren« so heftig verfolgt worden sei; das Gebäude selbst spreche aber immer noch eine andere Sprache, und keine Plakate, keine Werbetafeln in schreienden Farben, mit denen die Museumsleitung offenbar eine Antwort auf das Gebäude zu geben versuche, könnten ihr Ziel erreichen und es übertönen, sondern würden es nur auf ganz unverzeihliche Weise entstellen. Nein, hier sei eine radikale Lösung gefragt, eine Lösung, in der sich eine klare politische mit einer überzeugenden künstlerischen Aussage paaren würde. Derartige Gebäude müssten ihrem ursprünglichen Sinn und Auftrag entfremdet werden, ihrer Ausgangsintention, schreibt er und benützt den deutschen Begriff »Verfremdung«, mit dem gemeinhin das russische formalistische »ostranenije« übersetzt wird; dieser Terminus war ihm vermutlich bestens vertraut. Er schreibt noch nicht über »Dekonstruktion«, über die, wenn ich es richtig verstehe, die Architekten erst nach der berühmten New Yorker Ausstellung von 1988 zu sprechen begannen (zu dieser Ausstellung reiste A.N.W. schon nicht mehr, obwohl ihr Kurator, Philip Johnson, ihn mehrmals sehr nachdrücklich eingeladen hatte ...); er versucht auch nicht, seine Idee mit Worten darzustellen, und setzt offensichtlich mehr auf die Zeichnungen, die dem Brief an Strauß beigefügt sind; auf den Zeichnungen erscheint dieses Meisterwerk der Nazibaukunst in einer verzerrten, ironischen Glashülle – ich konnte mir bei der Betrachtung all dessen nur schwer das Lachen verbeißen –, durch welche die sieghaft paradierenden Säulen, die mächtigen Platten des Portikus und die für den arischen Übermenschen bestimmten Türen vorzüglich zu sehen sind, in einer Hülle, die in den Himmel hinaufstrebt, aber nicht gerade nach oben, sondern schräg, so dass ihre gedachte Spitze, der Schnittpunkt aller Linien, nicht über dem Gebäude selbst verortet ist, sondern irgendwo seitlich, fast über dem vorbeifließenden Eisbach; die gläsernen – nicht Säulen, eher Pilaster –, die die steinerne Kolonnade zitieren und widerspiegeln, verlaufen dementsprechend auch nicht gerade, sondern schräg nach oben, und zwar nicht parallel zueinander, sondern sich zusammenziehend, als wollten sie sich bündeln, so dass sie die gedachte Spitze zwar nicht erreichen, aber die feierliche Schwere des durch das Spiel der Facetten hindurchscheinenden Originals doch in dieser Bewegung überwinden und brechen ... Die sehr höfliche Antwort von F.J. Strauß war ebenfalls ausgestellt. Er finde die Idee des Meisters in höchstem Grade originell und scharfsinnig und sei bereit zu größtmöglicher Mitwirkung, wenn auch nicht bei ihrer unmittelbaren Realisierung, so doch in jedem Fall bei ihrer fruchtbaren öffentlichen Erörterung, ohne die sie natürlich nicht in Betracht gezogen werden könne. Dennoch müsse die Initiative für eine solche Diskussion von den städtischen Behörden ausgehen, denen – konkret: dem Kulturreferat der Münchner Stadtverwaltung – der Brief und die Zeichnungen schon zugestellt worden seien. Hochachtungsvoll etc. Was weiter geschah, wurde nicht mitgeteilt, keiner der Anwesenden, weder Viviana noch Pierre Vosco wussten etwas davon. Die städtischen Behörden hatten sich von dem Vorschlag wohl nicht sonderlich begeistert gezeigt.

Ich stand da und lachte wirklich, als ich die Zeichnungen betrachtete und diese Korrespondenz mit dem bayrischen Regenten las; ich war ja weniger der Exponate wegen angereist, wie bemerkenswert sie auch waren, sondern eher um an der Prozedur teilzunehmen und mir die sich hier versammelnden Menschen anzusehen. Ich sah dort in der Tat alle wieder. Mein unendlich entfernter Verwandter M. hatte sich in den vergangenen Jahren in einen leichten alten sportlichen jungen Mann verwandelt, grauhaarig und mit ironischen Runzeln auf der Stirn und am Kinn; auf der Vernissage erschien er in Sportschuhen und verschossenen Jeans (vor einem Vierteljahrhundert hatte ich ihn im Smoking gesehen), in Begleitung seines, wie sich herausstellte, neuen ami (bei ihm wechselten sie auch einander ab), eines Mexikaners (glaube ich) mit Ringen an allen Fingern. Pierre-Paul war in seinem muskulösen, sehnigen Sarkasmus erstarrt; er zeichnete immer noch Comics; hatte immer noch keinen Erfolg; verdiente sich seinen Lebensunterhalt mit Computergrafiken für eine große Firma (Scheißjob, »boulot de merde«, aber was soll man machen?); im übrigen war er noch genauso *branché*, genauso chébran und belauerte fremde Fauxpas noch genauso freudig wie damals. Viviana war natürlich mit ihren Ketten und Schals behängt, war wie früher vom Strom der Mode aufgeladen und küsste alle Anwesenden zweimal auf die Wange. Niemand interessierte sich für sie, weder für ihre Mode noch für sie selbst. Überhaupt hatte niemand Interesse an irgendetwas oder irgendjemandem. Ich dachte, dass sich A.N.W. möglichst schnell aus dem Staub gemacht hätte, und Maria ebenfalls. Es war übrigens, wie ich verstand, die ganze Pariser und nicht nur Pariser beaumonde der Architektur da, die Crème de la Crème der Architektur, die sich mit ihren Lächeln, Ausrufen und Küsschen um einen in der Mitte des großen Saals düster und steif herumstehenden Herrn in Tweed drehte, der eine kalte, aber den ganzen Saal verpestende Pfeife zwischen den Zähnen hielt und mit hoheitsvollem, kaum merklichem Neigen seines Eierkopfs und folglich der Pfeife (deren Kopf am langen Stiel wie eine zweite, verkleinerte Ausgabe seines eigenen wirkte) die respektvollen Begrüßungen der ruhmheischenden Baumeister entgegennahm. Wie, Sie wissen nicht, wer das ist?, rief Madame Chantal Vosco (mit entrüstetem Flüstern) auf meine Frage, das ist doch (den Namen vergaß ich sofort) *persönlich*, der wichtigste Architekturkritiker der *Times* … oder (habe ich auch vergessen) der *Herald Tribune*. Der Kritiker trat kein einziges Mal zu einer Zeichnung oder einer Fotografie, sondern plauderte sehr lange und leutselig mit dem Gatten von Madame Chantal, der, man muss es ihm lassen, mit seinem ganzen Habitus, seinem Schnauzbart und seinen Gesten zeigte, dass ihm alles egal war, dass er ein

Schloss besaß, sich für Pilze interessierte und überhaupt zu alt war für alle diese Spielchen; ohne dem Kritiker bis zum Ende zuzuhören, schlug mir Pierre Vosco auf Russisch und ziemlich laut vor, an die frische Luft zu gehen, sonst werden wir hier drin, mit Verlaub, noch ersticken. Wir gingen in der Tat hinaus, an die bläuliche Frühlingsluft; auf die Terrasse des *Trocadéro*, von der sich der sattsam bekannte Touristenblick auf den unsterblichen Turm eröffnet, auf die endlosen Dächer und die jedes Mal in anderem Licht leuchtenden Wolken, und alle Japaner knipsen alle anderen Japaner mit winzigen Kameras und Handys, und alle Brasilianer fotografieren alle Mexikaner, und alle Russen stellen sich, bevor sie einander aufnehmen, vor den weißen Buden an, um einen Chemie-Hotdog oder eine auf schlechtem Fett gebackene Crêpe mit Konfitüre zu kaufen. Hier also standen Ihre Eltern im Jahr 33. Nicht ganz, antwortete Pierre Vosco, hier stand das alte Palais. Ein wenig tiefer, vor der damaligen, heute nicht mehr existierenden Balustrade standen sie. Aber sie schauten genauso auf den Eiffelturm wie wir jetzt. Seither sind insgesamt achtundsiebzig Jahre vergangen, eine lange Lebensspanne ... Ich dachte, auch seine Lebensspanne werde bald zu Ende gehen; versuchte, diesen Gedanken zu verscheuchen. Und aus irgendeinem Grund, daran erinnere ich mich noch genau, dachte ich an Wladimir Grawes für mich noch immer namenlose Tochter, die während der Blockade verhungert war. Sie könnte jetzt auch so alt sein wie Pierre Vosco, dachte ich, fünfundsiebzig, sechsundsiebzig ... Ob mir der Ausstellungskatalog gefalle?, fragte mich unterdessen P.A.W. Er habe sich bemüht, möglichst viele Zeichnungen und Manuskripte seines Vaters darin unterzubringen, was jetzt übrigens gar nicht mehr so wichtig sei, da sowieso bald alles veröffentlicht würde, nicht alle Zeichnungen, natürlich, aber alle Tagebücher, Aufsatzkonzepte, Erinnerungsfragmente; er und Michel DeBottis (ja, er sei hier, er könne mich ihm vorstellen) hätten eine Riesenarbeit geleistet, um A. N. W.s Papiere zu entziffern und zu ordnen; Sie können sich wahrscheinlich nicht vorstellen, wie schwierig seine Handschrift zu entziffern ist. Ich konnte es, schwieg jedoch. Wahrscheinlich weiß er nicht einmal, dachte ich, dass Viviana mir seinerzeit erlaubt hat, diese Papiere zu kopieren, besser, ich lasse ihn davon in Unkenntnis.

Eine russische Dame etwa meines Alters, gebildet aussehend, eher klein, füllig, kurzes Haar, sprach mich an, als wir wieder ins Museum hineingingen. Wie schön, dass hier jemand russisch spricht; das Interesse an Alexander Woskoboinikow nimmt in Russland zu; wir hoffen, dass diese Ausstellung irgendwann einmal nach Moskau kommt, nach Petersburg. Ob sie selbst aus Moskau sei? Nein, sie sei aus Petersburg, und nein, sie sei keine Architektin und keine Architekturhistorikerin, sie interessiere sich nur dafür. Sie besuche hier eine Freundin … Ihr Gesicht war voller zarter Sommersprossen, ihre Redeweise und ihre ganze Erscheinung waren so vertraut, erinnerten so beglückend und traurig an eine sehr ferne Vergangenheit, an eine sehr frühe russische Jugend, an eine heimatliche, verlassene und natürlich nicht mehr existierende Welt, dass ich ihr beinahe vorgeschlagen hätte, sie am nächsten Tag zu treffen, es aus irgendeinem Grund jedoch unterließ und es sehr bedauerte, als ich nach der Ausstellung und einem beklommenen Abend, den ich mit Pierre-Paul und Viviana in einem teuren japanischen

Restaurant verbracht hatte, zu meinen alten Freunden heimkam, bei denen ich in Paris immer absteige.

Am nächsten Tag traf ich diese russische Dame am selben Ort und zur selben Zeit, jedenfalls scheint es mir so. Ich war ins *Trocadéro* gefahren, um die Ausstellung noch einmal in Ruhe anzuschauen, ohne die sich umarmende Menge, ohne den mit Kopf und Pfeife nickenden Kritiker. Eine Menge Menschen war übrigens da, aber nicht mit der vom Vorabend zu vergleichen. In der Menge gingen wir aneinander vorbei, dafür prallten wir in der großen, sich über zwei Stockwerke erstreckenden Architekturbuchhandlung des Museums – wahrscheinlich einer der besten Architekturbuchhandlungen in Europa – aufeinander, wo ich die Autobiografie von Louis Sullivan in französischer Übersetzung gerade bezahlen wollte und sie vor dem Tisch mit den Neuerscheinungen stand, der mir den Weg zur Kasse versperrte. Wir mussten natürlich beide lachen. Sie heiße Marina, sie sei ganz zufällig hier, sei einfach in der Nähe gewesen und habe sich spontan entschieden, noch einmal hineinzugehen. Ja, sie habe Zeit, und ja, sie würde gerne mit mir durch Paris bummeln. Ich erzählte ihr zunächst von mir, während wir vom *Trocadéro* zur Seine hinuntergingen; von ihr erfuhr ich, dass sie Musikerin sei und am Konservatorium unterrichte, dass sie aus einer Musikerfamilie stamme, in der mütterlichen Linie, sagte sie lächelnd, schon ihre Mutter und Großmutter hätten Klavierunterricht erteilt, die Großmutter sei sogar einst bei Konzerten aufgetreten. Mit ihr zu sprechen, fiel mir leicht, und ihr erging es wohl genauso, es war die Leichtigkeit des Gesprächs zwischen einem Mann und einer Frau, die schnell eine gegenseitige, unzweifelhafte Sympathie verspüren, aber nicht verliebt sind und sich insgeheim schon entschieden haben, sich nicht ineinander zu verlieben. Als wir unten die Seine überquerten, wurden wir umringt von einer grölenden Gruppe offenkundig osteuropäischer, rumänischer oder albanischer, Gauner, mitgenommene, abgerissene Typen mit roten Gesichtern und roten Händen, die rauchten, ausspuckten, einander auf Schulter und Nacken klopften, vor dem Eiffelturm Touristen auflauerten und davon träumten, auch uns etwas anzudrehen, etwas zu erbetteln, und überhaupt ihren kümmerlichen Profit aus uns zu schlagen.

Nachdem wir die Seine überquert hatten, gingen wir Richtung Brücke und Métrostation Bir-Hakeim und betrachteten die weißen Kutter und dunklen Boote, die auf dem Wasser schaukelten, die schwarzen Zweige der Bäume und die hohen Häuser am anderen Ufer. Paris ist im März düster, kahl und grau. Ein Métrozug, der über die obere Gleisbrücke ratterte, weckte uns aus der Benommenheit, von der wir uns nach dem Kampf mit den Balkanbrüdern noch nicht ganz erholt hatten; ein Zug, der irgendwo in der Stadt auf eine Brücke herausbraust, ist für mich immer wie eine Erscheinung aus einer anderen Welt, ein Hinweis auf andere Daseinsmöglichkeiten. Über diese Brücke also ging Alexandre Vosco, als er in Paris lebte, jeden Tag ins Büro und wieder nach Hause. Sie fragte mich, woher ich das wisse und ob ich gedenke, seine Biografie zu schreiben. Keine Biografie, aber vielleicht ein Buch über ihn, über meine Bekanntschaft mit ihm, über einige Episoden seines Lebens, die in keiner Architekturgeschichte erwähnt seien, die ich aber kenne und die mich verblüfft hätten. Welche denn? Wir setzten uns in ein Café Ecke Quai und Boulevard Grenelle, ein schlechtes, lautes italienisches Durchgangscafé, das indes den Vorzug hatte, dass man von hier aus immer noch die Brücke mit der Métrogleisbrücke, Passy und die verglasten Häuser hinter der Brücke sehen konnte. Ein belustigter Schreck, doch ein Schreck, erschien in ihren verengten braunen Augen, die unter nach russischer Art dick getuschten Wimpern verborgen waren und sich plötzlich weiteten, als ich den Namen Wladimir Grawe aussprach. Sie habe diesen Namen von klein auf gehört. Es sei vielleicht ein anderer Wladimir Grawe, jener sei zu Beginn des Krieges spurlos verschollen. Es war natürlich jener Wladimir Grawe, das stellten wir beim Abgleich der Daten sofort fest. Sie schaute mich an und ich schaute sie an. Ich verspürte in dem italienischen Café mit all den Spiegeln ebenfalls einen belustigten Schauder.

Sie müsse weit ausholen, sagte Marina, nachdem sie sich vom ersten Schreck erholt hatte, und blies auf den Schaum ihres Cappuccino (mit einem Schokoladenherzchen darauf). Ihr Großvater und ihre Großmutter wurden 1937 verhaftet, der Großvater auf der Stelle erschossen, wie sich später herausstellte, die Großmutter kam 39 erstaunlicherweise frei, in Berijas trügerisches Tauwetter, wenn ich verstünde, was sie meine. Ihre Mutter war neun, als ihr Großvater und ihre Großmutter eingesperrt wurden, und als die Großmutter wieder freikam, elf oder zwölf. Wie hieß denn die Mutter, wie die Großmutter? Sie nannte den Namen ihrer Mutter (den ich vergessen habe), sie sei im Winter des vorvorigen Jahres gestorben. Meine Großmutter, sagte sie, hieß wie heute niemand mehr heißt – Serafima Stanislawowna, so hieß sie. Und diese Großmutter hatte eine Freundin, an der gleichen Musikschule, wo beide arbeiteten, deren Name war auch einprägsam und klang ähnlich wie Großmutters Name – sie scherzten, dass sie sich deshalb angefreundet hätten –, Sofja Solomonowna, so hieß sie. Ja, genauso. Sie galt als klassische jüdische Schönheit, als eine Sulamith, war mit einem Parteibonzen verheiratet, trug Pelze und erhielt im Smolny Lebensmittel. Übrigens nicht lange. Er wurde als erster eingesperrt. Danach wurde mein Großvater eingesperrt, danach meine Großmutter. Und als meine Großmutter eingesperrt wurde, erzählte Marina und löffelte den restlichen Cappuccinoschaum aus, nahm diese Sofja Solomonowna, Sonja, Sonjetschka, meine Mama zu sich, obwohl sie schon Hunger litt und auf ihre Verhaftung wartete und ihre eigene Tochter aus erster Ehe ernährte und aufzog. Die wie hieß? Ich wusste schon, von wem die Rede war. Die Irina, Ira, Irotschka hieß, aber alle nannten sie Irischa. Diese Irischa war damals drei Jahre alt, es waren ihr sechs, vielleicht sieben Jahre Leben vergönnt. Für meine Mutter blieb sie für immer das kleine, plötzlich gewonnene und wieder verlorene Schwesterchen. Wohl kaum noch jemand erinnere sich oder denke an sie. Außer uns beiden, sagte ich. Es gibt nicht mal Fotos von ihr, sagte Marina. Aber von Sofja Solomonowna, Tante Sonja, habe ich natürlich Fotos, es gibt eins, wo sie mit meiner Mutter und noch zwei Damen vor irgendeinem Wasserfall steht, vermutlich in Kislowodsk oder sonst irgendwo, wohin man in den dreißiger Jahren zur Erholung fuhr, solange man noch nicht an die Kolyma verfrachtet wurde. Sofja Solomonowna sieht darauf wie eine echte Femme Fatale aus, die Augen von heimlichem Gram verschleiert. Was für eine kühne Unbekümmertheit man haben musste, um die Tochter von Volksfeinden zu sich zu nehmen, zumal der eigene Mann verhaftet war, das werden Sie selbst verstehen. Und was wäre gewesen, wenn sie selbst eingesperrt worden wäre? Für den Fall, dass sie selbst eingesperrt worden wäre, hatten sie verabredet, dass Sonjas erster Mann, der Vater ihrer Tochter Irischa oder Irotschka, Wladimir Sergejewitsch Grawe, meine Mutter zu sich genommen hätte, ein Bauingenieur, der dann zu Beginn des Krieges spurlos verschollen sei.

Sie sah mich an, ich sah sie an, ihre Augen weiteten und verengten sich hinter den dick getuschten Wimpern. Ihre Mutter hätte sich sehr gut an diesen Wladimir Grawe, Onkel Wolodja, erinnert und oft von ihm erzählt. Er besuchte sie, kümmerte sich um Irischa und Sonja, liebte sie wahrscheinlich immer noch, sie liebte ihn jedoch nicht oder konnte ihm nicht verzeihen oder verzieh sich vielleicht selbst nicht. Sie war überhaupt stolz und nahm nur ungern Hilfe an. Den Kindern brachte er immer etwas mit, irgendwelche Süßigkeiten, Sahnekaramellen, Fruchtbonbons. Mama war in der Schule die Beste in Geometrie und Mathematik, niemand löste die Aufgaben besser als Onkel Wolodja. Er war ein herzensguter Mensch, charmant und witzig, an seine köstlichen Witze habe sich ihre Mutter ihr Leben lang erinnert. *Die Kleinen gehen schlafen,* sagte er zu jeder Tageszeit, wenn die Kinder laut waren oder sich zickig anstellten oder überhaupt *ihre Meinung sagten.* Die Kinder haben ihn natürlich vergöttert; Mama war heimlich in ihn verliebt, wie kleine Mädchen eben manchmal in erwachsene Onkel verliebt sind. Als die Großmutter aus dem Lager entlassen worden war, kehrte sie entweder nicht sofort nach Leningrad zurück oder sie kehrte zurück, konnte aber nirgendwo wohnen, jedenfalls lebte meine Mama noch lange bei Tante Sonja, oder sie lebten sogar zusammen bei Tante Sonja, in der Gemeinschaftswohnung auf der Wassiljewski Insel, in der sie nach der Verhaftung ihres zweiten Mannes, des Parteibonzen, gelandet war, oder Großmutter und Mama sind vielleicht ausgezogen und später wieder zurückgekommen, das kann ich nicht mehr sagen, erzählte Marina, ich weiß nur, dass sie Onkel Wolodja gemeinsam verabschiedet haben, als er in den Finnlandkrieg und in den Großen Krieg zog, dass meine Großmutter und Mama dabei waren, als Onkel Wolodja, der in den allerersten Tagen nach Ausbruch des Großen Krieges eingezogen worden war, kam, um sich zu verabschieden, und dass Mama, die damals schon fast erwachsen war und alles verstand, sich den Zank und Streit für immer einprägte, in den dieser Abschied ausartete, weil Sofja Solomonowna, die ihren Mann verloren hatte, wie auch Serafima Stanislawowna, die ihren Mann verloren hatte und selbst im Lager gewesen war, trotzdem an *unseren* Sieg glaubten, Onkel Wolodja aber nicht nur nicht an *unseren* Sieg glaubte, sondern, so schien es Mama, ihn nicht einmal so recht wollte und, wie ich heute verstehe, in diesen allerersten Tagen noch hoffte, dass die Deutschen nicht gegen Russland, sondern im Bund mit Russland gegen die Sowjetmacht kämpfen würden; Hoffnungen, bemerkte ich, die bei allen, die sie hegten, sehr schnell verflogen sind. Trotzdem glaube ich nicht, sagte Marina, dass er von Anfang an vorhatte, die Seiten zu wechseln. Das wissen wir nicht, entgegnete ich. Trotzdem glaube ich, dass er an die Front ging, weil er nicht anders konnte, aber auch, weil man einfach an die Front gehen musste. Der Krieg bricht aus – du ziehst den Uniformmantel an, nimmst das Gewehr und gehst in den Tod. Das waren seine Worte, die sich Mama auch gemerkt hat. Sie hat sich auch gemerkt, wie Tante Sonja sich selbst schalt und quälte, weil sie sich *so* von ihm verabschiedet hatte, so albern, so dumm, und ihm nicht die wichtigsten Worte gesagt hatte, die Worte, die sie ihm zum Abschied hatte sagen wollen und müssen.

Aus irgendeinem Grund blieben Irischa und Sofja Solomonowna in der Stadt, ich weiß nicht warum, Irischa bekam wohl Masern und sie verpassten den Transport, oder es war sonst etwas in der Art, sie fuhren eben nicht weg. Als Mama und Großmutter aus Taschkent zurückgekommen waren, sagte Marina unter italienischem Tellerklappern und Stimmengewirr der verschiedensprachigen Touristen, erzählte mir Mama, dass sie natürlich zu diesem Haus auf der Wassiljewski Insel gingen – dort ist heute übrigens das Reisebüro, wo ich die Tickets kaufe, wenn ich ins Ausland fliege, zum Beispiel hierher nach Paris, erst vor einer Woche war ich dort – und klingelten an dieser Kommunalka-Wohnung. Es wurde ihnen lange nicht aufgemacht. Schließlich erschien eine böse, verschlafene, durch und durch nach Küche riechende Nachbarin, erzählte mir Mama, die sie erkannte, aber nicht mit ihnen reden wollte. Ihr habt euch dort in der Evakuierung versteckt, und wir hier waren vom Hunger aufgeschwemmt. Dann ließ sie sich doch erweichen und rückte ihnen irgendwelche Sachen heraus, die sie selbst nicht brauchte, irgendwelche Fotos, irgendwelche Rähmchen ohne Bilder, Irischas Kindergeldbörse, die so abgegriffen war, dass selbst die Kommunalka-Habgier der Bewohner sie verschmähte. Sie waren beide im zweiten Blockadewinter gestorben, zuerst Irotschka, dann Sofja Solomonowna, sagte Marina mit schon deutlich feuchtem Glanz in den Augen, sodass ich mir, weiß ich noch, den Anschein geben musste, als schaute ich nur aus dem Fenster, auf die vorüberziehende Menge, und wie soll man leben, wenn man sich ihren Tod wirklich vorstellt, wenn man sich realistisch vorstellt, wie sie sich von Asseln ernährten oder versuchten, den Fensterkitt zu kochen, den Kitt, den Kinder so gerne mit den Fingern zwischen Rahmen und Scheibe herauspolken; wie sie dann nichts mehr versuchten und einfach nur lagen und auf den Tod warteten. Und das Parteigesindel im Smolny schlug sich den Bauch mit Kaviar voll … Ich habe sie nie gesehen, sagte Marina, aber ihr Tod war für mich trotzdem immer der wichtigste und schrecklichste von allen Toden während der Blockade. Alle Leningrader haben jemanden während der Blockade verloren. Ich habe die Frau verloren, die meine Mutter vor der Auffangstelle für Kinder von Volksfeinden gerettet hat, und das kleine Mädchen, das für sie wie ein Schwesterchen war, und jetzt sitzen wir beisammen und reden darüber – in Paris, in einem italienischen Café mit Blick auf die Métro und die Seine, und das ist alles zu seltsam, um völlig wahr zu sein. Das ist ja auch nicht völlig wahr, sagte sie nach einer Weile des Schweigens. Das ist ein unverdientes Geschenk, dessen man sich ein klein wenig schämt. Man hat doch ein paar Gewissensbisse, wenn man durch Paris oder Venedig flaniert, nachdem deinem Großvater eine Kugel in den Hinterkopf gejagt wurde. Ihr Platz und mein Platz ist nicht hier, aber … wo sonst? Na, im »Saigon« – sie lächelte plötzlich –, wo Sie in Ihrer Jugend wahrscheinlich auch gesessen haben, wenn Sie aus Moskau nach Leningrad gekommen sind. Klar, habe ich da gesessen. Vielleicht haben wir dort Kaffee getrunken, Seite an Seite oder Rücken an

Rücken, im Jahr 81 oder 82 … 1982 starb meine Großmutter, Serafima Stanislawowna, sagte sie daraufhin. Und Alexandre Vosco baute gerade seinen Konzertsaal in Grosseto, sagte ich, und gab in seinem Haus im Languedoc eines seiner interessantesten Interviews, danach ging er, wieder in Paris, schon als Achtzigjähriger jeden Morgen zu Fuß über diese Brücke Bir-Hakeim mit ihrer Gleisbrücke.

Es war im Grunde an diesem Tag und in diesem Café, dass ich beim Blick auf die über die Gleisbrücke brausenden Métrozüge endgültig beschloss, das zu schreiben, was ich jetzt schreibe und bereits fast fertig geschrieben habe. Ich spürte, dass ich mich in *seiner* Welt befand, in der Welt des Sinns und der Zufälle, der Zusammenfälle und Entsprechungen, und dass es mir in dieser Welt gefiel, dass ich den belustigten Schrecken und die glückliche Angst vor dieser Welt jedoch nur würde überwinden können, wenn ich sie in meine eigenen Worte, meine eigenen Sätze umwandelte. Marina, die mir so überraschend gesandt worden war, sah ich nicht wieder, doch wir schreiben uns immer noch; an jenem Tag fuhren wir beide mit der Métro über die Brücke Bir-Hakeim bis zum Triumphbogen, wo sie in eine andere Linie umstieg, im hastigen Geschiebe des Pariser Untergrundreiches, ich stieg in die RER ein, in die Stadtbahn durch Paris, um endlich nach Nogent-sur-Marne zu fahren, um die von A. N. W. am Ende seines Lebens zusammen mit seinem Sohn gebauten Villen anzuschauen, Terrassenbauten aus Backstein und Glas, die übrigens hinter den Zäunen und Bäumen kaum zu sehen waren, hinter denen sich die Reichen auf der ganzen Welt zu verstecken belieben.

15. KAPITEL

Above the sea, the yet more shoreless day,
Riddled by wind, trails lit-up galleries:
They shift to giant ribbing, sift away.

Such attics cleared of me! Such absences!

Über dem Meer der Tag und sein noch größerer Radius,
Wo Wind sich lichtdurchflutet Galerien baut,
Gewölke zu Gewölben umbläst, alles wegwischt ohne Muß.

Himmelsmansarden ohne mich! Abwesenheiten ganz durchschaut!

Philip Larkin

Es gibt Dinge, die ich noch erwähnen möchte, bevor dieses Buch beendet ist. Zu seiner ersten Ankunft in Paris und seiner Rückkehr dorthin. Seine Reise nach Argentinien Anfang der siebziger Jahre, seine letzte Begegnung mit Wladimir Grawe, den Besuch von Rio-Davia. Seine späten Notizen; ich habe noch nicht alles daraus zitiert, was man daraus zitieren sollte …

Das erste Mal war er 1928 oder 1929 nach Paris gekommen, ich weiß es nicht genau, und 1930 nach seiner Heirat mit Nina Salamowa dorthin gezogen. Er war also zum ersten Mal etwa im selben Alter in Lutetia, in dem ich selbst zum ersten Mal dort war; und wie könnte ich mir jetzt nicht seine

Reise aus Riga vorstellen, im Zug, mit Umsteigen in Berlin, in diesem verrückten Berlin von 1928, das so gar keine Ähnlichkeit mit dem dunklen, beklemmenden und dann hell leuchtenden, aber dennoch etwas unheimlichen Berlin hatte, durch das ich sechzig Jahre später fuhr; in Berlin, wo er Anfang 1919 zum ersten Mal gewesen war, bevor er von dort nach Libau flüchtete, wo er in den zwanziger Jahren öfter war, einfach so oder auf der Durchreise nach Stuttgart, Darmstadt und Dessau, dann aber wahrscheinlich nur kurz, da es ihn in Orte und Länder drängte, die er noch nicht kannte. Wie könnte ich mir in der Tat nicht seine Route durch Belgien vorstellen, im Herbstdunst an der Maas entlang und an den in der Sonne glühenden kleinen Backsteinhäusern am anderen Ufer vorüber, an goldenen Hügeln und geheimnisvollen Schlössern vorbei – und wie er dann an der Gare du Nord ausstieg, wo ich selbst sechzig Jahre später und zu Beginn dieses Buches ausgestiegen bin, nachdem ich beim Verlassen des Zuges ein letztes Mal mit dem georgischen Maler zusammengestoßen war, der die ganze Plattform mit seinen Bildern und Kartons so vollgestopft hatte, dass sich niemand zur Tür durchzwängen konnte, und der mich zum letzten Mal mit seinem drohenden Blick anfunkelte, als ich doch einen Karton wegschob, um mich von dem gesichtslosen Schaffner zu verabschieden, der mit staatlichhoheitsvoller Miene den verrußten Haltegriff mit einem schmutzigen Lappen abwischte, und schließlich nicht ohne Hilfe des vom Ruß befreiten Griffs auf den Bahnsteig hinunterzusteigen, wo mich mein unendlich entfernter Verwandter M. zusammen mit anderen Bekannten erwartete und mir vorschlug, unverzüglich in das Café neben dem Bahnhof zu gehen, damit ich sofort und ohne Aufschub Pariser Luft schnupperte.

In seinen Notizen kommt A.N.W. mehrmals auf das Thema der verlorenen Illusionen, enttäuschten Hoffnungen und unerfüllten Erwartungen zurück. Nach dreißig, schreibt er an einer Stelle, droht das Leben zur Routine zu werden, aus der dann allmählich die Buchstaben »o« und »t« herausfallen ... Es geht hier nicht nur um die dreißiger Jahre seines Lebens, sondern auch um die Dreißiger des Jahrhunderts. Die dreißiger Jahre waren ganz allgemein furchtbar, und die vierziger waren nicht besser. Sie waren für alle alptraumhaft, es ist nicht erstaunlich, dass sie es zum Beispiel für Wolodja waren, schreibt er auf einem Blatt im Ordner »Wl. Gr.«, für Wolodja, der all diese Prüfungen durchlaufen und diesen Kelch geleert hat, sondern erstaunlich ist, dass sie es auch für mich waren mit meinem insgesamt glücklichen Schicksal; man denkt unwillkürlich, dass es eine Verbindung gibt zwischen dem eigenen Geschick und den Schicksalen der Welt, als hätten die Sterne für alle so oder anders gestanden, günstig oder ungünstig, gewogen oder übelwollend. Um wieviel besser waren doch die zwanziger Jahre, sowohl für mich als auch wahrscheinlich sogar für Wolodja, wie schwer er es auch im Reich der Bauern und Arbeiter gehabt haben mag ... Im Jahr 60, als Alexandre Vosco mit Maria und der launischen Viviana nach Paris zurückkehrte, stand die Welt unter einem guten Stern, und auch über seinem eigenen Leben standen die Sterne günstig, und wie könnte ich wiederum nicht versuchen, mir diese zweite Ankunft vorzustellen, ihre Zugfahrt von Marseille mit dem jungen Pjotr Alexandrowitsch zusammen, der wahrscheinlich immerzu seine Stiefmutter anblickte, die ruhig ihre Pajitos rauchte, aus dem Fenster schaute und in sich hineinlächelnd dachte, was für ein Glück sie hatte, dass dieser überraschende strenge Stiefsohn schon fünfundzwanzig Jahre alt war und nicht zum Beispiel fünfzehn, dass er nicht bei ihnen wohnen würde und es im Grunde unwichtig war, wie sich ihr Verhältnis gestalten würde. Ich möchte dennoch glauben, dass sie die ersten Pariser Tage in der Wohnung in Billancourt verbrachten, wo P.A.W. noch vor kurzem mit Großmutter Jelena Wassiljewna gelebt hatte, die nach dem Tod ihres Mannes sehr unter ihrem Alter litt, aber jeden Morgen alle ihre billigen Ringe ansteckte, die sie einst aus Russland mitgebracht hatte, und wo er im Grunde auch noch vor kurzem mit Großvater Pjotr Sergejewitsch Salamow gelebt hatte, der bis zu seinen letzten Lebenstagen seine Erinnerungen an den Weltkrieg und den Bürgerkrieg korrigierte – an General Rennenkampff und den unglückseligen Bermondt-Awaloff, an die Einnahme Rigas und die Niederlage bei Petrograd –, der bis zu seinen letzten Tagen, im übertragenen und wörtlichen Sinn, auf den Karten die Fähnchen der verlorenen, niemanden mehr interessierenden Schlachten umsteckte, in der sehr bescheidenen Billancourter Wohnung mit den Fenstern zur staubigen, lauten Straße hinaus, die wahrscheinlich ein paar Monate später aufgegeben war, da niemand sie mehr brauchte, Pierre Vosco seine reiche Spießerin geheiratet hatte, nach Amerika und überhaupt in ein anderes, luxuriöseres Leben gegangen war, und die sich für seinen Vater, die Stiefmutter und die kleine launische Schwester, Viviana, Vivianotschka, wie sie ihr Vater auf Russisch nannte, natürlich auch nicht eignete. Trotzdem existierte die Wohnung wahrscheinlich im Frühling 1960 noch, die ärmliche Emigrantenbehausung am Stadtrand mit Ikonen in der Ecke und Fotos an den Wänden und auf der Kommode, das da, sagte A. N. W. zu Maria, bin ich mit meinem ehemaligen und künftigen Schwiegervater im Schützengraben bei Kalnezem an der Kurländischen Aa, und das ist Oberst Salamow mit General Judenitsch, sie haben ähnlich gezwirbelte Schnauzbärte, das stimmt, und das ist Fürst Lieven mit seinen tiefliegenden Augen, gleichsam Gewehrkugeln, einer der besten, edelsten Männer auf der Welt, das ist Unterleutnant Timofejew, der mich gelehrt hat, keine Angst zu haben, und das natürlich ist Nina, so war sie, als wir uns kennengelernt haben. Eine schöne Frau! sagte Maria, die vielleicht erst jetzt, in Paris und zum eigenen Erstaunen auf seine Vergangenheit eifersüchtig wurde, in der sie, Maria, nicht vorkam und gar nicht vorkommen konnte, seine Vergangenheit, die dort, in Buenos Aires und in Rio-Davia, am unschuldigen Ozean, ein Märchen gewesen war und hier plötzlich zur Realität wurde. Ja, eine schöne Frau, sagte sie, während sie das Foto in die Hand nahm und Ninas unglückliches junges Gesicht betrachtete, ihre riesigen, gespielt rätselhaften, in Wirklichkeit verzweifelten Augen, sich, das Foto in der Hand, an den runden Tisch mit der weißen Tischdecke, diesmal ohne Rauten, setzte, auf denselben Platz, wo Nina einst gesessen und ihrer Mutter beim Nähen geholfen hatte, die Tränen rannen ihr aus den großen Augen über die Wangen und glitzerten in der Sonne, sie lachte, als sie diese glitzernden Tränen von den Wangen wischte, und damals betrachtete sie der fünfjährige Petja aus seiner Ecke, wie er jetzt seine Stiefmutter anschaute und überlegte, ob er ihr dieses ihm äußerst kostbare Foto nicht einfach aus der Hand nehmen sollte, insgeheim aber bezaubert – wie könnte es anders sein – von dieser exotischen, aus heiterem Himmel in seiner Billancourter Wohnung aufgetauchten Schönheit.

Am nächsten Tag begaben sie sich zu Frau Schenk, der ehemaligen Gesellschaftsdame von Frau Elsa, wie Pierre Vosco seine zweite Großmutter nannte, der natürlich nirgendwohin mitkam; danach ließen sie wahrscheinlich Viviana in der Obhut einer eilends angeheuerten Kinderfrau zurück und schlenderten den ganzen Abend zu zweit durch Paris, erinnerten sich an die Stadt, erkannten sie wieder und erkannten sie nicht, dieses Paris, das seit dem Nachkriegsjahr 1950, als er, Alexandre, zuletzt hier gewesen war, schöner und jünger geworden war, und natürlich erst recht seit 38 oder 39, als sie, Maria, das letzte Mal hier gewesen und durch diese Straßen und Boulevards gegangen war, und wie sollte ich wiederum nicht versuchen, mir vorzustellen, wie sie am Quai des Grands Augustins an der Stelle vorbeigingen, an jener schwarzen geöffneten Bouquinistenbox, neben der die verrückte Nina ein Küchenmesser mit Holzgriff, das von Gerüchten und der Presse in einen klassischen Dolch verwandelt worden war, dem unglücklichen, an nichts schuldigen und an allem schuldigen Hauptmann Walter Schlickewitz in die Brust gerammt hatte, und wie Alexandre Vosco, groß und breit, wahrscheinlich seinen Schritt vor dieser Box, vor diesen vergilbten Büchern und alten Illustrierten verlangsamte, wie sich Maria an ihn schmiegte, als er ihr erklärte, was hier geschehen war, und wie sie dann an der Pizzeria vorbeigingen, wo ich eine Ewigkeit später und vor einer Ewigkeit Viviana kennengelernt habe, und ins Quartier Latin einbogen, wo die Revolution noch nicht begonnen hatte, die Studenten in engen Hosen und mit Halstüchern aber schon wie die Sieger dreinschauten, wo sie in den mittelalterlichen Folterkellern, in denen früher nichts gewesen war, Jazzclubs entdeckten und auf den Plakaten John Coltrane, wo sie in der Menschenmenge in den Gassen, an den Tischchen in den Restaurants, an den Tischchen in den Cafés und dann auf dem Boulevard Saint-Michel und vor dem Panthéon, wo er einst, sich mit fremden Projekten langweilend, gearbeitet hatte, und im Jardin du Luxembourg und überall neue Gesichter gewahrten, leichte Gesichter, die die Vergangenheit abgeworfen hatten und in die Zukunft schauten.

Die Zeit geht doch sehr schnell über die Erde, und auch die Sterne über ihr säumen nicht. Das letzte Treffen zwischen Alexander Woskoboinikow und Wladimir Grawe auf Erden und unter den Sternen fand im Frühling 1972 statt, als A.N.W. und Maria zum ersten Mal seit 1960 wieder nach Argentinien kamen, das sich in den zwölf Jahren wahrscheinlich für ihn – nicht für sie – aufs neue in das Land seiner Träume verwandelt hatte, und aufs neue Realität wurde, als sie von Bord gegangen waren, diesmal nicht vom Schiff, sondern vom Flugzeug, auf einem unbekannten Flugplatz, wo sie von ihren Eltern und seinem Freund Wladimir abgeholt wurden, der völlig kahl geworden war, sich überhaupt nicht verändert hatte, immer noch so köstliche Scherze machte und ein halbes Jahr später auf der Plaza de Mayo erstickte, im Herzen der argentinischen Hauptstadt und an gebrochenem Herzen, offenbar an einem jener Septembertage, wie ich gerade erst beim Abgleich des Datums gemerkt habe, als in München die Olympiade stattfand und die bayrischen Polizisten so unbedarft versuchten, die israelischen Geiseln aus der Gewalt pathetischer Mörder zu befreien. Davon hatten sie natürlich keine Ahnung, doch in einem dieser netten Cafés von Buenos Aires sitzend, schreibt Alexandre Vosco auf einem späten liniierten Blatt, wo sie in den fünfziger Jahren zu sitzen pflegten (und ich möchte sehr gerne glauben, dass es dasselbe war, in dem die bereits von mir beschriebene, entzückende alte Aufnahme entstanden war, auf der sie in ein ganz eigenes Spiel vertieft zu sein scheinen, das außer ihnen niemand kennt, und der Barmann mit der weißen Schürze etwas Klares in Grawes Gläschen nachschenkt …), schmiedeten sie die schönsten Zukunftspläne in dem Sinne, dass Wladimir und seine Frau sie unbedingt endlich in Europa besuchen sollten, in Paris und im Languedoc, – danach würden sie sich in Nordamerika wiedersehen, und nicht einfach nur wiedersehen, sondern, da A. N. W. in Pittsburgh den nächsten Wolkenkratzer bauen sollte und Wladimir Grawe in seiner insgesamt trefflichen und ihm bislang wohlgesonnenen Firma plötzlich etwas zu oft den Hinweis bekam, es wäre für ihn mit über siebzig Jahren an der Zeit, in Pension zu gehen, er aber noch weiterarbeiten wollte und den Verdienst auch brauchte, so wollten sie diesen Wolkenkratzer gemeinsam bauen, wie sie einst die Brücke gebaut hatten – einen Wolkenkratzer, dessen Plan (drei Türme, einfach und transparent, dicht beisammen stehend) A. N. W. natürlich sofort auf die Serviette zeichnete. Der Barmann hatte sie erkannt und freute sich wohl wirklich; sein Schnauzer und seine Brauen waren in den zwanzig Jahren ergraut. Je länger sie über ihre tollen Pläne sprachen und dabei auf dieselben Fotos von Humphrey Bogart und Gary Cooper schauten, auf die Flaschenwolkenkratzer hinter dem

Tresen, umso klarer und bestimmter, schreibt Alexandre Vosco, spürte er, dass daraus nichts werden würde, dass sie sich nicht in Pittsburgh treffen würden, und dass er den Wolkenkratzer, wenn er ihn bauen sollte, allein bauen würde oder mit Pablo Gassman oder mit Jean Lavalle, dass Wladimir und seine Frau weder nach Paris noch ins Languedoc kommen und seinen Turm im Languedoc nicht sehen würden, immer klarer und bestimmter spürte er dies, obwohl er sich nicht erklären konnte, warum, und Wladimir war so fröhlich, so froh, ihn und Maria zu sehen, brachte den Barmann auf so komische Weise dazu, den Wodka ins Eisfach zu legen und nicht etwa Eiswürfel ins Glas zu werfen, blitzte so lebhaft mit den Gläsern seiner runden Brille, und sein kahler Kopf glänzte so heiter unter den Lampen, und er erzählte so lustig von ihren Abenteuern auf einem Fluss in Uruguay, den sie zusammen mit einem anderen älteren russischen Paar – nicht lachen – in einem Boot von fragwürdiger Beschaffenheit befahren hatten, von so fragwürdiger Beschaffenheit, wie sich herausstellte, dass sie am wilden Ufer anlegen mussten, wo es nichts gab, nicht einmal einen Hof mit Hund, einfach gar nichts, es war alles so schön und wunderbar, dennoch – schreibt A. N. W. – wollte er flüchten, irgendwohin weglaufen, zurück ins Hotel, und ihm fiel schließlich nichts Besseres ein, als sich mit einer banalen, unwahrscheinlichen, alle erstaunenden und niemanden überzeugenden Migräne herauszureden, und am Morgen danach begaben sie sich selbst, Maria und Alejandro, zum letzten Mal nach Rio-Davia, wo sie wie ein aus der Verbannung heimgekehrtes Königspaar empfangen wurden, wie ein geliebter Monarch, der endlich zu seinen Untertanen gekommen war, wie eine geliebte Herrscherin, die den Journalisten in die Fotoapparate und Fernsehkameras lächelte; wo aber, schreibt Alexandre Vosco, die Spuren der Verwahrlosung und der Verarmung nur allzu deutlich, allzu schmerzlich zu sehen waren, die Risse in den von ihm errichteten Mauern, das Unkraut, der Müll und das Brennesseldickicht überall und der nicht geharkte Kies in den japanischen Gärten und die Wellblechhütten neben seinen Wolkenkratzern, so dass sie eilends abreisten, nach Buenos Aires zurückkehrten, sich wieder und nun schon wirklich zum letzten, zum allerletzten Mal mit Wladimir Grawe trafen, in ihren architektonischen Angelegenheiten nach Sao Paulo flogen und nach Paris heimkehrten.

In Pittsburgh kam es 1973 übrigens zur Bekanntschaft zwischen A. N. W. und Iwan Jelagin, der an der örtlichen Universität russische Literatur lehrte. Dem persönlichen Kennenlernen war ein Briefwechsel vorausgegangen, der vor einigen Jahren im »Nowy schurnal« abgedruckt worden ist. Lieber Iwan Wenediktowitsch, vielleicht ist Ihnen mein Name nicht ganz unbekannt, vielleicht haben Sie ihn schon von meinem Freund Wladimir Sergejewitsch Grawe gehört, mit dem Sie, wie ich weiß, bis kurz vor seinem sinnlosen Tod – unmöglich, sich damit abzufinden! – Briefe gewechselt haben und der mir immer wieder von Ihren Auftritten in den Münchner DP-Lagern erzählt hat, wo Sie und er zusammen »gedarbt« haben, wie er sich gern ausdrückte. Lassen Sie mich Ihnen als erstes meine langjährige und tiefe Bewunderung für Ihre Gedichte aussprechen! Viele Ihrer Verszeilen kenne ich auswendig und sage sie so oft vor mich hin, dass sie schon zu einem Teil meines Lebens geworden sind … Sehr verehrter Alexander Nikolajewitsch, antwortet ihm Jelagin, selbstverständlich ist mir Ihr Name bekannt, wie könnte es anders sein! Aber Sie haben vollkommen Recht, ich habe erstmals aus Wladimir Grawes Briefen zu Beginn der fünfziger Jahre von Ihnen erfahren, als Sie und er eine – zweifellos außergewöhnliche! – Brücke in Argentinien gebaut haben. Seither ist viel Wasser den Fluss hinuntergeflossen, und viel ist auf der Welt geschehen. Wie sehr ich es bedauere, Wladimir Sergejewitsch nicht mehr getroffen zu haben, werden Sie sicher selbst verstehen. Er war ein ungewöhnlicher bezaubernder Mensch. Ich erinnere mich an ihn in München, an der reißenden Isar, die obligatorische Papirossa in der schönen kräftigen Hand, wie er seinen Gefährten den Aufbau eines alten Damms erklärt. Nicht nur die Gefährten, auch die Gefährtinnen hingen an seinen Lippen und lauschten … Im Antwortbrief zitiert Alexandre Vosco einen Lieblingsvers von seinem Korrespondenten (»Damals, als ich dich um Hilfe rief – komm, wärme mich mit deiner Schulter. Vielleicht erinnerst du dich nicht an mich? Die Toten erinnern sich an nichts …«) und teilt ihm nebenbei seine voraussichtliche Ankunftszeit in Pittsburgh und seinen Plan mit, zusammen mit Maria, wenn ihm die beruflichen Dinge wenigstens ein wenig freie Zeit ließen, eine Dampferfahrt auf dem Monongahela River – schon der Name klingt wie ein Poem! – flussaufwärts zu unternehmen und den Monongahela Nationalpark zu besuchen, wovon weniger er selbst, schreibt er, als vielmehr seine Frau schon lange träume.

Über diese Monongahela-Exkursion ist in A.N.W.s Unterlagen eine getrennte Aufzeichnung auf einem gesonderten Blatt erhalten – einer der wenigen datierten Einträge in seinen Notizbüchern und Ordnern –, zudem datiert – gibt's das?! – auf den Oktober 1988, eben jenen Oktober 1988, als wir bei seiner Tochter den ungenießbaren pot-au-feu und die köstliche tarte tatin gegessen haben … Wir begaben uns auf diese kleine Reise mit meinem Kollegen Roger Stirling, schreibt er, der übrigens kein Verwandter, nur ein Namensvetter von James Stirling, *des* James Stirling, war, aber auch ein sehr cleverer Architekt, seine Frau Judith war ebenfalls dabei; es war ein bezaubernder, nostalgischer kleiner Raddampfer; die schon vom Herbst gestreiften Ufer spiegelten sich im stillen Wasser. Dann gingen wir in die Berge, mit einem jungen, rotbärtigen Führer; je höher wir stiegen, umso klarer und intensiver wurde der Herbst, golden und rostrot; selbst die Kiefernnadeln auf dem Pfad und zwischen den Baumstämmen waren hellrötlich, besonders in der Sonne. Der Blick war großartig, ferne bewaldete Bergketten, dahinter wieder Bergketten und wieder andere, nun schon tiefblaue Bergketten, im bläulich schimmernden Dunst, der reglos über ihnen lag. Mir war trotzdem nicht wohl ums Herz; Stirling entpuppte sich als fragwürdiger Gesprächspartner; über Architektur hatten wir uns schon auf dem Dampfer ausgetauscht; es langweilte mich, mir seine bissig-höflichen Wortwechsel mit seiner Frau anhören zu müssen, sie waren mir zuwider. Selbst ihre nagelneuen Boots und Rucksäcke im Partnerlook, die sie eigens für diese Reise gekauft hatten, waren mir zuwider. Und Marias wegen war ich auch ein wenig eifersüchtig – komische Erinnerung – auf diesen jungen Führer mit dem roten Bärtchen, sie plauderten irgendwie zu munter miteinander, und überhaupt waren alle – Maria, Roger und Judith – so viel jünger als ich, so kräftig und jung, ich empfand mich plötzlich als fünftes Rad am Wagen, als lästiger alter Mann, den diese kräftigen jungen Leute aus Mitleid und Barmherzigkeit mitgenommen hatten, und der nun hinterhertrottete, alle aufhielt, alle nervte. Ich war schließlich schon zweiundsiebzig, und nach dieser Tour bin ich wohl nie mehr in die Berge gegangen … Mich verdross das alles, kurzum: Ich blieb absichtlich hinter ihnen zurück und ließ sie vorausgehen. Hinterher begriffen wir, was passiert war; ich hatte nicht den Pfad eingeschlagen, den sie genommen hatten; die Gegend ist dort wild, und wenn man sich verirrt, kann das ziemlich gefährlich werden; ich hatte nicht einmal Streichhölzer bei mir. Natürlich verschwendete ich darauf keinen Gedanken, ging einfach immer weiter und dachte, dass sich am nächsten Tag Wolodjas Tod jährte, im stillen wiederholte ich Tjutschews unsterbliche Zeile *mein lieber Freund, ob du mich siehst?* und trat auf eine Waldwiese heraus, vielmehr auf eine Lichtung zwischen hohen Kiefern, die wie Bernstein in der Sonne schimmerten, *da ist die Welt, wo du und ich gelebt,* und hinter diesen bernsteinfarbigen Kiefern stieg plötzlich ein hoher sandiger Hang auf, mit Büscheln von Stachelgras, die durch das rieselnde Wüstenelement voneinander getrennt waren, und dieser Hang erinnerte mich so klar an jene Düne und an jene für eine russische Zarin durch die Dünen geschlagene Schneise, dass ich nicht anders konnte, als diese im Grunde unmögliche Düne, die hier fernab des Meeres und ohne jedes Meer entstanden war, zu erklimmen, wie Wolodja und ich einst unsere Düne erklommen hatten, und als ich oben außer Atem und mit klopfendem Herzen angekommen war, streifte ich zwischen den Kiefern weiter umher, in der absurden Hoffnung, doch irgendwo auf der anderen Seite des Hügels den stahlgrauen Sonnenglanz und das Spiegelglitzern des gekräuselten Meersaums zu sehen, jedoch nichts sah und mich auf den Rücken legte, diesmal nicht auf Sand, sondern auf lange, weiche, rötliche, von der Sonne erhitzte, betörend nach Harz duftende Kiefernnadeln. Und ich erinnerte mich nicht nur an jenen Tag, da Wolodja und ich in der Sandkuhle lagen, sondern wurde plötzlich von ganz frühen Erinnerungen heimgesucht ... woher kamen sie? Es gibt Augenblicke einer solchen Erweichung und Erweiterung der Seele, da sich die Konturen der Zeit auf einmal verschieben und verlagern, sodass uns selbst nicht mehr ganz klar ist, in welcher Gegenwart wir uns befinden. Das hing natürlich mit meiner unterschwellig wachsenden Besorgnis zusammen, mit dem unterschwelligen Gedanken, dass ich mich verirrt hatte und wahrscheinlich schon gesucht wurde. Ich verscheuchte diesen Gedanken noch, sagte mir noch, dass ich gleich zum Pfad hinuntersteigen, sie treffen und einholen würde. Ich hatte auch noch keine Lust darauf, zu intensiv und freudig war das Gefühl einer anderen Zeit, in der ich mich plötzlich wiederfand. Vielleicht hatte ich mich einst als Kind verirrt, in unseren kurländischen Dünen, wer weiß? ... Oder vielleicht hatte man mich, als ich noch ganz klein war, auf einer Kiefernlichtung vergessen und zurückgelassen, aber all das war schon einmal so, all das war schon einmal, und ich erinnerte mich nicht nur an diese Nadeln und Kiefern, sondern sah sie plötzlich auch mit meinen damaligen Augen, die noch nicht gelernt hatten, die Welt und die Bäume zu betrachten, plötzlich sah ich sie wie einst am Anfang meines nun zu Ende gehenden Lebens. Das war noch nicht ich, noch hatte ich weder Namen noch Schicksal, aber ich war schon da, betastete schon mit den Händen diese gelbe heiße Sonne auf den Nadeln, diese tiefblauen kalten Schatten … Wenn man sich auf dem Ellbogen aufstützte, sah man die große Luft hinter den Kiefern, die fernen Bergketten im bläulichen Dunst, der immer noch schimmerte. Die Zeit verging, aber ich blieb einfach liegen. Ich erinnerte mich, wie ich, vom Meer hin und her geworfen, in meiner Koje lag, auf dem Weg nach Argentinien, und wie mein ganzes Leben an meinen Augen vorüberzog, unter den Lidern. Damals schien es ein fremdes, totes Leben zu sein, jetzt war es meins und lebendig. Ich dachte, dass sie alle nach wie vor lebten, der verzweifelte Mann in der Schiffskajüte und sogar der im Wald vergessene kleine Junge, das *Wickelkind* (fiel mir plötzlich Leskows Wort ein; es belustigte mich …). Könnte man sagen, dass sie lebten, so lange ich selbst lebte, dass sie mit mir sterben würden? Ich wusste in jenem Augenblick, dass dies nicht stimmt. Es gibt ein Wissen, das wir wieder verlieren, das wir wahrscheinlich nicht mitnehmen können, es ist ein zu großes, zu schweres Wissen, wir können es nicht schultern, sind ihm nicht gewachsen … Trotzdem *wusste* ich in jenem Augenblick, fest und endgültig, dass dieses *Wickelkind* nicht weg war, dass es lebte und immer leben würde. Ich sah die verschiedenen Menschen, die ich einst war, erblickte sie, als würde sie mir jemand plötzlich zeigen – husch, husch, ich brauchte sie gar nicht genau anzuschauen, ich erinnerte mich auch so sehr gut an sie –, ich sah den Jungen mit dem Zeichenblock, den Lievensoldat zu Pferd, in deutschem Uniformmantel, den jungen Architekten, der von Paris und Ruhm träumte, der im Winter in das Landhaus von Majorenhof fuhr, um sein erstes Projekt fertigzustellen, und ans Meer hinausging, geblendet von Eisglanz und Schneefunken. Niemand von ihnen war gestorben, ich wusste es mit einem unerträglichen, jähen Wissen, der Junge lebte und der Lievensoldat lebte und der junge Architekt. Und auch der, der mit Nina durch die Pariser Vororte geschlendert war, und der, der 1949 auf den bespuckten Stufen des Krankenhauses gestanden und zum grauen Himmel, den Schornsteinen und den schmutzigen Tauben zwischen den Schornsteinen aufgeschaut hatte. Und wenn sie alle lebten, dann lebten auch Wolodja und Mama. Wolodja sieht mich, und Mama schaut mich jetzt an. Ich weinte nicht, ich lag da und lachte. Am hohen klaren Himmel über den sacht im Gleichtakt schwankenden, bernsteinfarbenen Kronen zeichneten sich lange weiße Striche ab, ohne Schnörkel, aber mit einzelnen komischen Klecksen; die Nadeln kitzelten an Hals und Nacken; auf dem Zeigefinger krabbelte eine rötliche Ameise mit beweglichem Hinterteil; ich war zu faul und fand es auch irgendwie schade, sie zu verscheuchen; zu guter Letzt schlief ich ein oder nickte auch nur ein, für kurze Zeit, vielleicht fünfzehn Minuten. Als ich aufwachte, merkte ich, dass sich das Licht verändert hatte, schräg einfiel und der Himmel fahl wurde, da bekam ich Angst. Ich hätte lieber dort liegen bleiben sollen, wo ich lag, sie hätten mich schon gefunden. Aber ich dachte, sie seien einfach immer weitergegangen, und deshalb tat ich es auch, nachdem ich den Hang hinuntergestiegen war, auf dem falschen Pfad, und geriet immer tiefer in eine Wildnis abseits aller Wege und Touristenstrecken, wie sich später herausstellte. Schließlich begriff ich, dass ich in die falsche Richtung ging, hier würde ich meine Gefährten nicht treffen. Aber zur Umkehr reichten meine Kräfte nicht mehr, und ich hätte den Weg auch nicht gefunden. Ich quälte mich durch irgendwelche Schluchten und erstieg einen Berg in der Hoffnung, von dort aus eine bewohnte Hütte zu sehen, den Rauch eines Lagerfeuers, irgendetwas. Ich dachte, ich bin zweiundsiebzig, kein schlechtes Alter für den Tod. Aber zur gleichen Zeit und jenseits meiner eigenen Angst wusste ich immer noch, dass alle lebten und mich sähen, nicht nur ich selbst sah meine früheren Ichs, den Jungen mit dem Zeichenblock, den Jungen auf dem Pferd, sondern ich wusste auch, dass sie mir jetzt zuschauten und mir nachfolgten. Zugleich arbeitete ich mich durch Dornengestrüpp, riss mir die Hände blutig, versuchte zu schreien, erschöpfte meine Kräfte. Ich ging durch stockdunklen Wald, mein Verderben. Die Sonne war längst untergegangen, es wurde kalt; wenn ich stehenblieb und lauschte, war der Wald voller nächtlicher Geräusche, voll von Knacken und Rufen eines unsichtbaren, mir nichts Gutes verkündenden Vogels. Ich legte mich wieder auf die Kiefernnadeln. Ich dachte, wenn ich überlebte, würde ich ein Gebäude errichten, in dem sich das Ende und der Anfang von etwas verbinden würden … vom Leben … ich konnte nicht klar denken, doch plötzlich sah ich dieses Gebäude klar vor mir, ein Symbol der Geburt und ein Symbol des Todes, das Ei. Wieder lag ich da und lachte. Ich erinnerte mich natürlich, konnte gar nicht anders, als mich an die Kugel von Claude-Nicolas Ledoux zu erinnern, die in gewissem Sinne der Anfang der ganzen modernen Architektur ist, der Anfang der Utopie. Aber die Kugel ist tot, das Ei ist lebendig, dachte ich schon in der Dunkelheit, jenseits meiner Angst, das Ei ist die Alleinheit, es ist das Leben in eingerollter Gestalt, in Ewigkeit, Fülle des noch nicht begonnenen Lebens. Wir zerschlagen es, wenn wir geboren werden; die Geschichte beginnt, die Zeit beginnt; wir kehren ins Ei zurück, wenn wir sterben. Und wenn wir sterben, zerschlagen wir zugleich gewissermaßen auch das Ei, dieses nun schon nächtliche und bedrohliche, feste Firmament, zerreißen die Zeit und kehren in die Ewigkeit zurück. Ich baute später solch ein Gebäude, schreibt A. N. W., und meint damit, wie leicht zu erraten, das Museum für zeitgenössische Kunst in Osaka, eine seiner berühmtesten, kühnsten, draufgängerischsten und verrücktesten Schöpfungen; es war trotzdem zu dunkel und unheimlich, um das Notizbuch herauszuholen und irgendetwas hineinzuzeichnen, schreibt er weiter, aber ich sah sie deutlich vor mir, diese schräg nach oben verlaufende Wellenlinie, die den oberen Glasteil vom unteren Betonteil dieses Gebäudes trennt, das gleichsam auf der Seite liegt, das schmalere Ende zur Erde gekippt, sah den Glaspavillon hinter den Bäumen, von dem aus ein unterirdischer Gang ins Gebäude führen würde, sodass keine dumme Treppe, keine dumme Tür seine vollkommene Form, seine vollendete Eigestalt zerstören würde, ich sah das alles so deutlich, dass ich kein Notizbuch mehr brauchte. Ich musste nur überleben und aus diesem Wald herausfinden. Noch wollte ich nicht sterben, noch wollte ich manches bauen. Die Beine gehorchten mir kaum noch, es gab kein Wasser. Gegen Morgen kam ich auf eine vollkommen verlassene Straße hinaus; der Bauer, der mich auf seinen Pickup hievte, war ein brummiger Graukopf mit rotem, faltigem Hals und widerlich auf- und abwanderndem Adamsapfel, der aussah wie ein kleines böses Tier; die ganze

Strecke bis zur Siedlung kanzelte er mich dafür ab, dass ich es gewagt hatte, mich zu verirren; trotzdem ließ er mich aus seinem alten Flachmann Whisky trinken. Der Pickup war genau so einer wie unser argentinischer. Maria, die mir wahrscheinlich fünf Minuten mit den Fäusten auf die Brust hämmerte, aus Wut und Kummer, und etwas auf Spanisch schrie, das weder ich noch sie verstand, erzählte anschließend unter Schluchzen, dass sie, als sie mich vermisst hatten und auf der Suche nach mir herumgelaufen waren und als sie dann die Rettung gerufen hatten und auf den Hubschrauber warteten, auf den Tagesanbruch, dass sie diese ganze Zeit über die Gewissheit hatte und mit letzter unbezweifelbarer Sicherheit wusste, dass ich in eine Schlucht gestürzt und tödlich verunglückt sei, dass ich über eine Wurzel gestolpert und mit dem Kopf gegen einen Zweig gefallen sei, dass sie mich nie finden würden, und wenn sie mich nie finden würden, dann würde sie nach Argentinien fliegen und sich mit dem dort versteckten Revolver erschießen.

Im vergangenen – nun schon vergangenen – Herbst, als ich beschloss, endlich das zu schreiben, was ich schreibe und was ich nunmehr zum Abschluss bringe, fuhr ich, wie oben gesagt, in mein geliebtes München und zog dort, die ersten Kapitel verfassend und die weiteren skizzierend, zwei und dann noch einmal zwei glückliche Wochen von einem Café zum anderen, vom lauten »Wiener Café« am Wienerplatz an der Isar entlang über die Brücke, vorbei am nicht von einer Glashülle überfangenen ehemaligen »Haus der deutschen Kunst«, heute einfach »der Kunst«, durch den Hofgarten zum Café »Annast« Ecke Odeonsplatz und Ludwigstraße, das in meinem Leben und meinem vorigen Buch (*Die Stadt im*

Tal) eine so große Rolle gespielt hat, und wo ich einst mit meinem lieben Freund Pawel Dwigubski saß und wir beide ein komisches Erlebnis hatten; von dort zog ich weiter durch den Hofgarten und den Englischen Garten zum Studentencafé nahe des Parkausgangs zur Universität, wo an niedrigen Tischchen blonde und brünette Studentinnen sitzen, mollige und magere Studentinnen, kluge Studentinnen mit runder Brille, die Hannah Arendt und Walter Benjamin lesen, und aufgeblasene Studentinnen, die in gespielter Aufregung irgendetwas über Seminare und Partys schreien, über Referate, Ferien, Unbequemlichkeiten bei der Zugverbindung nach Berlin und andere Attribute ihres Lebens, die der erwachsene Onkel, der sich inmitten des dummen Geschnatters über sein kariertes Heft beugt, nur noch mühsam ernst nehmen kann, von dort durch die Ahornallee zur Bayerischen Staatsbibliothek mit ihren riesigen Fenstern, wo ich unter anderem in diesen Septembertagen des vergangenen, nun schon vergangenen Jahres, das hochinteressante Buch »Merkheft eines Lievengetreuen« (Riga, 1929) gescannt habe, das es in Deutschland nur in zwei Exemplaren gibt, in Berlin und München, der vom durchlauchtigsten Fürsten herausgegebene und finanzierte Sammelband mit Erinnerungen und Dokumenten, die sich auf seine Abteilung, Kämpfe, Feldzüge und das tragische Finale des Krieges beziehen – für mich eine unschätzbare Quelle –, von der Bibliothek irgendwohin in die Schellingstraße, zum englischen Tearoom oder zur *News Bar*, schließlich zur *Münchner Freiheit* und zu dem kleinen Platz, an dem drei Straßen zusammenlaufen – ganz in der Nähe der Stelle, wo Pjotr Alexandrowitsch Woskoboinikow und ich einst standen und das

Gebaren des Rammhammers und den Arbeiter mit nackten Armen in der Kabine beobachteten (und wo jetzt etwas sehr Glattes, sehr Gläsernes steht) –, um meinen Streifzug in dem neuen, modischen *Café Wedekind* oder im vergammelten *Drugstore* zu beenden, der von allen Münchner Cafés wahrscheinlich die größte Ähnlichkeit mit jenen Cafés in Buenos Aires hat, in denen meine Helden einst gesessen haben – ein Café, das nicht nur bemerkenswert ist, weil es sich seit den siebziger Jahren wohl unverändert erhalten hat mit allen Accessoires, den Deckenventilatoren, der gelackten Wandvertäfelung, den Spiegeln, den vergoldeten Pfosten bis unter die Decke und einem Podest, einer Art Estrade, die durch diese Pfosten vom übrigen Raum getrennt ist, obwohl dort die gleichen Sofas und Stühle stehen, sondern auch, weil seine Besucher seit diesen siebziger Jahren anscheinend gleich geblieben sind, nicht weil die Münchner Schickeria nicht dorthin geht, sondern weil die ganz unmodischen, älteren, schlampig gekleideten Stammgäste überwiegen, die morgens am Tresen ein Weißbier trinken oder ein sagenhaft billiges (fünf Euro inclusive Kaffee oder Tee; an Sonn- und Feiertagen vielleicht sechs …) und deshalb fragwürdiges Frühstück verzehren (wie ich es gewöhnlich auch tue), bestehend aus saurer Räucherwurst und armseligem, nach Seife schmeckendem Käse; es ist schließlich auch deshalb ein bemerkenswertes Café, weil es hinten, der Estrade gegenüber, einen Tabaks-, Zeitungs- und Mineralwasserkiosk gibt mit dem unvermeidlichen »Snickers«-Angebot und einem drehbaren Ständer, an dem sich der zufällige Gast eine Hochglanzansichtskarte von München zur Erinnerung aussuchen kann – die Frauenkirche mit ihren zwei Kuppeln, die leuchtenden Gipfel der märchenhaften, fernen Alpen oder, wenn er mag, vollbusige bayrische Madel in Pseudotracht, die schäumende Bierkrüge wie Waffen vor die Brust halten, um ihr kostbares Dekolleté vor Übergriffen zudringlicher Touristen zu schützen –, einen Kiosk, der ebenfalls historisch oder schon prähistorisch ist; an ihm vorbei führt eine mit räudigem Teppich belegte Wendeltreppe hinauf, darauf ausgelegt Werbeflyer und Ankündigungen der nächsten Theateraufführungen. Oben befindet sich tatsächlich ein kleines Theater – eine Art Kleinkunstbühne –, in dem wohl noch keiner meiner Münchner Bekannten jemals war, sodass alle nur die Augen aufreißen, wenn ich das Gespräch auf diesen Tempel der schlichten Melpomene und der grobschlächtigen Thalia bringe. Ich selbst war trotzdem einmal dort, Mitte der neunziger Jahre, aber nicht, weil ich irgendein Interesse an der fragwürdigen Darbietung gehabt hätte, die an jenem nun schon sehr fernen Abend ein fragwürdiger Mime zum Besten gab, ein nicht mehr junger, nicht sehr selbstsicherer Mann, der mit Hilfe eines umgeschnallten Busens und angemalter Lippen mit Päderastengang und vulgärem Gegurre ein leichtes Mädchen darzustellen versuchte und danach eine über irgendetwas empörte Frau, sondern weil mich das kleine Theater an sich lockte und erregte, mit seinen wenigen Reihen verstaubter Samtsitze, der Bühne ohne Vorhang und dem muffigen Geruch aus dem Kulissenraum; es erinnerte mich in seiner Verwahrlosung mit freudigem Erschrecken an jenes von mir erfundene Theater an einem kleinen Platz (irgendwo in einem unwahrscheinlichen, ebenfalls erfundenen Moskau), wo in meinem ersten, zu Beginn der neunziger Jahre abgeschlossenen Roman (»Max«) verschiedene, ebenfalls nicht sehr wahrscheinliche Ereignisse und Theateraufführungen stattfinden …

Heute scheint mir, dass nicht ich es gewesen bin, der all das erlebt hat, dass nicht ich 1995 hier gesessen bin, verblüfft darüber, dass ich plötzlich dieses Theater im Wachen gefunden hatte, von dem ich so lange geträumt hatte – und wo? – in München! –, und nicht ich diesen Roman geschrieben habe und nicht ich mit Alexander Woskoboinikow über ihn bei unserer einzigen Begegnung gesprochen habe, nach Vivianas ungenießbarem Potaufeu, und dass nicht einmal ich es war, der hier im Herbst 2007 mit Pjotr Alexandrowitsch Woskoboinikow vorbeischlenderte, der seinerseits wohl um keinen Preis mit mir in dieses Café hineingegangen wäre. Sein Vater hatte Recht, wir bestehen aus verschiedenen, einander ablösenden Personen … Ob er auch in allem anderen Recht hatte, das ist natürlich die Frage aller Fragen …

Im vorigen, wie auch immer – jetzt schon im vorigen – Herbst, ich sage es noch einmal, als ich in München das zu schreiben begann, was ich jetzt zum Abschluss bringe, und durch die sonnig ruhige, festlich durchsichtige Stadt ging, von einem Café zum anderen, gab es in diesem heruntergekommenen Theater, wenn mich mein Gedächtnis nicht täuscht, keine Stücke mehr – entweder hatte die Saison noch nicht begonnen oder das kleine Theater war eingegangen – und nicht einmal mehr Proben; der kleine Zuschauerraum, in den ich gern einen Blick warf, wenn ich in den ersten Stock zur Toilette von fragwürdiger Sauberkeit hinaufstieg, präsentierte sich leer und staubig mit seinen wenigen Sitzen und den mit dichtem, schwarzem Stoff verdunkelten Fenstern. Einmal, als ich von oben heruntergekommen war und schon die chinesische Kellnerin rufen wollte, um zu zahlen und zu gehen, entdeckte ich am Nachbartisch, von mir nur durch die massive, hohe Rückenlehne des Sofas am Rand der Estrade getrennt, zwei Männer, einen jungen und einen alten, offenbar Vater und Sohn, die große Papierbögen sichteten, Pläne und Kostenaufstellungen und allzu vernehmlich architektonische Fachwörter gebrauchten, als dass ich hätte gehen können, ohne ihr Gespräch zu belauschen. Den roten Faden konnte ich leider nicht erhaschen. Es ging um irgendwelche Balkenkonstruktionen, irgendwelche Eisenträger, irgendwelche gemauerten Rundpfeiler, eine Holzverschalung. Die Arbeitszeit wurde berechnet, die der Auftraggeber offenbar zu bezahlen hatte. Für die Balkenkonstruktionen hatte man fünfundsiebzig Stunden gebraucht, für den Abriss der alten Mauern fünfzig. Sie schienen selbst nicht zu wissen, wie viele Stunden wofür benötigt worden waren. Schreiben wir fünfzig, sagte der Sohn. Okay, antwortete der Vater. Er saß leider mit dem Rücken zu mir, der Sohn zeigte mir sein Gesicht. Er war fast kahlköpfig, breit und stämmig, er trug eine schwere Brille und ein weißes Polohemd mit offenem Kragen; er sah wohl ein klein wenig Philip Larkin ähnlich, einem meiner Lieblingsdichter. Der Vater war vollkommen weiß, von einer Glatze keine Spur. Der Sohn schaute in seine Kostenaufstellung, der Vater, so schien mir, schaute den Sohn an und durch ihn hindurch, durch das Fenster auf die Passanten, Autos und Wolken. Dann traten neue Gäste ein und setzten sich auf die andere Seite von mir, links auf die Estrade, eine junge Frau und ein alter Mann, sehr schlank und schmal, im schwarzen Anzug mit einem Stoffschal in grau und flieder, der auf die derzeit angesagte Weise gebunden war, also in der Mitte zusammengelegt und die beiden Enden durch die so entstandene Schleife gesteckt; das Mädchen war blond, nicht ganz echt, durch die weißblonden Strähnen schimmerte das gewöhnliche dunkelblonde Haar; sie trug auch einen schwarzen Anzug, darunter eine weiße Bluse. Ein kindlich volles Gesicht mit weichen Zügen lässt jede Frau hübsch aussehen, dachte ich, als ich sie betrachtete, diese Weichheit verschwindet jedoch mit den Jahren, und erst dann stellt sich heraus, ob sie wirklich hübsch ist oder nicht. Sie schien ihren Begleiter zu interviewen; vor ihr auf dem Tisch lag ein Diktiergerät. Im übrigen schwieg sie, er erzählte ihr selbst alles, was er erzählen wollte, offenbar gewohnt, Thema und Gespräch zu bestimmen, sie pflichtete ihm nur ehrfürchtig bei. Es war von einer Akademie die Rede, ich konnte nicht hören, von welcher, von den sechziger Jahren, seinen Jugendjahren, von irgendwelchen ersten Publikationen in einer nicht mehr existierenden Zeitschrift. Der Kaffee kam, serviert von der chinesischen Kellnerin. Seine schmalen Hände bewegten sich sicher und sehr schön; er hatte eine scharfe Nase mit Höcker; von der Nase zogen sich lange Falten abwärts, die gleichsam seinen Mund und alles, was er sagte, in Klammern setzten; seine Augen waren zu hochmütigen, spöttischen, zärtlichen Schlitzen verengt.

Ich zahlte bei der Chinesin und trat in die Sonne hinaus. Ich hatte an diesem Tag nicht vor, irgendwohin wegzufahren. Trotzdem vernahm ich in mir auf dem Weg zum Englischen Garten, zu seinen hohen Baumkronen und dem Himmel darüber, den klaren, absurden, völlig aus der Luft gegriffenen Gedanken jenseits aller anderen Gedanken und Eindrücke, dass ich hier nicht verweilen dürfe, sondern noch einen Zug erreichen müsse, der irgendwann abfährt, irgendwoher irgendwohin, und wenn ich mich sehr anstrengte, dann könnte ich mich wahrscheinlich erinnern, woher er kommt und wohin er fährt, und wenn ich mich noch mehr anstrengte, auch wann.

LITERATURNACHWEISE

William Wordsworth: *Präludium oder Das Reifen eines Dichtergeistes. Ein autobiographisches Gedicht,* ins Dt. übertragen, kommentiert u. mit einer Einleitung hg. v. Hermann Fischer, Philipp Reclam jun., Stuttgart 1974.

Friedrich Hölderlin: »Mnemosyne. Zweite Fassung«, in: Ders.: *Sämtliche Werke,* Bd. 2,1: Gedichte nach 1800, hg. v. Friedrich Beissner, W. Kohlhammer Verlag, Stuttgart 1951.

William Shakespeare: »Sonett 123«, in: Ders.: *Sämtliche Werke in vier Bänden,* Bd. 2: Komödien. Poetische Werke, hg. v. Anselm Schlösser, aus dem Englischen übersetzt v. August Wilhelm Schlegel, Dorothea Tieck, Wolf Graf Baudissin u. a., Aufbau Verlag, Berlin 1975.

Novalis: »Blütenstaub«, in: Ders.: *Gesammelte Werke,* hg. v. Hans-Jürgen Balmes, Fischer Verlag, Frankfurt a. M. 2008.

T. S. Eliot: »Die Dry Salvages«, in: Ders.: Werke in vier Bänden, Bd. 4: Gesammelte Gedichte 1909–1962, hg. u. mit einem Nachwort v. Eva Hesse, Suhrkamp Verlag, Frankfurt a. M. 1988.
© Suhrkamp Verlag Frankfurt a. M. 1972/1988
T. S. Eliot: *The Complete Poems and Plays,* Faber and Faber Ltd

Valery Larbaud: »Scheveningen, außerhalb der Saison«, in: *Sämtliche Werke des A. O. Barnabooth,* Ullstein Verlag, Berlin 1986.
V. Larbaud: »Scheveningue, morte-saison«, in: *Les Poésies de A. O. Barnabooth*
© Éditions Gallimard Paris 1948

Werner Bergengruen: *Von der Richtigkeit der Welt. Unzeitgemässe Zustimmung,* ausgewählt u. eingeleitet v. N. Luise Hackelsberger, Herder Verlag, Freiburg 1988.

Salvatore Quasimodo: »Elegie«, in: Ders.: *Gedichte. 1920–1965,* ausgewählt u. übersetzt v. Christoph Ferber, mit einem Nachwort v. Georges Güntert u. Kommentaren v. Antonio Sichera, Dieterich'sche Verlagsbuchhandlung, Mainz 2010.

Eugène Guillevic: »Poetik«, in: *Gedichte. Französisch und Deutsch*, ausgewählt u. übertragen v. Monika Fahrenbach-Wachendorff, Klett-Cotta Verlag, Stuttgart 1991.

E. Guillevic: »Il y a de l'utopie«, in: *Art poétique*

Rainer Malkowski: »Erinnerung an den Salten«, in: Ders.: *Die Gedichte*, mit einem Nachwort v. Nico Bleutge, Wallstein Verlag, Göttingen 2009.

Gottfried Benn: »Kommt«, in: Ders.: *Sämtliche Werke. Stuttgarter Ausgabe*, Bd. 1: Gedichte 1, in Verb. m. Ilse Benn hg. v. Gerhard Schuster, Klett-Cotta Verlag, Stuttgart 1986.

Philip Larkin: »Abwesenheiten«, in: Ders.: *Hier. Gedichte*, übertragen v. Ulrich Horstmann, Marburg 2002.

P. Larkin: »Absences«, in *The Less Deceived*, Faber and Faber Ltd

Die Übersetzungen der Verse von Edward Thomas (»Lights out«), Wallace Stevens (»Tea at the Palaz of Hoon«, in: *Harmonium*, Faber and Faber Ltd) und Louis MacNeice (»The Strand«, in: *Holes in the Sky. Poems 1944–1947*, Random House New York) stammen vom Autor.

Gaito Gasdanow
im Carl Hanser Verlag

Das Phantom des Alexander Wolf
Roman
Deutsch und mit einem Nachwort von Rosemarie Tietze
2012. 192 Seiten

Ein ehemaliger Weißgardist erinnert sich an ein tragisches Erlebnis im Bürgerkrieg in Russland, als er einen Reiter niederschoss. Jahre später, im Exil in Paris, findet er den Vorfall in einem Buch beschrieben. Er versucht den Autor namens Alexander Wolf zu treffen, doch stattdessen begegnet er der rätselhaften Jelena und verliebt sich in sie. Eines Tages erzählt sie ihm von ihrem früheren Geliebten, der dachte, bald sterben zu müssen, weil er dem Tod schon einmal entronnen war. In einem brillanten Spannungsbogen erzählt Gaito Gasdanow, der mit Nabokov, Proust und Camus verglichen wurde, diesen 1947 erschienenen Roman, in dem Liebe und Tod aufs engste verwoben sind. Sein Protagonist Alexander Wolf ist eine der geheimnisvollsten und unvergesslichsten Figuren der Weltliteratur.

»Sagen wir es einfach direkt: *Das Phantom des Alexander Wolf* ist ein Roman, der das Zeug hat, Ihr Leben zu verändern. Wenn Sie bereit sind für diese Reise.« Georg Diez, *Kulturspiegel*

»Die Wiederentdeckung Gasdanows in Rosemarie Tietzes brillanter Übersetzung ist eine Sternstunde der Literaturgeschichte.«
Carmen Eller, *Literaturen*

»Eine Vase fliegt, Schüsse fallen: Und dann steht man da, das Buch eines Autors in den Händen, dessen Namen man vor Kurzem noch nicht kannte. Schon ist es ein Lieblingsbuch, und man hofft auf weitere Übersetzungen.«
Jens Bisky, *Süddeutsche Zeitung*

»Seit Langem hat man keinen so menschlich feinen und anrührenden Roman über die große seelische Eiszeit des 20. Jahrhunderts gelesen.«
Iris Radisch, *Die Zeit*

Ein Abend bei Claire
Roman
Deutsch von Rosemarie Tietze
2014. 192 Seiten

Die Geschichte einer großen Liebe und eine unvergessliche Schilderung Russlands zu Beginn des 20. Jahrhunderts: 1917 begegnet der verträumte Kolja im vorrevolutionären St. Petersburg der bezaubernden Claire und verliebt sich in sie. Aber das Phantasiebild dieser Frau ist für ihn so viel wirklicher als die Realität, dass er ihr nicht zu folgen wagt, als die verheiratete Claire ihn eines Abends zu sich lädt. Nach der langen, sinnlosen Grausamkeit des Bürgerkriegs will er nun, Jahre später, Claire im Pariser Exil wiederfinden. Mit den Mitteln des modernen Erzählens erweckt Gaito Gasdanow die vergangene Welt seiner Jugend wieder zum Leben. Ein Abgesang auf die romantische Liebe, der bis heute ergreift und berührt.

»Selten hat man die Implosion des alten Russland so filigran und zugleich so illusionslos, so bildstark und so tief empfunden beschrieben gesehen wir hier. Ein Basso continuo von Melancholie und Verzweiflung durchzieht *Ein Abend bei Claire*, aber auch die Gewissheit, dass es mit der Einsicht in die Leere nicht getan sein darf.«

Andreas Breitenstein, *Neue Zürcher Zeitung*

»Meisterhaft beherrscht dieser Autor den melancholischen Schmelz einer Verführungsprosa, von deren Dünung man sich willig aus dem Pariser Boudoir hinaustragen lässt in die russischen Weiten ... Rosemarie Tietze hat dieser Proustschen Recherche à la russe ein elegant fließendes deutsches Sprachgewand geschneidert, das gleichwohl die Distanz zur Entstehungszeit nicht kaschiert.« Christopher Schmidt, *Süddeutsche Zeitung*

Die Rückkehr des Buddha
Roman
Deutsch und mit einem Nachwort von Rosemarie Tietze
2016. 224 Seiten

Eigentlich ist der Student aus Russland ein vielversprechender junger Mann, doch neigt er zu seltsamen Wahnvorstellungen. Ist der gepflegte ältere Herr in dem Pariser Café wirklich der Bettler, dem er vor zwei Jahren ein Almosen gab? Die beiden freunden sich an, und der Student besucht Pawel Alexandrowitsch und seine junge Geliebte fortan oft. Eines Abends überlegt er, ob es für seinen Freund nicht das Beste wäre, genau jetzt zu sterben, da er offenbar rundum glücklich ist. Am nächsten Tag wird der Freund ermordet aufgefunden. Und der einzige Zeuge, ein goldener Buddha, ist verschwunden … Ein dramatischer Krimi – und das Seelendrama eines Emigranten in der Zwischenkriegszeit.

»Gaito Gasdanows Roman *Die Rückkehr des Buddha* zeigt abermals die literarische Klasse dieses Autors.«
Tilman Spreckelsen, *Frankfurter Allgemeine Zeitung*

»Gaito Gasdanow hat einen suggestiven Psychothriller geschrieben, in dem Komplexität nirgends billiger Spannung geopfert wird.«
Ilma Rakusa, *Neue Zürcher Zeitung*

»Den Reiz von *Die Rückkehr des Buddha* speist ein Mix aus Thriller-Unterhaltung, existenzialistischer (Alp-)Traum-Prosa und russischer Erzähldramatik à la Dostojewski.« *Nordkurier*

Ich bin den Abenteuern und Verwirrungen des Studenten von der ersten bis zur letzten Seite atemlos gefolgt. Die Übersetzerin Rosemarie Tietze spricht in ihrem Nachwort von ›Seelenkrimi‹ und ›Seelenkrimi‹ ist ein gutes Wort für Gasdanows Romane, denn es ist das Innere oder auch die Seele der Figuren, in dem sich die Qualen und der Tanz der Gespenster und Phantome abspielen.« Hanne Kulessa, *hr2 Kultur*

Glück
Deutsch von Rosemarie Tietze
2016. 46 Seiten
Hanser Box. E-Book

Was brauche ich, um sagen zu können, dass ich glücklich bin? Diese feine psychologische Novelle von Gaito Gasdanow erzählt davon.

»Henri Dorin, mein Vater, wurde geboren, um glücklich zu sein«, schreibt der fünfzehnjährige André in sein Tagebuch. Er selbst, der die Mutter bei der Geburt verlor, scheint weniger begabt für das Glück. Aber was wird aus dem besonderen Talent seines Vaters, wenn ihn ein schwerer Schicksalsschlag, Krankheit oder ein Treuebruch, trifft? Während der noch nicht dreißigjährige Gasdanow, aus Russland emigriert, in Paris sein Geld als Taxifahrer verdiente, schrieb er diese Meisternovelle, die 1932 erstmals erschien.

Pjotr Sergejewitsch Salamow ∞ Jelena Wassiljewna Salamowa

Nina Petrowna Woskoboinikowa (geb. Salamowa) ∞ 1. Ehe

Chantal Vosco ∞ Pjotr Alexandrowitsch Woskoboinikow (P. A.W., Pierre Vosco)